唐君毅全集 卷二十六

書簡

臺灣學生書局印行

目錄

書簡

致母親（一封）……三
致二妹至中（二封）……六
致二妹至中、五弟慈幼（二封）……一〇
致梁漱溟（一封）……一六
致張君勱（三封）……一九
致李　璜（一封）……二三
致謝扶雅（二封）……二四

致張其昀（張曉峯）（二封）……二七
致方東美（三封）……二九
致錢穆（七封）……三四
致陳榮捷（十四封）……四六
致陳伯莊（二封）……五八
致徐復觀（六十四封）……六一
致牟宗三（十八封）……一五六
致謝幼偉（二封）……一八五
致程兆熊（九封）……一九〇
致黃季陸（一封）……一九九
致吳俊升（八封）……二〇〇
致閻振興（一封）……二一二
致周開慶（二十二封）……二一三

致梅貽寶（一封）……………………………………一三二
致顧季高（一封）……………………………………一三四
致李田意（一封）……………………………………一三五
致張鍾元（一封）……………………………………一三七
致張遵騮（一封）……………………………………一三九
致李源澄（一封）……………………………………一四六
致錢子厚（一封）……………………………………一四八
致李獻璋（十三封）…………………………………一五〇
致胡蘭成（十九封）…………………………………一六〇
致羅香林（一封）……………………………………一八七
致冷定菴（三封）……………………………………一八八
致宇野精一（三封）…………………………………一九三
致安岡正篤（三封）…………………………………一九六

致池田篤紀（一封）……二九九
致平岡武夫（二封）……三〇〇
致和崎博夫（一封）……三〇二
致岡田武彥（三封）……三〇四
致日比野丈夫（一封）……三〇七
致中山優（二封）……三〇八
致耕　造（一封）……三一〇
致三　豬（一封）……三一一
致景　嘉（二封）……三一二
致和崎博夫、小林信三、清水董三（一封）……三一五
致山　寶（一封）……三一六
致唐寅北（一封）……三一八
致張起鈞（一封）……三一九

致徐梵澄（一封）……三三〇
致殷福生（殷海光）（一封）……三三一
致李相殷（四封）……三三三
致糜文開（一封）……三二八
致狄　剛（一封）……三二九
致景昌昔（一封）……三三二
致趙志強（一封）……三三五
致嚴綺雲（一封）……三三七
致譚　論（一封）……三三八
致佛　重（一封）……三三九
致柯樹屏（一封）……三四〇
致柯樹屏、陳東原（一封）……三四一
致謝汝逵夫人（一封）……三四三

致德修禪師（一封）……三四四
致王　道（王貫之）（三封）……三四五
致孫鼎宸（一封）……三四九
致勞思光（三封）……三五一
致陳問梅（一封）……三六一
致徐東濱（一封）……三六三
致胡欣平（三封）……三六四
致王厚生（一封）……三六九
致沙學浚（一封）……三七〇
致章力生（一封）……三七一
致逯　現（一封）……三七四
致高登河（一封）……三七六
致易陶天（二封）……三七七

致黃振華（十封）……三八一
致鍾銘詩（二封）……三九五
致張曼濤（二封）……三九八
致孫守立（三十五封）……四〇一
致蔡仁厚（三封）……四三四
致羅錦棠（一封）……四三八
致孫國棟（一封）……四三九
致唐端正（一封）……四四〇
致宋哲美（一封）……四四二
致蕭世言（二封）……四四三
致孫述宇（一封）……四四六
致李　杜（三封）……四四八
致鄭力匡（一封）……四五三

致何健耕（一封）……四五四
致古　梅（一封）……四五六
致唐亦男（一封）……四五八
致鄭業盛（一封）……四五九
致左光煊（一封）……四六〇
致彭子游（一封）……四六二
致石　壘（一封）……四六三
致何啓民（一封）……四六五
致夏仁山（一封）……四六七
致張龍鐸（一封）……四六九
致陳永明（一封）……四七一
致曾昭旭（一封）……四七三
致王家琦（十七封）……四七五

致傅佩榮（一封）……四九四
致黎華標（一封）……四九五
致李天命（一封）……四九六
致馮永明（四封）……四九九
致袁保新、楊祖漢（一封）……五〇三
致翟志成（八封）……五〇五
致林清臣（一封）……五一三
致梁燕城（三封）……五一五
致楊士毅（三封）……五一八
致陳啓恩（一封）……五二三
致某　甲（一封）……五二四
致某　乙（一封）……五二六
唐君毅書簡刊行記……五二九

書簡

書簡

致母親

（一九五七年）

阿婆（註）：伯伯說他到各地方走一走，亦了解一些各地文化的情形。伯伯有時講講中國文化與儒家之學，別人亦尙能尊重。因爲今日交通發達，地球變小，他人對中國之文化與儒學，亦更願求了解了。實際上，現在世界上研究中國文化與學術藝術的學校、研究者已很多，有名的亦不下數百。伯伯說：德不孤，必有鄰。他到各處並不似孔子當時之處處感到吾道不行。不過許多國家人們之間還是不能互相往來，在文化上求互相了解，這全是因一些國家之政治家彼此對峙之故。伯伯的意思，只要文化學術思想能影響政治家，使他們不要只是彼此對峙，人類亦就會太平了。

關於伯伯回來的事，伯伯說他夢着回來不知多少次。前數月伯伯在外面看見報知道毛主席提倡百家爭鳴，什麼學術思想都可以講，又得着北京、四川朋友都寫信來，歡迎伯伯回去研究講學的話。伯伯亦曾想回來。伯伯八、九年雖在外，但所作的是敎育中國人的事、發揚中國文化的事。北京、四川的朋友都說，只要伯伯回來，一切都莫有問題，並說什麼伯伯是被列爲要爭取的學者之一呢！但是這幾個月，伯伯看內地的報，又說望大家暫時不鳴，還要清算什麼右派。本來伯伯對於一切中國人，不管什麼黨，只要能爲中國作事，他都很尊重，對內地近來的建設，伯伯亦常稱道。但是伯伯的意思，人的心胸不大，人民的精神雖一時能奮發，但總不易支持長久。要心胸廣大，必須學術上思想自由，不能只以一外國來的馬列之思想爲至高標準。這些意思伯伯亦寫信與北京、四川的朋友說了。伯伯一向所研究的學問是以中國文化與儒學爲本，這是從阿公來的。今雖然到各地走了一遭，並莫有一點改變。伯伯說這只好比地球在足下轉了一轉，他自己並未移動分毫。伯伯相信中國人最後還是中國人，其思想最後亦必以中國思想爲本。他相信中國內地的人民之思想，最後亦要變來與他一樣的。所以他遲一點回來，反更好一些。伯伯說阿婆不要擔心，從前五爸爸寫信與伯伯，怕伯伯遲回來不方便，當時伯伯就說不然。實際上北京、四川的朋友不是今日還是要望伯伯回去嗎？伯伯要回來總是可以回來的，現在暫時不回，只是因上述之故。至於短期回來看看，未嘗不可。本來近來亦有不少人回去又出來的。但是學術界的人，今尚莫有回去的，因回去後必被留住，如勉強再出，又傷感情，所以不如不回。伯伯說本來香港、廣州是可以自由往還的，在以前不僅由香港回來很方便，阿婆、二爸爸等來亦很方便，希望將來仍能如以前一樣就好了。伯伯又說阿婆要到廣州不知可否？亦來香港一玩。是否現在由內地到此，比較由此回內地更方便了？二爸爸的病，伯伯說是以前幾年太累之故，現在不作事，受一點薪，亦不算無功受祿。要身體復原只有多休養。伯伯在此比較待遇好些，比月總可兌錢回家補貼。縱然二爸爸沒有薪水了，亦不要爲生活費擔心。伯伯的身體現已好多了，請阿婆勿念。又阿婆的詩，伯伯說原想在阿婆七十歲時能印。二爸爸能夠抄來最好。如果二爸爸精神好，抄好一點，伯伯說連二爸爸的字一齊影印更好一些。在香港印可不要許多錢。又張先生要伯伯與離中先生寫的東西，以後當寄去。

安　安

安　安　一九五七年時年十三歲

註：本信爲作者有意擬女兒安仁致祖母信的口吻所寫。

致二妹至中

一（一九六四年六月十九日）

二妹：六月五日信收到，母親的像片早收到，但詩尚未收到，想不日可收到。收到後再看是此間印或上海印。

父親及祖父母墳之遷移事，我想祖父母墳不當移，因祖父墳與其他祖墳相連，祖父母尚有曾祖父母等一氣相連。我們不當只以我們自己作中心，使其與曾祖父母等遠離。此事我日前悟到，與熊先生意正相合。父親的墳則看情形爲定。如葬地要修鐵路必須移，亦可以移，但路途遙遠，萬一有差誤，更成不可補之恨。父親與祖父母等一氣相連，如在敍府能將墳修理……，亦所以使父親不與先祖等遠離。至於母親一人葬在蘇州，有你們時時祭掃，母親之靈與父親之靈相通，亦非地之所能限。孔子葬其父母，亦初不在一地。所以我意暑中四妹或五弟能回鄉一看情形，再細加考慮爲是。最好是將父親之墳修一修，如棺木已壞，可否外加一槨，否則只修修墓。鄉中人有可托者，可送他們一些錢，歲時祭掃，亦可少安我們爲子女者之心。至於修理父親墳的錢與四妹來的路費，不要擔心。我的意思蘇州墓款既可十月才交，千萬不要再付了。此三月仍各兌七百元來，有餘便作此用。現在此間中文大學推我任講座教授，到九月後待遇又要增加許多，但已不能用以養母親。只望你們不要爲經濟的事擔心。熊先生信說你過於傷心，此確亦是不宜，因母親之靈有知亦不安。依儒家義，對父母重要者仍在繼志，本母親之心與兄弟姊妹及侄等相扶持相體恤，即繼志之一事。在母像前以花果供物祭獻，與如熊先生所說之以靜心默念，都實可以感通神明。這些事之效應很難說，亦不必在夢中即能證驗，但依理依情而論，幽明之際亦確有感通。死而不亡，亦實有其事。但不能以形相求，則無涯之痛仍不可免，要在念母親知之當更不安，以自節制。

安安此一年來學業較前爲好，若非因被燒亦不會轉讀中文。她談中文與其性格實更相宜。她上學期是二年級生中之中英文成績第一，又得了辯論優勝獎。不過其性格仍太好動，不能寧靜，亦許以後大點可好一些。又學校作詩，她得了第一名，張大千亦稱讚，以爲是四川後起才女（其實才女不算最好），將來或許與張學點人物畫。

我前日有點感冒，今已愈。嫂嫂之風濕已不發，只是有時咳嗽便秘，近看看醫生，當可漸好。我學校即放假，可以休息。即候

安好

學𡸁、五弟及諸侄安好

兄　毅　六四年六月十九日

二一（一九七六年）

二妹：前日與你一信，想收到。

我的病你們可放心，六妹打電話來很擔心，可要他放心，我亦寫信去。如此地不能醫治，可至他處，六妹既說內地醫生不必比此地及其他外國的好。

世菩世兄之信已見到。熊先生的書，在香港及臺灣皆有人重印，在日本及美國亦有賣的，英文中介紹熊先生的文章不少，外國人亦有以熊先生的思想作博士論文的，熊先生在世界的名聲比在國內的名聲大（梁先生亦然）。熊先生之「原儒」、「明心篇」、「體用篇」、「乾坤衍」、「佛家名相通釋」、「新唯識論」（有三、四種本子）、「十力語要」（有二、三種本子）、「中國歷史精神」、「韓非子評論」皆已印出，論張居正、論周禮亦有人預備印。此外單篇文字及書信亦有人專門收集。在內地能有鄧子琴先生等共同收集甚好，但內地是否能大量出版，如何與海外出版者交相更換，恐一時辦不到。如能得毛先生批准，則一切事自然好辦，但世菩兄是否能得此批准之函？若不能得，不如在內地及海外分別保存，不過你可告世菩兄及鄧子琴先生，熊先生已成為世界哲學界公認的哲人，其歷史地位已確定，其書籍之流傳於海外已不必擔心。在內地能盡量保存固佳，即萬一不能，遲早其書印本亦要回流到內地的（梁先生書亦然）。匆此不一幷候安好

五弟及弢弟及諸侄均此

兄　君毅　上　一九七六年八月十八日

致二妹至中

致二妹至中、五弟慈幼

一（一九六四年四月十七日）

二妹、五弟：四月四日二妹兩信均收到。在蘇州有人能爲母親唸唸法華經，甚好。妙法蓮華經卽法華經之別名，是一極重要的經，乃天臺宗所最重視之經（前爲　母親唸經之老法師是天臺宗四十四代）。佛家講感應，人逝世不是卽斷滅，此有種種理論可證明。所以人逝世後，有人唸唸經亦有實功德，不只是迷信。不過依儒家義，子孫之繼志述事，尤爲重要。子孫能繼志述事，亦有對祖先之感應，這些都是我原來已相信的，並不是出自一時之感情。希望你們亦能相信，這樣才可以哀而不至於過傷。那天母親七七，此間有一廟之住持，自動要爲　母親唸經，那廟中之僧尼都來唸了，所唸的是靈巖寺印光所編定者，而　母親適葬在靈巖，可謂巧合。

母親入殮時，衣衾棺木菲薄的事，亦不要再想了。我們在正月十五夜得電時忘了先打電與你們說卽兌錢來的事，到第二日兌錢時已遲了。我後來亦甚失悔，但今已無法挽回。喪葬本來是稱家之有無，當時你們無錢，只買一普通的棺木，　母親只得穿平時衣服，亦算了。現在能修好此墓，亦可聊盡我們之心。我曾想到　父親逝世時許多事更草率。今對　母親的喪葬之事，有許多地方未盡到我們之心，　母親的心亦許還安一些。

母親的信可以慢慢整理，先清出年限，貼於册上，將來再選一部份有對人之教育意義的，連詩印行。母親悼　父親的詩，歐陽先生曾寫數行評語，不知在何處。歐陽先生說是　母親之詩至性感人，加以印出應可對他人有益，而此對他人之益，亦卽　母親對人之功德。此遂可回感於　母親在天之靈。所以整理　母親的詩與信，是爲　母親，亦是爲他人。將來除把　母親的信印一部份之外，其餘卽存於家，讓後代看看亦好。

說到後代，此原難說。王陽明、顧亭林都無有後代，後代賢愚更無一定。三妹來信說安安好，此亦不能一定，要看她自己之努力。　母親逝世，安安只隨着我們悲痛，她自己亦難說有什麼深切感覺。她初還想去參加音樂表演，當時我很生氣，但後來懇切與她說，她亦明白了，不去了。她原來是爲表演準備了一、二個月，所以想去。人之行爲，恆有一習成的方向，很難轉動，此卽人之可憫處。所以我初雖生氣，後來亦未駡她，只同她說哀樂不能相容之理，她亦卽心服了。此外，我同嫂嫂至淨苑　母靈位處，並每日在像前上香獻飯，她亦未去；在家中亦少上香獻飯。我們亦未勉強她，因此要出於自動。年輕人心大皆不凝斂，而且對　母親的事亦不深知，感情自不能到。感情上的事亦非他人所能敎，敎只能從其他的事或一般作人的道理上敎，待作人的道理明白，對其他的事有感情，當有感情的地方自然會表現。對育仁的教育，亦只有如此。我這些年了解一些所謂悲憫的意思，人生之可憐，在恆為其舊習與私欲及氣質之性所束縛，因緣不到，他人亦無可奈何。故教育之效亦有限。人受責備而無內心之覺悟，反會更呆定而不知所措，變來更頑梗，此亦是人心微妙處。

對於寄款的事，我此月除少寄點至蘇州外，當寄二百元至六妹處。我所欠的款數月內即可還完。我們現在情形，較　母親在港時好了十倍。此地的生活高，用度亦比你們多幾倍。自然我們不亂用，但亦未特別儉省。二妹說不要比母親在世時用得多亦對，但我現在仍要兌錢來。六妹來信說自己未作事，靈臣雖不在乎。但靈臣自己還有父母，亦不當把錢用在　母親身上，或兌給你們。

此間　母親靈堂的花圈及訃文等都是別人去辦的，我們只開了大家的名字去。我們在沙田廟中第二天見花圈送來，只見大家之名字，亦未注意到稱呼，第四、五天才覺稱呼不對，故公祭時把花圈上我們家中人的名字都去掉了（因兒女亦不能對父母送花圈）。至於訃文，則見到時已無法改了。我着重的是把名字都列出，所以寄與你們一看。

將來　母親的碑如何寫，我無一定之意，只重在把大家的名字都列上，這樣後代中如有賢子孫，亦會來祭奠。人之姓名本來只是他人相稱之符號。萱萱能從母姓，當然很好，人最初亦是從母姓的。但是亦不必說以前習慣之從父姓等皆全出於男性的壓迫，實皆是自然演成的。大約人初是從母姓以各成氏族，但後來男的力大，多作漁獵畜牧及農耕之事，女的多作烹飪及養育弱小之事，而農耕漁獵畜牧皆連於一定之土地，故在結婚後男的不宜移入另一氏族之女之家，只有迎另一氏族之女至其家共住。而一般情形，女子結婚後卽以爲母之責任爲主，而宗廟祭祀（所謂國之大事在祀與戎）在古代十分重視，守宗廟與歲時祭祀亦成爲男子之責，由是而重宗祧，此是從祭祀來。而重祭祀則本於孝思之追及於遠祖之故，其意初不可厚非。我因　母親逝世，亦連帶思及宜賓唐氏祖宗之靈墓無人祭掃，覺於心有所憾，亦悟古人重宗祧之本意。不過在現在，因交通便利，父母不必與男同住，亦可與女同住，所以女子亦可主祭祀承宗祧。但在古代，則要存百代之宗祀，總要有一統，而男女結婚非男住女家，卽女住男家，男丁旣難捨其所耕稼之土地等以入贅女家，則一般只有女適男家之一法，亦非卽謂不以女子爲人也。至於降服，亦是以宗祀爲中心說，故過繼之子亦當降服，並非忽子女之親情之謂。當然這都是關於歷史上已往的事，但亦要平情論之，不宜只從後來之流弊看。

現在對於下一代之事，我們都只能望其作一好人，說要望下一代還能常到　母親墳上，或結婚後還念着先代已很難……。當今亦無承先啓後之教育觀念，只有爲社會服務之教育觀念。我們能作到把母親之信札整理連詩選印行，是因我們還有此承先之意，下一代亦不會知此意了。所以我想在慈航淨苑爲母親設一靈位亦很好，只要該苑存在，總有人祭祀。我同時亦爲嫂嫂之父母設一靈位在那裏，因嫂嫂之娘家兒女亦未必能知祭祖之義也。

慈航淨苑之祖堂中列有千多個神位。又大殿中有孤魂野鬼之神位。我們去時，亦常兼爲之上香。

這些事只是盡一番心。不過依眞理說，人心之量亦本可漸達無限，以橫通同時並在之他人，縱通古今百世。此亦即所以通死生幽明。我因　母親逝世，而念老吾老以及人之老之義，並常由我之未能盡孝，而念及孝道不明於天下所致之今日之老年人皆失所無依之悲。當我念及此種種時，我同時了解古人所謂繼志述事之眞義，亦同時相信我之此種心情，亦將與　母親在天之靈相感應，而多少一贖我之未能盡孝之罪也。

近年我除上課外，他事皆不作，只看點佛書；亦未作文。你們不必掛念我作文之事。即候

安好

兄　毅　四月十七日

二（一九六七年四月十四日）

二妹、五弟：來信收到。我之目疾已好許多，右眼經多次檢查全與常人一般，不致有左眼之疾，左眼之視力雖未全恢復，但已無動盪現象，因網膜已重黏上。歲數大了，身體總難全復元。從前父親亦曾患目疾，朱子、曾國藩晚年皆有目疾。熊先生是保養得好，自然又不同。但熊先生亦有其他之病。總之人之身體是不免有痛的，有病可以使人時時警惕，亦未嘗無好處。育仁等能到各處旅行，多看

看，甚好。但青年少年仍要好好學點知識技能。現在世界到處有變化，將來如何實不可知。但人生在世，總有公私二面，私與公配合，不與公相違，即是公。自己求具備一些知識技能，於公私即皆有益。青年少年喜歡各地跑跑看看，亦到處皆然。安安要到那裏去亦許她去。但一定要逼她學習一些知識技能。人類有不同的語言文字與文化，亦當互相了解，能多學幾種文字，中國文字譯爲其他文字，使他人能由尊重中國文化而尊重中華民族亦很好。

我們現在晚上睡眠時間已提早在九時左右，早上六、七時起來，金媽所說是過去的事。兌款仍照常兌，或有時遲一、二十日不一定。如用不完可存銀行，如積累到一個數，我可以再多寄一些回來，看將來五弟可否作些謀生的事。人對社會的服務有多方面，即開一賣雜物的小店，對他人之貢獻亦難計量。譬如鄉間一病人，要親自往購物而附近有一小店，便可省路不少，而此小店對此病人亦即功德無量。社會無論如何變，人之日常生活需要還是一樣。直接作滿足人之需要的事，無論是精神上的或物質上的，比較間接（如透過政治）滿足人之需要的事有把握得多，其價值亦不相下。

兄　毅　四月十四日

致梁漱溟

（一九五二年〔春〕）

漱溟先生道席：賜示及源澄兄示敬悉。錢子厚先生亦毅忘年之至交。承先生等關愛，感激之意，匪可言喩。毅年來亦時以平生師友爲念，未嘗以形迹間阻也。關於國內進步情形，由報紙及舍弟妹等來信，毅亦略知一二。

先生所謂民族新生命之開始，蓋亦即樸實勤勞……之民族精神數十年受摧殘積壓於下者之復蘇。夫爲此復蘇之外緣者，爲馬列主義之功，毅亦何忍加以泯沒。唯私意民族精神之昭蘇之所向，仍將爲一自意識思想至社會生活之一頂天立地之獨立國家之建立。毛主席謂馬列主義爲武器，然用武器之主體之精神終不被自覺。先生所以取人爲善、與人爲善之精神長居於坤位而不能被自覺以居乾位。毅終憂武器之誘，中華民族之沉浮於國際之漩流而民族生命之嫩芽長漂沒以終去也。毅南來後所見所聞所思，容與先生等不同，唯亦不敢以私意昧良知，恒不勝感慨悲憫之情。

先生嘗謂篤信人性善，毅亦深信此義，而人之可悲，亦卽在其出於初念之好善之心者，其表現唯在惡惡之心，而以鬬爲教時，卽終於刻薄而以逞忿爲公。其機微而勢漸，終於發不可收，偏差之矯無已時，而眞正農民之苦心隱忍而不敢言者，又誰得而慰之？是知人道與仁道之不得不爲首出，學術之名號不可不正。名與義，天下之大寶，縱確有其實（如實爲愛國主義依生道殺民），而名號不相應，亦將終亡其實。毅常以此興憂，思有以自奮，然於先生等取其實之苦心孤懷，亦未嘗不敬佩，或出或處，或默或語，存心當無不同。毅由此以知存心之爲可貴。奈何人之必欲鄙古先聖賢而清算及以至誠感人之乞丐如武訓者。唯凡此等等，終不礙之深信中國之終將必爲一自意識至社會生活之一獨立國。黃河九轉，終必朝東。殖民地豈可久居，年來夢魂繚繞回國之事幾月必一次，然若必先自認昔日思想皆封建之唾餘，或資本主義所決定之形態，則良知所在，毅所不忍爲。尤以此間二學校中，亦有少數青年相與共學，依依之情，更難相捨。遙念孔子亦嘗欲居九夷，此間所教亦中國之青年。人生在世，求所以自盡及報國之道亦多端，故此間但可一日居，卽擬暫不返國。家母原住此，近以此間生活不適，已與舍妹同赴廣州居住，以後未必有自由出入可能，毅亦終將在國內侍親。內子現在此間學縫衣，將來中國立國之道，如仍不能自作主宰，毅亦決無意在文化界工作，卽直接用勞動餬口，以樂觀世運之轉耳。因　先生與子厚、源澄兄皆毅平生最敬佩之師友，故不敢相隱。略抒所懷，不盡依依。

敬候

道安

唐君毅　拜上

致張君勱

一　（一九五四年）

君勱先生道右：先生七十華誕，日前宗三兄卽函囑寫一文。當卽函告：當於九月前寫成寄交。以當芹曝之獻，兼祝松柏之壽。昨承　賜書，勉勵有加，尤增慚赧。　先生卅年來未嘗一日忘情國事，亦未嘗一日廢學術著作之事，使世人知儒者之榘範猶存於山河破碎之今日。只此一點，已足矜式來者於無旣，而毅當在中學卽讀先生科學與人生觀之論而若有所契。當時雖不能盡解，而後來自己在學問上摸索追尋所嚮往之哲學方向，亦竟不期而與　先生所言者相近。毅將來如略有所成，安知非當時讀　先生文之所賜。二十年來，　先生爲國事而奔走栖皇。毅恒自愧未能於此盡其一份心力。然感念吾華夏民族之憂患，亦未嘗敢自逸於純粹知識之探求之中，而期由學術智慧上保存文化之命脈，並對世道人心略盡鼓舞呼喚之責。故亦忘其力之不及，而多所寫作，唯望　長者垂察而敎之，則感幸無極矣！

（下缺）

二　（一九五六年十月十三日）

君勱先生道席：日前應約赴臺一行，歸來由列君轉下　惠賜手示，諸承獎掖，感愧交幷，而對先生在病中著文作書之精神，尤深景佩。前讀自由人，知　先生於割胃之後，道躬安健如昔，老成康泰，實卽國家之福，何慰如之。

由惠示知　尊著儒家思想史卽將出版，並擬惠贈一册，收到時自當細讀，如有所疑，再謀請教。先生年來所著，毅大皆讀過。蓋以國步日艱，情見乎辭，故特顯一正大篤實而懇摯之氣象。讀致丕理一書，乃不禁興感，遂寫一讀後，亦聊寄與先生同情之意。大約今之西方哲人，皆太尙理智，而理智不以道義爲根，則必以功利爲主。羅素丕理皆同此病。故在吾華先哲，必先德性之知而後聞見之知，必先器識而後文藝，必先德慧而後術智，斯乃可通西方之哲學與宗敎道德之精神以爲一。此卽先生賜示之所以必辨中西哲學之異也。　先生所辨四義，自是精當，想　尊著儒家思想史中必更多所發揮，當可使西方讀者於中國哲學之精神，能多有所認識。毅嘗憾西文中論中國思想者，西方人所著者或膚泛不能深入、或瑣屑不見大體，而國人所著者又或只以西方思想比附中國思想，或只及於生活藝術情調之末，於是使先哲之學見輕於當世。

先生之所著，定當可補此缺也。毅暑中去臺，近日曾講演數次，亦與多方人士頗有接觸。上層之政治甚難言，但下層之社會中一般學生及兵士與下級軍官，則頗有一好學之風，其眞誠多有可感者，乃前所未料及。由此以觀，則中華民族之潛伏靈魂中，仍有不可侮之精神。

在近數日來，九龍居民爲懸旗事成大騷動，唯現已事過。知注並告，不盡一一。近候

道安

後學　唐君毅　拜上　十月十三日

三　（一九五九年十一月五日）

勱老先生道右：賜書已奉悉旬日。近來爲謝幼偉及程兆熊由臺入境事及校中他事忙，未早奉復爲罪。今年以香港政府原則上同意新亞與他校聯合設立中文大學，故毅前有計劃擬設法擴展此間之哲學系，望　先生及幼偉、宗三同來。宗三兄已允明年來此，錢賓老亦早向教育司推薦（因薪資須由政府補貼），但港府方面對由臺來之人皆疑其政治性，故謝程二君之入境事交涉近三月，尚未批准。種種一言難盡。似此則明年之事尚無一定之把握。月前翁凌宇君赴美，彼謂可望由亞洲會得一筆款，邀在美學人來港講學。當時亦曾與商邀　先生來港講學事，並托其面致拳拳之意，想彼已代陳。至於　先生

之政治色彩一事，新亞內部並無顧慮，各同事亦無其他黨派成見。「學問道德爲取人之標準」大體上爲新亞同仁所共認。故先生來此講學，在學校內部決無問題。但關於旅費薪資，毅以前望求之於此間政府者，則近因謝程二君來此一事之周折，則不敢如前之樂觀，擬作他圖。如先生在美能得基金會之補助，當更爲方便。總之私意當前吾人所能致力者乃主要在學術，現在新亞略具基礎，能聚集若干大體上志同道合之人，及若干書籍，共同講學，當可爲後代留下若干種子。現書籍方面，毅正多方求購買若干絕版之西方哲學書。現有者約六、七百冊，不在香港大學之下。但尚須充實。如宗三及　先生能來此，可成一小局面，亦不必在世界其他大學之下。如先生能在美得一基金會之助爲設講座，則新亞負擔宗三之薪資較易爲力。如在美無適當機緣，則此間當另圖之，不知天從人願否耳！

關於前與　先生等共發表之宣言譯稿，今暑在夏威夷擬洽印刷處未遂，謝幼偉看後彼願列名於下，並謂在臺出版之中國文化季刊可爲發表。因與宗三兄商，卽交該刊先行刊載，以後當可再印單行本。不知尊意以爲如何。如先生對該譯文已有所修改，希並寄宗三，因毅對該譯文亦略有校正，只求大體不差而已。

一九五九、十一、五

致李　璜

（一九五八年）

幼椿先生賜鑒：

廿四日手示敬悉，多承

關念，至感

盛意。前夜敝寓之對山爆炸，鄰側之培道女校中舍玻璃頗有損傷，敝寓只一受震蕩而已，尚祈

釋念。日來天氣乍暖還寒，

先生患流行感冒，宜多將息。想

大駕一時當不再去婆羅洲，日後再謀趨謁候

教。尊此敬復，並候

道祺

唐君毅　拜上

致李　璜

致謝扶雅

一（一九五八年八月十八日）

扶雅先生左右：別後匆匆又數月。前曾於自由人等刊拜讀　大著，知文旆到美以後關念故國之情更深，曷勝欽佩。昨又奉手書，知又關心中國思想之被世所誤解，擬爲文介紹，更見　賢者之用心，固非只以異國爲僑居之地而已。弟去年過此，亦知馮氏於前歲到巴黎（?）開哲學會，亦一往宗奉唯物，而近見 Briere 於蘇俄研究一文（Soviet study，倫敦出）論中國大陸之思想，亦謂中國哲學家在大陸者，大皆改變舊說，致使外人或以爲炎黃子孫之中國學人全無信守，實影響非淺。故私意以爲　先生及梅貽寶先生撰文除一述海外流亡學人在思想中奮鬪求出路及若干進一步之見解之提出與研究外，對大陸治哲學者在委曲中仍力求保持信念之處，亦宜加以介紹。如梁漱溟、熊十力二先生之終不服馬列主義是其例也。（Briere 謂熊已全棄舊說，全不合事實。）總之，吾人今日國破家亡，吾人之文化與思想若全不能在世界有一席之地而有復國之一日，則個人之得失榮辱皆無從說起。而弟所不慊於西方之傳教士者，則其恒以中國同於非洲人，唯是一被救贖者。此與耶穌之言多直指本心，欲人從衷心自覺其罪過者亦不同。而彼等之或以中國之淪於馬列主義控制之下，由中國文化之過，而不溯原於近百年之政治史，尤爲弟所不服。憶先生六、七年前於敝校講演，知　先生之家庭兼有信儒、佛與基督教者，而　先生又素尊儒學，竊望　先生爲中國之馬丁路德與基督教中之惠能，而一洗流俗之西方傳教士之錮蔽不通之處，則德業無量矣！拙著中國人文精神之發展最近印出，已囑王貫之兄寄上一册，尚希指教。（下缺）

二　（一九六〇年十一月十日）

扶雅先生道右：王貫之兄轉來大示，承敎至感。本擬長函奉答，竟終無暇晷，玆只能略陳鄙意，以報來命。

臺灣捕雷震事，以法律言之，謂爲通匪諜，實無根據。此事將爲國際輿論謂臺灣爲極權國家之口實。故弟等曾一電蔣公，電文只數字，卽望其據實，並重視中外輿論而已。此亦感於天下興亡，匹夫有責之義，與　先生近在聯合評論發表之危言讜論所不同者，則在毅等之意仍在望政府之自改其措施，而無意作過多之刺激也。友人自臺灣來此，謂臺灣本地人士確有存立臺灣獨立國之想。雷君之反對黨爲臺灣人士所支持，勢之所趨正爲與美國之兩個中國之理論互相應合者。故政府有此斷然處置之舉。政府之措置在法律上雖無根據，然在政治上則非無其理由。弟默觀自由中國之言論，亦確有縮減臺灣軍備之論調相類之處，其遭人疑忌，亦在意中。毅因此感書生論政，亦須目光四射，不宜只爲偏激一往之論。毅以爲今日欲推倒國民黨甚易，而轉移國際輿論中之兩個中國之理論與設施則甚難。今日美大選揭曉，民主黨凱勒弟當選，其對臺政策至堪注意。如兩個中國之事實現，則吾人將永漂流在外，夢魂亦無所歸矣！權衡輕重，則雷震案件猶其小焉者。　先生將何以詔示國人，幸加意焉。

毅年來亦常心念國事，夜不能寐，然終不能思出一積極匡時之策，並感朝野之互相訾詬，於事無補，故寧隱忍不言。日前本欲一函與　先生詳陳鄙懷，計非有二、三日之間不能盡吐所感，而此閒終不能得。歉疚奚如，然一切諒皆在洞鑒之中，亦可無勞辭費。

匆此不一，敬請

文祺

唐君毅　拜上　十一月十日

致張其昀（張曉峯）

一（一九六七年十月四日）

曉峯先生左右：月前在日本得見中央報大文，已知有中華學術院之議，今並蒙　錫以哲士之名，曷勝光寵，自當拜受。中央研究院數十年來於哲學、文學、藝術以及通史、文化史、社會之禮俗風教，皆忽其民族精神之所托命，而摒諸學術研究之外，實使人不得其解，而　先生獨能見其大，故無論在朝在野，皆念念不忘全面之人文，而興建之業亦與日俱新，今並有學術院之創立，誠盛事也！鄙見嘗以爲民國數十年之學風既壞於學術之錮蔽，亦壞於黨人之氣習。學術與政治必相互獨立，然後能相輔爲用，如昔儒之必於君道外立師道，政統外有道統學統也。君師道一而學者之從風皆趨於利祿，而硜硜自好者之爲學乃蔽於一曲，更不關心於人文化成之大體。二者相激相蕩，其機皆甚微，而士習乃大壞矣！此之所言，固在

慧鑒之中，必已有所以思患而預防者。然弟亦將不忘其獻曝之忱，故順筆及之，亦聊以報

盛意云耳。匆此不一，敬請

文祺

弟　唐君毅　拜上　十月四日

二　（一九七五年一月三十日）

曉峯先生道席：賜示及聘函拜悉。憶兩年前已曾承相約於此間退休後至　貴校任敎，卽銘記於心，故月前臺大當局及　方東美先生迭函邀赴臺大，皆答以先生有美意在先，於臺大只能作短期講學云云。唯目下以香港知識界之文化思想頗嫌動盪，毅在此間與青年之接觸較多，而新亞研究所之事亦尙未有人接替，故新亞董事會同仁及他校友人仍望毅暫不他適。看來今秋未必卽能來臺（或俟明春）。年來所感甚多，所寄望者仍在後一代之青年之有所信守耳。石禪兄想已返臺，宗三兄處當爲勸駕。一切容後面陳，先此申謝。敬請

文祺

弟　唐君毅　拜上　一月卅日

致方東美

一（一九五六年十二月二十日）

東美吾師道右：奉九日　賜示，敬悉一一，乃知吾師月前臥病，幸已康復為慰，尚祈善攝　道躬，以免餘疾再發，毋任盼禱。辱承　遠念種種，實深感刻。月前港九之騷動，雖屬違法，然亦初因此間民衆愛國反共之情及對英警不滿之心引起。生目擊其事，于吾同胞之衷懷中之哀怨無所發洩之痛，不禁感慨百端。然以此亦見此間之共黨在下層之活動並未能與人民之反帝之意識相結合。此為東南亞方面所僅見而足慰者，故亦最為共黨所痛恨。吾師之慮世界大局有變，港九當首遭毒蛇之噬，囑早謀有以應變，既見關愛之意，亦為當有之遠慮。唯生近來默觀世局，自匈牙利及東歐之事變迭起，其殘暴已全表曝於世，人類之良知之傾向，已日益彰著。共黨今日首要之事，仍在安頓懷撫其內部之人民，而中共則正迫切於求美國之諒解，表示願與國民政府求和平。生日前曾得北平友人一信，亦謂望此間人士不念舊惡，謂今後願保持中國文化，允學術自由云云。此要皆間接原於其和平攻勢之一端。其和平攻勢之言今因無人相信，以其根本思想只是視人如物，以一切學術言語為工具，而世人之受欺之經驗已多。然由此等等，亦見在一時期共黨尚不至於發動對外之戰爭。故港九之局面當尙可苟安。然承吾師之提示，自當兼告此間之自由人士，共同警惕，以免事變之來，張皇失措。

尊著印刷事據云已印一半，當可如期印出。至於索引一事，早已電話告胡君，如尊意取消，只附徵引書籍等已足，彼自無異辭。彼謂已得尊示，想亦已覆告吾師。

此間冬季如春。生與內子及小女皆安吉。家母仍住蘇州，舍妹至中月前曾赴北平診病，曾見白華、漱溟諸先生，謂身體尙佳云云。專此不一，敬叩

道祺

生　君毅　拜上　十二月廿日

二　（一九六二年八月八日）

東美吾師賜鑒：去歲赴臺，得再謁　崇階。歸來匆匆，未及奉書問候爲罪。昨奉　賜示，並蒙齒及前奉呈之拙著，加以獎掖，彌增慚赧。拙著無足稱，唯尙憶三十餘年前聞吾　師之敎，謂哲學當兼綜情與理，並通於文學與科學。當時雖不解其義，後乃知其不可易。而當世之爲哲學者，蓋皆不免裂情理爲二，而執一曲之理以武斷人生之全者，其弊尤甚，而禍亦終及於生民。因常念端正初學之方向，當

先祛一曲之理之執，以嚮往於人生之性情與智慧之道之全。拙著粗陋，固不足以語此，而才力短淺，更不能上契於文學。唯亦幸未大違吾　師昔年之敎，願以此精神導來學，咸勿以一曲之理自蔽耳。賜示復介史君作樫來港就學，盛意至感。其大著誠如師言，雖字句或未瑩潔，然才思橫溢，出自心悟，並想見其爲人之性情之正及志道之篤。能來此共學，實私衷之願，而吾　師一言九鼎，想研所同仁亦鄭重考慮。史君已在臺大研究得學位，猶欲參學四方，乃世所希有，亦此間研所之榮。自當謀有以玉成其志。唯此間研究所學生之膏火之資，純賴某基金會之捐助，又以前月由大陸潛入之難民實數已在五萬人以上，故港府對來港之入境者限制甚嚴，而由臺申請者已有廿餘人，皆以中國文史方面者爲多，學額分配將由各方會商決定，尚須假以時日，方知結果。望轉致史君仍照常任職，而此事如獲如私願，以去年由臺來此之二生之例觀之，亦輾轉至寒假方得入境。吾人國破家亡，依人作嫁，亦由人主宰，可爲深嘆，而此亦益見志業之相砥礪之不容已而無間時地者也。幸以此意告史君，以免其切盼爲感。

肅此佈臆，敬叩

道安

師母均此候安

生　唐君毅　拜上　八月八日

三　（一九六八年二月）

東美吾師尊鑒：奉二月二十二日手書，承詢及賤恙爲感；又知道躬近發扁桃腺炎，未悉治療情形如何，深爲繫念，伏望多事休息，早占勿藥爲祝爲禱。承告以匈牙利名醫前介吾師服用之藥，當購買服用。賤恙於二月前曾赴菲律賓診視後，現尚無其他異狀，望能長保此可用之目，不負吾師之關注。

世局日險惡，此間可聞大陸廣播，全是淒厲叫囂，一片瘋狂。而此間學生亦日趨浮動，卽學哲學者亦趨向虛無主義。生年來妄多所述作，強聒不舍，初似尚略有影響，近二年則大變。茫茫來日，未知何所底止也！中文大學哲學系今亦只能維持一暫局。校中逼幼偉於暑中退休，生與宗三年過六十，並在退休之年之列，縱再維持數年，亦難乎爲繼。哲學系校外委員數年來承吾師撥冗擔任，示以方隅，至爲感謝。實則當世能通透東西哲學者，吾　師以外亦無第二人。唯諸生文卷皆初學所爲，亦不忍過擾　清神。今年乃勉請陳榮捷先生擔任，固不足爲吾　師之繼也。前聞王書林先生言，世兄天華在夏威夷任教，吾　師暑中想必可去夏威夷。此間有年輕治哲學者，亦將同去，並皆望與生同聆吾師之教也。匆此不一，敬請

道安

生 唐君毅 拜上

致方東美

致錢　穆

一　（一九五七年二月十八日）

賓四先生及諸先生道右：日前離港，承諸先生送別，毋任心感。登機後所見皆是西方人，無一相識，覺當前世界頓感生疏。回想七、八年來與諸先生共事，彼此意見雖不必全同，亦華夏子孫在患難中之結合，不免感慨繫之。當夜卽抵東京，有大使館之一人、中國友人一人，與日人四人來接。日人多能華語，又覺如在香港。毅來此前，亞細亞研究會先已與各方接洽安排一講演訪問日程。彼等招待雖頗殷勤，但行動則全無自由。匆匆終日，致未及一函報告所見聞爲罪。

來此七日，計講話與聚會已過十次，曾游東照宮一日半。所住是日本式旅店，亦曾至日本家庭食宿數次。昨日在西尾家宿，彼爲工人出身之日社會黨右派領袖，但家庭全保存日本舊風習，家人皆彬彬有禮。今日上午其夫人（年已六十餘，亦女工出身）親習茶道待。又數日前中山優及安崗等約在一日本店宴，彼等皆六十餘歲人，酒酣皆能歌唱。謂毅去美，如西出陽關，漸無故人，乃唱渭城朝雨之歌致意。今日下午又在一法學教授家，彼亦能歌，歌後所放留聲片中有唐代雅樂。而日本國歌則絕類毅在小學時所聞孔子聖誕歌。今夜在尾崎家，座中日人皆歌明治時代歌。念日人皆有禮樂，而吾人只有已往之歷史及抽象之哲學可講，中心慚赧，匪可言宣。至於日本之大學教授及日本學生，亦接觸不少，但所聞見者皆無存於日本民間生活中之禮樂令人感動之甚。又憶初下機之夜，即至一日本麪店吃蕎麪，切麪者亦一面切麪一面與留聲機中所放其故鄉之歌相和答，皆出乎自然，非徒以取悅顧客。以前只想日人之面目板滯，今乃知其生命中另有活力。所遇日人，凡與賓四先生見過者皆囑毅代問候。新亞學報日本學者頗注意。日前在一談話會中，毅講話後，即有一教授問毅在第一期理之六義一文意見。毅深感日人對中國人之注意不僅過於中國人對日人之注意，亦過於中國人對中國人之注意，是亦堪爲太息！唯日本中小學教員工會及公務員工會與銀行工會、學生總會皆左傾。日人云十之八之歷史學者皆取唯物史觀講歷史，此則甚可憂。昨日一座談會中有五、六大學生參加，彼等感於學生總會之只對英法出兵埃及發宣言，而對匈牙利事則一無表示，感不平，正擬另組學生總會。但前途發展如何，尚未可知耳！毅明日即赴伊勢，再轉奈良、京都，計二十三日去檀香山。校中想正爲招生諸事忙轉，瞬即下學期開學。諸先生日勞而毅則逸游四方，思之心愧。諸祈

爲道珍重。草草不盡，敬候

大安

諸同事
諸董事 先生統此致意問安

唐君毅　上　二月十八日

二　（一九五七年四月廿七日）

賓四先生道右：前在芝加哥上一長椷，述此間漢學研究情形，因忘貼郵票，繼又函郵局附上郵票請其代貼，不知能達覽否？

自前日離芝後，曾去意利諾及Iowa與Berea一行。在意利諾曾去看韓裕文之墳，並與其友商定將其所遺約一、二百冊哲學書直接郵寄新亞書院圖書館，私意將來由新亞圖書館貼裕文像及小傳於書後，永爲紀念。想先生及燕謀先生當亦以爲然。又前在三藩市時與袁仁倫君同選之哲學文學等書，當約近千本，不知已寄新亞否？計時已將二月，如尚未寄到，沈先生亦不妨以新亞圖書館名義請其速寄。

上二次之信，均未能詳答　手示所提之意見。　先生數年來之心力勞瘁，固所深知，如欲暫作一年之休息，實理所當有，唯引退之事，則於事於理皆有不可。至轉以相託，尤非力所能任，亦反於學校有害無益。平心論之，新亞之名早浮於實。以校中諸先生之學問資歷而論，固皆今日之中國所不易得，但皆一時患難結合，以前所學既異，性習亦殊，而患難之交不深，對國家民族與吾人自身之處境之艱困之感亦不深，終不免爲舊習所毒，不能同在大處用心，此乃時代通病，亦無人可責。新亞八、九年之歷史，賴　先生之聲望爲號召，毅只能從旁補苴罅漏，略事彌縫，只望留此學術文化之命脈以俟來者，但精神上亦終未能互相鼓舞提挈。若先生再謀退志，以毅當其衝，自顧既無從服衆之資，而罅漏亦不能自補。個人及一學校之成敗，其事尚小，而遺笑友邦人士，使人以中國人只是爲奴之事大。此乃客觀考慮、稱心而談，並非爲個人自逸之計。如先生實欲退休，則將來新亞校長亦無妨學美國辦法，即由董事會另請年富力強而善於爲學校開源者擔任。在此間如密西根布林斯頓以及哥倫比亞、哈佛、芝加哥等大學校長，皆是此種人才，即教務訓導之責，亦皆由年輕有辦事之才者任之。學校之學術地位由教而定，經濟及行政由有另一種才者負責，此實爲分工合作之一道。中國社會過重資歷，而吾人學校又未大上軌道，依美國辦法自有困難。但事先宣佈共同認清此點，以物色相當人才，亦非絕無可能。如此，則先生與毅等皆能專心教學，對學校之貢獻亦可較大。先生可一加熟慮，先爲佈置。先生所言，吾人對雅禮在經費上不勉強請求之態度甚是。但暑中對雅禮之一報告總望能先行擬定，多加斟酌，總以不使人以吾人爲無成績無理想爲原則。吾人之缺點過失，固當依中國聖賢之道理自己反省，但對外亦須學西方人之表示自信與宣揚成績。此間學校多有研究所，學生一面讀書，一面教書之辦法（稱教書、助教或講師）。此期研究所學生畢業後出路如何？如無出路，亦於研究所之名譽有傷。私意可採取此間辦法安排。又哲教系學生鄭力爲屢得徵獎第一，此生頗有骨氣，在毅臨行時，因有四川同鄉可保送人去德國讀書，乃問鄭去否，他說不想去靠留學招牌。此甚難得。希望對此生留意（此生對師長無逢迎趨附意。新亞有許多好學生尚未能脫此。此皆甚細微，可由直覺知之）。

聞丁□□在此並無工作，不知彼下年能回港否？在紐約時曾遇一前廣東文理學院英文副教授趙自強，彼在此譯杜詩，甚有理想，所學亦博，在此十年，並不崇美，而能愛中國文化。但不知其敎書如何，有意回國否。專候

大安

君毅　上　四月廿七日

三　（一九六〇年）

賓四先生左右：十五日賜示奉悉。

雅禮方面捐款之困難情形，毅數年前游美卽感到，歸來亦曾與　先生及諸同事談及。大率其老一代之人初意在傳敎，而新一代之人對遠地之文化敎育事業亦不易發生興趣。羅維德先生在耶魯夙爲德望所歸，其對新亞之同情與幫助，實至足心感。彼前發表之談話，此間師生談及時雖不以爲然，仍謂此老其心無他。新亞與雅禮誠信相孚，亦惟賴此老。今聞彼返美後仍用全力爲新亞前途擘劃，擬擴大

雅禮會員組織等，彌深敬仰。日前與士選等同仁言及關於籌設理學院等之經費，第一步向董事捐募，以後亦可由新亞員生自動捐獻若干，士選亦以爲然。惟彼謂現新亞既歸教育司所管，亦應向教司多求經費幫助。在學校新組織法下，學校屬於董事會，董事會屬於教司，教員皆爲雇員性質。多向教司要求，自亦合理。但在新亞同仁之原始意識中仍覺新亞爲全體師生之心力所支持。私意新亞亦無妨仿雅禮協會之組織，擴大新亞社員會爲新亞校友會或新亞協會之組織，則以後在經費募集方面集腋成裘，亦有可觀。如慮其龐大對學校多有意見或干涉及董事會權限，亦可明文規定其爲一社會友誼團體性質，對新亞事業只作無所爲而爲之幫助。而毅之再另一想法，則純從投桃報李之義說，即將來新亞同仁亦可集資若干轉贈美之雅禮協會，在耶魯設立獎學金以及講座，專供美人研究中國文化之用。雖中美國家人民貧富相懸，事若矯情，然實亦未嘗非吾人內袪慚疚之一道。此意毅三年前在美時即嘗懷之於心，終覺吾人之只爭取他人之援助中亦有恥辱存焉，而於他人之惠亦終當謀有以報。先生之兩函辭意懇切,更深有所感,故縱言及此。以後當將　尊意多與同仁言及並相與策勉。至於在此時之中國人與中國社會之種種複雜心情，自非大力不能斡旋。吾人之自己心情亦宛轉牽連，不能直達，唯有逐漸做去而已。關於學校員生等統計數字，已另請伍鎮雄兄寄上。其餘學校中事，彼與　士選等當另有函。

不盡一一，敬請

道祺

君毅　拜上

四　（一九六一年）

敬啟者：毅自本校創辦，即任教務長一職，已十二年，愧無建樹。唯以前校中人事安排皆因陋就簡，對外事務較少，而毅亦勉承其乏。自前歲起，本校正式參加中文大學之組織，對外交接日多，而校內行政亦逐漸制度化，辦事較重手續與形式，毅所任之課程門類更多，每年更換，已苦無時準備，再兼職過多，匪特非才力所克負荷，亦與校中同仁各專職責之規定相距過遠，因於去年上期已向吳代校長及校務會議提出請准毅先行辭去教務長一職，再陸續免去其他兼職。唯當時以　錢校長遊美未歸，吳代校長備極辛勞，乃經校務會議議決一俟錢校長歸來商得繼任人選，即行卸任。　錢校長旋於去歲十月返港，即與校中同仁忙於與港府教育司折衝交涉之事，乃至去年寒假中再向　錢校長重申鄙懷，又經面囑仍暫任緩辭舊職，至今年暑假必可符私願云云，遂因循至今。現暑假轉瞬將臨，玆特正式具文懇請早日向校務會議提出，另簡賢能繼任。現本校理學院各系即將正式成立，下年度之教務多須預為計畫。故擬請准毅於此學年度終之前一月（即六月底）卸任，以便繼任者從容擘劃，而免先後脫節之虞。不勝盼禱之至。此上

錢校長
吳副校長

唐君毅 敬上

五 （一九六五年八月二十日）

賓四先生道席：毅月前赴韓，稽留竟一月乃返港，知文旆已去南洋，旋由劉、張二先生處知在南洋起居安適，尊恙漸癒爲慰爲頌。二旬以來屢欲修書問候，皆因循未果爲罪。日昨奉到　惠示暨與　吳先生函稿，快同晤　教，茲覆者關於哈佛社敦聘先生從事朱子研究之事，雖初由　先生與楊先生接洽，然據毅所憶，Pelyer 君來新亞時，確曾謂在手續上應經過新亞書院以及中文大學，故後來蕭約君亦曾向中文大學當局徵求同意。鄙意以爲此純屬形式，實質乃在使人共知

先生對新亞學術研究仍在精神上作領導。　如哈佛社今視爲不需此手續，而仍存其實，毅於此亦無成見。吳、謝二先生當另有函陳，茲不復贅。而毅數月來恆念及之事，是憶去歲赴夏威夷之先，在沙田尊寓長談，　先生當時嘗言及種種對大學之意見，謂當陳之於大學董事會，並言如所陳各端不獲衆意

支持，當專題作客觀之教育問題公諸社會討論云云。而毅在當時之所以終同意　先生辭去校務，並允盡力敦勸吳先生繼任，私懷所在，實是望

先生於脫去實際行政事務之後，得以超然之身對新亞及中文大學之教育理想加以提撕。後毅自美歸來，於中間種種校內外之事雖所未詳，並與同仁等仍本原意，促成　吳先生之繼任，然望　先生仍在學術研究與教育風氣上多所倡導，則初衷未嘗有異。今繼任校長之事更暫得一解決，得免於流俗之譏誹，竊望　先生仍本最初創始新亞及後參加中文大學之本願，就教育之原理原則上，發爲直言讜論，以供尚在校中之同仁之借鑑，則功德實爲無量。目下最可慮之事，是同仁皆忙於目前之務，更不於教育之目標略有所措思。如旬日前新亞教務會議中，竟多有人主張廢止一切無益於學生應考之科目。毅等雖力主保留中國通史一科爲全校必修，然亦蓋將如告朔之餼羊。舉此一事即知理想之頹墜，必歸於一切隨人腳跟而後已。毅於此蓋悟凡視理想觀念爲空虛無實者，其所謂實者亦無不一一歸淪喪而空虛。新亞初期同仁等大言不慚，乃似虛而實。今則日日有會，事事有手續有規定之制度，而教育之事乃益淪於虛。人之迷其日固久，亦非驟語之所能喻。今大勢所趨如此，毅於此所能爲者，亦不過望稍殺緩其勢，故尤望對此類之問題，　先生能以高蹈之力，更作獅子吼也！　大駕何日歸來，一切容俟面陳。不盡盡一一，敬候

儷安

晚　君毅　拜上　八月廿日

六　（一九六七年）

賓四先生道右：頃又奉到十五日　示，關於校中副校長人選，自宜早日決定，並爲來日長久之計。弟意校中同仁多年事已高，弟在諸同仁中雖年稍遜，亦將及六十，且自顧非行政之才。而今後之學校行政與學術，勢必分途，行政方面自宜以物色年富力強之人擔任爲原則。唯念學校亦如天下者，昔孟子言以天下與人易，爲天下得人難。弟初意亦擬於來函後對此方人士多爲諮訪，提供參考。惜爲目疾所困，故所接者亦甚狹。唯聞

劉子健、胡昌度頗有才具，但劉君未及見，胡昌度君既已來港任職，自可更從容觀察。至於柳存仁先生，則弟來此後每三四日必來相候，盛意可感。弟與之談新亞同仁之教育理想及文化觀念時亦甚多，觀其爲人，才具雖不如胡君，但於中國文化浸潤較深，其人心地尚純正，細密、小心隨處可見，唯於人情世故，稍嫌過於熟練，故於義理之是非或心知之而未敢言。此蓋由其昔所處之環境爲之。鄙意是如　先生能多留任數年，使其多得挾持之益，或亦可當來日校長之任，否則繼任校長勢必仍須另行物色人選。當今之世，不僅才難，有才者亦須符合種種外在之條件，方可得其用。如只就副校長之職

而論，在吾人所知者之中，柳君要爲最可供考慮之人；如　尊意及諸校務同仁皆以爲然，弟自無不同意，儘可早日徵詢其意也！專此不一，敬候

儷安

弟　君毅　附筆

七（一九六八年十二月廿四日）

賓四先生道右：年來亦時欲作書奉候

起居，唯據所聞皆言　先生在臺一切佳適爲慰，此間事不欲更擾清聽。丕介、幼偉暑中將退休，士選亦然。毅性卞急，目疾蓋無痊癒之望，後日卽赴菲律賓再一診視。前過沙田，念二十年事如夢幻。已往如此，以後可知也。

大著朱子新學案想已完成。前閱報知金門有朱子新祠，先生有題記，此亦亂世之盛也！現新亞學報由嚴耕望編輯，大著諸篇如可單獨發表，能賜一二篇否？

中文大學今亦成立一研究所。　先生以前精力所注者今亦成殘局之棋，亦當走至最後一着。亦見諸行如幻如化也！

臨行書此，聊博一粲，並候

儷安

唐君毅 拜上 十二月廿四日

致錢 穆

致陳榮捷

一　（一九五九年）

榮捷尊兄左右：惠示奉悉旬日，稽覆爲罪。大示所論極是。今之在美國任教者蓋惟兄能通彼方文字之精英而不失對中國文化與文學之自信，而有進一步之義以詔彼方人士，是可佩也！

大陸行人民公社，家庭多散，種種一言難盡。吾人流亡海外，唯有耿耿此心，以報吾祖宗先賢之神靈之所在耳！（下缺）

二　（一九六二年六月十六日）

榮捷仁兄先生左右：別來又匆匆三載。想教澤日弘、著述日富爲慰爲頌。陽明傳習錄想已譯成出版，此對彼方治中國學者裨益必大。弟近況如常，惟敝校近忙於與崇基等校合組中文大學事故，一年中除爲清華學報寫一文外，未有所撰述。玆有啓者，弟近與謝幼偉、牟宗三（任教港大）諸兄鑒於中國儒學之衰落，近擬共發起一東方人文學會，一面以講學接近青年，一面與若干國際上研治儒學之中、日、韓之人士謀聲氣相通，一面擬刊印若干已絕版之儒學書籍，並印行待印之書（如熊十力先生之著）。弟等前擬有一學會組織之原則，今奉呈一閱。美國方面，公議擬請吾兄及梅貽寶兄與君勱先生共列名發起。不知　尊意是否同情。如蒙贊助，並希指示將來進行辦法，或介紹同志。韓國方面有高麗大學之文學院院長李相殷；日本方面有東京大學之宇野父子；已去函商，蒙來函表示贊助。香港方面，除弟及謝、牟二兄外，有王道（人生主編）及程兆熊兄五人先行發起。其餘友人雖多，但亦不輕約，以免關係太雜，只希望能由講學以多有一些下一代之青年同有志於儒學之復興之事業，暫不求一時之張揚，而求如細水之長流。未審吾
兄以爲如何？一切容後再詳。專此，敬請
大安

弟　唐君毅　上　六月十六日

外附熊十力先生由大陸來函之照片，以爲一紀念。熊先生之書正設法搜集以謀印出。彼今年已八十矣。

三（一九六七年七月九日）

榮捷尊兄左右：

六月三十日示近乃奉到。承爲宗三兄所作致李校長函，甚好，已轉寄香港，茲特一言致謝。中文大學辦事甚慢，弟頃得友人函，謂大學已正式聘請宗三兄。然弟尚未得香港通知。不知友人函所述是否。今已去函詢問。但亦可能仍有正式文件與兄，以符聯邦教育局之手續。如萬一再有文件來，仍希兄勞神，就文件寄發地再回一信爲感。弟常與友人談及兄近三十年在美講學之功無異玄奘。今後仍望善珍攝起居，（中缺行）

然亦不能如昔日之全日工作，此亦無可如何之事也。匆此不一，敬請

撰祺

弟　唐君毅　上　七月九日

四 （一九六七年七月十九日）

榮捷尊兄左右：前上一椷計達。頃又得與中文大學胡君函，當卽掛號寄港。勞神至感，專此奉復，並希釋念。卽請

撰祺

弟 唐君毅 上 七月十九日

五 （一九六七年十月卅一日）

榮捷吾兄：弟於前月歸港。大示昨日乃由日本輾轉寄來。未及早復，無任歉疚。

尊著多篇能印爲一册，以嘉惠士林至佳。仁的觀念一文編入自無問題。以弟病目疾，爲張先生八十紀念文，亦未約多人作，只共得十篇，近乃付印，甚愧對吾兄也。

承囑撰序，甚感光寵。但以目疾之故，不能細撿讀大著，當寫一短序，以表祝賀出版之意及敬意，由兄酌用。俟心情稍安靜卽爲之，再行寄呈也。

弟目疾不能算痊癒，但望不再壞。回港後事情較多，故心情遠不如在東京時，亦緣自己修養不夠。昔司馬遷言「左丘失明，厥有國語」，朱子與曾文正晚年皆患目疾甚劇，而曾於目疾中辦理教案，朱子亦講學不倦。遙念昔賢，彌增愧赧，亦藉此自勵耳。匆此不一，敬請

文祺

弟　君毅　上　十月卅一日

六　（一九六八年三月一日）

榮捷尊兄左右：前奉

賜書，知拙序不甚適當，囑改寫英文。弟原擬一更撿大著一讀後改寫，因中文之序可以抒懷，而英文之序則須說及內容，二者之體裁決不相同也。但弟之目疾仍不能多看書，大著亦未能重新撿讀，故遷延至今。如浮泛作序，亦無意思，故今唯有函兄致歉，決定不作，以免佛頭著糞。弟前之中文序亦以不用爲是。大著亦原無待於弟之一序，而有陳先生之一詞卽已足矣。近來想著述日富，弟近則無善可述也。專此，

敬請

文祺

弟　唐君毅　上　三月一日

七　（一九六八年八月七日）

榮捷尊兄大鑒：

賜示拜悉。爲君勱先生紀念文已送印局。大著誤字已於前日囑友人查對改正。希釋念爲幸。印局印刷甚緩，俟校對時再一檢視也。賤恙仍舊，左眼只能任之成廢物，但節省用右目耳。弟前曾奉上原論第二册，皆四年前稿，今唯望看能否再訂正若干舊文付印，新著則只有暫停。爲義理自在天地間，人皆可共見，固不必彰之一人之言說。念此亦足自慰耳。

大著中國哲學論文集想已付印，未知何日可出版。專此奉復，敬請

著安

弟　唐君毅　上　八月七日

致陳榮捷

八　（一九六八年十月十日）

榮捷尊兄左右：賜示拜悉。承　兄允為中大哲學系教員審查委員至感。夏威夷東西哲學家會，　兄明年度不能去，甚以為憾。實則此會直由兄與 Moorl 先生等創始，否則不能有今日。Koplan 十年前來新亞，弟與彼卽相識。去年來此相談，彼蓋別有一套想法，似趨於務外喜新。彼來時弟曾約若干治哲學者與相晤。年長者如幼偉、宗三諸兄皆與之不相契，不知何故，今兄如不去，弟頗為之慮也。弟以明年或將休假，而留此則人事多，故允去，藉得一時期之休息寧靜耳。

弟以健康關係，現請幼偉兄任新亞哲學系主任職。唯中文大學方面之研究所學生，則仍暫由弟負責耳。

大著已有陳澄之先生序，想不日當可出版也。匆此奉復，敬請

文祺

弟　唐君毅　拜上　十月十日

九　（一九六九年）

榮捷尊兄道右：

弟於檀香山會議後，曾去日本及臺灣小住，後乃回港。大示兩札皆早奉悉。兄致函中大定蔡君之分數爲六五分，此實較公平。足見兄之不苟。旣感且佩。實則六五分已可夠卒業之標準，故日前研究院亦將蔡君通過。經兄審查之三人，後日卽可頒發學位。知注並告。弟以新亞二十周年紀念會有一串學術演講之節目，以三月爲期，校中囑代籌備，故較忙。匆此數行，並候

著祺

弟　君毅　拜上

十　（一九七〇年）

榮捷尊兄：前承爲吳森、劉述先審查，甚感。新亞研究所之研究生，不在中文大學補助之列，故近請董事會幫助籌募基金，但亦須要督促，能有若干學術界人作象徵式之捐助，其意義亦甚大。故今寄上

此函，希在可能範圍內請同情人士幫忙。但亦不敢過勞清神也。

弟　君毅　上

十一　（一九七〇年二月十八日）

榮捷尊兄道右：

賜示奉悉。承　贊助研究所籌募基金計劃，惠捐百元美金，盛意至感。同仁等所籌募者對董事方面有極大之鼓舞作用，其價值至少在十倍之上也。校中正式收據容後奉上。

佛觀兄處晤面時當代爲致意。

專請

儷安

弟　唐君毅　上　二月十八日

貽寶兄在美退休，新亞已決定請其來任校長，想亦兄之所樂聞也。

十二　（一九七一年）

榮捷尊兄左右：

哲學研究所及哲學系論文試卷承評閱，並獎掖有加，至感。學生之錯字日多，乃由中文程度之低落。當請教師注意。

弟去年與兄在歐分手後，曾至星加坡小住三日，並參觀星大之哲學系，知其有意注重東方哲學，本年度已聘敎東西比較哲學者二人，其一爲弟所介之前新亞畢業生，另一人爲前臺大之畢業者（二人後皆在美得學位者）。但最近該校之龔君來函謂尚擬聘請前往訪問之東方哲學教授。不知吾兄能否請假一年至東方任訪問敎授，如此對星加坡之敎育文化皆可有一番影響。星加坡雖爲一獨立國家，但主要是華人所組成之社會。目下國際之政治無可言，吾人唯望中國文化學術之種子能多散佈幾個地方，亦算吾人對先哲之一交代。如吾兄能回東方任敎一時期，其意義亦甚重。不知尊意以爲如何？若有可能，希告弟，當囑當地友人代洽一切。專請

大安

弟　唐君毅　上

致陳榮捷

十三（一九七一年十月三十日）

榮捷吾兄大鑒：

前日見宇野、安崗所編之陽明學大系，並得拜讀吾　兄之歐美陽明學一文。未知此文原稿是中文或日文或英文，此間由較年輕之友人編輯之人生雜誌仍計劃刊出。如是中文，則擬請允在人生雜誌刊載；如是英文，則擬請允在新亞研究所將出版之下期中國學人刊載。未知尊意如何？如蒙惠允，希由郵寄下。目下以中共入聯合國，人心動盪，但吾等書生仍只有守其故常。對陽明先生之五百周年，臺灣亦將出一紀念集。弟卽以寄日本之中文原稿應徵寄去。故亦望　兄之中文、英文原稿能刊載於此間，以享國人也。專此，敬請

文祺

弟　唐君毅　上　十月卅日

十四（一九七四年五月三十日）

榮捷尊兄左右：

賜示拜悉。拙著承嘉許，盛意至感。第三册已在臺印，俟運港時再行寄上，請予教正。目下中國大陸批孔，此間左派報章大加附和，學校師生亦有隨聲而呼應者。扶輪送大學一孔子銅像，大學當局竟不敢擺出，而置之地牢中。此諸事使弟甚不愉快。唯哲學系學生及同事尚能不隨波逐流，可爲告慰。然其勢亦太孤矣！

弟退休後擬稍休息。臺灣有數校相約，皆暫不擬去。此間新亞研究所不屬大學管，一向由新亞同仁義務維持。弟或尚須負一段時期之責任。要之由大陸之批孔可見中國哲學之慧命已不絕如縷。兄數十年之存中國哲學於世界之功終當不泯耳。

本年度研究院有一學生之論文仍將勞　兄審閱。此生爲女生，乃女生中所少有者。

匆復，敬請

道祺

弟　唐君毅　上　四月卅日

致陳榮捷

致陳伯莊

一（一九五九年六月五日）

伯莊先生道右：日昨令妹枉駕過訪，得奉手示，備悉　先生兄妹恩義，更佩且感。旬日前大示毅亦見到，曾與錢先生商談二次，皆未有確定結果。緣自　尊駕去後，此間三院聯合會爲要求畢業生地位之被承認，曾向港府及英聯邦教育會要求成爲中文大學，而教育司亦將頒佈法令管理此間專上學校，此二三各院校及港府間接觸頻繁，詳情一言難盡，要之在港辦學校實困難重重，政府之殖民教育與吾人所懷實相距甚遠，而此間學校之畢業生日多而無出路，實亦誤人子弟。故港府動輒以社會需要爲言，欲多所管制，亦非無理。弟年來浪費時間於無用之地，學問荒疏，實深以爲苦。前日又與錢先生談辭職務事，一時雖未見許，但終當擺脫，於先生所托，則毅仍當視力之所及聊盡己心，亦不限於新亞。憶七、八年前先生即已任教於此，毅之初意未嘗不望此間學生能多蒙教益。事與願違，惟有愧對　先生。年來所辦現代學術一刊，成績斐然，亦深望　先生之計劃能早實現，而一面講授社會學或現代哲學於新亞，實最爲善策。如去美後所爲不合，再謀資生之道，當不爲遲耳。 曾譯美國現代哲學想已譯竣。憶 先生之初意，原頗重實用論及懷氏與唯心論，後乃改爲以分析學派爲重，不知今果何似。毅於此派之書，並非讀不能解，唯終以爲不足當人類思想之正宗。而今中國之爲此論者，更濟以乖張輕薄之習，導青年入於冷酷乾枯殘刻之心智，實足爲世道人心之大害。故於 先生哲學選集之偏重此派，毅仍有心不謂然者。在先生以厚德載物之心順時代潮流之所趨卽爲之介紹，固見宏納之量，唯竊慮捕風捉影之士將日放肆而無忌憚耳。此皆題外偶及，聊抒所懷。 先生之笑以爲迂固，意想之所及也。別來數月，拉雜奉陳，不盡一一。敬請

文安

唐君毅 上 六月五日

二 (一九五九年)

伯莊先生左右：兩示均奉悉，具見 士賢眞抱負及眞性情所在。安心用世卽古人之明體達用，何幸得聞斯言。毅自顧更無用世之才，而空談安心，亦實心不安，然終竊以爲此二者爲澈上澈下之本末一貫事，其實質無殊於古人所謂內聖外王之學之新發展。歧本末內外爲二義，似猶有憾。惜非倉卒所能盡

意。容後再呈教。（下缺）

致徐復觀

一（一九五一年三月廿二日）

佛觀兄：大著中國政治問題二層次，疏釋葛藤處甚精當，乃近年少有之政治論文，不知各方面之反響如何。中國政治之失敗，弟常與丕介兄談，實遠源於廿一、二年之一部人之學德國，而畫虎未成。經共黨之集權以後，更須從政者之放開局度，而人民之各能表現其獨立選擇之自主精神，實至爲重要。宗三兄所謂中國以前無政權之民主，而只有治權之民主。其所意想中國文化精神應有之發展，弟亦能會及，但此乃是理念上的道德上應該有的。在實際上必須有許多現實條件之配合，此中與歷史之關係甚重要。英美之民主制度之建立，正在其國力膨脹及產業革命之時，又有社會已成之各種宗教教會與獨立之學術文化事業爲之配合，故能收政治上制衡之效與個體精神之提高之功。而中國民元之議會與抗戰後之大選之鬧得一團糟，皆由缺此條件，故一面有袁氏之帝制自爲，以後之學德意及今日共黨之得勢；一面有梁漱溟先生、錢先生等之回念中國傳統政治。但傳統政治作之君、作之師之形態，須有一改變，卽二先生亦不能否認。然如何免於使人民只爲被動者之弊，終是問題癥結所在。弟意西方社會文化中之文化勢力(宗教、經濟、學術、教育)之多端的獨立發展，實西方民主政治之根本條件。中國將來如要眞有民主，亦必須有社會之獨立之文化勢力。中國傳統文化之整全精神，必須自覺置定此分化之社會文化勢力線於其交切處，乃可以陶鑄中國人民之個體的自主精神，以爲眞正民主政治之基礎。而共黨政權摧毀後，中山先生之地方自治，實使地方人民表現其自動自主精神之必須條件。自容共學共後，中國廿年之政治皆與此背道而馳，一方亦由剿共與抗日，不能不強化中央之故。及中央失敗，則共黨之集權成功矣！將來共之集權失敗，中山先生之地方自治精神應可再提出。此亦符合於秦後之漢之措施之歷史教訓。如中國以後之民主政治在一方面有社會之獨立之文化勢力，一方有地方自治爲社會基礎，再加士人之責任感，則可不復有民元及國大會之選舉之弊。否則任游蕩在上之知識份子所組之政黨終日喧囂，仍將蹈以前之覆轍而再來專政之論調與措施。在將來欲免政治家仍藉武力以取政權之弊，軍隊國家化而不黨化之常軌決不可廢，故軍隊之政治教育須另是一種，而合於國家之理念的、中國文化之歷史的，而不能是屬於某一政治主義的。弟懷此義頗久，亦嘗欲寫一「中國民主政治之前提」之文，以道此中曲折。但弟覺論政比論文化理想尤難。中國政治問題實所包葛藤至多，弟亦無政治經驗作參證，故以告兄作參考。平心而論，弟終覺今之反共人士無論屬政府方面及自由民主人士方面者，尙皆只是消極的。在此階段，消極之言論不可廢，亦只此種言論可引起人之興趣。有許多話蓋皆須將來乃能眞正講。兄對中國政治病痛所知較親切，且有誠心與銳解，兄如先日多在此用心，實於國家有益。目下許多閒氣皆由大家誠心不足，而世運推移，以前不能有如此，今後亦難寄望於其上。中共研究如只於作共黨分析，對兄亦浪費精力，如經濟上有法，則宜培植研究人才。如無法，最好介同人轉業。聞丕介兄言，或將轉代某機關收材料。此則與　兄發起意相違。弟甚望兄能脫開一些人事糾纏，先超越以求涵容，多爲中國之未來用心。目前之現實力量，如在精神上不能提高一步，將只爲未來之一接生者（實則自覺以接生者自居乃眞偉大者也），此乃事理所必然，此時吾人之責任，只在使所接之人，如此勢理之必然而自求進益。如此則接生者亦可爲中國之再造者。兄能勸說人自求多福，則留臺亦好，否則仍不如早去日，以兄之誠心與銳解，爲中國未來之政治用心也。

弟況如常，嫂夫人生小姪後想早復原。匆此不一，即候

大安

弟　唐君毅　上　三月廿二日

昨印順法師來講，彼問及兄。印順法師人頗清奇，亦有慈悲意，而其文章氣味多慢，亦怪事。此間講演仍進行，已十七次。但問題研究人心緒似欠佳，每次來者只三數人耳。

二（一九五一年七月卅一日、八月一日）

佛觀兄：

兄示已收到數日，未覆爲歉。兄與丕介兄示二封頃亦見到。素氏及兄言社會應有學術文化及宗教團體，與政治權力以一限制之意，弟素極贊成。弟以爲人文世界中實應有各種文化組織之獨立性與配合性。經濟、教育學術、宗教，與政治能互相限制，實可減除不少罪惡。共黨之大壞處，卽在以政治權力控制一切。故吾人之言行亦當在根本上確定在社會文化之立場。

一、爲此立場確定，則對現實政治問題亦可放在第二。弟與錢先生丕介兄談，亦同謂以後民評宜重在積極方面之有所樹立，不重在消極的零碎政治上之事之批評。反共之政治文章，如兄評中共政權之作，則可一當百，二年來民評所重之人性義、中國文化性義之發揮，及民主自由義之發揮，方向上皆不會錯。丕介兄意以後可多重國際學術文化思潮之報導。弟意尚可加上國際之社會文化之各種運動人物之報導，另外再加重國際問題。

二、爲此，此刊物可以表現中國人之一種文化自救運動及向國際文化表示願與交流之刊物。此時雖不爲人所注意，亦終將爲世界有心人所注意，而國際知識乃臺灣所缺，對臺亦可合其需要。

三、從遠處看，中國最難之問題，在第三次大戰中共崩潰後。此時人罕在此用心，吾人如能在此用心實亦應當。從此方向用心只能是偏重社會文化的。

四、由英美不支持臺灣簽和約之事看來，更見英美皆決非理想主義者而爲現實主義者。眞理想主義必須先由社會發動。現代世界，其實各地都有人——思想家或有良心人——思人類如何自救之問題。只是分散而人不注意，亦如吾人之不被世界所注意然。弟總想中國或人類之前途賴中國或國際善良人士之了解、容忍以合作，並不須形成一政黨，而可造成一風氣以陶鑄人心。實際上如此社會文化力量眞大，亦可透過聯合國要中共開放文化思想之自由。如眞有此，吾人眞自信得過，只要十種刊物亦可轉移國內人心。

五、目下一般以刻薄文章反共之刊物已多，如新聞天地。實則此類文章皆只能使本來反共者洩洩氣。眞正之大問題在我們如何使不知共黨主義之不好者能知其不好，以致使共黨本身之人，如讀吾人之文，亦能以其人性或中國人之性克服其黨性。共黨之反對一切異己者，是絕對的，且純是對人的。吾人之反共是對理對事，而非對人的。除少數共魁外，大多數青年乃爲一理想而信之，吾人未能盡引導之責，徒希望以原子彈殺盡共黨而回大陸，乃不仁之至。吾人此時必須不再以暴易暴，而將暴力政治之連環截斷——此卽耶穌甘地之精神也。故吾人必須用力於說服，而不能只用力於譏評。此點與臺灣所希望者自不能全然一致，彼乃純自宣傳動機出發——實仍是以學術文化作手段——吾人必須(在)

加以顚倒。然彼亦不致（……）此類文有宣傳價値也。（共黨純是秋冬肅殺之氣，莊子言其殺若秋冬以言其日消也。故其近來文章日趨瑟手瑟足。此決不能慰人心。然吾人亦必須有春夏之氣。以秋冬制秋冬則同歸於盡而已。）

六、吾人之此種態度，自然不免有人以爲不足盡宣傳之工具價値，而社會上之人仍將以此刊只爲國民黨之御用刊物。然此二種罪名，只有如耶穌之負十字架以承擔。吾人只要有一精神，終可透露出來，與中華民族與世界人之良心相契合而放出光輝。如實因責難太多則隨時可停。

七、眞以積極之社會文化之理想之樹立，與國際學術文化及社會運動之報導爲目標，吾人之人力並不足，然可逐漸達到。兄在日讀書，暇時多亦可多作此類文章。丕介兄對於社會主義及經濟思想方面亦可多寫些文。

八、編委不須組織，仍由丕介兄負責，吾人今日之情形與共黨不同，共黨是先有一套定型理論與俄國之革命方式爲模範，故可以之爲互相批評檢討之標準。然吾人今日則無有，只要大體方向不錯，須鼓舞大家興趣，如互相牽掣責難多，則興趣先沮喪，事必作不出。

九、上以多是弟個人意見，錢先生及丕介兄亦差不多。弟並望兄絕意現實政治，仍多注意社會人物及書籍。凡人總以有「質」爲第一，有質自有文。國民政府之人皆文勝質而文皆虛文，喜漂亮，此點尙不如共黨之土氣，故敗於共黨。兄性有剛處，故不能合。不如即順自己本色，碰著人即言自己之理想，只要無辱彼意，別人亦終將不以爲仇。眞要有所作爲，在以後回大陸後，吾人之理想與人格及精神，皆須與質樸之一般人及青年相切劘，乃眞有實效性。不能多所寄望之於香港與臺灣之浮在上層之人物也。匆候

大安

弟　唐君毅　上　七月卅一日

兄發刊辭，弟等皆有同一感覺，亦難說何處當改。弟覺是似求諒之意多，便氣不直。兄自反省是否。

兄前日與丕介兄函，條目太多，彼似甚覺困難。頃聞彼向兄辭職，兄可與彼一信致歉，仍請其全力辦，因他人更不能辦也。兄寫信語氣恆太尖銳，望兄注意。

八月一日

三　（一九五一年八月廿三日）

佛觀吾兄左右：

致徐復觀

前示奉悉。適當時家母在病中，故未及復。

來函述及安崗先生講學風度，殊使人懷想宋明儒者之講學，已告錢先生。唯今日求見此風與中國，當不可得矣！

民主評論暫停亦可。弟意將來如續辦，可以多注意國際文化。日前韓裕文寄來美國哲學觀念史，其中溯美國哲學之源流，乃自一康德研究會及黑格耳之理想主義起，而終一節爲人文主義，杜威等之專宗民主自由之哲學乃中間一截。今人只知此中間一節，實不足。臺灣近有一專介西方新思潮之刊物囑撰文，弟擬擴充此書之見，寫一文論德理想主義與美之民主自由哲學，重在明二者之精神之一貫，弟看來人類思想至此時期，確日益見趨於滙通。由共黨之重機械的統一，終將通出世界人類思想大方向之容異的共向。臺出版之新思潮，一期十萬字，但見介紹而無主張。蓋國民黨改變會所辦。此實不夠。將來民評如續辦，向有主張方向去，必可漸與國際的人類文化自救之運動相契合。弟目前已寫完論中國文化之最後一章。於中國文化之新伸展，而求融攝西方科學宗教與國家法律及民主自由之精神處，在哲學理念上，已確見其實無矛盾，可既保中國文化之延續性，亦可通世界文化向上之大流。惜不得與兄及宗三兄並論。

兄目光甚銳而無成見。弟意兄在日當可多讀新書。今日治學，亦本不須爲狹義之學者，年之長幼無關也。弟看人類將來確須一聯合國與多端的世界性之文化組織。國內政治如有眞民主，兄前函所言宗教經濟學術教育之社團之對政治制衡作用，確極需要。而凝攝中國人之精神，使民主之政治不陷於分崩，則國家民族與文化延續之統不可廢。民評之四宗旨亦原則健全，其他刊物恒只有其二、三耳。弟到此二年，亦覺在見解上有進步，亦朋友互相切磋之益。共黨之唯物機械主義由反面以使人想正面。老子謂善人者不善人之師，不善人者善人之資。皆可互爲益，如此而反共亦不可失寬平之悲憫之意也。拉雜奉報，匆候

大家

弟　君毅　上　八月廿三日

胡蘭成兄在何處，久未來信，如有戀愛事，唯兄忠告之。其對人生體驗原對具體方面甚親切。彼在港時所向弟言，頗使弟自反平日太向抽象處用心之偏。唯太親切於具體，則易陷於當下耳。

聞兄九月將去臺灣，確否？

四（一九五一年十月廿一日）

復觀兄：

致徐復觀

十八日奉悉數日，蘭成弟前曾與彼數函，竟無復。弟乃愛人以德之意，得兄此書，甚爲嘆息，不知其何故如此。

兄能將索羅金書譯出甚好。日前徐訏言此間一書局可編一叢書，可印弟書一册，並印宗三兄書及其他。但近又謂書局恐一時印不了許多，可以次第出版，或則兄書亦可交其印刷。弟之書一種近已整理得差不多。組織及條理，覺尚不差。但句子仍有若干太長，無法改易。如改短句，或須更增加篇幅。弟意爲通俗計，儘可有其他寫法。然必須先有硬性之著作在前，方有所附麗。Carrel 書弟未見到，裕文所寄之美哲學史非 Tavnsend 著，乃一不出名之教授著。弟初擬介紹，後覺不好，故亦未介紹。宗三兄謂兄即將來此，甚好，一切可容面談。宗三兄婚事，兄可另爲力否？弟看原來之人恐無一定成功之希望。匆候

著安

弟　君毅　上　十月廿一日

五　（一九五二年三月卅一日）

佛觀兄：

賜示及大著均奉讀。大著昨收到，即一氣看了一次。全文氣極盛，甚精采，唯中間有二段稍力弱，亦無傷大體。開首一章尤痛快。唯弟尚未細看，只一籠統印象，當再看一次，見有毛病處再奉告。弟覺兄文是在對中國文化之限度處闡揚稍不足。弟前所著書中西文化理想最後章則頗有所用心，以後當謀寄兄一閱。兄文印小册，弟再看了有必須補充者則補上，但以不害原文之完整方好。

凡思想運動必須有多人互相刺激繼長增高乃成高潮。談文化亦如照像，須有多種角度去照，而亦可並存，只要同是一人之像片，能照出神氣即是不可少之文。

兄素羅堅一譯文，看者困難。弟本擬作一文疏導評述，因爲篇幅所限，故未寫。弟近來看了西方之講存在哲學者Heideigga Jasper northrop（此人弟在臺之新思潮中曾有一文介紹，兄見到否？）之一些書，頗有一些感想，弟覺現代肯用心之人頗多，有一人類文化之反本以開新之思想終可滙流成一大運動，並誕生一新宗敎精神。弟或將讀兄素氏文之感想擴大成另一文也。匆候

著安

弟　毅　上　三月卅一日

六　（一九五二年四月十一日）

佛觀吾兄：

連得數函，敬悉一切。大作已細看一通，前面論中國文化儒家精神處皆甚精妥，用語亦極有分寸。所指儒家精神三點，亦極中肯。兄所論，多從現實生活之體驗出發，故有較純自學術觀點論者更親切處。唯在今日之世界，對儒家以人倫實踐爲中心之精神，尙須放開廣說，乃能在世界學術文化中站一地位。此固不能求備於一文。弟書後半於此有用心，已寄臺北錢先生及宗三兄處，託轉正中。兄如去臺北，可一看，並指正也。

至於在大著後面論西方思想處，論黑格耳歷史哲學者，兄所取日人之說，弟亦不全贊成。黑格耳哲學有以個人爲國家之手段材料之嫌，弟亦曾如此說，但黑格耳之精神表現，以絕對精神高於客觀精神，客觀精神之最高者爲國家，而絕對精神之表現則爲藝術宗教哲學。故亦未必有國家至上之意。又自手段與目的說，黑格耳之上帝必須化身爲自然，再由人類精神中表現其自己，卽上帝亦須以其自身爲手段，而以人類精神爲目的。黑氏系統太大，其話有二面，日人之說至多只及一面。故弟意兄文此段處仍宜改動，或用一不定之詞。（弟擬改爲個人似無形成神之手段。國家爲材料一語刪去。）又五五頁全體表現於個體中「無另一懸空的全體」，下半說可刪，因誰主張有懸空的全體，甚難說。黑格耳亦無此說，其他西哲或有此說，但懸空之程度如何亦難說。前文評西方有超越而外在足矣。

此外有少數筆誤，略更動。總之全文均好，兄可放心。唯全文一次刊載，丕介兄感困難，或作爲附本刊出。以弟看來，第一段十七頁可先發表，後面再一次發表。因十七頁以前者乃樹立一態度，精義固在以後者，但氣概則以前一段爲盛。此一段本身亦提出問題，可引起人去想。獨立發表亦好。不知兄意如何。後所寄來論英哲學文及 Santne 文均不算好，留作缺稿時酌用。Heidegger 比 Sartne 深，弟以後或作一文評論。弟前所著託兄轉君章者，弟已直函詢彼，不印就算了，請其還兄寄回。彼等無知識，亦難其了解。君子能爲可貴，而不能使人必貴己也。東大講學，並無此事。此間學校或可望借得一段公地，總要向社會想辦法才是。唯吾等皆不長於向社會活動，亦只能盡其心力而已。不盡一一，敬候

大安

嫂夫人均此候

弟　君毅　上　四月十一日

七　（一九五二年八月六日）

佛觀兄：

兄示收到時，弟正改西洋文化問題。此文後篇全改過，頗費力。然仍不能合理想。承介至臺中之

大學任敎，使較得安閒，盛意至感。此間學校辦四年，亦確勞而少功。唯在學校存在時，弟亦不易離去。此尚非對錢先生個人問題，亦是因一文化理想之號召已出，不能不表示甘苦合作。否則他人更看不起吾人之理想。純爲弟著述計，弟至港大專任亦可，生活好許多，兼可餘錢印書。（如弟之舊作與宗三兄書均可望印出。）錢先生爲人，弟甚了解。但彼對弟，則並不了解。彼之好惡，弟亦多不以爲然。但在公的文化理想上，捨去獨立之中國人學校之立場，而來居於英人之下，則說不過去。前日曾看英皇加冕電影，見其禮儀威儀，遙念中國漢唐之盛，與吾人今日之依人籬下，頓覺百感交集。如吾人不能在學術教育方面，打出一條路，中華民族終將沉淪。弟近來頗留心西方文化之核心之宗敎，此乃其一切力量之源泉。然亦有一大毛病，此毛病不在耶穌本人，而在後來之思想與敎會。弟終想徹底加以一學術上之涵蓋與限制，乃能爲東方人求得一精神上之平等地位，並開人類文化之前途。但今國運如此，人皆自卑，說出亦無人肯聽，總以吾人爲妄誕。弟等如有一機會至歐美一遊，當可有更深入之批判，並知西方文化之新生機何在。否則仍須維持一獨立之精神。勞而少功，亦只得勞下去。此吾人之悲劇也。

弟近見俄人 Berdyaev 所著 Destiny of man（民評曾有盧一釗君譯其一文刊載），彼深佩基督敎精神，亦盛道基督敎之缺點。其歸於入地獄救惡人之精神，鞭辟入裏，嘆未曾有，可謂由共黨之亡俄後，而激發出大智大悲之人也。此書由俄文譯英文，想日文當有譯本。兄有機會可買來看。彼之精神較今日盛於歐之存在哲學，已進一步。

兆熊兄中國之觀賞園林一書未發表者，可以分寄點來交人生刊載，每篇三、四千字可也。其夫人所囑購之物，因無人帶，以後買，乞兄告之。

民評事弟原想暑期多幫忙，但近來蒸蒸日上，皆兄之功。弟想兄亦不必常去臺北，文章既不必皆有時效，則在臺中編亦未嘗不可，不宜過勞也。匆候

安好

嫂夫人及諸侄均好

兆熊兄均此

弟　君毅　上　八月六日

宗三兄大著，弟曾介至亞洲書店，因其曾索弟之通俗文去印，故介與彼，然彼等終不識貨。通俗者要，專門者卽不要，皆從生意着眼。其心可諒。然中國社會上人人不讀書，則可悲。聞世界書局在臺頗有意印學術書，兄能介紹否？

八（一九五二年八月）

佛觀兄：

賜示奉悉。弟以暑中勞攘，日前去長洲島住八日，昨乃歸來，故未覆兄書。

弟前詩是記錯了，兄所言是也。許多事皆無可奈何，人生皆與過失相俱，賢哲亦難自免，知及之仁不能守之，乃吾人之通病。在鄉中住八日，終多所感慨。夜夢不寧，卽無工夫之證。吾人尚如此，其他知識份子又如何。共黨之坦白要人丟包袱，只是其用之不善，然此確是抉發內在大力並凝結人心之大道。今之民主世界可在物質力量上戰勝共黨，然精神力量與道德力量皆不如。兄之「豳風」七月一文後段甚好，生活不堅苦，便不能表現精神，亦不能使人相信。弟少年時更未如兄之吃苦，今到鄉間，一蚊便不能入睡，受寒便傷風，身體脆弱卽精神之脆弱，而此間所見，反共份子之生活，尤毫無堅苦之意。美人之精神亦終是喜恬嬉，英人則全部是利害打算，俄人陰狠，中國人受此諸勢力之播弄而無可如何。人皆言國際局勢好轉，以此自慰，弟則從不敢作此想。

此次去長洲，乃住一學生家，仍覺青年人較可愛。新亞書院弟望其能存在，有終勝於無。兄爲弟計者意固好。港大事賀某前說說亦無下文。弟亦決不會放精神於英人統治之下。當今之世只甘地一人

可以使人感動，彼死時弟曾痛哭。中山先生之手創民國（自許），與宋氏之事仍有虧欠。讀兄幽風文，拉雜書此，卽候

安好

弟　毅　八月

九　（一九五二年十一月十七日）

佛觀兄：

兩示敬悉。關於兄評弟文處，弟意並無抹殺個人自由本身價值之意。有許多話，分層次說固當俱存，然爲仁由己之自由亦確具涵蓋性。此亦不當說是卽將一切差別納於一渾淪之概念，因此概念之內涵正在肯定各種個人之自由，而理解此涵蓋性之概念仍須再還至分殊上去體驗也。不過因弟行文歸於讚嘆，故有將以前所言皆封入最後所言之嫌，此蓋亦文未善巧之故，弟意不如是也。對黑格耳之看法，弟亦只自其涵蓋的精神上看，如實言之，此種哲學之價值皆在開拓個人之內在的胸襟度量，而不在其他。此所開拓之胸襟度量，皆所以爲容受，而非所以爲凌駕他人，亦非所以解決具體實際之問題，所謂爲道而非術也。人視之爲術以凌駕他人或處理具體實際問題，乃出毛病也。

關於民評事，弟前函是望兄能來最好，如兄不能來，則恐不易有他人能編。如經費斷絕，則停了無歉於心，如經費有着，仍當續辦。兄最近一文，此間各方稱許備至，實可於世於政有益。如兄不能來，於一又去臺灣，則仍由丕介兄編，當較停刊爲好，否則便只有移臺編。總之不宜任意氣任其停，而須求一比較妥善之法。世間本無十全之事、完滿之人，兄歷世多，當較弟知之爲深也。匆此不一，敬候

大安

弟　君毅　上　十一月十七日

十　（一九五二年十二月十九日）

復觀兄：

賜示奉悉。昨夜又約百閔談一次。兄函謂對於德璋等加薪及他事，均須此間商定，又請錢先生寫信與臺灣云云。此類事皆社務事，實則社務事與編輯事，亦密切相關。如每事皆須與兄函商，亦來往多周折。又發行人與總編輯名義既由德璋與達凱分別擔任，百閔又不居名義，則此間友人便無一人有正式名義，難免將來有問題發生。

此乃百閔昨談及其在自由人之經歷而慮及者。憶兄前曾提出錢先生爲社長，如其居此名義，則關此間社務事，可請其就近裁決。如兄能來港，一切事自較易辦。如兄不能來，此間在制度上，亦宜有一在經理部與編輯部之上之一人， 總持其事。故弟意可否由在臺之社務委員正式開一會，正式推選或聘請錢先生爲社長，以加重其責任。彼與張其昀等寫信，亦名正而言順。但不知黨方是否可以說通。兄爲此刊之創辦人，可赴臺北與他人共商，正式開一會，決定此事。由此以使一切事皆制度化。對社長之職權任期亦可有一規定。錢先生方面如大家敦促，亦當可勉爲擔任。只要不是無限期者，彼當願犧牲一部份時間，對於元旦出刊事，弟只能從旁敦促錢先生寫一文。弟處有宗三兄之文及弟之文。（弟之文擬暫不登，因理論文太多了。）弟意本是只望此刊能繼續。弟以前亦辦過刊物，有錢有文章印了就是，不管什麼名義制度。現在時代人心複雜了，有些顧慮亦有道理。故想如此較好。不知兄意如何？

宗三兄來函，言及其近來心境，精神只凝聚於著書，現實生活上太寂寞，有寧醇酒婦人之感。弟甚爲掛念。其婚事亟須想一辦法，使其精神趨乎順，否則將更趨高亢，社會亦更接不上。彼乃天才型人，不易爲人所了解也。

兄文論自由平等，弟常未看到。胡適之之價值，弟亦並未否認。在反共陣營中，先去獨裁之害，樹立自由民主精神，然後乃配反對共黨之獨裁。向此用心亦甚是。但此仍是消極的工作、對內的工作，對外的積極的工作，仍不能忽民族國家歷史文化，與一超越涵蓋精神之樹立。否則仍將落入互相反對之個人主義，使力量相抵相銷。適之先生之講演，從不言及此等等。自由中國及一般刊物在此皆有所偏。民評以往之態度，仍更爲正大也。匆此不一，敬請

大安

並候嫂夫人安好

弟　君毅　上　十二月十九日

十一　（一九五三年十月十六日）

佛觀兄：

兄最近論民主政治之文已拜讀。如此一補充說明，則一切觀念皆可清楚。以量質二觀念分別政治與學術之決定原則，甚好，此皆在原則上無問題。

兄謂儒家尊生，以生爲第一價值。此點亦甚是。薛維澈論西方文化之缺點，卽在其只說理想，而缺對生之直接虔敬。但尊生之意亦有深義與淺義。西方近代之自然主義唯物主義、生物學者之尊生存爲第一，則不可取。此中仍須透過一層，上提去說。第一切層級式之講法，皆意在上提。提上一層

後，再歸平順，乃不致濫於流俗。（純就民主政治形式說，一切人皆各一張票。流俗之見與非流俗之見之表現於政治，其政治價值亦無分別。但人仍要求人人之一張票所代表之整個人文價值有質的昇進。則上提之意，亦須注入民主之思想與民主之制度中。此亦一當用心之問題。不知兄以爲如何。）

前託徐澤予先生帶之物，乃兆熊兄者。已告吳自甦，不知交來否。弟同時寄來蕭世鹽君一評述杜威論人類問題及哲學現狀之文。彼原文太長，弟叫其刪了四、五千字，仍有萬八千字。彼原爲輔仁大學學生，在此間神學院工作，因與神父不合，來新亞學哲學。彼乃此間一較好之學生，兼擅英文、拉丁文、西班牙文，對中古哲學，頗有工夫。彼生活甚苦，賴寫稿維持。此文弟看過，並同時看杜威原文。其所述大意無誤。其評論處，乃其個人立場。弟已先叫其刪了許多，兄可再酌刪。如要全刪，則於編者注上說明著者原有評論。如不刪，則可用六號字排，分二期登，使二種意見並存，由人擇取也。專候

大安

弟　君毅　十月十六日

頃德璋來函，謂兄要弟一文，弟意可將前論和平之文關於東方部份，先登一部，約萬一千字。最好此期先登蕭君文，弟文下期再整好送交也。

十二　（一九五四年四月廿九日）

佛觀兄：

久不通候，十日前讀大著中國知識份子時，卽欲與兄一械，竟不得閒時寫信。兄此文甚好。吾人對中國文化歷史，亦當好而知其惡，並兼從歷史的根源上，作疏導工夫，方可照顧到未來與現在。錢先生於此點，殊爲忽略，只偏在講好處去了。如五四時人之專講壞而以輕心看中國文化歷史，固亦不好。此時所需者，乃以孝子慈孫之心，保存吾若祖若宗之德澤，兼補其所未備，而要以出之以肫懇眞切之言爲重。兄此文可以當之。今之時論，仍多輕薄下流，自由中國中文亦多如此。蓋亦由政治上反面激蕩而來。吾人必須超乎此兩極之激蕩之外，而求有所樹立也。兄華僑日報文，有人先看了告弟，謂此文甚好。弟看了卽斷爲兄所作。後見兄與貫之兄函，果不出所料。

前耶魯之在中國事業之基金之主持人來此，對新亞精神甚爲稱讚。迭經商討，現已決定助新亞建一校舍，兼對常年經費有若干補助。大約在下期，學校可望稍舒五年來之困惱。乃兄所樂聞，並盼告兆熊兄。

錢先生六十大慶出一紀念册事，弟意不必登廣告，近乎舖張，且文章來了不好不用。弟意是人生可有一紀念號，另由新亞出一紀念刊。本來新亞應出一年刊，即以第一期兼作紀念刊。弟意擬約錢先生之友生年在四、五十者十餘人，各作一學術性論文紀念。弟已約宗三兄及港大之饒宗頤、羅香林，望兄與兆熊兄能各作一篇。如兆熊兄之論觀賞園林之文有存稿，亦可寄下一篇，一萬——二萬字均可。此外牟潤蓀先生，兄可否亦請其寄下一文。如彼能作一錢先生之學術總述尤佳，因彼最相宜，他人皆不宜也。乞代爲致意。文章望在六月底或七月間齊稿，不知兄以爲如何。此信乞與兆熊兄一看，弟年來不知何以如此多雜務，已久未與兆熊兄函矣。專候

儷安

弟 君毅 上 四月廿九日

臺灣方面不知尚有何人與錢先生夙具友誼者，惟望非應酬之作，而爲純學術性者。希兄代約。

十三 （一九五四年五月廿七日）

佛觀兄：

賜示敬悉。錢先生六十紀念，民評出一學術專號亦好。饒宗頤處已與談及，請其寫一文，唯彼最

近將赴日本一行，彼要魯實先先生之糾譎一書二部，擬購二册。希望兄向魯實先先生請其交若干部在民評社代售如何？專候

大安

周名暉先生在何處，兄知之否？亦是宗頤問及。

弟　君毅　上　五月廿七日

十四　（一九五四年六月六日）

佛觀兄：

承囑在本期撰一短文，弟本擬今日寫一文，又以事出去了半天，想不出短文題目寫。原想一論翻譯事業之文，但似不應時。上月中國一週接連來了二快信，要弟寫一文對新政府希望，弟勉強寫了一、二千字，大意是說唯一希望是反攻，反攻須有一政治號召，此號召應力求洗刷歐美報紙及一般人民心目中之國民黨與政府爲二而一、一而二之觀念。因此附帶說到總統應代表國家，最好不要兼總裁，以幫助人分清二者云。但中國一週此期未登出，弟想恐下期亦不會登，因弟所論未詳陳理由，且

似太迂濶。又恐該刊編者有顧忌。兄可去取回一閱，看是否可供民評之用。如有現實顧忌，亦卽不要登。卽轉載錢先生之一文可也。弟想先從理論上講話較好。弟久想寫一論國家、個人、社團、政黨之哲學概念的分析之文，以明四者之分際。但因準備不足，心境不閒，故未寫。遲早總想寫出。弟想自由中國社之個人主義，與一些國民黨人士之把國家、國民黨、總統、總裁、國父三民主義、儒家思想全糾在一起，都是不對的。而此二者則又是相反而相激以相成的。不知 兄以爲何如？匆候

安好

弟 君毅

十五 （一九五四年九月三日）

佛觀兄：

惠示奉悉。民論事如何，只有看以後。

日前弟等招待「自會」在臺新任負責人 David Lowe，曾與一談。此人對中國與亞洲之文化頗有同情的了解，甚不滿美之知識份子及國務院之看輕東方之議論，如拉鐵摩爾之見解尤彼所反對。彼出生於中國。原在耶魯任敎國際關係。彼現赴日，九月十三卽來臺，將在臺大任敎二、三小時。彼將

看錢先生，並請錢先生爲其介紹在臺友人多談。弟前日已函錢先生，介兄等與多談。錢先生已來函，謂屆時當偕兄與談云。如錢先生未定，弟意兄十三日可赴臺北，與彼先認識，共同研究問題，將來互相幫助之處必多。此人對其國家之缺點無隱諱，其人身體雖高大，而無西方人之高自位置感也。

四部備要已函請一書賈搜購。以前因此間圖書館購書，書賈送來目錄，見此書之價皆不出千元，但今得此書賈函復，謂最近因人民政府禁止此書出口，故一時尚未得，俟有確息，再奉告。在此書未得以前，兄之四部叢刊作懸案可也。

弟　毅　上

十六　（一九五四年十一月十六日）

佛觀兄：

前上一椷計達。又得兄書，言作共同事業之道，甚是。弟已數與錢先生言不任教務，但亦終未有繼任之人，亦只有忍耐再說。弟自己對人少所求，亦不對人作過奢之期望，其所以忙者，殆皆如淵明詩所謂汲汲魯中叟，彌縫使其淳之類耶？是非所敢當也。葉君期圖噶文並非弟介紹。弟已看其文一段，覺其能用功甚好。但亦勸其暫不圖發表。兄看可用則用，否則退還之可也。匆候

大安

弟　君毅　十一月十六日

十七（一九五四年十一月廿一日）

佛觀兄左右：　今夜錢先生及牟先生來談關於民評紀念號，仍主由民評此期出，弟亦無所謂。因弟多事，勞兄函件往返，甚歉。由民評出，先對諸著者交代，亦對兄較好。新亞半年刊依法應組編輯委員會，何時能出第一期尚無把握。此間亦只收到外稿數篇，弟與同人等皆尚未寫文也。兄之書，弟意即作暫借用，新亞以後可有錢購四部叢刊時，弟當主還兄。因世間事公私都亦應顧到，方合情理也。潤蓀兄言兄所著論荀子書已脫稿。兄年來之努力與進步，友人中無能及者。弟近來亦時有感觸及新觀念之萌動，而竟不得有一日之閒可供支配者，亦怪事也。匆候

大安

弟　君毅　上　十一月廿一日

致徐復觀

十八（一九五四年（？））

佛觀兄：

二示敬悉。兄病後身體想已復原耶？念念。得兄示即與自由會蘇君一函，詳述民評之歷史及所收資料之豐與其文化界地位。昨得覆，謂彼會正開會，決策以後對出版事業之援助政策，尚無成案，如擴大援助，彼當提出民評云云。弟看多少有希望。唯彼云所有活動皆須先得港府同意或默契，而港府深不喜在此之中國人之事業與臺方關係過深，此是一困難。姑看以後情形再說。

四部備要已函陳君去物色，得書當即告達凱交款付郵寄兄。

民評紀念錢先生文既本身有印費問題，弟意純學術性者可分若干篇作為交新亞年刊者，弟可提至將來之年刊之編委會，決定通過後，依原議外稿有稿費，尚較民評為優。民評已收到之題目，亦便中請告弟（不必現在）也。

錢先生自臺南歸來望催其速辦回港證及校中所聘他人之入港證。弟前已二函提及並詳告辦法，交民評社轉彼，彼來函未提及。望兄與之一提醒，至要！

兄與張君之公開信甚痛快。今日人在學術假借外國人欺中國人之風，正如買辦之借洋大人欺老百姓，此卽中國淪於共禍之遠源，兄之辭而闢之是也。彼所創之膚淺派、取消派之名亦同不可用。因此皆理論解釋之爭，在現實政治上亦無此二論之人否認人權之憲章也。其謂宗 Northrop 亦不可說，因在理論解釋上，Northrop 於科學與人文之理則一書，弟曾見一段，明謂自由不能只以 Bill of Rightt 爲說，而須由文化價值之多端性 Plurality of Cultural Values 以說，此正同於弟等之言。實則此是稍解反省者共認之常識，唯膠執於政治之制度者乃欲抹殺之耳。

弟　君毅

十九

（一九五五年三月十二日）

佛觀兄：

新亞研究所已買了四部叢刊。兄書卽打包交德璋等設法運臺。但其中亦遺失了一些，書亦舊了，寄至臺時，兄收到當有如游子歸來風塵滿面之感也。

兄前信所言數年來諸友與錢先生患難相共之意，誠當繼續與錢先生談學問或作無所謂淸談游樂皆甚好。但談事業則須有大公之心，並與人通肝膽，除弟等能諒解彼外，他人恐無法一一加以勸諭。故弟對新亞前途仍甚悲觀。弟之性格不喜鹵莽過激，而恆爲人作彌縫之事，此究爲好爲壞亦不可知。唯弟近時有六年來之工作皆無價值之感，覺凡徒假借預支世人之善意以成一事業而名實不副皆爲一罪惡。弟自己是否在此罪惡中，或助人之成罪惡，亦不可知。弟近頗覺人之罪惡一方與人之名位俱進，一方亦與人之學問知識以至德行並行而潛於其後，以化身爲各種奇奇怪怪之形態，使人與己皆不自覺，所謂道高一尺魔高一丈。此眞人世之大可悲者也。人皆有毛病，但眞則病疾皆可見。熊先生歐陽先生之長處在眞，兄與宗三兄亦是眞也。

弟人文精神之重建一書他們已印出，印得尙好。又有災梨禍棗之感。不日當寄百本，請兄分發友人，並在民評代售。匆候

大安

嫂夫人及諸侄安好

弟　君毅　上

二十　（一九五五年二月十六日）

佛觀兄：

惠示奉悉。兄書今日下午已囑達凱來搬運去，儘早運臺。弟人文精神之重建一書亦運臺百册，錢先生之書亦運臺若干册，希勞神囑民評分社人代發行。弟書價港幣一元，值臺幣四元，以後與研究所結算。又請將弟著分贈兄及宗三、兆熊、幼偉、思光等。又大陸雜誌社、自由中國社及海潮音社與民主潮社、人文學社數年來皆贈弟該社刊物，亦乞各分贈一册，亦禮尚往來之意也。

弟之教務事已向錢生說多次，彼近年來對弟個人意亦甚善，彼自亦有種種長處。弟在此因不與任何同事生事，而其他同事間則時有芥蒂，故彼不願弟辭此事。弟犧牲時間能間接有助於中國教育文化之前途亦未嘗不可。弟之感覺之苦惱在另一方面，卽只是彌縫工作是否眞有價値眞有效？此甚難言。本源不淸，則流亦無法淸，而好惡卽天理之理論，又足自文，此眞無可奈何者。故弟仍將力求擺脫也。匆候

大安

弟 君毅 上 三月十六日

兄所言以前事，弟全不知。唯弟覺前數年有些事不與弟商，但當時與彼多商談之數人今皆互成仇怨，世間事亦可笑也。若非如此，則弟之擺脫當更易矣！弟實際上還是能諒解人，唯由此確感到中國

知識份子之病痛。弟想平心靜氣寫一文論之，亦藉以自勉。兄之文弟尚未見到，見到時有意見再與兄討論。

廿一　（一九五五年三月三十日）

佛觀兄：

示悉。兄書日前弟查了，掉的不多，似不到廿册，其中尙有莊子一種在錢先生處。弟已囑圖收回送民評，不知現已送否。丕介兄處莫有書了，缺者弟想以後可陸續在舊書店搜購補起來。拙著兄認爲要送人者可提取若干部送人（因稿子原多爲民評發表者。）其餘望囑人負責發行各書局，因以後須對研究所報賬也。

兄論仁文，弟已拜讀。兄用心之密及評舊註處，弟覺皆好。以仁爲人之自反自覺，自今日透過宋儒思想去看，如此說固可免落入浮泛之見。弟以前曾寫中國哲學史，亦由明道之言仁釋孔子之意，謂仁爲一種內心中所體認之與物同體之境界，因覺如此而後，安仁求仁之言乃說得通。但宋儒之言回歸意味重，孔孟之言則一般說直下指點之意味重。因當時有禮樂，就禮樂之生活尤可直接指點仁。故論語一書之說仁，在生活上說得多，而要自心回頭認取之意少，故孔子亦善言直、喜言達。在宋儒則因要人扭轉凡心習態，故回頭認取之意亦重。在今之時代，亦要撇開意見習氣，乃能識仁，則從自反自覺言仁有鞭辟近裏之效。弟常覺解釋古人思想能不加以減損卽好，但很難無所增益。而一時代人之解釋終不能不用一時代之名詞，亦不能不求針對時代之病痛，而不能與古人之原意全合也。

殷海光之文弟皆看到，只能視爲精神上有病之人。人精神上有病而有理智，則誠如太戈爾所言只有理智之心卽一把刀，刀無割處則亂割矣。

弟近來之生活實要不得，上一星期卽有五次之開會及酬應等，每次費三時以上。弟頗想在異國一清靜環境萬緣放下住數月。去年有日本之一清水君來此，由樊仲雲介見。清水言與兄認識，彼如在臺，弟書可送彼一册。彼謂日本之安崗要請弟去敎數月書云云。後亦無消息。敎書實際不行，因不能說話。安崗人如何亦不知。弟倒想暑假中去日本一游。（據云以港大敎師資格出入境無問題。）但決不想以政府關係去，不想與人多所接觸，只想在一隔離中國之環境中住住，作一點默想工夫。去年國防部請弟與錢先生各寫一書，（六、七萬字，中國文化問題，中國文化之價值是否眞有？）備國防大學敎材用。弟曾二函告彼方無時間，等以後再說，彼方近兌來稿費二千元。弟近想如要寫，卽以此款作到日本休息用，不知値得否？兄以爲如何？便希示。匆候

大安

弟　君毅　上　三月卅日

致徐復觀

廿二（一九五五年五月廿四日）

佛觀兄：

十八日示敬悉。民評經費事，前日已與錢先生談及。當時尚未見兄此信。弟仍主設法繼續。並勸錢先生及潤生兄多寫文章。弟年來亦少寫文，念之甚愧。月初發憤寫了一長文，分三篇，此期可發表一篇。以後亦當抽暇多寫點文。

兄年來編此刊，弟亦甚知兄之覺勞煩，但此時亦除兄外，甚難有其他相當之人。覓適當稿，自亦不易。但此刊亦不能說莫有影響，且為反共最早之一刊，實不宜中斷。又今之中國思想界除共黨外，仍或主義性、政黨性太濃，或則傾向懷疑與消極的批評破壞。民評在此點實已樹立一中道之作風。如順前二者之相激蕩，中國文化前途國家命運均難看出眉目。吾兄之力量自甚孤，然有此孤軍，仍可為一些人所嚮慕，留些正氣。否則一切全被乖戾之氣衝壞了。日前見陳康在自由中國一文，未及看內容，而弟此期適又未收到。其中說孔老二，見此輕薄名詞便生氣。但想另一面把一切中國文化隸於主義來講，亦實不免使人生反感。這樣下去，實不得了。從此看，則民評不能停，亦不能大變作風。弟日內當與錢先生一談，請其勸張要幫助，即從了解此刊過去態度幫助。實則此於政府亦見有益。如實不幫助，看此間自由亞洲會何如?否則逕改爲月刊，加二、三萬字爲一期亦可。因民評之時論文不多，而文多較有永久性，則改月刊，細水長流，俟人力財力擴展再說亦可。（人生雜誌現每月亦二千元。但其文章易得，且印刷費便宜。香港時報印較貴許多，或改印所印刷何如。）不過照弟看來，敎部是可以答應的，因他們有錢。且民評過去之價值人不能否認。卽在現在，臺方之刊物如——一週及——半月刊，人皆不看是一事實。畢竟還是民評在海外有點影響。

兄在華僑日報介及弟之書一文，已看到。王道擬在人生轉載。兄文有過獎處，但轉載亦好，書可多銷一些。此書印費尙未付齊。臺灣方面亦希兄便中督促送書店，望能多賣一些。

弟敎務事仍難辭掉。錢先生亦有其苦衷。不過董事會已允加二人任註册主任等事，則弟總可閒一些，當爲民評多寫點文。丕介兄下期大約因外在原因，當更可閒一點，或者他再來編民評一時期。但不知他肯否?拉雜奉報不一，匆候

大安

嫂夫人及諸侄均候

弟 君毅 上 五月廿四日

外一信希加封轉兆熊兄。

致徐復觀

廿三　（一九五五年八月十九日）

佛觀吾兄：前由錢先生處知兄擬應東海聘。該處有中文系，教書可較有教學相長之益，只要能安心教學，其餘宗教等事，亦可不必管他。新亞自去年起，門面較大，至今所聘之人已較前多一倍，但精神上亦並不能進步，而只有被沖淡。因自去年來者，其動機又是一套。錢先生亦甚感疲乏。弟亦不想。捱過此一二年，學校建築完成，略具制度，則仍退居寫文。社會之生機仍在社會，而不在痲痺之老知識份子也。

民評之一千美金，不知已交兄否？可收了再說。此間自由亞洲會已改為教育基金會，人生亦已只再資助一年。故望其助民評較難，只有徐俟機緣。此間之文化事業只友聯社（彼現已承印宗三之認識心批判），已有基礎，因其從兒童學生之讀物上作起，與青年接近。其他出版事業皆萎縮。

日前張君勱先生來一信，謂其七十生日，臺灣方面欲為之出論文集，彼望能以文會友，欲弟寫一文，並約友人寫文。其後彼又有信，望弟與兄能寫文評其陽明學之書。又謂贊成兄在民評之文云云。彼謂二十年來皆為政治分心，而於學術上荒疏，今後仍擬在學術上多用工夫云。弟意兄如有暇亦可酌寫一文（不是評其書一類的），因彼亦是前輩，學問雖無大成，但路子仍正，且亦自有一長者風範。

彼並望錢先生亦寫，弟亦告錢先生，但錢先生恐不必寫也。匆候

大安

弟　君毅　上　八月十九日

廿四　（一九五五年八月廿三日）

佛觀兄：

弟前日與兄一函，想　兄現尚未見到。　錢先生與兄函所疾首之事，以弟觀之其初乃由彼與丕介夫人間之事所引起，最初都是生活上之小事，彼此不合，而胡小姐來後，錢先生亦太不避嫌，中間又因研究生待遇不大公平，使研究生生怨，言者再加以文飾，傳於外人之口，致生種種枝節。而學校以新來先生多，事務增煩，而今之知識份子皆喜面諛而背後說閒話。此卽錢先生之所以疾首。弟對錢先生之私事，已屢當面說，在第一義上最好莫有。但在人情上，弟亦諒錢先生之生活上之孤寂。此點弟與兄之態度同。弟覺此事當然與新亞及中國文化上有傷，但只能視之爲一悲劇，故不願背後議論，讓外人恥笑及中國文化之自身，尤使人難堪。因此亦未與兄言及。兄今垂詢，弟亦只能略以此相告。以私誼說，錢先生對弟無不相諒之處。在實際上，新亞如非錢先生之名望，亦不能有今日。故弟總覺略

盡彌縫之責，使新亞能存在發展。自整個學校看，今只丕介不任總務，並無大問題。各方亦在進步。弟之所感多在人心之微的方面，終覺大家都有病痛，疏於省察。弟自己亦不能自外。而亦無法說，因所說者只能及於粗迹，從粗迹上用功夫，則只要現實上新亞存在而能發展亦已足矣！

關於兄所言錢先生論中庸之文事，說其純是自飾，亦不全合事實。錢先生之思想自其三百年學術史看便知其素同情卽情欲卽性理一路之清人之思想，此對彼影響至深。彼喜自然主義、喜進化論、行爲主義。由以此論德性，亦一向如此。彼有歷史慧解，生活上喜道家，故在歷史上善觀變。但其思想實自來不是孟子、中庸至宋明理學之心學道學一路。熊、梁二先生是此路。兄前評其言仁文，兄之路自正，弟亦勸學生看。弟前亦寫了一論理之文，針對其說。半年前交新亞學報，以印刷稽遲，尚未刊出。弟之意卽在此文中約略申出。但錢先生恐未看。今其論中庸文釋誠與不睹不聞，都從外面看，此確違中庸意。弟以前寫中哲史亦曾犯此病以論誠，既而悔之。此中亦確有易歧出處，暇以後當爲文及之。（目前在一般青年心中已漸不視錢先生爲眞正之理學家、眞儒者，而只視之爲一國學大師、史學家，乃一對彼較好之現象，可免被責爲僞儒。故其所爲文，他人亦不必如何重視。則兄所慮者亦不如是嚴重矣！）日前學校中事均極忙，因本期招生來者較多。論聖賢學問必須心地寬平時爲之方好也。匆此，不盡一一，敬請

大安

兄文想已完成。宗三兄之婚事望兄等助其成功。去年錢先生來此時卽說其事。弟常在關念中。不然對社會總說不明白，仍是會使中國文化遭殃。

弟　君毅　上　八月廿三日

廿五　（一九五五年十一月二十日）

佛觀兄：

大著已拜讀二篇，自憂患意識以論中國思想之起源者極是。弟爲此間研究所學生講中國思想，亦以心性問題爲中心，並囑學生看大著。

兄文不知已完成多少？是否已寫到孟子中庸？兄文似仍主中庸在孟子前，弟終覺未安以天命之謂性爲傳統之宗教性之天命人性觀至孟子性善論之轉手，弟以前亦曾如此想過，但實亦可不須此一轉手。孟子謂心爲天之所以與我者，卽已將傳統之天與心性連接，而中庸天命之謂性之命純爲內在，與孟子言命多爲外在者亦不同。頃見大陸雜誌胡君一文，謂中庸語多襲荀子，又謂其兼取道家陰陽家。中庸自是儒家，語襲荀子亦不必然，然其成書實極可能在孟荀後，此中思想發展之線索，弟意正當由人性論透入。孟子論性與告子辯，重在別人性於禽獸之性，而於人欲生欲義之性，亦對較而論。而中庸則以人能盡其性則能兼盡人性物性爲言，並以盡性之聖人其贊天地之化育與天地生物之道之誠，爲一而不貳，此正爲緣孟子之盡心知性則知天而上下與天地同流以後，再觀此天地所生之萬物，亦爲此心性過化存神之地，因而視其所以生之性，卽天地化育之道，亦卽聖人之發育萬物之道，而爲聖人之盡心盡性之事之所涵蓋瀰綸，方得言人能盡其性卽能兼盡物性也。以中庸與孟子較，孟子之重別人性於物性，別欲生與欲義乃立界限以樹人道之尊，此有如佛家中之方等敎；而中庸之以聖人盡性而知天上達無聲無臭後再視此萬物皆天地生物之道所覆載，亦聖人之道之所覆載，而萬物所以生之性，亦賴此道，或聖人之盡性而盡，乃以見此道之大，而萬物欲生之性與聖人發育萬物之性遂爲一誠之所貫徹充周，此正如佛家中之圓敎。此宜爲孟子以後對治莊荀而有之進一步之思想言說。至於中庸所昭示之聖人之心境，則孔孟固皆有之，此中固無進步之可說也。弟前於新亞學報發表孟墨莊荀言心四義一文，不知兄見到否，該文以大學中庸之心學作結，在形上學方面，弟意亦以中庸排在後爲宜，唯用意與時賢之言中庸在後者不同耳。

又大著於孟子「天下之言性也，則故而已矣，故者以利爲本。」一節，謂故爲論性之舊說，舊說固從生之好利上論性也。兄此論甚新潁，此段文自古皆無善解，如兄之釋成立，則可釋千古之疑。但如兄說，則對下一段「天之高也，星辰之遠也，苟求其故，則千歲之日至，可生而致也。」不知如何講法？此與上文恐不易連接講。弟意故在莊子墨子皆爲一特殊名辭，墨辯訓故爲使之然者。孟子言性善，于人之爲不善說爲陷溺其心或物交物使之然，其與告子辯，亦擧水在山過顙由外勢使然爲喻，則「天下之言性，則故而已矣」可解釋爲天下之言性，皆只注意由外誘外鑠使然者，而未知重人之眞正內發之性，而此外誘外鑠之可使人爲不善，其根源又在緣耳目之官、食色之欲之生之謂性，則可與兄之說亦相通。果如此解，則下一段「天之高也……」卽言外在之天時之變、星辰之運，皆有使之然而不得不然者，此卽非如孟子所言之人性惟賴自求而爲，人可自作主宰者也。此義乃因讀　兄文偶然想及，弟於此尚無定見，附筆呈教。匆此不一，卽請

大安

弟　君毅　上　十一月廿日

廿六　（一九五五年十二月六日）

佛觀兄：

昨日丕介兄來告，謂彼去民評社，鄭德璋告彼，兄囑弟新年號寫一文。弟不知能否寫出。弟前在此間講演中國人文主義之歷史發展與中西哲學史之三階段，皆擬寫成文，但題目太大，須精神好乃能

提出要點來寫成短文，精神一差則泛無歸宿矣。最好兄亦自寫一文，以免缺漏。

民評近來確有進步，每文幾皆可值得一看。勞思光與兄討論自由文，弟亦看了。勞能作概念的思維，能斬截若干觀念，雖有些與兄文不相應之語，亦無大關係。總之民評能有些討論之文章，可增加些活氣。兄文有些話似故作詼諧，不過亦可增讀者興趣。近來看了一些林語堂的書，此人可謂聰明人。我們平日皆太鄭重嚴肅，看其書可鬆一口氣。

周德偉其人，兄識之否？彼以前曾寄文與弟，囑爲評介。弟看其文尚是一能用心思之人，文頗求嚴整。彼擬寫一系統性著作，論人文與經濟。兄如識其人，可索其稿選登一、二篇。徐道鄰介紹他人之文，亦皆扼要可誦。匆候

儷安

弟　君毅　上　十二月六日

廿七　（一九五六年三月廿五日）

佛觀兄：

惠寄悼裕文兄文，皆收到，已讀過，皆甚好，可見師友之道。

弟前上一椷計達。錢先生答兄一文，弟昨日乃看到。兄前文最後段在態度上不免激切，錢先生此文在態度上更欠大方。兄不知再答彼否？不答亦可，如要答，在態度上，宜求避免反唇相譏，只要義正辭達卽可。否則予世間一不良印象。弟昨日想了一些意思，今再略書以奉告。若事忙不能詳，但兄必能會意也。

弟讀兄前文後，當時卽覺兄只從內心釋天，與中庸後段之意不相配合。但天命之謂性之性命，明是從人之性之本於天命者說。弟意人在道德生活中，卽在人之遷善改過中，人皆感一自命，此自命中卽見性之有一內在的超越的根源，直與吾生之存在而俱始俱終。故此性所顯之自命，卽天命之所存，而人遂可由人性以知天命，而天命之謂性一語，則是逆溯回來的說話。

人由遷善改過而自命，卽求道德理想與生活現實之合一，卽求內外與言行之合一。此合一卽人之自成與自誠之事，亦卽愼獨與求內省不疚之工夫所在。此自是中庸之教之忠所在。兄文扣緊此義是也。

至於忠恕之敎，則要在施諸己而不願則勿施於人。此正是求待己者與待人者內外之一致，此卽是求行爲之能普遍化而合理，故曰絜矩之道。兄所謂爲普遍的存在，亦正當是可連於忠恕之教者。只說忠恕之敎是俯順人情則無內心之根矣。此種自誠之工夫，要在統一不已而無間斷，以達至誠。由此而誠貫於知仁勇與五倫九經，卽可成己而成物。中庸之大部份，皆論此。而天道之所以可名之爲誠道者，亦卽從天道之生物不測上說。聖人之成己成物之事無盡，與天道之生物不測間，正見一內外之合一。故天道只是一誠道，而人道之誠所本之人之性，卽可說爲源於天道之誠，而聖人之功亦卽不外與天地合德。

但此中天道之所以爲天道，要在自其生物不測純一不已上見，而非只自其所生之一一之物上見。此皆與「及其無窮也」相關乃可說者。故曰悠久廣大博厚爲天地之道。一一之物上並無悠久廣大博厚。而唯在其生物不測純一不已上，乃見悠久廣大博厚。故天道並非物道，而是生物成物之道，爲物之終始之道。知天者卽知此天道，而知此天道，亦卽知聖人之道。因聖人之道原只是一純不已之成己成物也。中庸末言文王之道純一不已，又言天道於穆不已，無聲無臭。於穆，深遠義，此皆自天之生物之不測，透視天道，而非止於觀所生之一一物而謂爲皆眞實之謂也。

弟因讀兄等之文，故更想及此諸義。兄文謂誠乃自內心上說，中庸之骨髓須先在心上看，此無可疑，但先由內心上看，仍可通出去以達天德，而先從人爲物之一上看，則拉不進來，一切工夫皆外在化。不知兄以爲如何。

匆候

大安

弟　君毅　上

廿八 （一九五六年四月十一日）

佛觀兄：

囑向錢先生講函張厲生之事，已向彼說了，彼謂當寫信去。弟想張當不致無故得罪民評之人，維持現狀當無問題。

至於敎部方面增加經費事，錢先生信去仍無結果。據彼云清華基金之利息恐敎部以後未必能支配，如此則不易再幫助民評矣！

關於兄與錢先生所辯之問題，亦可到此爲止。錢先生之學問本是由辭章考證入，其最高境只能及於戴東原，年老力衰亦不能過多期望，吾人只承認其長可也。弟前本爲新亞學報寫了孟墨莊荀之言心一文兼證大學中庸之心學，交與他，他蓋亦未看，由其知今兄文亦見其對兄文未細看，故所答不相應也。

關於中庸之時代，弟覺仍以置之後來爲宜，如此方見孟學之統之足超過莊荀等之處。弟之此文已付印，印出後當呈敎。匆候大安！

弟　君毅　上

致徐復觀

廿九（一九五六年九月十七日）

佛觀兄：

弟於十四日下午離臺，三時卽抵港，知颱風已改向離臺北上，臺灣得免於風災爲慰。前在臺中，惜未能多留。宗三兄復言及陳癸淼諸君，曾先在臺中待弟數日，皆未能多談，尤爲感念。希兄便中代爲分別致意。以臺灣與香港相較，臺灣雖不免使久居者感悶氣；但畢竟爲一中國社會，林木翳然，尚可安居。此間則人皆懸掛於空中。得失長短相較，亦未易言。並煩告諸青年朋友，仍從安土敦仁處立根，以希上達，爲要。

世局甚難言。到此間看柏林情勢，仍極緊張。昨今日報載，傳英美會商，如有限度戰爭發生，英國亦可能卽撤出香港。羅素已入獄。今日之事，戰和皆難。人類之存毀，國家之興亡，皆在不可知之數。唯進德修業，出心之所不容已。其餘唯有俟命耳。

弟校明日開學。貴校同仁及諸君處皆不及分函謝招待之誠。匆此數語，望勞神轉致。並請

儷安及諸侄均好

弟　君毅　上　九月十七日

三十　（一九五六年十月十三日）

佛觀兄：

兄上月底之示已奉悉數日，知貴恙少愈，甚慰。大約人之身體力量與病之力量乃互爲消長，如身體之休息營養得宜，當不致有大患。弟覺東海之環境甚好，當可養身，暫理系務想當亦不致太忙。

宗三兄來後好否？彼原住羅斯福道，仍太逼仄，且太熱，到東海，環境開濶，心情亦可較開濶。

近數日中九龍曾發生大騷動，乃以徙置區所貼於壁上之青天白日旗，政府中人謂礙觀瞻將其取去而起，一時羣衆聚集數千，阻攔道路，凡不貼青白日旗之汽車皆不許過，於是頓時滿街皆見青白旗，一紙旗售價高至數元。後以其他份子之滲入，致有放火鬪毆諸事，頗有死傷，幸現已平息，其詳，兄等當已於報端見之。此事之結果自不甚佳，但數年來之難民在此亦實沉悶不堪，有此事亦心情爲之一奮，弟亦以此得休息數日。

弟在臺所用之款，弟前已告達凱卽在稿費中撥還。兄之手頭雖尙寬，但以臺幣計，弟今之收入仍較兄爲多。昔兄在港時常承兄餽貽，弟當時亦受之無愧，因確是窮，但今已不同，弟所收入已常有餘，可以餽貽他人，故望兄勿再客氣爲感。卽候

大安

嫂夫人及諸侄同好

宗三兄均此不另。

弟　君毅　上　十月十三日

卅一（一九五六年十二月四日）

復觀兄：久不通候，兄之病漸痊否？甚念。大著學術與政治之間，日內已收到。今大半已重讀一次。合而觀之，其痛切時弊及用心之處更為顯豁。自由中國刊上兄之文亦見到，此間人亦多特談到兄此文。此刊中兄文自有極眞切之見，其他文字亦不壞。但弟自臺歸來後，平心反省在臺所見之着重向政府爭民主自由之人及此間此類人，仍不能發見其可敬之處。這些人亦只是口頭講講，仍無眞性情，底子上仍是要政權，故只能批評破壞，並不能眞建立民主。在人品上說與國民黨差不多。在臺時，兄曾說可與「自由中國」多取相近之態度之話，弟記不清楚，但此中仍須有一界限，在接觸時仍當勸他們多有些正心誠意之工夫，並不要亂反對中國文化。此類型之人在此間者皆對　兄常提到，對弟亦並不壞，但弟總覺其不可敬。本與人為善之意，連殷海光弟亦曾略盡忠告，對其他此類人亦如此。但弟內心限界仍分明。對只有理智與功利心之人，弟總是不喜歡，亦無可奈何也。陳伯莊亦是此類型，但彼尚能知有不同其類型之他種人，故彼來臺仍要訪兄與宗三兄。弟曾寫一片與之介紹與宗三兄晤面，望兄與宗三兄晤面時亦不必客氣。此類型之人與兄書之陸宣公、曾國藩一類型人比觀，終不可同日而語也。勞思光之父病重，彼前來此，頗有深憂而欲歸不得。彼今又來一電話，希望由臺灣民主評論社先撥三千元臺幣交其家，由彼在此間陸續奉還，望弟與兄商。不知臺灣民主評論社能否撥此款，如可撥，不過港幣五百元，依彼此間收入，二三月當可還出。（下缺）

卅二　（一九五七年一月九日）

佛觀兄：

惠示奉悉。弟前讀民評最近期李實文，即曾疑爲兄所著，但又覺筆調不似兄平日爲文之亟切緊湊，而較活潑輕鬆，因此文以毛子水爲前輩，又疑是一較年輕人之所作，心想此人不知在何處，可見中國儘有不知名而思想正大者，正想寫信問兄，即得兄示，知是兄所著，既喜其正符弟初念所期，又不免惋惜失去弟次念中所想望之一人。足資一笑。

亞洲會對民主評論之補助事，弟亦曾二次催問，在原則確已決定，但因總會方面所撥之經費限制，故迄未正式補助。自由學人據云初亦得其默許幫助，今亦擱下。宗三兄來函謂曾介二文交自由學人，望該刊能有稿費，今亦暫無可能，可告宗三兄。自由亞洲會此間之辦事人對文化事業亦有心扶助，只因該會之款主要靠人樂捐，故彼等亦有心無力。人生雜誌亦年年有問題，今幸可得支持下去，亦屬不易。

宗三兄言介王貫之至南大任教，一時亦說不上，因南大情形複雜，該校雖曾間接請過弟，但弟前曾介一人亦無下文。貫之在資歷上更說不通。彼現只有待二、三月再請入境。彼前日來談，以後再請或有可能。知注並告。匆候

大安

閤府均此問好

宗三兄均此

弟　君毅　上　九月一日

卅三　（一九五七年一月廿五日）

佛觀
宗三兄：

關於「民評」事，雷之信是有影響，但前日鄭德璋來，共與錢先生商，設法補救，信有結果。鄭

當奉告，當可照舊所說補助也。

弟去美事，因語言障礙，西方人亦不重中國文化，故現只擬在原說之學校住二月，其餘時間改作遊歷訪問性質，可繞地球一周。現已辦完簽證等手續，望於二月中旬成行。自己不要貼多少錢，遊歷一次亦好，亦不能想有多大意義。弟想先到日本住二周，不知何處可看，望佛觀兄指示。又佛觀兄在日友人可否作函介紹，大使館方面有熟人否？因恐有臨時事須接洽。宗三兄之學生有在日者否？弟亦有些相識者，好在時間甚短，隨處住住旅館亦可。弟校現已考試，不日卽放假。匆此不一，敬候

大安

佛觀嫂夫人均候

弟　君毅　上　一月廿五日

王貫之太太要想為宗三兄介紹其友為護士者，弟想宗三兄不必拒絕，彼有函與兆熊言此。

卅四　（一九五七年二月三日）

致徐復觀

佛觀兄：

前得兄書，因等像片，故未覆。今寄上弟等近照之像片一張，希惠存。

韓裕文兄逝世，其美國友人來信言當清其遺稿，如有可發表者，當寄弟，但今尚未見寄來。彼愼於寫作，想所作不多。弟前說寫一悼念之文交人生，如兄能寫一篇甚佳，或併在民評與人生發表均可。吾人流亡海外，朋友少一個卽更有無處再得之感。日前與錢先生談，仍望兄能來新亞。新亞校舍已造一半。學校名譽日佳，學生來投考者亦日衆，但實則內部精神上甚空虛。弟想兄來或可鼓舞一些精神。弟之能力已盡。錢先生聰明人亦未嘗不知精神之不如者，彼當有信與兄，屆時再由兄酌定。

匆候

大安

弟　君毅　上　二月三日

卅五　（一九五七年九月廿九日）

佛觀兄：

弟病是因途中感受風寒，致咳嗽而肺上發炎，因循不愈，今乃漸好。

兄之數示及方、陳、吳諸先生之意見，今乃細讀，改稿亦重閱一遍，唯未早覆爲罪。

方、陳、吳、劉諸先生之意見皆足資參考，亦多可取。兄之改稿將原稿第四節刪去，甚好。第九節兄之改稿亦較簡單直接。弟原稿雖另有所用心，但嫌太刻露，非西方人所能受。兄改稿實較好。但兄將弟原稿第五、六節刪去，弟不甚謂然，因第五節說中西文化來源之不同，第六節辨中國非無宗教精神，皆是爲說明中國心性之學爲中國學術文化核心作準備，並皆所以端正西方人對中國文化之觀點。如此二節刪去，則中國心性之學一節便來得突兀。

又吳先生說論中國心性之學須先論孔孟仁學，再及宋明，唯弟意此宣言所重實不在中國學問之內容，而在明中國學問之性質，則關於具體之討論皆可略。

兄將此稿與吳、陳、方等看，引起多人注意此問題亦甚佳，但如要人簽名，則彼此處處同意實難，如此長文字句斟酌書信往返得一最後結論，恐非數年不辦。

兄謂可將原文改爲若干條，另分別撰文說明。弟亦原有此想法，此事初由君勱先生發動，其本意仍是有感於西方人對中國學術文化之認識足以生心害政，故弟今將兄及諸先生之意見一併寄彼，弟建議：一法是只用英文發表，便不須多徵在臺、港之中國人簽署以減少麻煩；一法是約爲若干條，由贊成者簽署以增聲勢。弟等皆無成見云云。

承兄囑用兄存款治病，甚感。弟今可不需此，弟之病亦不需許多錢，只是要休養。拉雜奉報，並

候

儷安

宗三兄均此問好

弟　君毅　九月廿九日

卅六　（一九五七年十一月廿五日）

佛觀
宗三二兄：

佛觀兄前函已收到。德璋與達凱曾晤見二次。弟看來彼等間之情形尚好。只須大家以事業爲重，現民評經費又有增加，當不致有何意見也。

文化宣言事，弟曾將佛觀兄寄來各件及四、五二節抄寄君勱先生，請其改正。彼回信謂不必再在文字上苛求，但主張先以中文發表，以後再謀翻譯；並要再生編者劉君來索稿，在再生專刊登載。弟於此不甚謂然。因彼在美迭與弟函，都說要對世界人士說話，並主先以英文發表，由彼自任譯事，而弟初草此稿時，亦是先針對西方人對中國文化之誤解寫。故弟曾一函告之，謂最好中英文同時發表，中文在民評元旦號刊登，再生要同時刊登亦可。仍請彼改正後依大意翻譯。彼後又回信謂彼以生活忙，望在港先找人作初譯，寄彼修正，再覓刊物發表。弟亦不便相強。唯此間覓譯筆好者亦不易。姑先命新亞一外文系畢業生雷君試一試。（雷君前曾譯弟一文，經二人修改在美東西哲學載。）將來如在民評發表可以一部稿費與之，再請人修改。唯不知二兄對此文之發表意見如何？弟於此亦無成見。中文先發表，或只以中文發表與根本不發表，或俟英文譯好後再發表，弟覺皆無不可。希二兄一考慮何者較爲有客觀價值。（如只以中文發表，則油印本第九段弟之原稿中論西方人對東方人之心習之文化根源一節，亦似宜保留。此節佛觀兄所改較乾淨，但對問題之根源，則原稿較詳明，希再一酌。）

弟現遷居九龍城延文禮士道十八號三樓。周圍較空曠，房屋亦較寬濶。對山望海，心情亦較佳。因此期校中事更多，上學期之秘書長與生活指導主席卽訓導皆與錢先生不合辭去。實則二人皆爲宜辦事者。今番只存弟與錢先生二不能辦事者、不願辦事者。寄美人與英人之籬下勉維此局面，前路茫茫，亦不知何所底止也。匆候

大安

弟　君毅　上　十一月二十五日

卅七　（一九五七年十一月廿八日）

致徐復觀

佛觀
宗三二兄：

佛觀兄示已奉悉。弟頃與君勱先生一函，問可否只在民評發表。如彼同意，弟意仍可在民評元旦號登載。此文本意是在教訓西方人治漢學者，今雖不能卽譯爲英文，但仍表示吾人之一聲音與態度。同時間接可端正若干中國人之態度。故弟意，只須君勱先生不堅持在再生發表，仍可在民評發表，佛觀兄可兼以編者名義，作一按語，說明本意是對西方人說話，則可無成羣結黨之嫌也。一切俟君勱先生回信再說。

佛觀兄評錢先生文已拜讀。凡評彼以儒家言只出於莊子之處皆精當，辯儒道之異處亦可使錢先生有一反省。唯關於中庸與老莊成書時代問題，弟仍覺甚難定。弟意中庸之言性與天道、盡人性卽盡物性參贊化育等處宜在孟子後，而老子言道爲先天地生之混成物等處亦宜在莊子內篇後。蓋孔孟莊子內篇皆重在生活上直接指點譬喩其所謂道，皆可謂屬生活方式之類者爲多，則中庸之以盡人性攝盡物性與老子之將道實體化之言，形上學意味較重，宜屬後起也

又兄文謂常人先身內身，老子後身外身，莊子超內外先後，以證莊子在後，弟意此似無必然，因他人亦可謂常人先身內身，所以求身存，此依於人之好生惡死，莊子則超生死而忘身，老子則外身忘身以求身存，超一般之生死觀念以求長生不死，此亦爲一正反合之秩序，而老子宜居今之位矣！不知兄以爲如何。

前日讀兄之學術與政治之間，見兄文言及天命處，此文似在臺時讀過，今重讀，覺與弟意亦有出

入。弟新亞學報最近期亦有一文證天命，不知兄意如何。匆候
大安
弟　君毅　上

弟今尚不能離新亞，因多年亦費了心血。此間學生用志雖不能專，但有弟在此，仍多少有提挈之功，否則更要渙散。弟只望將來能與宗三兄及兄交換任教。

卅八　（一九五七年十二月十六日）

佛觀兄
宗三兄：

佛觀兄示敬悉。君勱先生來函謂並無藉此文爲「再生」宣傳意，只在「民主評論」發表亦可，並謂譯稿仍盼請人作初譯以後，由彼再修正云云。弟考慮後決仍兼在「民評」及「再生」同時於元旦號發表，因彼之覆信既全犧牲己見，彼終屬老輩，且「再生」並非民社黨之刊物，只爲彼個人之刊物，宗三兄亦曾任該刊編輯，同時發表亦可更引人注意，並多一些讀者，想二兄亦以爲然也。今日已整理了二份稿，分別交達凱與裕略。題目原爲「中國文化宣言」，頗不詞，今改爲「爲中國文化敬告世界

人士宣言」。內容弟重細看了一次，覺大意仍不壞，標點及誤字亦改了。名字次序將宗三兄與兄列在前，以免其他人政治上之聯想。此文稿費弟意作爲補貼譯者之用。在編者按語中，弟說明本意在針對西方人之誤解說話。今日此間人之思想甚痲痺，此文仍有喚醒鼓舞之作用。

數月前遵騮來一信，又函舍妹，要弟及宗三兄近著書。當時正在鳴放運動時，今情形又變，故迄未寄去。前在書店見北平所出「中國哲學史論集」，賀自昭與周輔成有文主張研究唯心論，蓋亦其時所作。弟意將來必要時仍可將吾人在此所寫之文章直寄其中國哲學會，但不知對大陸友人有礙否耳？

匆候

大安

弟　君毅　上　十二月十六日

卌九　（一九五八年一月九日）

佛觀兄：

示悉。宣言文發表，未置君勱先生名於前，乃慮引起臺方之人之政治聯想。君勱先生後有二函來，並謂恐在「再生」發表，於兄等不便，仍只在「民評」發表卽可云云，但「再生」已付排，亦卽算了。唯「再生」今尚未印出耳。

新亞事，弟在美時，錢先生已數函言及。經弟力拒，已作罷論。兄來函又言及，弟昨已再向錢先生說明，決不能代負校務之理由。此間校務，決非弟力所能擔任。因一切局面均擺定，相抗相持。弟因與人無忤，故錢先生有此意。然因循不足以有為，開拓則財力人力皆無。新亞皆在困時，無人肯來。後之來者，皆非抱文化理想而來。而年已老大之人，理想實提挈不起。弟以前屢想兄等能來，皆一無所成。今成此死局，乃欲弟尸位，弟決不為也。如彼離職，弟之敎務亦不再任，藉此脫身。錢先生在此，以其聲望，弟在此拾遺補闕，尚可勉維此局。如彼眞欲去，前途茫茫，亦只有任之。只須學校尚存，仍可敎敎學生，聊盡心力，仍較作應酬敷衍之事為佳也。兄如覆彼函，亦不必多說，卽說弟非此才而已。

匆候

大安

宗三兄問好

弟　君毅　上　一月九日

致徐復觀

四十　（一九五八年六月二日）

佛觀兄：

久不通候，日前得讀大著論孔子殺少正卯事，甚好。弟前只想此事決不然，但於此故事演變之迹，終不知其故。兄文論由法家之托於儒家孔子而次第演成，可以決此疑讞矣！

頃達凱來，言及兄病又復發，不知日來何似，甚念，是否另有其他治法可以斷根？承兄厚意，囑達凱送來之錢已請達凱仍帶回，留作兄自己醫藥之用。弟現雖未存錢，亦未欠債，月收入實已不少，亦常有幫助他人之事，決無再受兄之厚饋之理，望兄再不復言。即兄有餘，亦俟弟有需時再來相索亦不遲。惟兄之盛意則至感。

弟現在身體已復原，唯仍時苦精力不繼。大約中國人之體力實無法與西方人比。但弟憶年幼時見五十歲以上之人老衰亦似較吾等之一代爲甚，或營養較好亦有關係。弟對營養等皆頗注意，足釋兄等之念。

台方政治論爭弟覺相激蕩恐皆無謂。自由中國社之請美人干涉國事之論終不成話。美國人本身議論龐雜，卽將中國交與亦管不了也！

宗三兄好否?念念。敬候

大安

閤府均候

弟 君毅 上 六月二日

弟以前之一書經友聯社印出，曾郵寄數本與兄等，想不日當可收到也。

四十一 （一九五八年十一月十三日）

佛觀兄：

賜示敬悉。日前讀兄反殖民地主義一文時，卽欲與兄一函，竟未果。兄此文所說極眞切，弟之所感亦多由兄說出。唯初看題目，人皆以爲是論政治。以後若編入文集可改爲他題，不知兄以爲如何。

宗三兄婚事有期，甚慰。二月前內子尚曾寫信與其臺灣同學囑代爲物色淑女，今旣有期，至可慶賀。

文化宣言能譯成，甚好。弟意看可否試兼介在一美國之一東西哲學雜誌 Philosophy East and West 發表，此刊在美為有數哲學雜誌之一，亦曾刊載弟之一譯文。張君勱及胡適之亦有文在該刊發表。如此可減少印費，但不知該刊能否載此長文耳！（此間教會有一大意之譯文，弟已向有關方面索取一份寄上，弟尚未看見。）

此間有孟氏基金會擬編大學教科書，弟前允為編一哲學概論，此數月來即為草此稿，寫成對學生可多少有好處，故他文皆未寫。民評之文弟稍緩再動筆。

張君勱先生日前過此，新亞曾請其講演一次，聽者空前。彼精神尚好，弟曾勸彼來臺一行，不必是為與政府中人接觸，只是到國土看看人民亦有意思。但彼之顧慮甚多，如東海以講學名義請之不知彼能來否。彼甚望中國人能辦一哲學性雜誌。拉雜書此不一，匆候

大安

宗三兄均此候好

弟　君毅　上　十一月十三日

四十二　（一九五八年十一月十四日）

佛觀兄：

惠示談胡適先生所說者已拜讀，並轉錢先生與潤蓀兄看了。彼是把學術文化當成私人事了。實則由五四至今，中國人之思想已翻進了許多層次，彼仍欲以其三十歲前之思想領導人，如何可以？彼實仍賴中國文化中之包涵一敬老之成份乃有今日。三十年彼無成績乃一事實，如在西方早已被打倒了。弟在美時聞其病後仍一往訪，當時亦只想國家多難，彼仍爲一老人。弟亦在北大讀過書，但未上其課，見面卽說我不及當其學生，他旋卽說宗三兄他敎過，日記上記有云云。他很會適應人與時代之若干方面。弟後曾與之一信要其勸勸自由中國社之人不要反對中國文化與國家，彼亦未回信。在美國教書一、二十年者說：美國師生及前後輩之間絕無情義。中國人畢竟還是於此厚道許多，日本人亦有。如兄信及弟信仍稱其爲胡先生卽無形中皆中國文化之表現。然受此中國文化之惠者反罵中國文化卽不可恕也。唯彼未正式寫文章，則亦不必管他，亦胡說而已。

宗三兄婚禮想已在卽，弟等皆不克來致賀。錢先生下月來台，當請其略帶禮物以爲紀念。弟此數日學校放假，得休閒十日，當可多至鄉間一遊。匆候

大安

宗三兄均此賀喜

弟　君毅　上

致徐復觀

四十三　（一九五八年）

佛觀兄：賜示敬悉。兄辭去系務甚好。行政事今日實難作。弟半年來皆弄來全無時間撰文，故民評之文亦少寫，實弟亦時有所感。兄所言教會學校終帶文化之殖民性甚是。新亞雖不受教會支配，但中間關係亦甚微妙。錢先生在此點上尚立得穩，能保存有限度之合作。而弟之行政事之難擺脫，此亦一因。又因弟去年離港後回來，原任之秘書長王書林及訓導王聿修皆離職，故弟事成爲最多者。因在外休息了半年，亦只有多任勞以爲補償。新亞雖小，亦須時與社會接觸，而此間中外人士凡喜活動者皆多可憎厭，相習日久徒害自家。暑假錢先生本力挽吳士選來，彼之性較近於此。弟意彼來後則弟亦可漸得息肩。但下期彼仍不能來，則弟亦不得閒，望在寒假能有辦法。弟近來漸體會得世間有許多事皆勢成騎虎，如弟與錢先生在此還較可保爲一中國人之學校（年前卽有人告洋狀，說弟反美反宗教），否則勢之所趨，十年心血或須全付東流。然今亦只能作到保持此一學校之存在，理想仍談不上。此間青年只最初大陸來者尚有些較好者，今亦漸爲殖民地社會氣息所同化。據弟前年在臺之短期印象，還是臺灣學生多有中國人氣息。在此間則距臺灣風氣尚不如。不過新亞學生仍爲此間大專學生中所受社會同化之影響最少者。（下缺）

四十四　（一九五九年二月六日）

佛觀兄：

惠示奉悉。兄函所言甚是。德璋所言之孫君甚好，但彼現在新亞任教及擔任哈佛燕京社研究工作，又校中已推薦彼至哈佛研究一年，如成功，則彼不必能擔任民評職，即不成功，彼亦未必能兼民評職，因其所擔任研究工作須一年內交報告與哈佛燕京社。擬俟彼是否去哈佛事決定後，再問其能否兼任，否則只有再看其他適當人選。

兄明年下期（?）休假，前與錢先生談及兄如能來港，在新亞講學兼理民評事一段時間，亦是一辦法。不知已晤見錢先生否？匆候

年禧

弟　君毅　二月六日

四十五　（一九五九年三月廿四日）

致徐復觀

佛觀
宗三二兄：

兩示及文化宣言譯稿並於昨日收到，希釋念。譯稿只翻了數段，覺文字較此間教會所譯爲活潑，俟看後囑人打好，當即寄君勱先生一份，看彼在美能否介其他刊物發表。弟前所說之東西哲學雜誌不願刊登太長之文，恐不能刊登。唯此雜誌編者近得基金會支持，暑將在夏威夷開一哲學會，曾函約弟去，因旅費用度由彼付，弟或將去一短期，可藉玆散發西方治哲學者幫助宣傳，再看有無其他刊(物)願轉載者。如印費不多，還是由民評社印，表示一獨立性亦好。現代西方人中英國人最可惡，美國人因其無文化歷史故還較虛心，只是太浮動。中國現代人不中不西，眞難說話。但目前影響大小亦不能管。我們總算已盡力之所及了。

錢先生謂彼未見兄等，是因通信息遲誤之故，恐亦未必是有心躲避也。匆候

大安

弟　君毅　上

四十六　（一九五九年五月廿三日）

佛觀兄：

手示已奉悉數日。大著孟子知言養氣章試釋，今日乃覓得來看。此文可開一新的註釋方式，使古書可讀，析義關鍵處多以前註，解所不及。辨孟、告子及曾、孟之別處，尤使人易有一欛柄可持。就此文本身論，孟子之知言與告子之不得於言之言應前後有一關連，昔人似皆未注意。兄謂告子之主不得於言勿求於心乃與其義外之說有關，並謂知言爲養氣之工夫所推擴出去者，今此二義可釋此中疑滯。大約告子之不動心乃由不把「爲他人心之表現之言」當一回事，而自守其心。孟子則由自己內心之集義養氣而充內形外，而知一切爲他人心之表現之言，以是非之心以知其義與不義，此是非之心之照臨人言之上，正爲孟子之浩然之氣之所以塞乎天地之間而至大至剛之一事。故養氣與知言二者並說，則孟子之學乃配義於內而知言於外；今爲一說，則以知言爲養氣之效驗，或以知言爲浩然之氣之所以充塞於外；皆可通也。

文化宣言譯稿，弟命一附近學生打，彼甚清苦，亦當幫助，因彼要上課，近方打完。原稿所打字多不清楚，照打後錯落不少，尚須由弟校對。弟之時間常分配不過來，俟整理完竣方能付印。當照兄囑命一較好之學生辦理其事。

弟之哲學概論稿二月前寫完，已交孟氏會，聞彼等近已請謝幼偉審查。弟原意是最好由宗三兄爲審閱，但亦不便自薦審查人。如宗三兄有暇，可否函幼偉，請其寄與宗三兄一閱。此雖是教課參考性質之書，但牽涉亦廣，尤以對西方知識論方面，宗三兄爲一閱，可減少謬誤。兄如有暇亦希爲評正。

弟擬自己以後再修改，延遲數月付印亦無關係也。

哲學會弟前已答應去，謝幼偉曾來信敦勸，因彼亦要去。中國人方面有五人外有些印度人與猶太、日本人。看看中國與西方以外之人談哲學亦好。弟現已備了一篇論文作為交換條件。但錢先生日前又謂學校事忙，意弟不必去。不過看來還是去好些，此間之忙亦實多無必要，並非非弟在暑中留此不可也。匆候

大安

弟　君毅　上　二十三日

錢先生謂已函詢兆熊兄可否來此訓導，尚不知彼願來否。

四十七　（一九五九年九月一日）

佛觀
宗三二兄：

佛觀兄示敬悉。民評既已聘樂君，弟所推薦者卽暫緩。

關於文化宣言譯稿，弟帶至夏威夷，未接洽得發表刊物。曾寄一信與君勱先生，彼似亦未洽得出

版處。因在美印刷太貴，單獨出版亦不易爲人所注意。幼偉對此文甚同情，弟與彼商談後，彼願列名譯稿，以表聲應氣求之意。弟等意擬交在臺出版之中國文化季刊登載，因此刊雖不全合吾人理想，但在海外頗爲人所注意，如此亦可節省一筆印費。頃幼偉來函謂張曉峯已允登載譯文，（原稿爲主文，譯稿在該刊登卽爲次要。）弟已於今日將譯稿寄去，並謂將徵兄等同意云云。弟意在該刊登載亦可更與一般之中西治中國學者一激刺，因此宣言乃明與該刊之一般著者之態度爲異類者也。不知兄等意以爲如何，如實不以爲然，則可通知幼偉緩發表。

關於開會情形，幼偉謂有一文將發表於新生報。弟亦不善爲報導性之文。弟當另寫其他文交民評刊載。

弟所擬此間哲教系擴充計劃，當可逐漸實現。昨與宗三兄函諒達。餘不一一，敬請

大安

弟　君勱　上　九月一日

亞會代表白克文尚未晤面，以後當可相見。

致徐復觀

四十八（一九五九年十月一日）

佛觀兄：

賜示敬悉。存款事俟與達凱商量再定，不知有若干手續？

「民評」請幼偉爲社務委員甚善。吾人之宣言譯文幼偉謂交中國文化刊登，前曾函告，想兄等當同意。弟意譯者之名字亦可列入，一方是不沒其功之意，一方如譯筆有未盡善處亦有譯者兼負責。不知兄等意以爲如何，如以爲然可將其名告幼偉。

弟二年來極少時間著文，幼偉來後擬請彼輪任教務事，則弟可稍閒以寫文。現在新亞與各方接觸甚多，並多關涉學校前途之利害事，弟亦應付不來，幼偉亦興趣不在此，將來終需要有一能應世務者方能撐出局面也。匆此不一，敬請

著安

弟　君毅上　十月一日

順與達凱一電話，數日後彼來商。

四十九　（一九五九年十一月八日）

佛觀
宗三兩兄：佛觀兄示頃悉。日前唐端正君出示兩兄與彼之函時，本擬一函奉候未果。唐端正人甚樸實，但天資不太高，恒固執己見。二年前彼出示其論孟莊老荀文，弟當時料其尚不能及此，曾批評數點，彼照改與否，弟後亦未看。此次印出，囑其寄兩兄指正，佛觀兄函與以棒喝，及宗三兄之敎，彼未必皆能解，但尚無年輕人之反感。但佛觀兄謂其以學問作人情，則不盡然。因其性格乃屬於資直而不矯激一流。五年前錢先生與胡小姐之事，唯彼曾直接與胡一函，勸導其遠去，情辭懇切，此皆他人之所不能爲。而錢先生對彼亦常以爲太拘直，對其此文亦二年不與發表。而弟則以爲其辯莊郭之異，王弼與老子之異，與弟所見亦不遠，謂孟近莊、老近荀，及老子後於莊子內篇，皆可說。故主加以發表也。

關於老莊先後，錢先生之書，誠有愈辯愈支離之處。弟廿年前已留意及此，當時曾以一切懷疑舊說之言而盡斥之錄於筆記，亦曾寫一部份成文章發表。與錢先生初見面時亦卽論此問題。但事隔多年，舊見漸忘，對考證更無興趣，於謂莊先於老亦覺其可說，而以之解釋中國思想史之發展亦更有方便之處。弟近對學生言考證，謂考證恒非某一理由爲決定不移之問題，而唯是各正反理由之權衡問題，此權衡乃另有識見爲標準，亦爲極主觀者。故辯論則終無已，凡持之有故，言之成理者，皆可說，餘則各人自擇而已。

佛觀兄謂弟教學生太王道，故無效。斯言甚是。對學生弟非全不責斥，但責斥常在其作人方面，此常有學生極感動者。對於思想及學問路向，弟只能略加以啓發開導，其餘則放任，歧出者亦不責。緣弟在青年時亦極固執，於　先父及老師之言學處，皆喜疑而不肯輕信。　先父亦放任，並謂弟曰：寃枉路亦不能不自己經過。後來皆是自己有所立後，乃能受師友之益。故今於學生亦只重其爲人，而不以自己標準一一加以繩正，以免其習於依傍拘礙。唯今日思想龐雜，能歷歧途而返正者亦實不易。故弟望宗三兄來此講學，與青年一榘範也。

弟　君毅　上　一九五九年十一月八日

五〇（註）

佛觀兄：

賜示早奉悉。大譯日人所著中國思想方法亦收到，已看了數節。論佛學者頗有見地。兄前函言近看禪宗書，宗範一書弟幼時記得常放在先父桌上，但後來讀過。禪宗後來之機鋒使人難於抓拿，據此類書加以料簡，實甚必須。

民主評論此數期甚有進步，丕介兄亦如此說。弟亦偶去看看。彼等三人仍照常辦公。十四期弟本擬另寫一篇文，但眞是全無時間（弟半年來皆未能寫文），故只得仍將舊作交去，經刪去一萬餘字，只有二萬七、八千字左右。此期登七、八千字，看下期能登多少。

弟身體承問念，甚感，其實亦莫有什麼，只是住處太鬧，學生終日在門前走。明日放暑假當可以休息一番矣。匆候

大安

嫂夫人安好

弟 君毅 上

註：由五〇至五三之四信，均寫於五〇年代，然具體月日未能確定。——編者

五十一

佛觀兄：

兄二示敬悉。兄對弟著直言無隱，甚感。弟文有不能割愛之病，弟亦自知之。唯弟作文是凡想着之意未說到盡致便不能繼續往下寫。且弟是要充量肯定一切有價值者，故下筆難自休，亦非全出于貪多鬥勝之意。兄所指數點，弟查此間存稿，確有說到太多處，以後如有機會再刪去一點亦可。至於論宗教等處，則在詳人之所略，其中之意未必為一時人所能接受，後世必有能辨之者。臺灣時論反對中國文化，香港亦然，此乃五四遺風與自卑感及奴性及中國文化之缺點四者之混合體。常人罕能拔乎流俗，故亦終不能推進時代，此王船山之所以痛言衆人卽禽獸，害莫大於膚淺。時論正藉攻擊賈景德以反對吾人之見，實則反對者皆不能見，而忌人之見。吾人尙有所提出，不管對與不對。輕薄之輩除民主自由二字外提出了什麼？弟總覺應積極的用心之問題太多，而時論仍不出在消極的破壞打倒上用心。說弟等為多烘有何害，嚴冬之際有火可烘卽使人間溫暖、有熱氣。說此言者又何嘗眞對西方學問有了解。人之精神如不能提起而自作主宰，所謂學他人之長，不過閒話而已。賈氏之讀經並不錯，但其人如何、以何道行之皆不知。政府不先提倡社會講學先造文化風氣，而欲以一紙公令行之，其何能濟。評者謂先整理乃可讀，亦非因整理之事乃永不能完畢者。又或謂有科學的學庸，此何可為範。故一切話在今日皆無從講起，只有付之長嘆而已。

新亞事昨日蔡、沈、梁、劉諸先生聚會，商請五人分別各捐出一千以補此期所不足。諸人熱心可感，但望錢先生仍一函臺北友人，催政院款。弟意政院有款則諸人款亦可還，或作發展學校之用，乞

告錢先生。又餘者丕介兄另函錢先生。不一，卽候

大安

君毅 上 五月廿八日

從另一方面說，中國一般社會人心實甚富理性。兄文社會上固多稱道，弟亦常遇不相識之人聞風相慕，錢先生在此時更爲人以老儒相期。此處非弟等有何長處，純由一般中國社會上之人始終是中國人，終有愛自己文化之感情，而望有人代其伸眉吐氣。然亦因此而更使吾人感責任之重，副人之所望之難也。

君毅又及

五十二

佛觀兄：

賜示奉悉。拙著兄閱後所感之印象，皆是。弟寫此類之文，皆自陳所見之意重，而求影響他人之意較少。加以未到義精仁熟之境，故苦心極力之功多，而光明洞達之氣不足也。唯此事，亦須俟功力

致徐復觀

與火候，無法勉強。弟常覺自己之精神如開礦於荒山，自煤洞中出，滿身炭塵。唯今之世人，習於食滑熟煮爛之食物，則消化力亦將日弱，亦甚可慮。中國舊式學人，罕能作概念式之思維。弟之本性，亦不適此，乃勉強學之，以矯其所偏。宗三更長於此。至於爲提高一般社會文化計，自須另一種體裁之文章。世間唯聖人之言，可以極高明而道中庸，平實而深遠。否則皆有所偏。弟之希望是能多寫數種體裁之文，但今日亦只能寫二、三種。如兄文之一體裁，氣盛而銳，可以衝鋒陷陣，弟亦不能學。將來或多寫人生之體驗一類，可以多於社會有影響而副兄之所望也。

沈剛伯先生既讚美兄作，亦可拉其爲「民評」寫點文章。陳伯莊文不知竟至生如此之壞影響。弟論儒家文，彼閱後亦寫一長信相駁斥，又與彼談數次。兄謂其有神經質亦是。但其人實甚率眞而好問。彼之「玩意兒」三字，乃一口語，（下缺）

五十三

佛觀兄：

四月一日示敬悉。關於錢先生以好惡言仁，以好惡言良知，兄欲與之商量自無不可，但恐未必有結果。弟以前亦曾與之談性情之問題，彼重在卽情見性，卽欲見理，不以天理人欲爲二層，此乃彼之一貫態度，此乃承淸儒戴東原等之說，其根本思想之路數如此，恐非口舌之所能爭也。

弟前信說暑中去日休息事，不過一時想到。錢先生昨面告六月中彼將去日，因敎部要彼去，無法推卻。則弟又難抽身，故只有俟以後再說。前日樊仲雲又介晤日人池田，並轉來淸水之信及日人之書等。弟擬將拙著囑其代送日人，卽不勞兄代轉矣。匆候

大安

弟　君毅　上　四月九日

五十四　（一九六一年五月九日）

佛觀兄左右：久不通候，日昨見報，乃知兄以分屍案與柳某成訟，詢石磊乃略知原委。弟意此類事最好能和解。兄是根據社會已流行之傳聞，在法理上應無大過失可言。如已成訟，宜請熟諳法理之律師，先平情研究對方可能提出之理由，加以答辯，不宜涉及意氣並牽涉及柳之軍政背景。想兄當亦知就事論事也。此間友人皆掛念此事，發展如何，希便示數行。匆此問候，不盡一一，並請

儷安

弟　君毅　上　五月九日

致徐復觀

五十五　（一九六一年八月九日）

佛觀兄：

久不通候，關於民評及人文學會事皆由宗三兄並達。弟近感許多事不進則退，卽維持一刊物亦不易。中國今之刊物蓋以民評最久，而西方之刊物動輒可至百數十年，可爲深嘆！學會事亦由民評、人生之維持事想起，但如得成功，當不限於此儒家之傳統，應求一合現代之方式保存下去，並爲世界所承認，此蓋須百數十年之力，而此時此傳統之遺存於日本韓國越南及東方各國者，能與之以生命則尚有可爲，過此數十年則更將只有古董，而儒家文化亦如希臘羅馬，只能作歷史之研究矣！此事美國方面君勱先生覆函贊同。韓國有李相殷，爲高麗大學哲學教授，亦認爲中國人早應發起此會。日本方面則弟曾與宇野精一、宇野哲人父子一信，徵其贊同，並請其在日就近約志同者，彼來函同意，兼介紹監谷溫等數人。唯弟等向亞洲會所請求之經濟上補助，尚未必能成，則事仍不易進行，此時亦不宜都說在事先，更不宜約人過多，以免虎頭蛇尾，爲人所笑。宗三兄前所寄上發起之緣起及組織原則，初由弟所擬，兄視爲不妥之處，或應增加之處，亦希示知，以便修改。

弟現已辭去教務事，請吳士選兼任，吳較錢先生爲有法度，但弟仍負文院及哲社系職。大約三年後中文大學成立後，可專門教書。此時一切不穩定，亦不能在小範圍中安定下來。宗三在港大可一切不管，因該校已制度化，而新亞則未制度化也。

三日前見報上陽明山會議之名單，此事事先並無正式之接洽，只張曉峯與幼偉函言及。因學校事，弟未必能去，但亦曾想藉此與內子及小女並來臺一遊（此須三星期假方可），又如來臺能與兄一晤，談許多話，亦可較爲盡意。惟又聞此會純爲虛應故事，赴會者多無聊人物。不知兄以爲如何。

匆候

暑安

弟　君毅　上　八月九日

五十六　（一九六二年）

復觀吾兄：

所寄自立晚報文及大著中庸之再考察已拜收。自立晚報文前已於宗三兄處見到。兄將過去事實從頭說一番，亦可以了此一公案矣！

大著論中庸者已拜讀。立論行文皆極整秩。論中庸之二篇義爲一貫，及宋儒所言之中和不必卽合中庸原義，與論誠以仁爲內容等處皆善。誠只爲仁（義智勇）之德之全幅的眞實呈現，故可統攝諸德，而以之直言聖德。誠之成己成物與天地之化育，爲一道、一誠，故聖德卽天德。弟目前與諸生亦講中庸，此確是一致廣大而盡精微之系統性的大文章。大約人之道德性之生活，初步皆在興發道德性之理想與心志，既興發以後，乃見其不容已而或未能達於全幅之眞實化。方見誠之工夫之不可少。而聖人則唯以其能至誠故能極此工夫，以顯全幅之天命之性（卽仁），此卽佛家所謂果德也。然聖人之教人，則不能下手卽言其工夫之所極，故孔子唯及於仁智忠恕，孟子多言擴充四端，荀子多言禮義。而孟荀之言誠，亦皆自聖賢之果德上言，其義固與中庸相通。兄之所論是也。然弟竊以爲此仍難證孟荀之襲中庸，亦可轉證中庸之承孟荀之言誠，而以誠之工夫原是攝仁智之德而眞實化之，故以誠之一言，盡聖賢之學而通人性與天命。而此外之一可能，則爲中庸乃一單獨之系統，乃承孔子之言天命，與古代之天命及性之普遍義而形成者。則中庸乃與孟荀並行，而同有立誠之一義，而特重以誠統天下之達道達德之說者。而孟子乃卽心言性之系統，與中庸之卽性言性，亦可說爲二系統。如要從思想史之發展上看，並關聯於孟荀說，則弟仍覺要說孟子之性善由中庸之說轉進而來，恐不易立。孟子之言，仍是屬於興發志氣擴充善端者多，此乃意在提撕醒覺，以使人向上，而中庸之立誠之教，則重在處處落實，兄言歸於庸是也。然此亦正可爲向上而達高明後之回頭歸敦厚篤實之語，則其立義亦可爲進一層。昔朱子雖謂子思作中庸，然其編四書之次第，則原爲以大學爲先，論語孟子繼之，而以中庸爲後。吾人爲學，亦是興發志氣爲始，愼終爲始，以立誠爲終。聖賢之立教之次第蓋亦當如是。而觀先秦諸子之思想之發展，則蓋初皆是以一理想號召，後乃知不誠不能動人，故孔墨不言誠，而孟荀及之。而大學中庸之重毋自欺愼獨以立誠，與莊子外篇之言不精不誠不能動人，及管子呂覽淮南立說雖不同，皆重精誠之義，正皆由晚周以後之諸子覺所言之道誠信不孚於人，乃反而求之於己之精誠之未至，遂乃多言及此。而循兄之謂誠爲仁之全體呈現，亦正證誠之爲歇後之語。故如依一般思想之發展以爲論，則中庸亦有可說在孟子之後之理由，而正以兄文之釋中庸之精當處，更啓弟之如是想。而兄文之價值亦實不在辨孟子中庸之先後，不知兄以爲如何？匆候

暑安

弟　君毅　上

五十七　（一九六二年七月廿二日）

復觀兄：

奉兩示承教甚感，並遵囑示宗三兄看。彼意孟子中庸可爲二系統，先後之考證難期必然，弟亦謂然。憶昔年曾將古史辨等書看過，覺要駁皆可駁，而其他古人辨僞之書亦同難有定論，只以「口說相

傳後著竹帛」或謂「某段文爲挿入」，則正反之理由卽皆可說。弟前與兄函乃報兄盛意，重在說明兄文之價値，不在成立中庸之在孟荀後。弟意雖偏於謂中庸後半至少在孟子後，亦不能證其必然，以大哲之思想恒超時代而論二千年前事本難期必然也。弟前函之妄說乃意謂兄以中庸與孟荀言之相同以證孟荀襲中庸恐不甚妥，因此同處乃可證正反二面者，卽亦可證中庸在後。而弟意之所以偏在以中庸在後者則以孟荀皆創闢性之思想家，且恒直就義理立說，謂彼等襲子思之大段文不引其名而照樣重說之，其可能蓋甚少。二、中庸大學及禮記之若干篇以及易傳同爲廣引孔子之言加以申釋者，而中庸大學更具系統性。然創闢性則不如孟荀。弟意凡申釋性之著以思想史發展之常例觀之，恒較晚，亦常爲累積成書者。三、如必尊重馬遷之言，則弟意上篇除首章外蓋卽子思之舊，然下篇言盡性德卽成聖而達天德實預設性善論，此至少應爲已聞孟子之敎者之所著。如中庸皆在孟子前，則孟子道性善不致爲當時人所特重視。孟子言當時之性論，亦宜及於子思之說。唯中庸不如孟子之重辨人禽之性，亦不言心，而言盡己性則人性物性皆盡，此乃「以天命全幅內在於人性，而盡人性以成聖，則聖德同於天之生物成物之德、化育萬物之德」之系統，與孟子之「盡心以知性知天，而萬物皆備於我，上下與天地同流」又略異。然此中可說中庸必預設孟子之性善論，而孟子之說則不須據中庸方發展出來。故弟前函亦謂中庸孟子可能爲二系統，然孟言盡心知性知天則宜爲先於中庸之言盡性達天德之一套窮極之辭者。四、弟謂誠爲道德理想之眞實化，亦如兄言誠爲仁之全體實現，卽必性盡而至純亦不已更無絲毫夾雜，並極其高明悠久廣大之量，以至無窮，乃可言誠，此在施教立教上，與他家之重誠之言，同屬進一層之義。卽吾人今日教學生，亦是先提撕理想，繼教以誠實毋妄。故弟意中庸之特重誠爲終教，非謂他家之言誠與中庸全同，亦非謂孔孟之道德理想純爲知解的非實踐的。蓋實踐的仍有由不誠到誠，由誠到至誠之工夫在。中庸言至誠，又言至誠無息，至悠久無疆，此乃確立誠教，而至誠無息亦卽聖德卽天德，如佛家境行果之「果」，此在佛學爲最後說。在先秦儒學亦宜然。五、弟意孟莊以後之思想非必皆雜入陰陽而逐漸下墜，七十子之流仍應未斷，只是由周末至秦，儒者皆更不得意，此事易傳所謂天地閉、賢人隱，潛龍勿用之時，亦卽中庸所謂聖者當遯世不見知而無悔之時，此時孔子之人不知而不慍、顏子之舍之則藏之教最堪受用。故弟疑中庸（或其後篇）卽當時守先待後而不求聞達之儒者，緬懷先聖微言之述作，故一面自知其無位以作禮樂，亦自知生乎今之世而尚論古之道不容於當世，乃惟有建諸天地、考諸三王以俟百世之聖人，一面獨立蒼茫，對天地之博厚與高明以知天之生物成物之道之至誠而不息，而天地之大也猶有所憾，一面寄望於大德之必受命，如文王之得其名位與壽，並讚仲尼之配天地之聖德，而秦漢儒者其似之而非者。則爲以孔子爲素王爲漢制法及其他神化孔子與帝王受命之說，其說雖皆駁雜而不純，然亦各表現反秦政者之心願之所存。而此諸思想之創始者，皆難歸定爲一人。中庸大學與禮記諸篇之作者，同難說是某一人，總稱之爲七十子之流，不必深求其爲人，其思想之價値亦自若也。如就其遠原而觀，謂大學出曾子，樂記出公孫尼子，中庸出子思，蓋亦或有之，然師弟相傳，必有增益，謂中庸成書在孟荀前，則恐難有確據。韓非子言儒分爲八，八氏之儒明非一人，則中庸或爲子思氏之儒所著，史公卽稱爲子思所作，如莊子之外雜篇皆可言莊子所著也。若必以中庸皆前於孟子，而孟莊以後之思想卽降墜，則中庸已預設性善，並暢言性德之通天德，則孟子道性善乃無功於聖門，類中庸之註腳，而孔孟以後儒學之徒更無𦡞世不見知之聖賢，以發微言墜緒，蓋亦非所以尊崇先秦儒學之道。弟所言此雖非考證而只爲想像之辭，然弟嘗念一切考證之目的，唯在照明歷史之價值，以見歷史中之人物，皆各有其對學術文化之貢獻與特殊之價值。弟以爲如置中庸於孟子之後，則二家之價值皆更能彰著，而儒學之傳統之雖歷亂世與暴政而仍未斷，亦於意爲美。此卽弟偏重置中庸之性德通天德一套於後之想所自生。此固非如時人疑古之論意在貶抑古人，而指責昔人記載之訛誤，亦與歐陽修崔述之疑中庸之言多高遠故非聖人之後所著者不同其用心，更無意於證明中庸出於道家。此唯兄詳之，近因放假，故覼縷言之，然書仍不能盡意，與兄意亦仍難盡合，姑兩存之，以俟後日之反復何如？匆候

大安

弟　君毅　上　七月廿二日

丕介兄轉十四日示，敬悉。兄之學問進益無已，常有新意，至佩。

五十八　（一九六三年十一月廿二日）

復觀兄：

賜示及大著皆已拜讀。

大著論孔子之仁樂之關係及美善之義等義，皆甚精當。其餘亦可袪疑蔽並顯出孔子之藝術精神在今日之意義，甚佩。唯其中數小處，似可斟酌，玆書陳於後，希兄詳之。

一、第一節「子所雅言詩書執禮而未及樂，後人每以爲禮可以包樂」，兄謂其「爲錯誤之解釋。樂只能弦歌，而不可以言」云云。

弟按史記言孔子於詩皆弦而歌之，其時之歌卽歌詩，故本可不言樂。「後人」不知何指，弟查鄭注朱注及其他二、三集注皆不見有以禮包樂爲解釋者。又昔人多謂執禮重在行，亦不可言，則有以詩書二字斷句爲解者，有更作他解者。要之此中本有問題。兄此段文似宜稍加改正。

二、第六節「禮樂的自身，可以作仁的精神之提昇轉換。」一語似有病。

三、論荀子一節謂荀子言「樂行而志決」，則下文云「志卽是性之動。」此一語似不妥。因荀子之性情爲惡或中性的，而「志」「意」皆連「心」上說。荀子樂論屢言以樂感動人之善心，蓋亦是以樂飾節性情而化之，以使心志淸之義。直視志爲性之動，可以講孟子，而不宜以之講荀子也。再兄所謂窮本極變之本指性，恐亦未是。因上文言「禮樂之統管乎人心」、「樂爲和之不可變」，則極變乃是言其變而不離於人心之和之本方合，而荀子之性固不足以爲本也。

四、第七節謂弗洛特之潛意識相當於佛之無明，此無問題，相當於西漢以後所謂情、宋儒之所謂和欲，亦可說。但仍以改說爲相當西漢以後若干儒者所謂情、宋儒之私欲之「根」爲妥。至於下文引張橫渠之心統性情之說以證上文，恐不妥。因橫渠重在言心之橫面的通內外之性情，而情不必惡，亦非指潛意識而言。（橫渠之性爲隱在內的，情則爲表現於外的。）橫渠言情與漢儒之以情爲惡之說不同，亦非如弗洛特之論心分自意識、無意識等之上下三層面說也。弟意孔子所重之藝術修養，固皆能自然化除人之潛意識中之疙瘩，而超化人之自然生命。兄自此類義去發揮者，皆極有價值。然昔賢則實未於此有自覺之一名辭用以表此潛意識。弗氏所謂潛意識，可說爲情欲之根，而人之情欲則皆屬於意識界。儒家重工夫，在潛意識上，無工夫可用。然潛意識之表現皆在意識中，此意識是門口，只須以道德把住此門口，或對從此門口出來者，皆有禮樂以化之，則不須去想此潛意識之畢竟如何，如佛家及弗洛特等之說也。

五、兄辨樂記不出公孫尼子甚當。荀子論樂重在節飾性情，以養人之善心。樂記則以樂返人生而靜之性與天理，乃轉近孟子之學，而代表古代晚周儒者言樂最高之一發展。至於樂爲生命直接表現之義，則暢於孟子樂則生、生則可已之論。樂爲生命之直接表現而相感通，卽莫不見仁義之行，故有兄所言之重與民同樂，不重古今之樂之分等義。凡此等等，皆可次第循思想史之發展而論之。唯兄文以孔子爲主，則此下之說，亦不必論其異同轉變之迹耳。

六、大文最後辨雅俗一節，所啓發者甚大。後儒重雅樂，只能及於論樂理，亦後儒之有一大蔽錮所致。音樂確有雅俗，然正俗化俗卽能成雅。詩之風初皆民間之詩樂，卽皆俗也。孔子正樂使雅頌得所，正樂蓋卽指正民間之風，如二南關雎等而言。昨夜與友人至一戲院看自大陸來之音樂，多取民歌而變化之，可謂相當成功。臺灣所演之梁山泊，皆襲之而來。人情有古今及地域之異，則專尚古樂，必使人欲臥，要在隨時隨地正俗化俗以合雅，乃能開拓音樂之天地。然此中又確有雅俗、淫不淫之辨，而孔子兼知之，共黨之學則又不足以語此。此孔子之學之所以不可不倡。弟嘗感今後中國未來音樂當如何發展，亦實一極大之問題，亦與儒家之敎之生死存亡密切相關。化民成俗，感動人之善心而復天理，皆賴乎此。然又不可令反俗以爲雅，而當化俗正俗以成雅。此非兼知德而又知音者莫能爲。此亦今日之一大學問。弟常盼想此大學問能爲今世之所重，爲有此天才之士之所用心。因讀兄文最後一節所論，故隨筆及此。匆候

大安

弟　君毅　上　十一月廿二日

兄文弟意先交民評發表，以後再從容斟酌亦可。雜誌上之文章只須方向正大，辭句有欠妥處，亦無關也。

五十九　（一九六三年）

復觀兄嫂：內子昨日歸來，具道兄嫂等特由臺中至臺北省視時情景，感慰無極。內子本意原擬於返港前偕安仁到府上相候，惟小女仍行動不便，致未得果。內子並告賢郎在美學業精進，足以自立，即將完婚，並不忘奉養之意，尤爲深慰。又承兄嫂等常以弟之體況爲念。大約吾人皆年事漸增，精神自不能如昔。弟近亦不耐繁劇，於學問上及作事上皆有但求日減不求日增之趨向。弟在前年曾爲二文論智慧皆由減損而生，後將此二文附於新印之一拙著「道德自我之建立」中，另郵寄之呈教。唯今日思之，此二文之著或由弟自己精力不健，自欲求減損其浪費之反映，是亦未可知也！

弟　君毅　上

六十　（一九六四年十二月廿八日）

復觀兄：

弟近遷居一偏僻之地，藉以寧靜心情。今日乃晤見宗三兄，並將兄函寄彼。徵信新聞，此間無售者。但達凱前曾寄來一期，報上文字讀者自較多。以前北平之晨報副刊，及後之大公報副刊，皆影響甚廣大。

兄能分神爲此，自當贊助其事。俟想得適當題目，再寫文呈正。吾人習於寫長文，亦非好事，實則文長不必能達意，而言短反可少誤解。弟近又發現默之爲用，亦可大於言。昔人之文短，而有讀者，今人之文長，反無讀者。但今日報章中之字太小，又不能不有長文方可充篇幅。此皆一大矛盾。唯美國之華僑報仍用三號大字，其數百字之文亦可觀。此則臺港所未有者矣。

錢先生現鄉居，但仍在新亞研究所講演。目下他事無可言，但新亞之新生程度，遠較前爲好，研究所亦有前所未有之好學生，蓋由可得學位之故，若干家庭願送其子弟來就學也。此乃可慰者。

弟現所居較僻靜，人客來者亦較少。此地有花木之勝。近購大藏經一部，若干前所未見經論大皆可得之。五、六年來對中國與西方之學皆無進步，但對印度思想則更能契入。唯尙未敢輕加論列耳。

匆此不一，敬請

儷祺

弟　唐君毅　上　十二月廿八日

致徐復觀

六十一　（一九六六年九月二十日）

復觀兄：

賜示與宗三兄函並悉。弟望兄來是重在使學生及此間同事知兄之爲人與治學，課程開設儘可商酌。前說兩漢思想，是因兄前言意欲寫此書，故將此間原有之一課程先秦至漢哲學分爲二段，一段先秦，因吳康（廣東人）亦來此半年之故，就請他敎一敎。第二段兩漢，則請兄敎。以前弟敎此課，初時陰陽五行及易學都講，後來則只以六、七週就淮南子、董仲舒、王充三人講講而已。兄嫂如願講此兩漢一段，亦可多可少，不必全講，每週二或三小時均可。（兄願敎諸子，看學生人數情形，或請兄開一班荀子二小時，但目下不能全定。）此外的課，可由兄就興趣講。但此間一般的課皆爲考試而設，預定有範圍、內容，又多是一年的課，所以不便麻煩兄。弟意在研究所，兄可講一些文藝理論及對諸子之專門研究。有一學生葉龍，以前研究桐城文，現在哲學研究所，亦想從兄研究文藝理論方面的學問。研究所的課彈性比較大，亦可更合講者與聽者之興趣。弟想兄能每週爲研究所學生講二次，已很好了。

兄之來時，可由兄斟酌，總在一月至八月以內之一段時間來港爲宜。學校是希望導師在港住五個多月，不必滿六個月，卽以此中差額作旅費（因旅費無法報銷），實際上課則不過十五週，三、四個月。

對於住的問題，弟早想到。弟最近遷居一屋，較寬大，以便養息，兄來時可先在弟處住，再從容覓屋。此間有公寓性房屋，頗方便，亦可托學生去訂。嫂夫人如同來一遊，亦不會有問題。此類的事有研究所之同學幫忙辦。兄來是幫弟之因眼疾不能多上課並須於必要時早休假的忙，說不上費力。弟以前早望兄能來此，以因緣不具而未遂，今果兄能來，亦稍補所憾而已。草草不恭，卽候

文祺

弟　君毅　上　一九六六年九月廿日

兄之入境證可以聘書向臺灣之英國代辦處辦，宜於早去辦。以前謝幼偉、吳士選來皆費了半年。（他們懷疑謝、吳的政府關係。）今日非昔比，中文大學是政府承認的，但亦宜早。

六十二　（一九六六年）

復觀吾兄：賜示奉悉。承

兄允來講學，至爲欣感。關於

致徐復觀

兄所任課程，除荀子及漢代思想外，研究所可作七、八次之講演，文藝及其他思想理論均可，此在兄亦不須特別準備，只就兄之興趣及心得之所在，自由發揮可也。此講演亦屬於中國哲學研究一課中之一部。此課弟原擬專教中國哲學之要籍解題及讀法、中國哲學中之待研究之諸問題及研究之方法態度方向等。弟已講了二月，本擬續講，但以最近二日就醫檢查賤恙，醫謂弟在美之手術未動好，而此間醫生亦不敢再動，故弟擬於日本簽證來時，下月即赴日就醫，故將此課分爲四部，本期下一部由吳康先生擔任，明年二月即勞兄與幼偉兄各自由講演七、八次兼作此課之內容。

關於兄住弟處事，弟確係租屋時即想到。當時尚未料及弟須離港，但近日二醫皆言弟疾極難醫，故只有早日設法去日，以求保此父母之遺體。舍間小女去美後，即只留一老佣人與一高中之徐姓學生看屋。老佣人相從已七、八年，本無停用之理，兄不住此，弟亦要付工資，兄不住此房屋，弟亦要出租金。如任此二廳四房之屋空下，實屬浪費。此屋租金大半皆大學所付出，兄如住此，亦無異住公家之屋。弟年來略備書籍，兄亦不須時時往圖書館中借書。又老佣人所弄飲食亦尚可吃，兄可免在外游食之煩。故望兄在此點上萬勿客氣爲感。（弟去日治疾，可能須數月，弟即回港，亦決不住原地。在此住人事多麻煩，當去鄉間接洽廟屋住。）至於飛機票由弟代購事，亦屬弟原意。

兄十餘年前在港時患難中之相助，固可不提，但弟此舉乃在表示弟對於中文大學之抗議，故先與吳士選校長說過，弟亦不能言而不行。此抗議亦有客觀意義，望兄亦多峻拒爲感。兄來之日，以一月底二月初至七月爲宜，弟等在此間之薪資者以時日計算，上年哥倫比亞約弟去，原說半年，弟去時遲了三數日，卽只領其一月餘薪。然如此亦兩無愧欠，兄如遲來，至多少一些薪算了。

但弟意仍望兄能在此住六月左右，如此學生及同仁可多得些益也。

弟擬去日而又望兄來此，乃一矛盾。弟不能在此招待，尤歉疚難安，或弟在去日過臺時設法少留，以便與兄一晤。餘不一一，卽候

文祺

弟　君毅　敬上

嫂夫人望能同來，則兄之生活更可有人照護。

六十三　（一九六七年八月廿二日）

復觀兄：弟於十六日直由東京飛港，機過臺灣未停留，惟下望臺地，以未獲留二日與兄晤談爲憾耳。

歸來後，日昨得兄函，知殷海光君患癌，壽命難久，爲之嘆惋。殷君亦有其率眞直爽之德，人與人之思想異同亦只是小事，弟緩亦當一函問候。

弟歸港五、六日，日日有人客往還，迄未一刻伏案，故今乃復兄書。在東京二三日及回港數日，均甚勞，但於目尙未有壞影響，看來是較上次回港之情形爲好。白內障之手術，看幼偉在臺醫治之結果如何，弟或於寒假中來臺就醫。此疾與休息仍大有關係，故自明日後，即不出門，友生多已相見過，當可多休息矣！匆復，即候

儷安

此間友人及學生均道及兄在此半年之情形，德音流行，固亦將無已時也。

弟　君毅　上　八月二十二日

六十四　（一九六七年九月廿九日）

復觀兄：賜示拜悉。弟以身體仍不能多用，故研究所的事，與吳校長之君子協定，是暫負名義，由他代理。看過一些時能否作點事。目下吳堅不肯任下屆校長，只有校外請一人來，但校外來的人可能把新亞精神更得來沒有了。所以他之意要弟任所長，留一最後之壁壘。然研究所之經費，前靠哈佛燕京學社及亞洲基金會，而此二機構之幫助到後年即止，而研究所之情形即同於初期之新亞。我之想法是把研究所與新亞之一些教員之研究工作合在一起，亦以研究所之研究精神提高新亞之教學精神，另外

靠研究所以前之成績與國際信譽，看能否開展一些中國文獻之研究計劃。兄函中所示之研究態度卽都可採取，最低限度學報一定要維持，出版之事亦可以作一些。兄之大著望寄來，以光篇幅。現在學報仍由潤蓀兄編，大約半年一期，但要稿子湊齊才出，所以不大準時。兄文無時間性，當亦無問題也。

弟回港後，一般社會情形已漸安定，身體亦尚好，只是到處所見，皆是生活與精神上嗷嗷待哺之人，而亦無力相助，故心情還不如在日本時之恬適。錢先生曾晤面二次，晤面時初幾無話可談。彼今已回臺。以超越眼光看彼在此十七年之所爲，與弟等在此十七年之所爲，皆是一悲劇也。匆此不一，

卽候大安

嫂夫人安好

弟　君毅　上　九月廿九日

致徐復觀

致牟宗三

一（一九五四年八月九日）

〔宗三兄：〕（上缺）兄之「政道與治道」大文已拜讀。從中國政治固有之定常原則之樹立，以論政道治道之分，與今日之當民主，此是兄所開之一思路。只言當民主，乃純爲應然，只言中國有民主精神，中國文化與民主相容，乃只言其具實現條件，然不能證其爲歷史上的必需。爲解決中國文化政治史自身之問題者，兄之所示，足以補此缺矣！

兄謂過去打天下之帝王，其成功卽爲一主觀上之無限體，此卽意涵其政治權不受客觀限制，亦不能在客觀上必然實現定常原則，此頗如 Hegel 之言法國大革命時之革命者、皆在主觀上求無限之自由者，故歸於不斷之相互否定，終只能有一具主觀上之無限之拿破侖之出現。彼由此以論立憲政治之必需，具無限性之個人必須自局限其權利義務於國家之中，以成公民，而個人之主觀無限性則化爲客觀地持載國家全體之國家意識。此公民乃由主體道德性的轉進爲政治的，故爲政治的而不失爲主體道德性的。唯西方一、二百年政治社會之發展，個人之局限於權利義務關係中，同時又產生種種階級上職權上之膠固。共產之生，亦生於人之欲自此種種膠固中擺脫之情。客有最近自美國歸來者，言及美國之宗教上、階級上、民族間之歧見與膠固，皆只暫掩藏於其富力與國際威望之下。西方人以抽象的理智，類化人間，而處處造成阻隔，實彼文化之根本病根。此將處處造成國家之破裂，更何論由持載國家以至持載全人類?此乃其公民能自局限於特定權利義務關係中而個人主觀之無限性未嘗客觀化之過也。故弟總覺西方之民主政治仍非最理想之政治，其公民之意識實需一內在之開拓。因而公民之概念亦宜有進一步之規定（可包含孟子所謂天民之涵義），而今後之民主政治制度，亦當眞實堪爲此種公民活動之軌道者，使此種公民之存在眞實爲可能者。以西方過去之歷史傳統之所推逼，今尙不足以語此。此有待於中國精神之注入。而中國之政道之建立，亦須求可以免西方之弊。不知兄以爲如何。西方政治上之民主，乃自求平等、求權力之平衡逼出，中國之民主如兄言，當自求定常通出。前者爲横的，且隨時可衝破，後者爲縱的，如順求定常一義一直措思，當有一兼救中西之弊之政道出現。此皆弟一時之朦朧感覺而已。

「新思潮」中，兄文亦見到。陳君弟在廣州見過，其人英文頗好，亦頗讀書，但不類思想家型，蓋能廣度的求知識者也。匆候

安好

弟　君毅　一九五四、八、九

二　（一九五四年八月十四日）

宗三兄：八月十三日示敬悉。人文友會草案中義，弟自無不贊同。弟近半年來亦常常思及，只是作文將道理當話講之不足。哲學如只是論，終是「是亦一無窮，非亦一無窮」，人之性命終無交代處。西方在此有宗教，西人自幼習之，除哲學外皆只存信之而不必論之。中國昔有儒教，今則無有，故人入基督教者日多。基督教義固有所偏，而其風習亦多與中國文化不合，而信者亦罕能盡其誠。弟因覺今日講學，不能只有儒家哲學，且須有儒教。哲學非人人所能，西方哲學尤易使人往而不返，而儒教則可直接人之日常生活。在儒爲教處，確有宗教之性質與功能，故曾安頓華族之生命。而今欲成就其爲教，必須由知成信，由信顯行，聚多人之共行以成一社會中之客觀存在——如社團或友會（友會之名較好），此客觀存在，據弟所思，尙須有與人民日常生活發生關係之若干事業。此蓋凡宗教皆有之。唯有此事業，而後教之精神乃可得民族生命之滋養，而不致只成爲孤懸之學術團體，此諸事業即屬於儒家所謂禮樂者。禮樂乃直接潤澤成就人之自然生命。人之自然生命之生與婚姻及死，皆在禮樂中，即使人之生命不致漂泊無依。胡適之謂儒者以相禮爲業，亦未必不可說。今之基督教徒，在社會存在之基礎，即主婚禮與葬禮，佛教只能追薦，不能主婚禮。儒家之禮，則兼重生日誕辰與冠禮及葬後之祭禮，此是對人之自然生命自始至終與以一虔敬的護持，而成就其宗教之任務。弟以為此將為儒教徒之一社會事業。此外，則養老恤孤，救貧賑災，亦為儒者過去在會社所指導，而力行之一事，今皆入佛教徒與基督教徒之手。亦當為今後儒教徒之一事。此諸事皆不只是學術理論，亦非屬狹義之政治，而為流行遍及於社會人民生活之最現實的方面者，故可盡澈上澈下，通無形與形而極高明以道中庸之道。唯禮樂之訂定，非義精仁熟不能為，且不能為，且不能無所因襲，亦不能過於與當世詭異，以動世人之疑。弟為此徬徨而不知所決。弟日前唯思及民間家中天地君親師之神位及孔子廟二者，不知臺灣尚存否？弟嘗思自先保存此二者下手。天地君親師之神位之君字，或改為聖字或人字，孔廟即成講學之所，唯其他之禮器與樂章為何，則茫然不知所答。如何「治之於視聽之中而極之於形聲之外」，此眞是化民成俗之大學問，尚非一般之外王之教所能攝。弟想將來吾人亦須向此用心。唯此皆與今日知識分子所用心之處相距太遠，仍必須先由義理之當然處一一開出思路。因而先引起人之問題，拓展人之心量之哲學工作，必須先行，冀由廣泛的思功，逐漸逼歸定向之行事。故兄函所謂凝聚成教會之義，仍只能先存之於心。人文友會事，仍須能以講義理為重，而不宜流於形式，以免先造成阻隔。唯志同而全無形式，則精神亦將散漫，故人文友會在臺先成立亦甚善，弟自當列名參加。唯弟在此間，仍當從事較廣泛性之思想上啓發之事。凡屬凝定貞固之事，弟皆不如兄，但在隨機誘導與潛移默化之事上，則與弟之性質更相宜。要之此二者乃相反相成者，以時運考之，終吾人之一生，此志業皆將在困頓中，而無由遂。然人心不死，此理必存，大道之行，終將有日。在實現條件上，弟亦常有許多想法，耶穌釋迦，皆先及於無多知識之人，孔子之弟子皆以德性勝，吾人則先自有知識入，而所遇之環境，亦是知識分子之環境，凡知識皆曲，故必由曲導曲以成直，此是大難處，然亦終無法避去也！匆此，敬候

大安

弟　君毅　八月十四日

三　（一九五五年七月三日）

宗三兄：連日因學期結束等事，大著昨乃讀完。確是一劃時代而重興哲學之著。全書自仍以第二、三部最見匠心。對於數學、幾何、自然科學知識之予以一超越的安頓，實爲哲學與文化之大翻轉之基礎。弟以前於此亦有許多想法，終覺綱領提挈不起。

兄書將康德之理性範疇，直上向純理推進，以純理之客觀化明數學幾何科學知識，此石破天驚之事也。倉卒讀後，於兄所說，只能以直覺相遇。俟印成後再細看。兄書歸宗，是直覺理性相應而說，以明知識境與超知識境。但在作法上說，似若干處之神解仍超過理性之推述，此將使讀者益爲不易。

俟兄書出版，弟將就弟所見寫文告人以此書之讀法。兄屆時亦當寫文，以助讀者方好。

兄書不便輕易更動。只改了一些錯字，並添補了一些兄所徵引罕見書之英文名於下。將來印完後，當囑友聯社先寄上，以便兄作一校勘表。匆候

大安

弟　君毅　上　七月三日

印刷事弟等自不便多干涉。但弟昨仍將當求精美之理由與胡君函說了一番。弟謂如彼可印老五號字，弟可設法以千元預定此書若干云，即補助之意。實在他們礙難亦就罷了。因弟皆已說明乃弟個人之意，非兄意也。

四　（一九五五年十一月十日）

宗三兄：十一月六日示敬悉。弟介兄書文，因照顧讀者心意處太多，故多費話。　兄將來能寫一文自述用心，當於讀者有益。此書最好囑印者寄若干本與人生出版社及友聯出版社代售。昨胡承祥君見弟文，亦函告此書無處買，欲向弟借閱。如印者方面恐收不回帳，可由兄函向彼負責。一次亦不必寄得

太多，四十本賣完再寄可也。

兄賜書所言 Whitehead 與 Kiekagard 及傳統西方形上學，各代表一路，甚有意趣。弟可約略彷彿其意。兄能加以分疏，必可對人有大啓發。兄來函所述兄現實生活上之心境，時有如軀體橫陳曠野之感，頗令弟生感動。唯弟於此不盡完全體會。弟在大學讀書及大學畢業後之數年中，其時尚未與兄相遇，亦常有種種荒凉空虛之感。有時從此中昇起許多向上感情，有時亦生起向下沉墮之意，並曾著文讚美自殺。一次於夜間，曾覺此身橫陳於床上，如一大蠕動之蟲，甚覺可怖；此心如與此身不相屬而隔離，但旋卽相合。又有二次見日月蝕時，聞民間敲架鼓驅天狗，心中覺有無限感動。此感動中有宇宙性悲感，亦有對自己生命之感傷。此等等感覺，近來亦不全斷，但較少。此亦不必與兄感相類。但弟只能憑此等經驗體會兄所感。弟意吾人之生理的有機體與自然的原始生命，對人之純精神生活與外在之自然世界間，實有二面之原始的生疏與深淵之間隔。此在常人生活中，或因兩邊之山谷皆傾圮，或因有他人之心靈代為搭橋，故似兩面過去皆無困難，亦不覺此中有何問題。此可算為較健康之生活型。唯因其不感此中之問題，亦卽有一無明。但人在孤獨寂寞中生活過久，而其用心又素向抽象遙遠之境地或慕超越世俗之理想者，則其精神先已向曠野而遠馳，於是其再回來，卽將感此原始的生疏與深淵之間隔，如覺不能再回到其原始生命。而此時卽可生一種如 Kiekagard 所謂存在之怖慄感。此怖慄感在交叉之深淵之上，說不出屬於那面，亦非傳統之神魔人禽交界之謂，而只當為一存在之實感。而此感中本當有一無限之空虛與荒凉。但人於此深淵前，亦可由縱跳而回至其自然的原始生命與生理之有機體中。而此縱跳之力，則可使吾人落於此後者之黑暗中。此黑暗卽後者中之本能欲望與諸般之業力，此由於人之前生或源遠流長之人類生命之往史，與其往史之通於原始人類生命、生物生命處，皆可說。到此方成魔障，而見精神之危機。而人再由此跳出時，則上述之無限之荒凉與空虛，卽成爲自覺的而如自四方八面迫脅而來。弟想兄近來之所感，當屬於此最後之階段一類。此是由兄之精神生活之振幅較他人爲大，故此感特別明朗。而其來源，亦在兄廿年來之缺乏直接之倫理生活。因此中只有直接之倫理生活可自然彌縫人之自然生命與外在世界及精神生活世界之原始之深淵，卽上所謂搭橋是也。而舍此，則只能求之於宗教。但在此之宗教生活，太艱苦，不同世俗人信宗教之安穩。Kiekagard 於此亦是在掙扎中。故弟意兄之生活仍須有直接之倫理生活，夫婦父子師生等是倫理的，此可搭上述之橋。但非倫理的生活則不然。在和尚雖不婚，但其共同之生活亦可去孤獨。而在家人缺倫理生活，其精神上之擔負，則至少倍之。熊先生晚年養女，亦爲倫理生活。要見此事之不可少。況兄之精神生活振幅尤大耶！相距千里，弟亦不知將何以告慰，亦不知天意之何所在。然兄之爲大根器，則請兄更不復疑。兄近來之所感，弟雖無親切之同感，但弟想是一種精神轉折當有之現象，但不知所測是否耳！匆此不一，敬請

大安

弟　君毅　上　十一月十日

五　（一九五五年十二月十七日）

宗三兄：十一月廿八日示已奉悉多日。弟近亦趕寫數文，未覆爲罪。勞思光來此曾晤談數次，並悉兄在臺生活之孤寂。彼對兄尙能了解同情，其所言者甚令弟關念。兄廿年來離家，復遭國家多難，精神又用於抽象之思辯，此實難久持。在實際生活之若干事，在知兄者，當皆有內恕孔悲之意，自無不諒解。憶聞人言，龍樹（？）在由外道入大乘、已著若干經論後，仍終未在生活上調處。後經魔女戲弄，乃得成道。唯弟意吾人今日之擔負又有不同。儒學與游戲神難並行，此中要點，在不能爲世之法則。弟默察世運，艱難之日固長，但剝復之幾亦見。即吾人年來所寫之文字，亦並不如昔之被人忽視。如去年新亞請牟潤蓀來，極不相干的他校教員學生皆問是否爲兄。去年九校招生考試，一發監堂費之通知，諒爲一小職員所寫，亦誤寫潤蓀之名爲兄名。此雖皆爲小事，可知世間事之影響，恆有出其人思之外者。當今老成凋謝，社會人心仍將求有所寄，故善言正論，終必將爲人所尊視。而吾人之行爲，亦必爲世所期以爲法則者。錢先生年來所受社會之推崇可謂極，而其生活上之事既使人失望於前，吾人則不當再貽口實於後。此乃純從外在之影響說。然對吾人之擔負言，則爲一內在之擔負。

如國家民族長此衰亡則亦已矣，如其不然，則國運之復，終必與吾人之擔負之增加而旦復，浸假而吾人竟爲世之瞻仰企望之所歸，則吾人之言行皆不可不求足爲天下則，爲人所共效而無弊者。憶夫子曰：居則曰不吾知也，如或知爾，則何以已哉！弟近念及此，自顧亦常有渾身病痛之感，覺此深堪慄懼，恐終不足爲人之所寄望也。兄之生活之病痛與弟不同，然要未至順適條暢，此有關於環境之孤寂者太大。故弟意兄宜一外遊，此事容後再設法。爲今之計，弟意某女母子宜卽加遣散，可略與其經濟上之資助。如萬不獲已，而眞尙有性情上可取處，卽亦當使之合法化。但此爲一下策。此事斬斷以後，將來之遇會，再看因緣。兄心情太寂寞，兄寒假中有暇，弟望兄先來港一遊。來回路費弟處尙有，弟處可住。（在校中講演數次，校中亦可送一點錢，卽有一半以上旅費。此間學生亦多爲仰慕。）如此先把心情散開，則精神上自易長新的生機。不知兄以爲如何。錢先生所說弟去美事尙未定，弟原亦覺在港七年，想暫離此數月。弟如去亦數月卽歸。弟將來亦望兄到處多遊歷，當代注意機緣也。人愈孤寂有時愈怕動，但亦非好現象也。匆此，敬候

大安

君毅　十二月十七日

六　（一九五五年十二月廿五日）

宗三兄：十二月二十日示昨日奉到。知兄已決定遣歸某女，既為之欣慰，亦殊深慨嘆。在某女方面，自不免受一創傷，因彼亦人子也。唯彼有一小孩，其所歷風塵中之甘苦已多，當可淡然過之。兄以拔之於風塵之心，此在古人納之為婢妾，亦未始不可，然終不足以當君子之配，因其以往生活已使其心思散亂，芸芸衆生皆舊習難除，終成家庭之禍。此處只能運慧劍斷葛藤。人與人間既有一段關係，惻怛之情亦必與一般人情相裹挾而俱動，遣之以誠並為其前途祝福斯可矣！弟意仍望兄能來港一遊。新亞本有文化講座，擬請兄作八、九次講學，在學校及社會人士聽之皆可蒙受其益。弟想辦出入境當不甚難。弟前亦頗欲來臺一遊，但學校事丟不掉，亦甚欲與兄相見也。如兄實不能來，弟亦不甚贊成兄在鄉間去住。無妨移入學校中住，學校同事學生自然可談者少，但精神亦不宜太蕭索。匆候

大安

弟　君毅　上　十二月廿五日

七（一九五六年三月十二日）

宗三兄：三月二日示敬悉。論精神大赦文尚有第三篇，想民評當可於下期發表。此文後半尚有一些意思，弟近一年中亦略有進步，卽對知命之義較有體會。現代西方之存在主義，亦返向此問題，但亦心性之學不夠，故黯然處不能開朗。然西方之理想主義者對有限及現實類觀念之超昇爲掩蓋，亦不能成就人生之眞實化。心性之學確是澈上澈下之關鍵。

兄近寫之由孔孟至劉蕺山一段之學甚好。弟亦適在年前寫了孟墨莊荀之心學一文，覺由心學以看儒道墨之異及儒學之發展，均可較前清楚，擬順下去再重辨儒佛及看宋明儒之言心。但弟覺由宋明儒再進一步，應對於人心中之非理性及反理性一方面能正視。弟覺孔孟荀言心性多是正面說，宋明儒對意氣意見私欲習氣等反面者，能在工夫上正視，但在智慧及理解上尙未能正視。西方哲學至黑格耳以辯證之理性銷解非理性，但對不能銷解之非理性者加以忽視。反黑氏之叔本華、契克伽，以至馬克思及今之存在主義哲學與下意識心理學，實代表一求正視非理性之人心集團之一要求，此可通於佛學之一方面。對非理性者不能正視，卽理性對其外者有畏怖而不免落入自我陶醉與躲閃，亦卽不能眞成就其自己與眞實存在言人生。弟近年在日常生活上亦隨處有所感觸。弟想此中當有一極大之學問。唯此中恐無作窮竭之了解之可能與必要。如只作概念之鋪陳，亦不能充分表達此正視中之所得與感也。王淮同學所說儒家今須再造論，弟二三十年前初聞老輩先生講儒學，亦總覺得造論最重要。但後覺佛家基督教之造論皆在風教已成立之後，則嚴密體系有眞定學者精神之效。但風教未成，則太嚴密之體系亦易與人生阻隔。故弟意兄寫此類文在此時仍宜多所生發疏導。

貫之兄一函附陳。專候

大安

弟　唐君毅　上　三月十二日

八　（一九五六年六月二十日）

宗三兄：惠示敬悉。知已允赴東海。弟前已聞知此事。東海新創，或習氣較少，但一般教員恐仍是以前風氣下來，此蓋到處皆然。新亞方面錢先生亦曾想兄及佛觀兄來，但又有些忌憚。昔漢源兄言其內心自守甚固，與兄之直截開朗不同。佛觀之喜挑破，彼亦不必能受。弟意是希望此校能發達，大了以後，則彼此關係亦寬舒，屆時仍望兄能來講學。

此數月來弟亦學兄之辦法，一月與少數學生講講爲人之學，亦有些學生能聽得入。弟亦能開發學生心境。但不能凝聚堅固學生精神。此距兄甚遠，故所開發者亦不能生長，氣都散掉了，或被誘到邪路上去了。弟之缺點在姑息，承認於人者太多，責勉之意不足。而此間之社會風氣又整個是一流走四散。恐一人才皆敎不出也。

弟又承兄稱許，並自謂未脫抽象割斷習氣，然弟心所慕者，正爲兄之方直。弟近來自亦略有進步，對義理似更能圓通。但有時亦覺此甚討厭，一切話都如繞一圓周，而同於無所說，而以之敎人更大害事，適足使人安於現在，而未嘗移一步。敎不出學生，亦歸根在此，不知是否？

家母日前來一信，謂熊先生近寫一書「原儒」，由其學生鈔寫油印，曾寄一册與舍妹，上書「永世勿失」，又將回鄉看其七十歲之弟之病。其與舍妹信謂：彼無論住何處，皆守三不：「不出門、不會客、不回信」。念其心境不禁感涕。家母來信謂熊先生如天地一孤嘯……。但毛仍以百八十元供其生活云云。熊先生事可告佛觀、兆熊，但一般人不必與說。有些人以此爲宣傳材料，其動機甚壞。以前有某人故意誇大梁先生之反共，據百閔言某人告之其意是讓共黨因而殺梁，以便作宣傳資料云。匆候

大安

弟　君毅　上　一九五六、六、二十

九　（一九五六年九月）

宗三兄：承送行。盛意至感。弟此行雖在匆忙中，但能與兄及諸同學聚談數次，亦屬不易。於機上回首臺北，思之惘然。觀諸同學氣象，皆頗有向上凝聚之志，可知兄精神感召，功不唐捐。弟亦當有以自勉，多與青年爲友，以仰體古先聖賢之志。唯月來與人酬應周旋太多，歸來頗感疲乏，在家休息二日，已稍得恢復。希釋念。

弟　君毅　上

十　（一九五六年十二月二十日）

宗三兄：十二月九日示奉悉。兄之自敍文想已寫完，能寄弟一讀甚佳，憶自在渝時起，兄在昆明及在成都及今寄弟之若干見性情之信，弟皆保存。此種隨意之流露，其價値實不必在精心結撰之著作之下也。唯兄之此作，自亦不必發表，留與天心作證明已可。

關於佛教其根本實唯在一悲情。兄函謂聞梵音而生感，而弟亦實由此契入佛教之心情。弟在此間又曾參加一次水陸道場之法會，乃專爲超渡一切衆生而設者。其中爲一切衆生、一切人間之英雄、帝王、才士、美人及農工諸界之平民寃死橫死及老死者，一一遍致哀祭之心，而求其超渡，皆一一以梵音唱出，低廻慨嘆，愴涼無限，實足令人深心感動悲惻，勝讀佛之經論無數。兄有機會亦無妨一觀也。

弟於三月前得張遵騮一長信，曾問及吾兄。彼函中之意，但亦是對弟等之善意，但其內容，則是爲共辯解，謂望弟勿念其舊惡，彼等正力改舊非，對中國文化及學術自由之觀念皆已漸改變云云。弟亦曾復彼一長信，約三千字，略述原則上之問題，及吾人所以反共之故。此信本擬寄兄，但又恐有不便，使人無端生疑，故亦忘了告兄。大率共黨內部確有思想問題。有一部份人是要自內部修改馬列主義。弟之長函亦望彼示其他人。弟之歸旨是暗示一由內而外之思想運動（弟度此對遵騮無害，因其信表面看來似兼爲受託而寫。）以還我中國文化與個人之自由及政治之民主。此自非一時可收功。彼函中謂熊先生之新唯識論已要重印。又二月前舍妹至中至北平，亦曾見周輔成、姚漢源與武元亮與遵騮及梁先生等，但周、姚之意，則與遵騮仍不同云云。大約遵騮所見較是表面，而周姚二人則仍以爲共黨畢竟是共黨，不能眞改頭換面也。漢源久不得其消息，由此兄當知其尙在，亦足資慰藉也。

自匈牙利之事變起，共黨之殘暴已昭露於世，此總是一良機。此後如何變，當看自由世界之如何運用耳，匆此不一，敬候

安好

佛觀兄信已得。

希告佛觀兄。卽不另覆。

君毅　上　十二月二十日

十一　（一九五七年三月七日）

宗三
佛觀二兄：

弟於上月十日離港在日住二週，卽去檀香山、三藩市、洛杉磯，今日來西雅圖，三日後至華盛頓。此行由外面所得甚少，但內心則感觸極多，尤思念家人及師友。

在日時曾遊奈良、京都，足資懷念，蓋其中國文化氣息較濃。過檀香山卽覺至另一世界。在檀香山及洛杉磯，二次由人驅車遊覽，車行如飛，皆使弟頓生一入魔境之感。西方人之征服自然與時間空間之事，畢竟

（中缺）

兄等寫文爲嘉，實深感激云云。彼謂在美之中國人皆罕能爭氣。西方人講中國學者皆亂講。據弟

所見亦是事實。在三藩市時有一亞洲學術之研究院，弟曾參加其佛學討論會，實覺彼等之可憐。書不能說他們不讀，只是缺智慧。君勱先生在後一次談後，彼提議一事囑與兄等商，即彼謂當今之世，一人之聲音必不能聞於世界，可否約若干人思想大體相同者，共向世界發表一 manifesto。弟當時謂爲求對世界影響仍須中國人自己多有著作。彼意此二者皆所亟須。弟對此事無一定意見，不知兄等以爲如何是好。

弟在日半月，至美境亦將半月，一切所見皆證明吾人平日本文字思想所了解之東西文化之別爲不誤，如何溝通實大成問題。西方人畢竟是表現向外之智與力，然吾之民族之德亦被當世之力壓縮而破碎。由檀香山至美所遇華人雖在社會上多居中等以上之地位，弟總覺其皆是在壓迫下苟生苟存，唯望一朝還鄉，以其在外國之經歷炫於國人以爲補償，此亦同爲可傷痛之事。

在日時曾多次講演座談，亦曾訪問京都人之科學研究所，並遇見一些哲學教授，此與中國之中央研究院人屬同一類型，要非能正視時代之問題者。大野安崗中山優諸先生乃較近中國之所謂儒者，彼等皆能感共黨與西方文化對東方文化之威脅而有一迫切感。弟在日時有池田、清水、柳內三先生翻譯，故方便不少。彼等對民主評論及兄等亦均常提到。

昨日在嚴侍雲處見韓裕文之日記，知其在美之抑鬱情懷亦致病之由。嚴爲嚴復之孫女，現在南加州大學敎書，彼與裕文友誼頗篤云。

拉雜奉報以代晤談。

兆熊兄均候

弟　君毅　上　三月七日夜

十二　（一九五七年六月二十八日）

宗三
佛觀兄：

學術文化宣言承兄等囑草初稿，弟於上月曾費半月之力，草了四萬餘字。以太長，不甚類一般宣言。用意在針對西方人對中國文化及政治之誤解求加以說服，內容則多是平時吾人所談，亦有數點是臨時觸發者。兄等一看如何，如以爲意仍不能盡，則分題各人另寫一篇合爲一册，是一法，但如此則翻譯較麻煩；如覺太長，則可加以删節。第一、二、三、四節，君勱先生亦以爲應加删節，第十二、三節論西方文化之缺點，君勱先生以爲語太露骨。弟想此中問題較多，亦不易使西方人相信，可暫根本不要。兄等以爲如何？

弟目前赴 Yale-in China 年會，歸來甚感疲乏。年會決定對新亞繼續援助建校舍等。該會原爲在中國辦教會學校者，今要援助非教會學校之新亞，亦全賴其中一部份熱心於中國文化教育事業本身之主持人之說服其他人。而新亞自身不能自立，經濟必須仰賴於人，而精神又須獨立，亦費人理解。今整個之中美關係亦皆極微妙。臺灣上次之事件，此間中美人士初亦皆甚震動。中國人在此者心情原皆甚苦，美國生活並不如吾人在香港所想像者之安逸，故多皆想回國。中美人士皆有反而寄望於中共，先使中國工業化，使中層之經濟階級能產生，然後再行民主者。弟看中共內部亦將由漸變再生突變，此可使民主中國一日能實現。但寄望於世界大戰與寄望於美國助我反攻，恐甚難有希望。今吾人所能爲者只有由人性與中國人性之呼喚，以使中共去其黨性與馬列主義，中國乃有出路。故學術上正當方向之樹立確最爲亟須，意氣只有平下，以從事眞正之說服。臺灣方面自由中國社與政府方面之互相激蕩，弟仍以爲無好處，吾人必須跳出一切圈子之外，乃能影響圈子中之人。吾人亦當本與人爲善之心，不拋棄任何人。前在紐約，亦去看了胡適之先生一次。我說自由中國社的人亦不該只講個人自由，還是應講國家民族；亦不能反對中國文化。另外他應去勸國民黨人士勿將領袖主義放在國家之上云云。弟去年在臺灣，亦確將此話對蔣先生父子談過。弟近感人與人直接交談，亦爲吾人之責任，不管有效無效，總是自盡其誠。今日之中國之問題蓋當爲自有人類以來世界中從無一國如此複雜者。此中之種種矛盾方面，皆須一一分別設身處地去想，先使自己苦惱，乃能進而激出大家共同之悲願，否則終將同歸於盡。弟來此後亦實有種種感觸與思想，但一表諸文字，終覺只能說到一面，不能盡意也。

拉雜書此，以當晤談，敬候

士安

佛觀嫂夫人均候

弟　君毅　上　六月廿八日

宣言稿如改得太多，望請學生以複寫紙抄一份。如在七月十二日以前抄好，則望寄弟一份。如十二日以後乃能抄好，則直寄君勱先生。弟十八、九號卽離此，由歐回港。

十三（一九五八年）

宗三兄：

所寄 Radhakrinan 之書昨已收到，希釋念。前日友聯編譯所蕭君來此，謂兄之認識心批判及弟之文化意識與道德理性二書，事先與該社皆未言及稿酬辦法。彼等謂此二書銷路皆不會多，兄書上下二册，只共銷二百餘册，擬皆定爲版稅以百分之十計算，徵詢弟與兄同意。弟已函復之，謂「能印出此二書已甚感，版稅原未在預計中，一切卽悉聽貴社安排，想牟先生於此亦無異議」云云。大約兄著第一次版稅日內當寄臺。友聯社一批青年人作事皆甚努力，亦能有多少向上企慕意，只是功利心太強，並唯恐於時代落伍，羨慕現代性之文化事物。有許多地方亦是實逼處此，爲存在而求適應。此間向美國人要錢者大多是要去適應美國人觀點。其他出版機構尤甚。美國人就人說是遠較英國人爲好，亦並不一定自高自大，只是淺，一切重量不重質，刊物銷路多就好，此觀念幾無法改變。

文化宣言此間基督教徒極注意，曾有集會討論者，但若干傳教士連文字都看不懂。不知王世憲拿去翻譯否。日本池田擬譯爲日文，不知其譯出否。匆候

大安

弟　君毅　上

十四（一九五九年）

宗三兄：示敬悉，知兄婚期有日，毋任欣慰。昔人以姻緣由前生定，蓋實有之。前佛觀兄來函，謂對方性格與兄尚能契合，祇此便足。兄多年生活上獨來獨往，此對兄之學問與精神之樹立亦有相資之處。惟日常生活不與人共，則此形而下者亦不能得其普遍化之路道要非正常之道。惟彼此年齡已長，則生活習慣之互相調協，在婚後亦須一段時間。弟昔亦個人任意慣了，及今起居飲食仍無一定規則。

兄於此或較爲好，但亦須先知婚後在一段時期中若干齟齬將爲必不可免者。日久在情愛之外恩義自生。國運如此，兄今日之姻緣亦如同在患難中之姻緣，更當珍惜慶賀。弟本望兄及兆熊兄來港一行，校中懸此不定。依中國傳統婚後仍當求宜其室家，弟亦不望兄現在來。日前安安尙謂要來臺吃喜酒，實不可能。唯有遙祝恩情無極而已。

弟　君毅　上

十五（一九五九年三月一日）

宗三兄：賜示敬悉，知正從事疏釋魏晉思想爲慰。弟意兄無妨順大著「歷史哲學」之次序以及於此一段之思想與精神。弟昔常感此一時代之人，一方傷於哀樂，一方又能作寧靜之觀照。西方所謂 Cosmic feeling，此時代人蓋極富之。由此亦易接上佛學。自曹氏父子至嵇、阮及淵明與王羲之等文人之情調中，皆已有一無可奈何之感。落下爲人物之欣賞稱美，及名理之游心，翻轉爲神滅不滅之辯，時亂世中人之時代心情，後之化爲綺麗，皆殘花片片，其背景中實有一悲劇愴涼感。至唐初之陳子昂之「登幽州臺歌」之「前不見古人，後不見來者。」之四句，實全幅魏晉人心情之一反溯與結束。唐人又另成一面目也。

然吾人今日所處之時代，實與魏晉六朝相近，不與戰國相近。戰國之衰，猶有暴烈之氣，魏晉六朝人似氣質皆收縮而靈慧則蕩漾於霄壤。吾人今日所處之時代似魏晉，而人之靈慧又多入於壤罕昇於霄，此其所以更爲難艱也。

弟一年來時有所感，但未寫他文，只應孟氏會之約寫哲學概論一書，俯就舖散以講說，亦甚乏味，唯藉此翻了西方哲學時下書不少，亦添了若干知識。弟著初稿已完，字數不少，廣度的牽涉者甚多，但亦期在由淺入深、由博返約、由今復古、由西方至中國，大體上尚滿意，或對於當世有益。將來如能寄至臺，希兄爲一閱正，因彼等或將寄臺審查云云。

東海三年休假一次，不知佛觀兄及兄何時休假。終期望兄等能在假中來港，以便聚首。新亞一直人少事繁，但制度不立，數百人之事，只寄在少數人身上，實非辦法。盼今年滿十年能有一制度，則弟亦可偸閒不管他事矣！

弟　君毅　上　三月一日

十六　（一九五九年十一月廿三日）

宗三兄：十九日示敬悉，知兄已舉一子，特遙爲道賀。內子言兄成婚特遲而得子特早，亦見天道之損益有常，至堪慶幸。兄函當示端正，逍遙游以無待爲本原是正義。錢先生與端正文以大鵬爲逍遙，不知如何說起。弟亦憶錢先生曾深鄙郭象，端正蓋受其影響。實則郭象何可鄙。至莊郭異同。則另一問題。弟似憶王船山講莊子，謂莊子此篇之以大鵬爲喻，重在其化而爲鳥處，大意謂莊子所重者在化，化則無待弟意莊子之言物化、變化，自天地說；與郭象之獨化、自然，由當體說；確是不同。唯郭象由莊而出，其契理之處未爲誣耳。（下缺）

十七　（一九六一年）

宗三
佛觀二兄：

昨日黃艮庸有一信與一梁先生之學生胡應漢，見謂熊先生今年七十六，居上海，生活甚安適，其著作明心章當修改出單行本，研究院可爲之印行云云。

梁先生現在北平，近三年皆習太極拳，身體甚佳，其子均已婚，故家庭生活甚好云云。

去年羅夢册自大陸回來，亦謂梁先生之物質生活尚好，只是不讓其說話。大約如周鯨文之書所載關於梁先生說話之事後彼卽會緘默矣！

知兄等注念，故卽以奉告。匆候

大安

弟　君毅　上　廿四日

十八

（一九六四年五月廿四日）

宗三兄：

五月廿日示敬悉。民評之補助既停止，亦只能照兄等辦法暫行維持。此間之其他半月刊如祖國、大學生活，今亦不登論文。能有此一刊存在，亦見人心未全死也。

自兄去後，瞬將二月。弟之心情仍未恢復，與人聚會時，反更感個人心情與他人相距之遙遠。故人文學會只有兆熊兄召集聚會一次，爲君勱先生餞行。後卽未開會。此會若存在，自必須有一番之精神表現，宜加整飭。弟覺臺灣之青年較純，如王美奐君近在思想與時代之文卽極見性情。兄與佛觀兄能先在臺樹立一標準，以臺灣爲中心，使此間友人聞風嚮慕。亦是一道如先有一正面之樹立，則假借者自遠。弟意王君所提之問題，正具客觀性。從文教之喪失，最易引發人之內在之情志之興趣。弟近閱一佛教徒之文，謂臺灣基督教徒要人燒神祖牌，此眞罪大惡極之事。而弟探問自大陸來人，言謂祠堂及孔廟多毀，此最可痛心。而今之隨基督教徒以聖誕之名代耶誕者，尤爲可厭。凡此等等，均可引人作更深入之反省，以探文教之原。曾國藩、羅澤南之反太平天國，亦卽以此使先聖先賢歷代祖宗痛哭於九泉之文教之喪失爲號召。而王君之文能暢言之，此亦昔年兄啓發之功。弟甚望臺灣諸友能在此切身所感處由此以淬厲其志，樹立一方向，則海外之人亦更有所嚮往。弟在此十餘年來屢屢言及此類之義，而聽者幾毫無所感。弟對此最爲寒心。蓋無此文教喪失之痛，則其可以探文教之原者皆抽象而無生命，其智慧之原亦終不得開。唯弟後亦逐步了解此間原爲殖民地，原非中華文教弘化之區。人本未嘗生活於中國之鄉土，受中華文教之陶養，故亦不能怪人之無感耳！

由此說及王道於兄所言者，弟亦非全無所感。弟初對「人生」支持，並介兄及在臺諸青年朋友爲之撰文，初純從事務立場。弟七年前由倫敦帶回董顯光謂臺灣將爲基督教國家之文，卽首在人生發表，後乃引起立法院對董之攻擊。又弟當時寫一短文名「耶穌聖誕正名」，謂不能只用聖誕。卽有十數基督徒爲文駡弟。而王君獨將其賀年卡照弟意改正。今除新亞教務處之學曆至今只書耶誕二字外，聖誕之名沿襲如故。後王君又與弟言要到新加坡募款在港建孔廟，婚喪之禮不可在教堂與飯館，弟當時亦甚感其意。後彼曾屢言應有人學會推行此事。弟初念仍是學術無本，文教亦終不能立，徒成爲他人攻擊之目標。後彼挽兄來談，弟乃提出上學兄之人文友會及弟在此間之人文講會將人生與民評連繫之意而不贊成只以人生爲中心之意。此乃出於公心。在弟個人，對人文學會初是希望分爲二層面：在一層面是儘量廣大，如佛教基督教之傳教，只要人能尊重孔子，不問其他，以廣結善緣，則在經濟事業上易有一基礎，並顯出一聲勢；在另一層面是講學以端，趨向樹標準，在香港方面，弟意是由兄主講，因二人以上主講，總有輕重次第之不同，使學者反生惶惑。而兄之剛健透闢，亦非弟所能及，可使人興起振發，弟則負隨機結引之任，而由能作事者多在外結緣。蓋如此乃根植於社會，可開學術之路，而挽文教於不墜。否則必歸於散漫無歸或孤寒無寄之二先生。據二年來之經驗，去年由兄主講時，大家精神尚好，亦算印了幾本書。今年則已散漫，如再求廣約會員，或將更趨散漫。然如卽加收縮，此亦如小乘方等，以接引羣機之教未立，卽施以般若之淘汰彈訶，於次第亦未有合。故弟意是俟兄歸來仍續講學之事：看是否有些人能先興起振發，使假借者覺無利可得，而自然退出；或心生慚愧而改過自新。如此而不能，亦須使會友皆明白彼假借者是不當而遠之；或任此會之自然解散，以後再重組，以避免世人之惶惑，爲異學異教之徒所譏笑。弟對民評亦深悔不應介石壘，使他人笑民評中之二人者自未能合。弟於新亞之隱忍，亦求保全之意。唯弟對兄之惡紫之奪朱之心情，亦實尊敬。弟只陳弟意如此。弟於二月前卽已想下年學會事由兄主持，弟退爲一普通會員。會在不能向外開展時，內部自求清潔亦是一道。可由兄看如何加以整飭。此時期兄在臺與佛觀兄能使青年朋友多有王美奐君之感觸，亦可藉以凝聚情志也。

弟前與兄及君勱先生所談，出一「儒學在世界」之論文集，兼爲君勱先生八十壽之事，此重在一象徵之意義，亦表吾人之敬老尊賢之情。君勱先生亦只知重學術，對文教存亡並無深感，其哲學亦不大行。但本中國文教中敬老尊賢之意，吾人今當如此作。韓國之李相殷曾來信，約明年去韓國，弟已與彼函，請其寫韓國方面。君勱先生來函，謂過日本時已與宇野及安崗先談，彼又與羅香林談寫越南方面，彼謂將自寫歐洲方面。弟當與陳榮捷函，請其就美國方面作一報導。弟前與兄談及請劉述先諸君就西方哲人對中國儒家以及中國文化之了解作翻譯或評介，望兄就近商酌。幼偉或可對羅素之中國問題等書作一評介。杜威在 Character and events 一書中有論中國倫理之文二篇，亦似可評介。Keyserlng 所論仍當譯或介。此外，Spengler 書中有數處論中國文化，但於儒學似無關。Toynbee 書弟未看多少，不知其詳。此外有何人可由述先兄再問 Cady 等。弟近要陳特擬一計畫，看能否得亞洲基金會之幫助印費稿費，期望能出至十萬字，二年完成。

夏威夷方面，弟與陳榮捷函謂心情不好，擬不去，囑望轉改前議，可多請一年輕人去。但因時間已晚，未知可能否。此間亞洲會代選定陳特去，王、彭二君則未被選，因經濟限制也。但弟之論文去年已交去，能否由他人代讀代答問方，不可知，如實不能，則只能爲踐約而去，卽歸。

自兄去後，弟極少與人談，故覼縷言之，以當面晤。匆此，敬請

大安

嫂夫人及寶寶均此問候

弟　君毅　上　五月廿四日

致謝幼偉

一　（一九五八年一月十九日）

幼偉尊兄左右：元月十四日手示拜悉。謝著承撥冗審查，特先代該會致謝。昨日已通知該會將審查費寄上，收到時希賜一收條為感。承告 Moore 氏約兄寫中國唯心主義之過去現在與未來一文，並欲提弟及賓四先生，盛意至感。Moore 氏前曾函請友人譯弟論張橫渠之文，在其所編之東西哲學一刊刊載。去歲在美時亦曾晤談，彼對東西哲學之溝通甚為熱心。唯其哲學造詣及立場如何，則不知。在美國之唯心主義除 Hocking 外，繼起者有 Blanshard，其思想之性質一書，尚能 Royse 之義而發展。弟與彼晤見時，彼謂去年在英晤見 C. D. Broad, Broad 本反對唯心主義，但告彼謂今已有種種迹象，唯心論必將 back again 云云。然就現勢而論，則在英美之哲學界唯心論實已衰極，以為理當有一復興。此實世界人士共同之責任。則 Moore 之欲編世界唯心論一書及兄之寫中國唯心論之文，當亦可表示一時代之呼喚。憶兄若干年前曾著文論中國哲學傳統根本為唯心主義，此意實極是，無妨卽順此發揮，以論由道德實踐之唯心論至形上學之唯心論，乃中國思想數千年來萬變不離其宗、實當在世界唯心論中居一特殊之地位者。至於論及現在與未來，則私意以爲今後與昔日之不同，在中國過去之唯心傳統因無有力之反對者，故其正面之意義尚有未能由反反以彰顯之處。而在今之中國以西方自然主義思想及唯物主義之輸入，以至征服中國大陸之文化界，與西方之神本的宗教思想之輸入，而使中國之唯心傳統一方不能不奮鬪以求存，一方亦得其反面之對照，而更可由反反以彰顯其正面之意義。中國人今所受於此類外來思想之壓迫爲空前所未有，亦今之西方國家之文化界思想界所未嘗遭遇者，則中國由現在至未來所以發揮其文化傳統之思想，亦將有其劃時代之意義。吾人在西方人之前亦不能妄自菲薄，過於謙抑。不知吾兄以爲如何。至於以弟個人而論，則年來多承兄在文中推介，固甚感謝，然弟所發表之文多倉卒寫就，罕能精心結撰，唯在對抗唯物論等之時代意義而說，則弟以爲吾人之所論仍甚爲重要。以時代之艱難，故吾人之所爲文，皆有一不得已之精神運於字裏行間，此即爲眞正之哲學精神，足以開以後之風氣者。純就哲學思想而論，則弟以爲由孔孟之言仁心仁性，至宋明儒之言仁心仁性卽天心天理，中國思想之天人合一之傳統已在原則上完成。吾人今雖可重加說明引申其涵義，並由之以化出現代式之哲學系統，但原則上蓋已不能有改變，而亦爲弟信守不渝者。然在文化哲學方面，則弟意吾人之思想尚可向前推進一步，卽於過去之和融貫通之人文世界中，兼涵一分途開展之人文世界，此亦卽所以將尚智之西方科學精神與尊天之西方宗教精神攝於中國之人文精神中而各得其位，而此在中國之傳統中則是承王船山之重禮樂制度之意而發展。而西方文化之大病，則在由其文化之不似中國之有一貫之傳統而爲多元，故其人文世界能分途開展，而多矛盾衝突，則賴於中國之和融貫通之人文精神之注入。否則西方文化亦不能成就天下和平與人道之悠久，而將只有天道之永恒與人間之激蕩。而此中之思想問題之根本處使弟不慊於西方思想者，則在其所承之希伯來宗教思想中之天心對人心之超越而外在、宗教祭祀中只有一神爲崇敬之對象。而弟年來之所用心，則在本天心超越而兼內在於人心之義以論人之宗教性的祭祀之必須、兼以祖宗與聖賢爲對象，而主復興中國之三祭，卽祭天地、祖宗與聖賢之禮（此點頗爲宗三兄所同意，而世人多以爲迂濶者）。大率弟年來所寫之文所重之義，皆不外於此。唯行文蕪雜，宗旨未能豁顯，是則愧對古人與吾兄推介之盛意者也。弟十年來較用力之一著乃文化意識與道德理性一書。此書乃對上之所言予以一哲學理論基礎者。但因循未及付印，近來交此間出版社出版。另一爲繼人文精神之重建之泛論中西文化之文而著之專論中國人文精神之發展之文，近亦輯爲一册付印，亦較弟昔所作更能切就中國文化問題加以分析，俟出版後皆當寄上請教。至於賓四先生處，則當以兄函示之。弟對宗三兄之認識心批判一書，認爲眞足以扭轉羅素至邏輯實證論以下之西方哲學潮流，而重建康德之重超越理性之義，亦重開由純粹理性至實踐理性之門。對其歷史哲學一書所提之主體自由之三態與三種精神，亦甚佩服。至於錢先生之思想，則弟所喜稱道者乃其國史大綱所依之一根本觀念，卽中國歷史乃在和平中進展一義。此與 Hegel 之歷史哲學依於歷史在矛盾中發展乃一對照。凡此等等，及兄之孝與中國文化之義，弟以爲均可略介之於西方人士。弟去歲游美，頗感中國人之在世界上已無聲音，曾與君勱先生談及，彼亦深有所感。彼發起共發表一宣言。弟曾窮半月之力寫一草稿。今已在民評元旦號發表。其最後一節乃對西方文化之一不客氣之批評。未知兄以爲如何。拉雜書此，敬請

大安

弟　君毅　上　一月十九日

二一（一九六六年）

幼偉尊兄道右：來此後校中諸事皆偏勞左右，賤恙又蒙關注，感謝無極。目下弟傷口已漸復原，唯視力尚待逐漸恢復，諸希釋念爲幸。承詢研究所諸生佛學論文審查一事，弟意以一般觀感言，似以聘請羅時憲先生擔任爲宜。宗三兄固亦讀佛書不少，所見透闢深入，但彼不以此名。羅則專治唯識法相數十年，對後來禪宗，雖非其所善，然研究所諸生所著禪宗之文，乃著重在教理背景與歷史淵源二面，羅亦自能知其得失長短所在也。聞哈佛社謂對研究所三年後將停止補助，殊爲驚異。醫生謂再隔月弟之左眼可配一眼鏡，行動當可較便，於下月十三號赴意利諸參加明代思想會議。前後期間當謀至哈佛

面詢。又雅禮執行秘書曾來此約去雅禮一談，亦擬應約一去，雖不能有大補益，但許多話亦可當面說明一些也。此間所有基金會興趣各不同，亦皆喜轉變新方向以爲會務發展之功，故此間辦學校行政者亦多隨時加以密切注意，當其轉變則另作他求，此與昔日之中國之衙門賴有人觀風色以爲奔走者亦無殊，而此則正爲吾人之所短也！

中文大學哲學考試勞全權主持，標準亦不能太嚴，但亦不能太寬。方東美先生未知何時來港，來時希代爲招待。又蔣彝先生爲中文大學哲學藝術考試委員會中藝術一部之校外委員，在此間已晤面數次，彼擬於下月初即來港，亦希請轉告虞君質先生勞神招待一切爲感。專此不一，敬請

道祺

弟　君毅　上

致程兆熊

一　（一九五六年十月）

兆熊兄：九月廿五日之長信已收到旬日。弟此次在臺，以一般之應酬周旋之事太多，故精神散漫，到臺中時至兄府上，未能與嫂夫人多談，後晤兄亦談話太少。得兄長信，如再晤面，又似隨兄同到山中一般。

至府上時，嫂夫人指兄寫文處與弟看。兄年來在一家十口之負擔下，猶能寫許多文、作許多事，此實不易。弟歸港後，常以之告學生。兄之精神今已能達兄二十年所常言簡單化之理想，一切皆歸於平淡，而意味皆在淡中。而弟近年來之生活精神，則反向繁複處去，常思以簡御繁，事皆過而不留，但終覺不能作到，思之愧赧。

宗兄事，有一日深夜，彼曾至旅館談至二時而去，其心情與所感，皆所謂事在性情之際，非言語所能盡。弟亦只能體會得之。後彼來言，亦言所談未能盡其感傷。人之精神生活不能只孤懷長往，日常生活亦不能在寂天寞地中，此必須有人相共，此要在有一家庭。望兄多爲之留意也。

九龍近日已戒嚴，其事想兄已由報端知其一些，乃由懸旗被英政府所取下而起。事情演變乃有黑社人物乘機生事，但其最初則是羣衆愛國之熱情。在羣衆騷動時，初結合成羣在街上堵住，凡不貼青天白日旗之汽車皆不許過。故一時滿街皆青天白日。一薄薄紙旗賣至五角、一元、五元一張。又共黨之香島中學及若干南貨店，亦被羣衆燒了。故弟連日皆蹬在家。匆候

大安

嫂夫人及諸侄安好

三毛我本要與之一筆，以後有便人再帶來。

弟 君毅 上

二一 （一九五七年）

（上缺）兄年來深入太古原始之地帶，所感所思之文皆有一種洪荒氣息，宜發表以使天下人共覽。弟七月來在日本歐美所謂文明地區旅行，確與兄成一對照。佛觀兄初即欲弟寫游記，而弟則一字未寫，亦不擬寫，蓋覺無特別值得寫者也。此亦與兄之處處覺得有值得寫者成對照。兄歷旅行之艱困而身體日健，又與弟之日以汽車飛機來往上下而歸即病成對照。唯此亦弟不當心。（下缺）

三（一九五八年七月三日）

兆熊兄：大學生活因稿擠兼因體例不合，納素波神話退來後，弟本擬俟機再謀發表，今遵囑寄新加坡。中國庭園建築一書已收到。拜讀後益感中國建築實遠高於西方之建築。弟去年到處亂跑一次，心中所感最深者，即東西建築之意味之不同。弟發覺愈在西歐，則堡壘文明之意味越重，到中東則回教教堂始重窗。想來印度之窗之地位更重要，惜未能去。東方之中國、日本則窗櫺之用無所不在。俟將來當寫一文抒此感，並介兄書也。昔鄧子琴曾論中國古代衣冠之意義，弟以爲兄在論花木園亭之後，當可進而論此。錢先生及弟本想兄休假期中來此講學，但因經濟預算皆已先定，無法動轉。弟日前與錢先生談，仍想兄與宗三兄能在本年度寒假中來此短期講學，不知果能如願否！

香港是一四面來風之地。學校亦受各種風力之影響，處處是牽掛，力量都在應付中銷磨，唯此中亦可體驗一些東西。每念古人所謂「萬變都在人，其實無一事」之境爲難及耳。（下缺）

四（一九七四年三月廿一日）

兆熊兄左右：

三月十七日賜示奉悉。拙著承賜覽加奬飾爲慰。子思約大學爲中庸首章，應是陽明語，弟乃記錯，兄言是也。如有再版，當改正。

弟先母遺詩由大陸輾轉寄至港，影印後曾託曉雲法師帶上一册，不知已收到否。現在大陸文化思想界倒行逆施至極，正批孔，故舍妹來信謂先母詩印成亦暫不寄去云云。此間中文大學之中國文化研究所，原有人贈一孔子銅像，以批孔故，遂置地牢中，不敢拿出。但中文大學仍壓迫新亞書院及研究所，可惡已極。弟本欲早得休息，因此之故，今秋恐仍不能來臺。俟研所有人接替再來與兄同游，大約在明春可行。

弟近來身體尚可勉強支持，但頭中時若有振動，蓋血液不暢之故。今作「甩手功」，據云對身體有好處。匆此不一，並候

儷安

弟 君毅 上 三月廿一日

尊詩「高山人在雨中行」意境極高美。

致程兆熊

五　（一九七四年十月十七日）

兆熊兄：

月前來臺北，得相見數次，惜匆匆來能與兄同游耳。

弟後去京都開會，並檢查目疾於昔年治弟病之淺山醫生，彼檢查了二小時，謂尚無更惡化現象。足以告慰。弟於前四日乃返港，一切平安，希釋念。

在臺時，王淮君因來臺北相晤，致受傷。不知今已痊癒否？希去函時代弟問候。

回來後一切依舊，只多了一些信札，要一一回復。今匆此數行，並問

儷安

內子囑筆問候

弟　君毅　拜上

六　（一九七六年二月廿八日）

兆熊兄：賜示及所寄在永明之講話記錄皆奉到。兄已將當日講話擴充為三萬字，甚佳。但弟回來後一直有事，且身體亦不甚好，故未寫一文。弟在臺曾作之講演寄來者連看亦未看，更不能談修改擴充了。

弟在永明寺所講者，弟當看看，略修改，除非精神特別好，恐無時增補。弟想要印書時，可暫將兄擴充之文編入，俟再版時如弟能將當日之講辭增補，再加上弟文，亦不為遲，並望將此意告曉雲法師，兼謝

兄及彼之盛意。

弟離臺時囑帶交雍雍之衣服已帶來，早電話雍雍來取。唯彼尚未來，蓋以天氣漸熱之故也。匆此

不一，敬候

儷祺

嫂夫人及諸侄均候

弟　君毅　上　二月廿八日

七　（一九七七年一月八日）

致程兆熊

兆熊兄：

回港後因人客來往，故未與兄作書。雍雍夫婦來，看雍雍身體已較前爲佳，蓋由夫婦間相處甚和睦之故也。

兄函中關念及吳伯益之婚事。在兄固是一望人皆成眷屬之心，但弟以前每向吳士選夫婦詢及其子之婚事，他們皆不願多談，並偶說伯益之不婚，乃不願負責、自私云云。弟九年前在美時亦與伯益多次相見，其人甚誠篤，聞亦多女友，或相偕出游半月一月，但無意結婚。聞此乃一種新戀愛觀、乃新人生觀云云。故兄欲爲之作媒事，弟看來恐徒勞無功。除非吳伯益回臺時，兄與面談，並介某小姐與之相見，或彼此一見傾心並皆有成婚之意，恐兄難當成媒人也。

弟近身體體力漸復原，但醫云須三、四月檢查一次，以防意外，故弟可能月底再來臺，再謀晤面。餘不一一，並候

冬安

弟　君毅　上　一月八日

八　（一九七七年八月廿五日）

兆熊兄左右：回港後迄未與
兄寫信，唯嫂夫人及琤姪返臺時曾囑其代問候起居。頃奉二十二日
大示，知近狀佳適爲慰。
賤恙蒙關念爲感。回港後仍服中藥，除臺灣醫師所開者外，亦服由大陸寄來之丸藥，其中之一種書明是貴縣貴溪藥廠所製造，名腫節風，舍妹來信謂大陸人服了很有效，故寄來。弟服後未感特別效果，但至少無壞處。現在弟是只要人介紹的中藥，都試一試，一年來輪流服用之藥已十二種以上。弟是只要無害，便服用，並只望能預妨病之復發，亦不奢求其他。目下是體氣漸復原，但仍不能算完全復原耳。
匆此不一，敬請
文祺

弟　君毅　上　八月廿五日

九　（一九七七年十一月十六日）

兆熊兄：

十一月十日手示奉悉，知近狀爲慰。雍雍生一男孩，除向其面賀外，並囑其代弟向兄得長孫道喜。

弟書中孔子作春秋天雨粟、鬼夜哭之言，承兄指出錯誤。天雨粟爲倉頡之事。孔子作春秋則緯書有天先降血書言，故將二事錯記也。

拙著已囑學生書局作一勘誤表，將此條亦載上。書今已印出，但未贈送友。俟勘誤表印出再囑學生書局寄上請正。

弟近二月身體情形較差，此事甚難言也。匆此不一，並候

文祺

弟　君毅　上

致黃季陸

（一九六三年）

季陸部長先生文席：前歲在臺晤敎，匆匆又一載有半，屢於報端知年來於教育大計擘劃經營，目光四射，遙想爲國辛勞，曷勝敬佩。內子昨由臺返港，具道小女受傷入院期間，多蒙不遺在遠推愛照拂，尊夫人並枉駕到醫院省視，感慰奚如。小女住院三月，雖學業受損，然灼傷之處幸得復原，並於前日返校復學，知　注並聞，此次意外，重勞諸友好罔照。弟以遠處香港，皆不克登門道謝，匆此數行，聊表微忱。敬請爲國自愛。尊此不一，敬請

大安

唐君毅　拜上

致吳俊升

一（一九五八年）

士選先生左右：前歲在臺晤教，匆匆又兩載矣！聞　卸任教部職後，文祉曾去臺南休息，想早已遄返臺北矣！賓四先生及建人兄函想達左右。近微聞　文旆是否能來港尚未定，茲特再函勸駕。望能踐昔年之約，以負此間師生之望。新亞初辦，　先生原共始其事，八、九年來雖漸能在此殖民地區有一立腳之地，然距原初理想仍十不逮一，而與社會發生關係日多，尤苦難副多方之所望。毅與賓四先生皆有力竭不克負荷之感，故極望　文旆重還，共保此鐵幕邊緣之中國文化之一線生機。新亞學生中亦因人數漸多而偶有少數優秀青年，能勵志向學，其程度亦不在臺灣學生之下，是皆有待於　大君子之啓迪之功。而同事中亦時以大駕來港之期相垂詢。尚望早日與　尊夫人商定，同返此舊遊之地，並惠我好音爲感。雲天在望，不勝翹企之至。尊此，敬請

文祺

君毅　敬上

二一（一九六六年三月廿一日）

士選學長先生文席：賜示已奉到數日，承告賤恙勞　諸友生關念，既感且愧。此後自當加意調護，即視力不克恢復，亦當無全失明之慮耳。李校長處已去函說明今年大學哲學研究部可暫不收新生，但望取新亞研究所畢業生二、三人回校重讀云云。哲學研究部以東方哲學爲主之意，亦於函內便中涉及。

宗三兄處亦已去函，望其重返新亞任教。憶弟於離港前夕已與面談此意，蓋彼二、三年來皆志在回臺去中興大學辦文學院哲學系。然今則該校校長已病逝，而弟目疾如何又不可知，彼能來新亞，則弟萬一如左丘之失明，在精神上亦先有一交代云云。今與彼函，仍重申此意。

宗三兄年略遜於弟，今在海外專治哲學有成者餘皆年長於弟，而四、五十歲之一代更無異一片空白。如彼不肯返新亞，則吾人登報徵求將無所得，而弟素知宗三兄在情調上不喜多變動，亦不甚喜中文大學及新亞之繁雜，故盼晤面時更加以敦勸爲幸。弟亦已另函　幼偉兄共促成此事矣。

大著江皋集諸詩文已陸續拜讀。蓋皆亦文亦史，情在人倫而義關風教，後之覽者當可於以覘當今之世變及賢者之有志而未遂者焉。讀後更爲之感喟無已。餘不一一，專此奉復，並候

弟　唐君毅　拜上　三月廿一日

文祺

嫂夫人請代問安

內子囑筆問安

三　（一九六六年）

士選先生道右：賜示於二周前奉悉。弟匆匆離港，校中事既多所偏勞，賤恙又承種種關照，感謝無量。由示又知院系事已蒙葆恒、幼偉二先生允爲擔任，並深欣慰。唯以醫生仍力戒閱讀及書寫小字之事，故來此一月，未及一函相候。唯煩賢郎於家書中代爲轉告一切，用釋遠懷耳。目下自出院後每隔數日仍去醫院就診，現已一度改用 Laser 治療，是否須再用，下次赴醫院當可決定。今弟在主觀感覺方面雖仍與初入醫院無異，但醫生言將來當可有恢復之望。最近除戒閱讀書寫及勞動外，談話已不禁，故於日前曾去哥倫比亞作簪說一次，又曾與張鍾元先生作長談。弟於張先生之治學態度與學力，以爲截長補短本校仍宜加以延攬，其詳具在於與中文大學校長李卓敏之函中。該函附上，希與葆恒、幼偉二先生一閱。如以爲然，卽請代爲轉去，但其中附及之二書是否須亦與李一看，希酌。如視爲不必，則可加以截去。專此不一，並候

文祺

弟　君毅　上

四　（一九六七年二月廿三日）

士選尊兄先生道席：日昨內子出以人生雜誌所刊大作，甥舅之情至眞極摯，溢於辭表，病榻讀之，彌深感動。今日又奉賜示，爲弟養病之事預爲計慮，更感且愧。賤恙手術以今觀之，可謂成功，足慰遠懷。唯以卧床，全不許動者半月，後曾大發寒熱，體質頗虧，又眼球之其他生理反應中，有白內障初期現象，故今仍注射針藥，以爲診治調養之資，然此乃賤恙之餘波，再歷三、四週，三月中旬後，當可出院也。醫又謂弟出院後，卽可讀書談論用思，唯不宜任繁劇事，又宜隨時檢查，以防再裂。故弟自計，如萬一有再裂之事，則勢須更請病假，並及長假。故此長假之權利宜留作最後防線之用，爲今之計，最好於出院後暫留此間，作爲期數月之進修，則與醫所言者不相悖，而弟亦可隨時就此間醫生檢查。故今已遵

尊函所提示，另與　李校長一函說明此意，並請其就近面商種切，想彼亦必出函相示也。文學院院長事，承　允再向　葆恒先生敦勸，毋任感幸。弟意此名義之輪替，亦足新一般之觀感，弟卽不任此名義，亦未嘗不可隨時對院中事貢其愚見。二月來不能讀報，然每隔二、三日，必有學生或後輩來爲報告國事，時有所感，並多關聯吾人在港之敎育理想者，俟他日書寫無礙時或更及之。

蕭世言君爲新亞老同學，其於哲學所學雖狹，然因外國大學中敎員人數較多，自可用其長，承代擬推荐之函，當卽簽名寄去，希　釋念。

徐復觀兄在港居住尙安甚慰。吳敬軒先生前已先囑李杜君代爲致意，如尙未成行，亦希爲問候，並請其諒半年來未能接待之罪。匆此不一。敬請

春安　並候

嫂夫人安吉

諸同事先生亦請

便中代爲致意

弟　君毅　拜啓　二月廿三日

內子囑筆問候

五　（一九六七年五月廿二日）

士選尊兄先生道右：兩示均先後拜悉。知嘗小休半月，想必是因諸同事多暫離校，校務過於繁劇之故。弟愧未能分勞，而賤恙月來殊無進步，亦苦無佳訊相報，乃因循未復耳。端正事是弟初以爲中文系將化零爲整徵副講師，故意以爲可供與中文系合聘之考慮，今所徵既是高級講師，自不必再提。香港近況未審變化如何，殊爲懸念。看來中共是藉對外生事以爲團結內部從事文化革命之具，尙無意全壞此對外貿易之口岸。又港九人民多係由大陸逃亡而來，亦不致多隨聲附和，一時當不致有大問題。唯香港政府不知財聚則民散之理，去年增加小輪之費，調整薪資唯重在高級人員之利，是大失策。香港之貧富懸殊及中國人之民族意識，仍可資中共未來之利用，則隱憂仍在。將來如有大專學生亦遭利用，則吾人之教育亦不免池魚之禍。弟因念中文大學若干同仁只務取好港府，與中國社會游離，亦未爲得計。而只重知識之考試，不在學生之思想上開導，尤爲不可。實則今之中共正自壞其黨與政府之體制，未來之中國社會儘可容有志青年之發揮其抱負，而預儲學識以爲之備，則今之中文大學正當以中國未來之社會文化之建設爲其教育之目標，而不可只以培植港府所用之公務員爲目標。而青年有正大之理想，亦不能免於其民族意識之被利用，此則其幾至微而所關甚大。新亞書院平日言中國文化，非自利害上言，人或以爲迂固，實則吾人之教育如非爲中國文化未來之建設，則吾人全無立場，而欲免池魚之憂亦正當預爲之計也。但恐中文大學之同仁終不足以與言及此耳，一嘆！

拉雜書此，以當晤面，餘不一一，敬請

道祺

弟　唐君毅　拜上　五月廿二日

附啓者：以弟平日之用心及興趣、能力與目下身體之情形而觀，對新亞中文大學之學生之理想之提撕上，當尚可有效力之所。上次　尊函所言，云學校行政人才之缺乏，看來只有從容物色適當人選。文學院院長一職，自當請葆恒兄繼任，哲學系主任一職則弟可暫維持一段時期。弟之目疾如能大愈，即對聯合與崇基之學生亦希望能啓發他們一些人生文化之觀念，並不作自逸之計。但不知天意如何耳。

弟　君毅　附筆

六　（一九六七年六月廿七日）

士選吾兄先生左右：賜示拜悉。承

詳告校中近狀，彌念　賢勞，既感且愧。文學院承　允下年不再繼任，並已決定請葆恒先生繼任，良慰鄙懷。社會系由冷先生擔任，當可與丕介兄合作，更謀發展。唯丕介與幼偉兩兄皆須赴臺就醫，而弟恙亦無進步，則見吾輩實皆至晚境。夕陽無限好，只是近黃昏。念此不禁悵然。天下大事非吾人力之所及，卽此區區一校，如何謀來日之發展亦非易事。

唐星海先生允任董事長，或能加強董事會之功能，更謀學校基礎之穩定以求進步，亦未可知也。宗三兄事請陳榮捷、劉殿爵審查，當無問題。劉君曾見過一面（其人尚好）。榮捷處已與之一函，催其早復書也。

中文大學成立中國文化研究所，吾人原無據中國文化爲私有之意，自亦望其有成。唯新成立者，亦不當礙及原有而已見成績之新亞研究所之發展。今新亞爲中文大學之一部，則統籌全局者亦不可於研究所存對峙之心，而徒任之自生自滅也。研究所自亦有缺點，大約在與整個新亞不通氣，亦不甚注意現代西方學術問題與他人對中國學問之研究，然亦非不可改進。唯以目下之處境而觀，則又一切唯有仍舊貫耳。

二月來勉用右眼應付，亦看些大學古版書，並曾赴奈良訪問天理大學，又與此間之大谷大學及京都大學之人士亦略有接觸，於日本之學風及研究中國思想及佛學與西方哲學之情形稍增了解，其長處固不可沒，然講西方之學則隨順西方之潮流轉，講中國之學亦隨順中國之潮流轉，故中國有程朱陸王，則日本相繼有程朱陸王之學；清人講漢學考證，日人亦隨之而反對宋明學，今中共得勢，學者又紛紛去大陸，以郭沫若之徒爲中國學者之代表人物矣！此則不如爲黃帝子孫之吾人知其學術文化乃自創，故亦能自批判自開拓，有欲亡之者，亦有欲存之者，更能自作主宰也。日本之學術風氣有長有短，而民情風俗則甚厚，而日本平民之安份守己中尤見一原始之樸實與清潔。此點極爲可愛，而爲弟昔所未知者也。弟之目疾後兼有白內障，但須待網膜固方能動手術。今以發展情形看來，八月初亦未必能動，然久待亦不可期，故八月中旬或上旬決定回港，一切容面談。匆此不一，敬請

文祺

弟　唐君毅　拜上　六月廿七日

七　（一九六九年八月十九日）

士選學長先生左右：弟於數日前返港，先後兩示均已拜到。前　文旆卸任之時，弟適先去檀，殊引爲憾。新亞來日之事雖不可知，然回念　先生十年來之賢勞，功在校史，終當不泯。弟於在檀會畢後，

在日本留一週，更去臺數日，亦嘗晤見錢賓四先生，慨然與之述及　先生數年來心力之瘁，並言吾人年事皆入老境，天下大事固不可，卽區區一校，今所寄望亦唯在後生。彼亦未有異辭。返港以後，諸同事及學生亦多道及　文旆卸任時之情。校政亦如國政，遺愛固仍在也。

至於亦珍先生接任二月以來，據云同事雖偶有微辭，但大皆稱是，足慰遠懷。研究所近已招生，教務長擬請嚴耕望先生擔任，因其年事較輕，卽弟退休尚可維持一段時期，再謀發展。但彼尚在謙辭中。哲學系已勉強宗三兄暫負名義，以後再轉付年輕之同學擔任。英文系述宇任主任後，甚努力。中文系石禪勢不肯再任，由亦珍暫代。文學院仍由石禪擔任。如中文系藝術系能有年富力強者繼任，則文學院之前途可無大慮。理學院則不愁無年輕之科學家補退休之缺。但社會科學及商學院則前途不知如何耳。至於弟個人則隨時準備退休，潤蓀近亦甚消極，已有辭函與弟及亦珍，欲此期卽退，與面談後，尚未詳，故當謀挽留。至整個研究所之問題，關鍵仍在董事會及中文大學之態度。弟歸來數日，尚未談及此。目下只能在研究工作及出版工作上謀加以改進，以待外力之援助耳。凡此種種，皆知關遙注，故略及之，大駕何日歸來，尚可面商請益學術教育，此天下公器，固無在職不在職之分也。拉雜書此，不盡一一，敬祝

文祺

嫂夫人及百益世兄均候

弟　唐君毅　一九六九年八月十九日

內子囑筆問安

八　（一九七八年一月七日）

士選尊兄先生左右：十二月廿六日賜示已奉悉數日，因住醫院檢查，未早覆爲歉。由 示知旅程安吉，已與令愛及令郎晤見，得敍天倫爲慰。美國哲學會將在美京開會，文旆適在紐約，自當就近參加，知美國哲學會活動近狀。

教育文化會之小組會所商之新亞教育事業之發展事，只有俟 文旆及祖法先生回港後再謀與教育司接洽。至於來示所言，會中同仁曾提及對文化會及研究所之學術活動藉華僑日報人文雙週刊作多少之宣傳，則以前亦斷續刊載有關文字，以後當更加強耳。

賤恙住法國醫院，檢查情形不甚佳，在X光片上有轉移至左肺現象。該院醫生又介紹至養和醫院一癌症專家檢查，擬下週再去。看來此病斷根恐無望，只望能止住其發展，保持現狀。但醫生又謂此乃不進則退，無中立餘地之事，未知畢竟如何。如晤見薛光前先生，可詢問有無一般性之藥物，副作用不大可資服用者。此病治療之方因人而異，個別有效之藥方固不可得也。

弟前曾寫一信與王家琦君，望其來訪，希賜與接見（但未得彼回信，不知其是否他往耳）。

李克曼之中國陰影一書，英文本收到後擬請黎華標寫一書評，在人文雙週刊發表。（以前明報月刊陳閩君早有一書評。）亦可附帶提及其在新亞研究之事也。匆此不一，並候

旅祺

賢郎及令愛均候

弟　唐君毅　拜上　一月七日

端木愷先生曾以長途電話與復觀，於其留港之日宴請研究所同仁。弟以在醫院未去，彼後亦來醫院小坐。彼臨行之日，由李祖法先生出面回請。君毅附及。

致閻振興

（一九七五年一月十八日）

振興校長先生文席：日昨奉

大示，多承寵招至　貴校擔任講席，盛意至感。貴校為國家最高學府，學生質素尤為優良，若得側身行列，共切磋學術，何幸如之。唯毅於此間除擔任中大教職之外，兼任新亞研究所之教職，此乃新亞同仁廿年來心力所繫之私人講學之地，素賴新亞董事會之熱心支持，故毅於秋後解除中大教職後是否能立即來臺尚須得董事會之同意。又兩年前中國文化學院張曉峯先生曾函聘為華岡教授，雖未定履約之期限，如毅來臺，亦義當先取得諒解，方得有以報

盛意。容日後再將種切函陳　貴校哲學系孫智燊先生。請希鑒宥，敬請

文祺

唐君毅　拜啓　一月十八日

致周開慶

一　（一九五二年十一月九日）

開慶吾兄左右：前聞重慶殺人甚多，曾念及兄未知在何處？得書知早已赴臺，無任欣慰。弟於廣州陷前半年，即至廣州華僑大學任教，後即便道來港。繼與友人同在此辦一新亞書院，大皆國內來此之教授，由錢賓四穆任院長，弟暫任教務，治經濟學者有張丕介、衞挺生等，全部教師不過十餘人，學生不上百人，可謂一小學之不如，但頗有一番為往聖繼絕學、為萬世開太平之宏願。香港為商業都市兼殖民地，毫無文化；惟孔子可居九夷，則弟等亦可居九龍也，一笑。家母及內子亦在此，個人生活及學校事皆極艱難。唯念大陸親友皆更在水深火熱之中，亦不敢自懈怠。熊師弟在廣州時曾往訪一次，此間友人本有意約其來港，但皆有心無力。弟當時曾向教部接洽，教部亦等閒視之。及廣州陷，北平董必武、郭沫若即電請其赴平，沿途招待極周到。國民政府之待學人如此，而共黨反能於取得廣州之時，即急及此一代反對唯物論學人，豈不令人寒心。但熊先生之思想，決與共黨不相合，到北平後彼亦從未有文字發表以自檢討其思想，但亦無信來。聞其到漢口，到北平，均曾當面批評共黨學術之不正，林彪曾被其說得瞠目不知所對。蓋因其在一般社會之名不大，對一般青年思想影響小，其人格純潔，故亦未予以困難題目，如其他名學者之所遭遇也。弟到港後，只完成一二部舊著，但亦無法印行，其他乏善可述。以前舊友在此者不多，弟亦少與社會人士接觸。兄近狀如何？聞臺灣經濟建設甚有進步，兄當有擘劃之力。學術教育對國家之效用，終較迂遠，當務之急，仍在民生與士氣也。不盡一一，匆候

大安

寶眷不知來臺否？

弟　唐君毅　拜上　十一月九日

二（一九五六年九月十七日）

開慶吾兄左右：一別十餘年，又重逢於寶島。雖鬢髮各已蒼，而兄精神猶昔，而氣更凝，慮更遠，欣服何似。惜相晤數次，皆匆匆未盡暢所懷爲恨耳。

承賜厚貺，中有手植之蘭，內子已攜回香港，機上幸無損傷，足慰遠懷。聞第二次颱風已轉向，兄園中花木得免於再刼。想前刼之餘，得兄重加培護，又已欣欣向榮矣。匆此不一，敬請

儷安

弟　唐君毅　上　九月十七日

三　（一九六三年一月八日）

開慶吾兄惠鑒：賜示拜悉。由內子日前來函，早知以小女灼傷，兄嫂時往省視，並多方照護，實感慰無量。兄爲慮醫藥等費過鉅，亦與諸同鄉先生具名函錢校長及僑委會，請求酌免，盛意自所心感。唯此事初由小女自己不愼，亦不能諉責旁人。如一時費用不足，弟當可設法周轉，必要時在兄處暫借亦可，不必向有關機構要求過多。惟旣蒙關愛，信已發出，則任其自然，望不再催問爲感。

內子來信，謂兄嫂美意，欲小女在府上度假事，已函告內子，能回港固佳。如慮病後跋涉，不如在兄府上暫住，或內子亦暫不返港留伴一時，唯恐叨擾過多，予心不安耳。

尊編四川文獻皆陸續收到，並已拜讀，上期承介及弟況，語多獎飾，旣感且愧。承約撰文，本當遵命。惟弟對四川文獻，實所知太少。讀貴刊得益多，而苦未能就所聞見爲貴刊同仁所不及知者，書以報命。俟想定適當題目後，再寫文何如？專此奉復，並請

冬安

致周開慶

嫂夫人均此道候

弟　君毅　上　一月八日

四　（一九六三年一月十八日）

開慶吾兄左右：一月十五日手示拜悉。內子來信，亦謂小女於十六日須動移殖手術。弟已去函內子，俟其出院再行返港。小女卽遵尊意，在府上暫住，唯望兄千萬勿客氣，並視同子姪，加以敎督爲幸。承囑爲貴刊撰稿，並提及有關先君之撰述爲感。弟前亦曾數函舍妹，囑其將若干先君之著述，手抄一份寄港，謀爲刊行，以盡人子之責，竟未得果。先君友人對先君之紀念文字，亦多散佚。弟行能無似，嘗欲再爲一行述，而因循未就，每一念及，彌增罪戾之感。然此事亦非倉卒可爲，容俟異日，再謀有以報命。此後弟如思得其有關四川文獻題目，自當隨時命筆寄呈指敎，亦義之所不容辭也。內子來再，謂嫂夫人爲二女師之學生，去歲來臺時於府上匆匆一晤，竟未詢及，希特爲請安。專此敬候年禧

弟　唐君毅　拜上　一月十八日

五　（一九六三年二月二十二日）

開慶吾兄：惠示及所寄贈小女詩並拜讀。

尊詩情意懇摯眞切，既見性情，亦足使小女知惕勉，至感。惟最後二句，似非淵明詩。頃查古詩源，努力崇明德一句乃李陵詩，隨時愛景光乃蘇武詩。（蘇、李贈答詩或謂爲後人所爲，托之蘇李者。）如此則大著最後第三句中「淵明」二字似可改爲古人二字也。兄以爲何如？專候

儷安

弟　君毅　上　二月二十二日

附周開慶原詩「贈安仁姪女」

安仁姪女因化學實驗受傷，入住臺大醫院，其母來臺相伴兩月，病愈來余家休養。玆將返臺大復學，賦此奉贈。

兩月病在床，幸已復健康。創傷誠可念，母愛更難忘。病愈來小憩，感汝純且良。吐屬多雋永，風儀自芬芳。我亦有女兒，與汝年相當，只憐陷大陸，天地各一方。見汝秀姿發，未免九迴腸。臨別

何以贈，古人有詩章；努力崇明德，隨時愛景光。

六　（一九六三年三月十日）

開慶兄嫂左右：小女安仁受傷二月餘來，承兄嫂多方關照，愛如子弟。出院後內子及小女又在府上厚擾二旬，內子昨下午抵港，具道兄嫂盛情，並不拘禮數，使內子等如在家中。又多勞飲食照料，使小女病後之軀，迅即復原，內子在醫院勞累，頓得蘇息，尤深感激。內子等在府上所攝之影，日前已寄家母及舍妹至中，並代通嫂夫人祖侯之意，想家母等見像片，當能憶及昔共在渝中第二女師舊時情景也。內子昨日歸來，仍略感機上疲倦，緩日再向嫂夫人問安，囑先致意。餘不一一，專請

儷安

弟　君毅　拜上　三月十日

七　（一九六三年三月十三日）

開慶吾兄：小女安仁於五日前安抵本港，諸祈釋念。承兄惠贈之豬肉乾一大包亦收到，謝謝。

大著天聲集及四川文獻抗戰特輯亦收到。大著已拜讀一部份，述往事如在目前，令人神往。弟素酖於空理，對具體事務多所忽略，即所經之事，亦恒因時過境遷而淡焉若忘，此即弟之所以於為貴刊寫文之事，遲遲未有以報命也。匆此專候

儷安

內子及小女並囑問安

弟　君毅　上　十三日

八　（一九六三年七月廿五日）

開慶兄：屢承囑作文，終未得就。日昨因憶在重慶聯中時之舊友，連日草成一文寄上，但無文獻上之意義，不知可用否？如可用，並希改正後刊載；如不合體例，亦希勿客氣即退還，弟可以之還其他文債也。匆此不一，即請

暑安

弟　君毅　上　七月二十五日

致周開慶

九　（一九六三年八月十日）

開慶吾兄：惠示奉悉。拙文原不甚合貴刊體例，承獎飾有加，並擬分二期刊登，甚感。貴刊艱難中創辦，自萬無致送稿費之理。惟望持之以恒，至重返大陸得示諸鄉邦父老爲祝耳。此間中文大學成立，開會頻繁，弟亦較忙。小女安仁擬轉學此間文科二年級，或不再來臺，餘俟後詳。專候

儷安

弟　君毅　上　八月十日

十　（一九六六年十月十日）

開慶吾兄左右：久不通候，想近況佳勝爲慰爲頌。承惠寄「華南游蹤」及「四川與辛亥革命」，皆絡續奉到，謝謝。讀大著華南游蹤，如溫三十年前舊夢。至辛亥革命事，則其時弟僅二三歲，經兄搜羅文獻，讀之亦略可想像當時之情狀，一般近代史書，於此皆極疏略，兄之所著爲功亦大矣。專此申

謝，餘不一一，敬請

儷安

內子囑代問候

弟　君毅　拜上　十月十日

十一　（一九六七年七月廿五日）

開慶吾兄左右：賜示拜悉。賤恙承關注，感荷之至。弟之右目原未病，但因恐與左眼同病。故醫囑不能多用。然今弟左眼可謂較前大愈，希釋念為幸。吾兄發揚四川文獻，功在桑梓，亦在國家，敬佩何似。又屢承囑為先父撰一傳記，以彰先人遺德，而弟迄未有以報命，愧罪之至。原弟亦嘗欲就記憶所及，為先父寫一家傳，然以資料不備，故因循未果。先父手稿日記數十卷及藏書一二萬卷，原存成都，以懼日機轟炸而移置雙流友人家中，及共黨作亂而蕩然無存。弟未能事先設法保存，罪無可贖，每一念及，痛心無已。今據弟所知，先父之著作，唯在若干雜誌者尚可收輯。比來京都，覓得民國十四五年之「甲寅」，其中有先父之通信及文數篇，已加影印。此外聞北平圖書館尚藏有先父「孟子大義」初印本。又歐陽竟無先生為先父所著墓誌，及劉咸炘鑑泉為先父所著別傳，亦尚待搜求。再則吳芳吉先生於其與友人函中，屢述及先父之言論，嘗在廬作孚之三峽圖書館中所藏吳先生書札中見之。但吳先生之書信，除任二北所輯者外，恐在臺北亦難見得矣。按吳先生之詩與書信，皆見至性至情，實民國以來眞正之詩人而兼儒者，尤當加以表彰也。

兄詢及此間所藏四川地誌，據弟所知，以東京之東洋文庫所藏者最多，次似爲此間之京大人文科學研究所，日前已去該所將各縣誌目錄影印一紙，此外尚有一般性之四川通志數種之目錄，未及影印。今由郵寄上所影印之紙，以供參考。京大有影印設備，將來如須縣志之影印，亦可設法託友人辦理也。

弟大約下月中旬卽離此返港，原擬過臺北時留二三日，藉便與兄等晤面。但醫生又謂弟今仍不宜勞頓，故未必能如願也。

拉雜奉報，草草不恭，諸祈諒宥，敬請

著安

嫂夫人及劉泗英先生文守仁兄均請道候

弟　君毅　拜上　七月二十五日於東京

十二　（一九六八年八月二十日）

開慶吾兄：十七日示拜悉。四川方志又出一輯爲慰。卽電話圖書館，謂當仍繼續購置。吳芳吉先生「論吾人眼光中之新舊文學觀」文，新亞書院無有，港大有「學衡雜誌」，大約再論至四論，皆在其中。初論首發表於湖南湘君雜誌，是否在「學衡」轉載不可知，今已囑港大友人代查後影印。但弟之目疾，可能日內要去菲律賓檢查，因只在菲與日有檢查之儀器設備，港臺皆無有也。大約一月後返港，如港大友人印好，當卽寄臺，否則俟弟回來後再設法覓得寄上也。

熊十力先生已於三月前逝世，此間曾學行追悼會，今寄上其手蹟一張，以留紀念。

弟　君毅　上　八月二十日

十三　（一九七三年三月一日）

開慶兄：十七日示早悉。曾託徐志強帶上之思復堂遺詩影印片正本，及郵寄之影印片附本，不知收到否？

先父母遺著，承列入四川文獻叢書，盛意至感。版式大小，與孟子大義同，甚好。如此則須將遺詩縮印，但望縮印時，上下天地仍稍寬爲好。又紙質望稍厚，想學生書局能照辦，弟補貼一部份印刷費亦可。

兄編民國四川人物傳記續集，擬將先母傳記亦列入，並爲心感。唯先母之事蹟不多，弟之序文，只述弟之主觀記憶所及，自不合一般傳記形式。惟在弟之心情上，要由弟自改之爲一傳記形式，覺甚難措辭，或仍以由兄斟酌刪改，使略具傳記形式爲宜，不知尊意以爲如何？專此不一，敬請

儷安

弟　君毅　拜上　三月一日

十四（一九七三年四月廿五日）

開慶兄：舍妹來函，謂先母遺詩目錄第二頁有排錯者，今將改正者寄上，如學生書局尚未影印，希囑其照此頁影印爲感。

又任二北先生所選吳碧柳先生之嘉言，不知兄見到否？是否弟前曾寄兄，亦不能憶。今再影印一份寄上，任二北之序文，似可重刊。專此不一，即候

儷祺

弟　君毅　上　四月二十五日

十五　（一九七四年二月四日）

開慶兄：弟離臺匆匆，未獲走辭，奉示知大嫂曾賜電話，未得接談爲歉。又知先父「孟子大義」，已與學生書局接洽印行爲感。弟與該局之馮愛羣先生亦熟習，但未思及此。弟意此書及先母詩，彼能印行自佳。但於出版者項下，望寫明爲「四川文獻社」；版權及該書局之報酬等，並歸四川文獻社，以別於該書局之一般書籍，不知尊意以爲何如？「孟子大義」一書原有膠片，當尚可用，今寄上。思復堂詩集膠片底片，另平郵寄上。但舍妹謂詩集抄錯六七十字，今已在寄來之改正本上，一一改正。如要用原膠片，則須依改正本，在膠片底片上改正六七十字，然後付印。如不用原膠片，則可直就改正本影印，長可縮短一寸，寬可縮短半寸。

兄擬編印民國四川傳記續集甚佳，承索先父像片，惜此間皆無有，當再試函大陸覓取，取得自當寄上。專此不一，並候

春釐

致周開慶

大嫂均此問候，內子附帶請安

弟　君毅　上　二月四日

十六　（一九七四年三月）

開慶兄：賜示奉悉。承建議先母之傳，勞守仁兄作，已寫信去相託，並告以如蒙允許，則與兄商定體例可也。

頃接文獻社出版吳白屋先生遺詩中附錄，見載有先父贈吳先生詩一首，今加以影印，並前附數字寄兄，似可編於「孟子大義」最後頁，但不知學生書局已將此書付印否耳。專此敬候

儷安

弟　君毅　拜上

十七　（一九七四年四月十三日）

開慶兄：惠示奉悉。知「孟子大義」學生書局已印，所寄之一詩已無法補入，即作罷論。

四川人物傳記續集，知將於三月份齊稿爲慰。承望能爲川中學術界人物寫一二篇傳記，惟在川之時太少，以前對人物史事亦未注意，愧無以報命。劉鑑泉先生之學問，可與劉師培比，但其書流傳於外間者太少，致湮沒無聞，可爲嘆息。弟本擬寫信至大陸試探其歿後他人所爲之傳，但以大陸最近更爲混亂，以前弟寄先母詩與舍妹，尚可收到，今則逕加退回，故一時不擬多去信，唯有俟以後再謀搜集劉先生行事及著述之資料，或更爲之傳耳。專此不一，並候

儷祺

弟　君毅　拜上　四月十三日

十八　（一九七四年四月二十日）

開慶吾兄：先母詩集勞神分送爲感。梁寒操先生亦另有信來。弟意分送何人，可由兄酌定。張曉峯先生來函，對先母詩稱頌備至。弟意可再贈四册與之轉中國文化學院圖書館，由其分送人可也。今日再另郵寄上四十册，如一時無人贈，即存尊處。如他人索取，只要眞看，可由兄酌贈也。

先父之孟子大義已印，「甲寅」之文作附錄。此甲寅文，弟在日本初見到時，即覺其中述及當時之廣州軍校有不合事實者。此乃由十四五年在南京之人，以廣州之革命即赤軍之誤會，弟初亦不願編

入此文，亦兼不喜後來之章士釗之故。（此人在當時反共，但後來之行為太不成話。其三年前出版之「柳文指要」，對中共歌功頌德更太過。）但以於先父遺稿收得者寥寥，故仍編入，並將此原不合事實處擅改數字送印局付印。先父此文，弟當時在北平見之，亦以為迂闊。但對蘇俄主義之不宜於中國，卻自始認得眞。平心而論，當時如在廣州開始北伐時卽先淸出共黨，後亦不致有寧漢之分裂，及以後至今之共禍。今皆五十年前往事，自不必再提。但國民黨中之西山會議派，實為反共之先知先覺，後之歷史自當有定評，不能只以頑固概之也。

今將已付印原稿奉上，兄看如何？印成後當寄上若干册，請兄代為分贈。匆候

儷祺

弟　君毅　上　四月二十日

十九　（一九七四年七月二十日）

開慶吾兄左右：賜示拜悉。承見寄「美哉中華」，甚感。該畫報原寄弟，今則多兩册作為紀念也。

臺大雖早寄來聘函，但弟未正式應聘，今秋亦不擬在臺任教。唯九月中可能來臺參加一會議，屆時再詳談一切。

臺大之哲學系之年輕人，不知共處相和之道，至貽笑於人，此亦學風衰敝之徵。弟如以後來臺，
亦只短期講學而已。匆候
儷祺

弟　君毅　上　七月二十日

二十　（一九七六年十二月廿二日）

開慶兄：十二月九日賜示奉悉，多承關念爲感。

弟前來檢查身體，醫生發現肺部有初期瘤腫，然弟則初無感覺。終仍遵醫囑動手術，幸經過良好。因住榮民醫院，距城較遠，不欲勞友朋遠來省視，故除送弟赴醫院之一二學生外，諸友人處皆未通知。本擬於出院後至兄處晤談，但因日後尚須來臺至醫院檢查，故先行回港休養。目下精神已復原，體重亦逐漸恢復，諸希釋念。大約一二月後仍將來臺，看再檢查結果如何。承告節勞，盛意至感。目下弟亦未在研究所上課，只指導學生作些研究工作而已。

承寄之四川人物續傳及蜀事叢談已奉讀，昨並在掌故中得讀兄川軍受編經過，多爲世所不知者也。匆此敬請

致周開慶

儷安

弟　君毅　上　十二月二十二日

二十一　（一九七七年五月廿八日）

開慶吾兄：二十一日賜示拜悉。賤恙多承關念爲感。弟回港後，友生過從，初尚能勉強應付，後則感疲乏，體力之恢復，似無大進步，故亦未與兄書。惟近來飲食睡眠之情形較好，體重又略有增加，足以告慰。想再經一段時期之休養，當可漸復正常也，諸希釋念爲幸。

弟近來每晨作柔軟體操，亦在園中散步，但不如兄所說之三四千步之多。以後當謀逐漸增多，以報盛意。匆此敬候

撰祺

弟　君毅　上　五月二十八日

二十二　（一九七八年一月四日）

開慶兄嫂：十二月三十一日賜示奉悉，知臺北川康渝同鄉會新址完成，由兄負責成立川康渝文物館，至堪欣賀。兄一二十年來，由四川文獻一刊開始，而蒐輯四川縣志重印，刊行四川叢書，今又負責成立文物館；由涓涓之功，積成江河，其對鄉邦及國家之貢獻大矣。弟則愧無涘滴之助。所索拙著，大約除一二種外，多於港臺重印或新印，自當收輯寄上，以作充書架之一隅之用也。

先母思復堂遺詩，承交學生書局出版者，今日該局已寄上二册，並吳碧柳先生白屋詩二册，當各以一册存研究所圖書館，弟各自存一册，兄可不必再寄矣。

弟賤恙近轉有咳嗽及氣喘現象，曾入醫院檢查，住院八日。檢查結果，知前病並未斷根，故轉爲他病。或亦由近數月疏忽，未續服前在臺醫生所開之中藥之故。自昨日起，已再續服，看結果如何？

匆此不一，敬候

儷安

內子囑候

弟　君毅　上　一月四日

致梅貽寶

（一九五七年）

貽寶尊兄左右：弟原說六月初離美，後因向國務院交涉，又延期二月，故七月底乃由美赴歐，在歐耽延約一月半乃返港；之後以感冒風寒故，尊示未能早日奉復為罪。尊示所提清華學報擴大徵稿，並著重向西方人士辨明中國文化及政治社會之性質之辦法甚好，在港學人除錢、羅……外，如敝校歷史系主任牟潤孫及港大之饒宗頤亦同感西方人有進一步認識中國文化之必要。牟、饒、羅（香林）近赴歐洲漢學會議歸來，亦談及此。唯清華學報其餘編者之意見及兄所提之諸人之意見如何，亦是一問題。唯弟無論如何只要大家同向此用心，則所作文雖不必在一刊物發表，彼此亦可聲氣相感，以成風氣而影響及於西方學術界。此間學術性之刊物敝校有新亞學報、港大有東方文化、臺灣也有中國文化，在美有清華學報，弟意皆可彼此相得益彰。不知尊意以為如何？弟此次過英倫，曾購若干絕版中國書籍譯本，唯所得不多。在美國方面則購中國書籍較難。兄如欲購中國書籍或欲知此間之文化消息，請勿客氣函告弟，當可盡其棉薄。敝校學報最近期已將印出，印出卽寄上請正。拙文刊東方與西方哲學之

單印本，如寄尊處，可存尊處十本，由　兄酌贈他人。餘者仍希轉寄弟，弟自分贈各地友好可也。專此不一，敬請
儷安

君毅　上

致顧季高

（一九六九年九月八日）

季高先生道右：前在臺得快晤聆教爲慰，又承惠贈銀耳，至感。唯臨行之際，未及走辭，返港後又值開學，終日匆匆，未及早日申謝爲罪。惠賜大著，皆已一一拜讀，具見宏識孤懷與救世之心。弟此次在美日，見學生之動亂情形，亦有世變日亟之感，亦嘗欲寫出數文，以抒所見，當與　先生所寫，足資佐證。惜尚未能得暇爲之以就教耳！匆此數行，敬請

儷安

弟　唐君毅　九月八日

致李田意

（一九六八年六月十四日）

田意仁兄先生惠鑒：賜示拜悉，承允考慮就任敝校校長事，同仁聞之皆至感欣忭。新亞理想在維持一中國文化教育之傳統於香港，夙爲吾兄所知，聲應氣求，故咸寄望長才加以領導。賜示所言，具見鄭重之意，至深佩感，唯仍望勉抑謙挹，捐除顧慮，慨然應允。

前得大示後，敝校副董事長李祖法先生已函告唐星海先生，望其於抵新港後奉謁聆教，想今已相晤。星海先生今年初就任董事長，彼爲有名之實業家，對校務亦極熱心，但於學校情形，亦或有不全諳悉，或禮貌不周之處，諸希海涵，予以　鑒諒。俟從容商討以後，吾兄有所詢問，當儘量就所知以答。至於吾兄慨允，及此間手續完備之後，　如吾兄尚有須踐舊約之處，以弟觀之，亦可斟酌來日情勢，再求折衷解決之道，或再勉吳士選先生更留一時期，未知可能否？要之此非重要問題之所在也。

惠示已奉到旬日，適以考試及校中結束課務，竟日無暇晷，久稽裁覆，彌用歉疚。又　惠示稱呼過於謙抑，實非所克當。十年來與吾兄雖只晤面數次，然昔日有言傾蓋如故，幸望勿見外爲感。專覆，敬請

儷安

弟　唐君毅　上　六月十四日

致張鍾元

（一九六七年十月六日）

鍾元學長尊兄左右：賜示拜悉，多承關念爲感。弟於月前回港，賤恙之復原已無望，只能隻眼看乾坤矣！但經日本醫治後，已不再壞，以後能少分恢復，卽可多作些事。敬希　釋念爲幸。兄在夏大任課不多，更可多事述作。該校地點在美亞之中，當可逐漸成一東西文化之交流之地點。弟在日京都住時，日遊寺廟園林，每有避世之想，心情亦甚恬靜。但回港觸目怵心之事日多，又覺避世非吾人乃所應得。新亞哲學系已聘請牟宗三兄，但港大今尙不放，定寒假後乃到新亞，則共有同事六人，可成一小局面。此間港大之哲學系無先生，亦無學生，崇基只有宗教哲學系。新亞能維持一哲學系，總可多少留些智慧種子。又新亞研究所所長原由士選學長擔任，因彼來年可能退休，而來任校長者亦可能只爲一辦事務之人，故今彼將所長名義轉交弟擔任，希望能保存新亞學術研究之傳統。但弟以目疾之故，亦不能多作事，故目前研究所事務仍由彼及幼偉兄代勞，俟再過數月，如賤恙再好，亦想爲研究所多少盡點力。將來並希望兄能再來作短期講學。此外，在哲學系及研究所對外之國際學術合作方面，亦望兄能加以指導贊助也！（如研究生之交換及研究計劃之合作等。）Moore 先生逝世，甚可嘆惜，其繼任之 Kaplan 十年前到過新亞，前二日來函，望弟於後年能參加會議並擔任其籌劃委員會之委員，彼將於一月來港相談云云。弟已覆函謂一切俟彼來時面談。弟意是當今天下大亂，哲學家仍應有間接性的撥亂返治之工作可作，東西思想之相互了解與尊重，與人類和平之關係實大，如共黨即代表了中國，則吾人永無在文明世界精神世界昂頭之日矣！

別來已逾一載。兄之恬退眞切之氣象實時在念中。拉雜書此，以當晤談。諸希諒察，敬請

教安

弟　君毅　上　十月六日

致張遵騮

（一九五六年十月十三日）

遵騮吾兄道右：數年來未通音問。日前至港大上課，奉到大示，快如覿面。諸承關注，感激之意，誠無以自釋於懷。由尊示中知諸師友近況，尤深欣慰。關於兄所言之祖國之種種建設及人民政府近所唱之百家爭鳴，與對中國固有文籍之整理，弟等於報端亦有所聞知，而凡國內近年所出版書籍及報紙，此間亦雖可讀到，唯畢竟不如兄所言者之出自兄之經歷更有親切之感。唯弟之私心所在，亦深願與兄略陳一二，以報盛意。唯書不盡言，言不盡意之處，敬希諒察。如有冒瀆之處，亦祈恕罪爲幸。

弟之素無黨籍，亦無實際政治興趣，乃兄及國內諸友所知。其來港初亦是偶然之因緣，然既來此，所聞所見與所思亦復不少，遂使弟留此忽忽至七年之久。憶七年前來此時，旋卽於報端見胡適之之子淸算其父之文，此爲首刺激弟心之一事，以後同類事不可勝數。弟由此逐漸形成一根本認識，卽政治只爲人生倫理文化之工具，而不當主宰人生倫理之一切。爲人生倫理文化之工具之政治，在原則上只當爲一民主自由之政治，一切個人專政、一黨一階級之專政，無論如何曲護，皆畢竟爲變而非爲常，至多只有過渡之價値者。而七年來所聞於人民政府之措施者，卽處處只見其以順我者生、逆我者死之態度，以政治力量主宰人生倫理文化之一切，因而爲政治之目標，不惜破壞一切倫理宗教學術與人生常道。一切民間力量皆只集中於政府而更不見自動自發的社會文化之生長與民間之獨立力量。此卽爲在原則上閉塞禁錮天下人民之智慧與生機者。

但弟之認識雖如此，然亦殊無意全否認人民政府之一段精神與其所作之事業之價値。弟不僅承認兄所謂人民政府之滌蕩舊社會之汚穢與種種工業建設之價値，並對於馬列主義之暫成爲人民政府之思想指導原則，亦未否認其在一階段之價値，此卽以中國百年來之問題，實皆由西方之帝國主義、資本主義之壓迫侵略而引起，而中國固有之學術文化思想，則不足使吾人自此壓迫侵略之下站起來。於是唯有暫信仰一由西方文化生起之一反西方之帝國主義、資本主義之馬列主義，以爲反此侵略壓迫而站起來之工具。弟年來作文時，亦常論及之。唯弟雖承認此馬列主義有此工具價値，然亦止于承認其有此工具價値。此工具價値之內在目標，仍爲其自身之站起來，而非只爲反西方，亦非只爲中國之馬列主義化，或只爲人民之成爲馬列主義信徒也。此處工具與目標，不能混淆。工具之道與目標之道不能相同。吾人之目標既在中國民族之站起，其站起當另有其站起之道，而不能只以反西方之工具之道爲道也。

此站起之道爲何？此必須仍自中華文化之自身長出。因吾人須知吾民族百年來之受壓迫侵略，乃在物質身體方面與文化精神方面同受壓迫侵略，而同時倒塌；則其站起，亦必不只此物質身體要站起來，其文化精神亦必須同時站起。中國要成頂天立地之一人，決不能物質身體站起來，而以其一時暫用之工具爲文化精神，以暫用之工具爲精神，此如以打擊敵人之斧頭爲精神，此終使人只看斧頭，而頭仍不能抬起，人實仍未眞站起來也。

弟之以馬列主義只堪當一時之工具之用，必爲國內之人士所視爲迂腐陳舊之見。蓋國內人士可謂此數年國內城市與工業建設之進步亦卽馬列主義領導之功。然弟於此亦另有說。今姑不論農村人民之生活之苦，卽承認此功爲功，亦與其謂爲馬列主義之功，不如謂爲中國人自己之功。此一切建設之力量，皆原於中國人之人性與中國數千年之文化陶養所積蓄之生命力量之潛伏於人心者之重新發出，而初不自外來者。然如何使此力量能相續顯現，如何使此力量能長在軌道與秩序中行而表現爲優美之社會文化，如何使中國之天下長治久安，此亦有其道，而此道必須爲一相應於人性與中國文化之道，亦斷而無疑者矣！

凡此所陳，乃弟數年來思索之結果。友人中亦多同此見者，亦嘗表之於文章，合計當不下百十萬言。唯此或非國內人士之所知。弟等之爲文，或亦不免矯枉過正而言辭激越之處，然關念國家民族之前途與人類文化之前途之心，則並不後於國人。悠悠此心，可光天日。然國人則凡於此類言論皆摒諸國門以外。此所以使有志之士往而不返，而可以爲長太息者也！

然弟內心亦有極樂觀之處，卽弟雖不信馬列主義足爲中國政治社會文化之指導原則，然中國共產黨人之信馬列主義者，其人仍是中國人。吾反對其所信，然吾並不反對其爲中國人與人。中國人終自覺其爲中國人，人終當自覺其爲人，此爲必然之眞理。則中國共產黨人亦終有自其爲中國人與爲人處用心，以求中國民族自立之道者，此亦爲將來之歷史發展之必然。此事在何時實現，則不可知。然弟信國內必有若干人已向此用心，而相應於中國人之文化與人性之思想與政治，終當脫穎而出，而當政者之豹變亦非不可能。企予望之矣！

凡上所陳，或與兄心之所懷不甚相遠，然兄或將謂弟所爭者旣在思想原則，而不在政權，則何不歸來共求以潛移默化之功實現弟之理想？則此亦有說：卽今之國中畢竟無思想言論之自由是也！譬如斯太林之罪，早經此間人士之指出，今亦漸爲人民政府所承認。然兄試思數年前誰敢於國內對斯爺爺有一句批評者？今所謂百家齊鳴，所謂百家者誰耶？胡風且不能鳴，況其他耶！果其眞有思想言論之自由，人民政府眞爲人民之政府而非一黨一主義之中國，則中國人誰不欲返其祖宗廬墓所在之地者？弟七年來夢魂繚繞於故國山川者不知若干次，每念家母年老，常耿耿不寐，而今竟躑躅海隅而不得歸。私衷痛苦何可言宣！然道之所在、理之所存，終不敢自昧。國內賢者之士之緘口結舌，旣出於不得已，吾尙有未緘之口未結之舌，又何能不一宣先聖先賢之意，以上慰祖宗之靈，藉達國人之心。忠言逆耳，古有名訓，其不能爲國人所聞，固早知其然。唯在海外，則凡有識之言，則逐漸人同此心，心同此理，而義不帝秦。然世間之事，儘有相反而相成，始逆而後順者，則與兄等雖暫有千里之隔，亦終有相晤於一堂之日。以其愛華夏故邦與其文化、欲求中國之頂天立地存在於世界之志無不同也。然斯義也，依吾人之友道而言也，依人性人情而言也，依中國先哲所謂睽而知其類之義也；非依代表北方之肅殺之氣之俄人之敎而言也。今之外蒙古已獨立，新疆、內蒙亦繼之。俄人果中國之友乎？國內當政人士平心自思，亦未必首肯也。然則曷不自返其本，求中國之堂堂正正立於天地之間，一無偏倒，一無傾倚，直下依人性與中國文化之精神，引而申之，觸類而長之，通眞正之民主自由之義，以求中國之立國之道，則海外人民自望風歸順，又何必勞心焦思於統戰乎！而此豹變之事，吾爲當政者計，亦未嘗無術以見信於國人，卽宣稱依馬列主義以反西方之帝國主義及資本主義之階段，已經由新民主主義階段之過去與社會主義建設之來臨而過去，中國今已達恩格斯所謂由必然到自由之飛躍之階段，故改標自由的社會主義，而揚棄馬列主義，以自求其立國之道。則此吾人所自求之立國之道，或卽將爲全人類之共行之道亦未可知，此豈非眞正之大業盛事！又何必依順於俄人之後，局促如轅下駒乎？昔明太祖依白蓮敎而得天下，終乃棄白蓮敎而尙儒術。前事可法，而今竟不能法者，則以由馬列主義之宣傳而成之桎梏。當政者或亦欲改亦無力量，是則惟賴於海外人士之共發獅子吼，以轉移天下之人心，此弟所謂似相反而實相成也。

總之，弟以爲如今人民政府之成就，此唯在藉反西方之馬列主義以反西方而求中國之站起，則必須由物質身體至精神上之學術文化同時站起，故中國必須自求其立國之道，隨人腳跟、學人言語，必不足以安天下人之愛祖國之心。此心不安，政權卽不能穩，此乃理之無可易者。故中國之前途，捨豹變無由。國內亦必有由清算斯太林而清算馬列主義之一日。然此又與中國共產黨之人之爲中國人與人，則可果無傷乎中國共產黨人乃生而爲人爲中國人，而非生而爲馬列主義者，又何必以此後天一時之工具自恃乎?此處只要名號一去，則天下立卽清平。人與爲人，名號實重要。如姓李者改爲姓張，則人之觀感只想其屬張家，李家人便終不視其爲李家中人。故中國人民終不能姓馬列。此言似迂而實有至理存焉。欲安和天下者不可不察也!

弟年來乏善足陳，唯日常生活已可維持，不似前數年時有朝不保夕之勢。國內舊交皆常在念中。哲學界之諸前輩先生之著作，在國內已絕版或經著者自加批判者，此間學人仍照常誦讀。而此間學人亦絕少以著者之曾於其著作自加批判而懷疑著者之人格者。此卽可以告慰於諸先生者也。

宗三年來之述作甚多。社會上好學深思之風蓋非至無有。弟亦妄有所寫作，然千變萬化，不離人當是人、中國人當是中國人之義。此乃一重複語，然其中之奧義亦無窮。昔年所忽者，今皆較有親切之了解。此與兄所謂人民政府以祖國號召之義無殊。唯弟望此祖國爲一兼精神義與物質身體義之祖國。吾人必須使馬列主義之神位代之以中國之聖哲之神位。弟意中國人實同此人心，唯威脅於俄帝不

敢說出，故代之說出，餘無所求也。拉雜奉報，諸惟諒察，不當之處，尚希指正。專候

大安

諸師友處統希一一致意候安

君毅 拜上 十月十三日

致李源澄

（一九五二年一月十六日）

源澄吾兄：前承賜書，曾覆一詳函，未敢發，蓋聞兄處得港中信頗不便，舍弟亦奉組織之命，不得與此間家母通信云云。今得漱溟先生函，知子厚兄及兄始終念弟況，足見階級意識以外之友誼。感激之情，言何能喻。弟之來此，本是暫時講學，唯行時王英偉亦曾勸弟離京，謂唯心論之哲學，決不能講云云。弟來此，本無所謂，唯見報端終日罵梁先生及若干師友，以是不平，故因循未返。關於國內進步情形，弟亦略知一二，唯私意皆視作中國民族固有之勤勞樸實任俠之精神之壓於下者之復蘇。唯弟終信此復蘇之最後傾向應爲自觀念形態至社會生活之一頂天立地國家，而拔出於國際漩流之外者。

弟此間所見所聞所思，容與兄等所見不同，亦嘗不覺感慨萬端。弟所憂者，在民族生命之漂沉於此漩流，而不自覺，以是終不忍謂古先聖哲之所言唯是封建，西哲之言及耶穌之教皆痲醉劑。國內共黨朋友來信，意亦甚厚，皆爭取之意，然人本非物何可爭取。又循例國內學者皆須自認錯，弟未錯從何能自認錯？眞理不以人數多少定是非，亦非可以勢力屈人者也。至於祖宗墓廬所在，親戚朋友所居之故國，弟固常在念中，夢魂繚繞，常覺難以爲懷。唯弟此間所接，皆中國之同胞。一生在世，報國之道非一端，弟始終未嘗有政治關係，唯以教書著文爲事，亦無負於國家也。唯家母在此以居處不適，已於日前同舍妹赴廣州住。內子在此學縫衣繡花。彼繡得很好，將來可以賣錢，並嘗設法送兄一幅。如家母不能再來，弟亦終將回國侍母。唯亦當俟弟學得如斯賓諾薩之生活技能以後。如欲弟稱讚馬列賢於孔子以求食，則決無此可能。此間辦學如武訓之乞食，以武訓之賢，猶不免視爲封建奴才，其他更何論哉！子厚尊兄處，弟亦有函去問候。漱溟先生處弟亦有函去，恐未必收到。兄去函可代弟問候。弟始終以爲人格、家庭及友誼，皆高於政治，而弟於兄等之感念不忘者，亦恒在此也。

天寒歲暮，紙短意長，諸祈

珍重

弟　君毅　上　一月十六日

致錢子厚

（一九五二年〔春〕）

子厚尊兄如晤：昨得漱溟先生書，知兄曾與彼一函，囑設法使弟返國內。遠道隆情，感激無已。弟來此亦無他念，唯常念平生師友，及家人昆弟，兄況固無時不在念中。前曾托貴州貴陽之陳君致意，不知得達否。關於國內進步情形，弟亦略知一二。兄等本仁者之心，以與人爲善，取人爲善之志，弟亦未嘗不深信其誠且佩敬也。夫以吏爲師，以生道殺民，治亂國用重典，古亦有之，弟何忍多責。唯弟能信國內一二年之進步皆昔華固有民族精神之樸實勤勞任俠一方面者之復蘇，而此復蘇之所向，必爲一自意識形態至社會生活之一頂天立地之國家。而國內知識份子之不崇朝，而願與無產階級共甘苦，其精神之基礎正爲一超階級之仁，而此仁道終將被自覺而重建立，然後中國文化乃得伸展，亦唯此中國文化之伸展，可免國家之沉淪於國際之漩流，以安頓好殺伐之西方世界。不知兄以爲如何。弟之來此本屬偶然，因未解放前，一大學約講學，初意亦擬早返國。唯弟所授爲哲學，而今日授哲學必須以儒家爲封建思想，唯心論爲資產階級之辯辭，以宗教爲鴉片煙，此皆與弟素所言者不合。夫眞理自在天壤，固不以人之識與不識而異。然違心所安，以厚誣古人，弟所不忍爲。夫人生在世，所能補益於人者實極有限，而要以盡其份位之責爲第一。本心無處可瞞昧，一處瞞昧，則無處不瞞昧矣！弟行能無似，唯願以此自守，然兄等之厚意，弟固已心感矣。家母及內子均住此間，繼以生活不適，家母與舍妹已移住廣州。弟亦非有意長住此。殖民地何以居？唯弟在此間仍是在二校敎書，亦有數學生依依左右。學問不能獨立，俟將來學術自立，或弟學得一勞動技能以後，當謀返國內。生年雖短，終可相晤。席掄英弟不知近況如何？陳君亦不知常相晤否？不盡一一，敬候

道安

君毅　上

致錢子厚

致李獻璋

一　（一九六九年八月廿五日）

獻璋先生左右：上月在東京多承招宴，並蒙嫂夫人駕車陪赴靜嘉堂，感謝無量。弟於離東京後旋去京都住七日，並赴京都醫院及大阪醫院檢查目疾。據云尚未有惡化現象，足釋　錦注。後又至臺灣，亦住約七日，於週前返港。因離此二月，歸來後不免人事雜沓，匆此數行聊表謝忱。餘不一一，敬請

儷安

弟 君毅 上　八月廿五日

二　（一九七〇年十月廿一日）

獻璋先生左右：

弟暑中曾離港月半，近乃返港，得奉手教及所賜贈中國學誌道教專號新版，無任感慰。

先生以前印專號有錯字卽破資重印，足見臨事不苟之精神，尤其佩服。

先生函中所繪畫，至感趣味。先生所說者乃趙濳君，已將貴刊轉贈趙君。趙君並囑代爲致謝。

先生致力於廣大人民之普遍的思想之研究，此至有價値。弟以於此所知甚少，愧無所貢獻於貴刊，然非不知尊重也。

先生爲人率眞，無世俗之忌諱。先生自言無利害之念，此與先生接談時人皆有此同感也。匆此不一，並請

文祺

弟 唐君毅 啓 十月廿一日

三 （一九七一年十二月卅一日）

獻璋先生左右：

賜示拜悉。承約爲貴刊撰稿，至爲光寵。貴刊由先生獨力編輯印行，發揚文化之功至大，理當贊助。唯弟之文偏重在義理之辨析，體類不必與貴刊常刊之文相合，故一時未能報命。當選一題較與貴刊文體類推合者寫一文奉上酌用。但望不限在一、二月內如何，因弟今年上課二種，又須指導三學生

論文，故在此二、三月中時間精力亦分配不來也。又以國際局勢變動，此間學生亦有不安之象，弟與同仁等月來爲疏導學生亦費精力不少，但望能保持一區區學府之清靜，勿爲汚濁之政治所沾染而已。匆此奉復，敬請

文祺　並請

年禧

闔府均候

弟　唐君毅　上　十二月卅一日

四　（一九七三年十月十八日）

獻璋先生左右：

月前在東京多承賜宴，並惠贈大著爲感。弟離東京後卽赴瑞士轉美，日前乃返港。未早修書致謝爲罪。

在美之印第安那晤見鄧嗣禹先生，並道及先生爲人之熱誠及對學術文化事業之奉獻，爲今世所難

有。日昨奉到大示，知拙文蒙刊載，並加以分段爲感。分段卽照尊意，其前之題目卽第一行之題，其後可加㈠前言三字，因此文經修改，故忘此㈠前言之句也。匆此奉復，並候

文祺

嫂夫人前希請安，內子囑筆問候。

弟　唐君毅　拜上　十月十八日

五　（一九七二年十二月十六日）

獻璋先生：

拙稿承在貴刊發表，並將排印稿寄下，甚感。先生對編輯之事，一字不苟。蓋唯在民國初年之爲編輯者，能如此細心負責，甚佩。據弟之經驗，凡文在自校對時，卽較可自居於讀者之地位，稍爲讀者設想，而覺原文之意不明處須加删改。因此頗爲印刷局所厭惡。此文除先生致疑處略改變字句，以便少引起誤解外，其餘之處，亦少有改動，當不致太麻煩印局也。

關於宋明儒學，在今世亦頗難講。其中之用語在今世亦有似生疏者。但一一以今世用語解釋，插入西方哲學名辭，亦更可引起誤解。此弟亦試過（如在拙著之哲學概論中），故今文仍多用宋明儒學

中之現成語。此現成語不須一一註明出處，如常識中之語，不須一一註明出處。再義理之學與考證之學自始不同，如數學中可只是那幾個數目字與符號，但集合起來，則表義便有精粗深淺。對數學公式，人雖認得那數目字與符號，如不去運算一番，仍然不能理解。故爲文亦不能一切爲讀者設想。然先生所提有問題處，要必是最可引起誤會或抄錯，或文理欠妥處，故今大皆略改變用語，不知是否較原文爲清楚，或更糊塗耶？一笑。校稿如重排好後，能再惠寄一閱自校，尤感。

專此不一，敬請

文祺

弟　唐君毅　上　十二月十六日

關於西方印度之神秘主義，宗派甚多，不必一一指出。神秘主義 Mystitism 乃通用語。

六　（一九七四年一月十三日）

獻璋先生左右：

賜示拜悉。知願來港講學，盛意至感。當與歷史系同仁商是否可請先生短期來此義務講學，以使此間同仁及同學得聆教益。但因敝校參加中文大學後，校中規章甚多，故所提議之事諸多窒礙，動輒觸犯條目，故須過一些時候乃能奉復。專此數行，先對盛意致感。專請

文祺

弟　唐君毅　上　一月十三日

七　（一九七四年二月廿八日）

獻璋先生：

關於先生願來敝校講日本之中國學研究一事，已與敝校之歷史系及研究所之歷史組導師談商，皆歡迎先生前來講學。如能由日本政府更錫以名義，則辦理出境之證自尤方便。唯以校中對訪問導師無特別預算，故只能如先生前函所說，作爲敝所名譽職之訪問導師。本所任導師者原有嚴耕望、全漢昇、潘重規、徐復觀、牟宗三諸先生，弟亦任導師之職而兼任所長。另郵附寄研究所概況一册，以供參考。專此不一，並請

文祺

弟　唐君毅　上　二月廿八日

致李獻璋

八　（一九七四年六月五日）

獻璋先生左右：

六月一日賜示拜悉。承贈拙著抽印本三十份，尚未收到，謹先致謝意。前由敝校函日本領事館，請日本政府補助先生來此講學之經費事，據告是因先生爲中國人之故，未能照准。不知先生在日本是否有其他辦法。此間恐無能爲力，歉疚何如。弟日前就醫生檢查謂血壓高，故力求減少事務，前數函皆由趙潛先生代達一切。諸希諒察。專此不一，敬請

文祺

弟　唐君毅　上　六月五日

九　（一九七四年十一月廿八日）

獻璋先生左右：

賜示拜悉。承關心賤恙至感，所稱譽之處尤愧不敢當。
弟於九月中亦曾至京都開一德人召集之會議，並附帶檢查目疾。十月中回港，血壓或高至一九〇，醫言以休息爲要，故只有少作事，今已漸降下，希釋念爲幸。
先生來港入境事，已由研究所再去函移民局，想當不致有大問題。因香港人口過多，移民局於旅客入境近亦多所限制，然不應施之於學術界人士也。俟有結果卽當由趙先生奉告。匆此不一，敬候
文祺

弟 唐君毅 上 十一月二十八日

十 （一九七五年）

獻璋先生
夫人萬福：
得年卡，見附語爲感。
前先生到港，實未能招待，承謝不敢當。
先生所學與弟不同，性格亦不全一樣，但本不必人皆一樣。
先生治學之矜愼與爲人之眞率重道義，雖小至於一飯亦不忘，實今世之所少有者也。

弟　唐君毅

十一（一九七六年一月末）

獻璋先生
夫人年禧：

去歲承在新亞研究所講學。弟旋亦去臺灣，轉瞬又將一載矣。比維動定多福爲慰爲禱。

弟　唐君毅
謝方回

十二（一九七七年一月廿四日）

獻璋先生左右：

弟去歲以惡疾在臺灣臺北住醫院二月餘，今幸大體痊復，返港後奉到年卡，知正編刊論文集爲慰。專此兩行，敬候

新春一切健吉
夫人並此問候

唐君毅
謝方回 拜賀

十三 （一九七八年一月末）

獻璋仁兄先生：

前承賜賀，適正在醫院檢查，未早復。賤恙乃一惡瘤，一年半前於臺北榮民醫院動手術割去右肺之三分之一，手術尚稱成功，但體力迄今尚未復原。檢查結果則亦尚無明顯之惡化現象，此可告慰耳。專請

儷安

弟 唐君毅 上

內子囑筆問候

致李獻璋

致胡蘭成

一（一九五三年八月三十日）

蘭成仁兄：賜示敬悉。所教各端，皆足啓弟智慧，承以魚相忘於江湖，人相忘於哲學相勉。善哉此言！弟自知理障太重，常苦不能解脫，唯初意亦非如此。弟在中學讀書時，卽有許多感觸，與人說總說不通，故漸習了思辨，後又以大半時間讀西哲書，後乃返而求諸六經。積習難除，故所造不能一切灑落自在。弟在此對自己之解釋，是如紅樓夢所謂人在重還太虛幻境之先，不能不先在紅塵中走一遭。哲學乃弟之紅塵也。而對中國當前之時代說，則中國昔賢禮樂之敎，太柔和，聖賢言語，智慧太高，如不濟以剛性之理論思辨，輔以知識，則不能護法。昔賢謂儒門淡泊，收拾不住豪傑。今日之情勢正相同。中國廟宇開門便見彌勒，使人歡喜，此固是無上智慧。然彌勒之後，卽是韋馱，人自前門走入，先見彌勒，如動雜念，則韋馱在後。然處今之世，西方思想學術武力經濟力，已逼使東方人不能出氣。東方文化之廟之前門被關了，終不免導人從後門入，則當先見韋馱，再開前門拜彌勒也。弟以此自辯解，不知兄以為如何。

年來弟皆甚忙，故罕爲兄作書。兄大著經改正，想增益必多，弟前序文，如不相應，則可用可不用，乞兄酌。印出後望早惠下一册，以獲先睹爲快。

年來弟終有一事耿耿於懷，屢欲言而輒止。以兄厚意相教，終不忍不言。卽佛觀兄年來皆不能有離臺之行動自由，謀其故由兄曾訴彼如何如何云。此事弟不知果有否。佛觀兄與人交或不免出言鋒銳，傷人之心，然其人乃骨鯁之士而奮力向上者。兄本以寬容勝，何至如此。弟嘗與之函辯，不得結論。如果有其事，則廉藺相看，何妨請罪。如無其事，亦須一函說明，使之淸白。弟恒覺人生如寄，凡曾一度相熟之友人，皆望親者無失其親，故者無失其故，唯痴願苦難塡耳。不一，專候

大安

唐君毅　上　八月三十日

二　（一九五四年三月十五日）

蘭成仁兄左右：

賜書奉悉。大著四册亦奉到。弟去歲得兄書，曾上一函，未蒙賜覆，想未收到也。大著已遵囑送錢先生、港大圖書館及敝校圖書館一份，咸囑代申謝意。弟校於前半月乃開課，教務事殊忙。大著前

奉到只匆匆讀一過，尚未細讀。讀時唯感一天地淸寧氣象，隨處皆可興可觀。兄言中國文化如話家常，於歷史上之問題所在、爭論所在，恒片言折獄，省卻無限閒言語，此最不可及。蓋兄之所言皆由民間日常生活中得來妙悟，再以觀歷史，而誰道二千年往事，而今只在眼前頭矣！春水生而巨艦輕，故行無所事如未嘗用力也。弟以知見駁多所掛累，又覺當今世界如積陰重霧，乃竭力求加以推拓，冀見光明。惟憶十年前乘機過三峽時，飛機在雲上行，俯視白雲如海，又如在滿地新綻棉花上行，觸處皆成溫暖。弟知有事而未能言。

大著之所嚮，其在是乎？略書讀後印象如此，不知是否，書此以報盛意。至於寄來銷一事，可暫寄樊先生或弟一百册，銷完再寄。南洋方面或可銷得多些。臺灣方面可寄佛觀兄一册，以敦宿好，並託其他書店代銷。專此，不盡一一，即候

大安

弟　君毅　上　三月十五日

三　（一九五四年四月四日）

蘭成仁兄：三月廿七日示奉悉。大著十册亦並奉到，當求能讀者贈之。大著竟不獲入臺灣，可嘆！但

此間書籍雜誌，不准入臺者，仍可零星寄入，則大著寄與牟、徐二先生者當可收到也。如兄尚未寄出，可由兄簽名，弟代設法轉寄。承教各端甚感，唯弟尚覺言有各端，或求應理，或求應機，亦不能一格。弟對大著，覺頗能欣賞，有如見空谷幽蘭之感。唯當世陰霾，仍須一剛健之精神，乃能撥亂反正。且吾人說自己話，亦須了解他人之話，否則終互不相知而已。故弟對西方學術，恒覺不敢忽視，如宋明理學家之闢佛，亦未嘗不多讀佛書，並對之有所取資，只須大本大源未變，固不失其為儒也。弟復尚念所求乎朋必先施之，友道如此，而對並世之其他文化民族，亦當如此。吾求他人了解吾祖宗之文化，則吾亦願了解他人之長，此亦恕之義也。不知吾兄以為如何。紙短不盡，專候

大安

弟　君毅　四月四日

四　（一九五五年七月十八日）

蘭成吾兄左右：

兩示陸續拜讀。旬日來皆忙於考試事，未能早日奉答為罪。日前池田先生來港，後談及兄與佛觀兄之事，故將所疑所感，並盡情相告，並望其將拳拳之意，轉致　左右。蓋弟為人，實多拘固，並深

信人間委曲，應一一說明，方得日麗風淸。且不願世間有誑惑與嫌隙，乃覺天地安閒。而兄之爲人與詩文，皆如天外游龍；對人間事，覺一朝棄置，便不復縈心。此自是兄之天資高處，弟所自愧不如者。然鄙懷所在，仍希諒察。

兄游龍澤寺古風，已拜誦再三，如讀淵明與王摩詰詩，似淡而實腴之作也。

承教致知格物之義，甚善。弟於格物實亦未多下工夫。嘗思眞從事格物，當先忘致知之義，唯求與物感通，欣然會意，而知自然致。然弟性較急迫，乃不易逮此。拙著亦皆多以急躁之氣出之，不免爲人太多，而自爲太少。尙希　閱後垂教，以資箴貶也。

前日郵退還前弟與兄一書，想另一書亦郵誤也。匆此不一，並候

文祺

弟　君毅　上　七月十八日

五　（一九五五年十二月十日）

蘭成兄惠鑒：前錢先生回港，道及曾與兄及池田先生晤會。兄廿六日惠書，亦已奉到十數日。每奉兄書，展翰卽有寬閒氣象。弟則誠如兄所言，恒在忙迫中，時覺日月之不足。事多自是實情，然念古人

所謂水流任急境常靜，花落雖頻意自閒。則知皆自己心中自忙，非事忙也。見兄翰之寬閒氣象，忙中心境更愧不相應，而難作復，故覊遲至今，希　諒之也。兄所疑於錢先生之言及弟之言超越精神者，其所關者甚大。兄之言格物，唯在親與敬，親則無隔，敬則萬物歷然存在。歷然存在之義尤深閎而美。此確大異於兄所謂歐洲中世紀之宗教精神及日本皇軍之超越精神。唯關於錢先生之所言，弟看看亦未加深究。弟喜言超越精神，亦是處屯艱之際，將精神提起的話頭。陰霾滿天之時，似只有昇騰一番，乃得靜觀日麗風和。有昇騰則不能免於有顚倒。則不如直下更不見陰霾，處處風光明麗，以親敬心格物也。常承以此意相敎，言婉而章，敢不拜嘉。唯私意亦常慮此眼前之明麗爲自娛之地，故寧作雷雨之動，滿盈之觀；斯二者曷兩存之如何？兄山河歲月一書，此間有哲教系畢業之唐端正君，恬靜好學，讀之而喜，曾試爲文介於人生雜誌。其所會意者不深，故未檢寄。今念及，仍囑其補檢寄。度相距已數月矣！匆此不一，並請

文祺

弟　君毅　拜上　十二月十日

六（一九五七年九月廿九日）

致胡蘭成

蘭成兄：前在美曾數函，皆未得復，想當一切佳勝爲祝。弟於二月前離美，由歐返港。此行所歷雖多，歸來仍是舊吾，足以告慰故人，而彌足紀念者實爲在日之二週之遊。「東方是東方，西方是西方」此言不誣也。弟以途中感受風寒，致肺上發炎，歸來一月皆在病中，但近已漸癒，唯體重減去十磅，亟須休息耳。憶弟在日時承日本友人贈若干書籍論文像片等，弟臨行時池田先生謂將來當直寄香港，但弟迄未收到，希兄便中一詢是否郵誤爲感。匆佈數行，不一，敬候

大安

君毅　上　九月廿九日

七（一九五七年）

蘭成吾兄：十一日手示奉悉。憶在日時　兄面囑寄□□一書竟爾忘了，甚罪。玆已付郵，計不日當可到也。　惠函論世事謂孫行者一筋斗十萬八千里不能成正果，必服侍唐僧、步行挑擔乃成正果。善哉言乎！所喻實多，不禁一時爲之感喟無極。弟病已癒，唯心情終不能遇繁頣而不惡。如何以有事行無事，此眞不易，是亦可感喟者也！（下缺）

八　（一九五八年）

蘭成吾兄：前奉賜書，未及報命，昨又得二月十三日手示，適在新春，如對故人，甚慰。

關於宣言事乃君勱先生發起，弟初不喜與人共列名宣言，乃彼等共推弟起草，故全文實皆弟手筆。唯其中之意見則取於牟宗三兄者較多，如論政治科學等處，皆彼之文所嘗論。又成稿後佛觀兄亦有文字上之增改。後卽交民評付印。印出後見錯落不少，已囑該社另印一小册。本擬印成後再寄上請教，不意兄先已見之矣！關於論文化與政治等處或多有與　尊意相出入者，如兄不喜哲學與宗教二名卽其一端。在政治上弟仍以捨民主無他路。打得天下再治之之道，恐不能再見於今後之中國。憶在日時與兄在日光曾論及此，彼此匆匆，皆未能盡意。憶兄曾問民主如何保障之一問題，留下印象甚深。弟意民主亦只由民主保障而已。然民主制中亦自有其問題，弟意只有由尊賢選能解決，近亦爲此撰一文，容刊後寄上請教。兄賜書謂「無爲政治爲限制抑制君權」之句等甚可惋惜。弟經查弟原稿，本無此句，亦與下文不合，蓋佛觀兄所加。得兄示卽電話民評社請編者在小册中先删去此句。其餘文義未精之處自甚多。但初意亦只在多引起人注意此問題，尤重在一正西方傳統之偏見。在此二點上聞已多少發生影響，亦卽不爲於世無益耶！匆匆奉報，餘不一一，並候

春祺

弟　君毅　上

九　（一九五九年）

蘭成兄：九月廿五日示奉悉。大著八册並收到，謝謝。囑代送者已送去，希釋念。前託張君帶上昆曲片三張、七弦琴片一張，想已達淸聽矣！惠函謂大著印成感疲乏荒凉，善哉此言！昔禪宗大德言悟道之後覺大事已了，如喪考妣。兄書將兄平生善惡之事收拾於一卷之中，卽是大事已了，綺夢閒情從玆斷絕，與賢夫人共偕白首。則道在邇而大信立於家室矣！謹以預祝。（下缺）

十　（一九六一年十一月七日）

蘭成吾兄：廿七示奉悉。弟正感冒臥床，水野及鍋山先生來，初亦不克招待，及昨枉蒙水野相約，乃獲一晤。惟弟精神甚差，座客又多，不及懇談。彼謂明年將再來，當可從容再談也。兄所教各端至感。弟年來實亦較兄忙，現雖辭去教務事，尚兼有文學院長及哲系主任職，仍較他人之事爲多。弟所長者唯放下事卽能看書作文，亦非全不能一切棄置作遐想。只心境不能如兄之寬舒簡靜，是所愧也。兄所謂各端，在歸趣上弟覺並無多出入。唯對西方文化只以孟子闢楊墨、孔子辨夷夏之意處之恕尙未足，蓋須就其極至處以觀其不足，而逐漸點化之。此中之步履歷程有非一言可盡者，當須漸教，不能說頓教。此蓋弟與兄最大之一不同處，亦由弟之學問原是由知解入，而學院習氣亦恨未得免也。

對於民主，弟意卽堯舜禪讓之意之引申。中國過去君主制下之罪孽，昔王船山及今之友人牟宗三兄均論之甚痛切。儒者過去只能在社會敎化上用心，對政權之轉移並無妥善之辦法。英雄之打天下其風姿未嘗不有可愛處，而戰亂中人所受苦亦不可勝言，則民主制度使人類可和平轉移政權，免於戰亂，亦至大義之制也！若政治當歸於使人相忘於政治之外，弟亦夙言此義，而民主之平齊治者與被治者之分，亦使人忘政治之至高無上之一道。至於民主政治之措施，自可各國不同。弟數年前亦曾爲文論西方民主政治若不濟以尊賢讓能之義，必百弊叢生。此中自有種種問題，但民主之原則仍不能否定，猶人皆可以爲堯舜之理之不能否定。至於時俗之以民主槪一切，則弟雖不肖亦不至此也。

兄次函論謀建東洋文明於現代之產業社會，而人與產業相忘，此卽攝西方技術而納之於藝，實爲今日平天下之道，弟亦嘗以爲人道之極則。然此事重大，須見諸事業，使從事現代產業者咸知、求與文明相結合乃爲功。兄意在是能與日本產業家常求此意之共喩，實功德無量。弟年來雖勞神敎務敎課，亦非於世道人心無所感切，全不想於世事有所助益。如對他人之辦刊物者、主持學會者，弟皆隨分寄與忠言。唯只限於學術界中，不能通達至廣大之人間耳！但即就今日之學術界言，亦有種種之工作可作。今日之學術界人之大病，在有知識而缺智慧，學者多膠固蔽塞，以一曲爲大道而蔽塞，亦不能驟通。弟前與此間教哲學之友人嘗有意先在東方哲學範圍內與世界之同道者謀有學會式之聯繫，即意在於學術界自身先開一生機，由學院式之精神逐漸超出，以進於儒學之眞，而接於廣大之人間與天地。此乃因弟生活之範圍原甚狹，故只能就力之所及隨分盡心。兄或不免笑其迂固，然謂弟於世事全無所用心，只孤鎖於空論之中亦不盡然也。

昔孔子言天何言哉，四時行焉，萬物生焉，天何言哉！世間本無許多話可說，人與人與物能相視相忘，則天下亦本無事。唯當世人皆有爲，亦不可以有爲御有爲。今人尙專門學術，亦須以其道還治其人之身，如佛學言菩薩行須於無明求明，彼世間正所以爲出世間。則弟與兄雖趨舍不同，未嘗不可相遇於旦暮也！匆候

大安

弟　君毅　上　十一月七日

十一　（一九六二年十月二十日）

蘭成吾兄：上月示已奉到兩旬。初意擬於大著印行事有以報命，再作覆，遂蹉跎至今。大著寄卜少夫後，弟曾打電話去不下十次，亦曾附一函，未見覆，托友人查新聞天地，亦未見登載有大著。不知彼有函致兄否？如英文日本版能早出，亦甚佳。蓋大著行文所抒之見，如天外游龍，雖論世間萬法，而又若不與萬法爲侶，亦明出自一居異國而回念故國之情。如直稱孫文之名，則史家之筆法。弟固素與國內政治黨派只有私人之相識，故對兄文不以爲忤，其他人則難言。故弟意如卜君不登，則逕在日本發表，以待識者。昔左思詠史詩，及魯仲連有句曰：當世貴不羈，遭難能解紛。兄自是不羈之士，然待來日因緣聚會，則談笑間亦自有能解抒國家之難處。大衍之數五十，虛一而不用，潛龍亦言勿用。望兄以此自寧也。水野先生周前來港，有電話至新亞，弟不在，後弟曾兩去電話，亦未能接談。及往訪，則侍言已行矣！殊爲悵惘。希便中代爲致意。上月和崎博夫君來函，謂有意約牟宗三兄或弟去日作講演。今世物力人力皆難，弟兩次赴日，皆勞兄等及彼招待，不能再往，已函覆和崎君，望宗三兄能去，不知果得去否耳。彼如來，兄可與談，其著述固不足以盡彼之爲人與所懷也。匆候

大安

弟　君毅　上　十月廿日

十二　（一九六四年八月十七日）

蘭成兄左右：弟此次過東京，又是匆匆來去，府上終未能一到向嫂夫人問安，聚談亦未能盡意，餘疚在心，未能自已，唯人生一世，原亦是匆匆來去，言談終百歲亦不能盡意，此懷想與兄同也。臨行所賜與內子及小女之厚貺，皆精美可喜，謹代申謝。弟歸來二日，尚未得暇到校，皆以陪伴舊日業師之故，今日上午當去學校。匆此數行，並報平安。敬請

儷安

制弟　君毅　上　八月十七日

十三　（一九六四年十月十七日）

蘭成吾兄惠鑒：半月前之一椷計達左右。旬日前由華標轉來兄九月廿九日示，又是稽延至今日乃得覆，兄當更責弟。弟忙是實情，說竟全抽不出一、二小時寫信亦必不然，但歸家疲乏，心情不寬泰，則弟不欲強作寬泰，以坐而論道也。

近日敝校董事長趙冰先生重病，於昨日逝世。十五年前弟與彼及錢先生同由廣州坐船來此，初卽舍於其家，後乃有新亞書院。趙先生歷任高等法院院長、外交部次長等職，然素無積蓄，居港恒饔飧不繼。十年來其家中弟未見其添置新物。今壽七十四，遽爾逝世。喪事費用，唯賴諸友人集資摒擋。蓋彼雖爲英國博士，又爲英國大律師，然從不處理不直之官司，於任何離婚等不道德之案件，亦不肯處理，以致門庭寥落。新亞初若無彼爲多少建立與港府之關係，亦無今日。弟與彼及錢先生三人同來，今彼逝世，錢先生亦無異被迫休假，今校中同事百人，學生六七百人皆爲陸續後來之人。弟與錢先生及少數最早之同事皆不習商業之學與科學，但因爲社會需要及學生就業計，乃陸續成立商學院、理學院，與文學院鼎足。文學院中又於哲學歷史之外辦英文系。而今則英文系之教員人數超過吾人初所重視之中文哲學歷史三系之教員人數。今弟主持之哲學系之學生，畢業後皆無出路，故只得將人數盡量減少，至今年畢業者只一人。故校務與學務之重輕之勢，與初衷適相顚倒。弟爲此言，乃以喩吾人自己所喜愛之物，恒先須繞一大彎，以作種種初非喜愛作之事，而既作之，則初所喜愛者反難於自存。然此中皆有勢之所不得已，亦無容於悔。因若敝校初不爲世之所需而辦理商學院、理學院及外文系等，則此今僅有之中文史哲三系，亦不能存在，教員學生早已餓死淨盡矣！而吾人試觀天地之生物，亦必先生出無數較粗惡之礦物植物，乃最後出此具靈秀之人，而人則爲生物中最易早夭者。人之一身，手足胸腹居其十九，而爲人之智慧所寄之五官及頭腦，則體積至小，五官中眼爲智慧之大原，而眼又較其口鼻耳爲小。人腦至柔嫩，一針而足喪命，人眼不能容物，一砂卽致失明。此外，植物之花最美，而植物亦須先長枝幹與葉，最後乃生花，而花又遠較枝葉等爲易凋謝。是知自然界之大法，原是先粗後精、先惡後美，而凡精美者皆難存而易亡、難培而易散，故志人仁人之大願則寧先不務精美而求先備彼粗惡，以冀精美者得粗惡爲憑藉以得孳生。然粗惡既成，則精美者亦可永不孳生；或粗惡日增，而精美者日消。如人之軀幹既肥，而五官日失其靈；枝葉不剪，而花果凋殘是也。今日之人類爲求生存於自然，而競尚機械文明，致人之眞性日失，亦相類是。弟所在之敝校今之所遭遇，不過此中之一微小之例證而已。然弟於此無悔也。

弟由此更說到學術。兄不喜世間有所謂學問之一物，弟亦實未嘗喜此。魏晉人之清談之佳趣與禪宗之妙悟，弟亦非全不能了解。但此亦如人之頭目、樹木之花，乃人與樹木之精英所在，而此精英則皆不能獨立而自存。以清談與禪所自生之因緣觀之，若無漢人註老註易之辛勤，則亦無清談者言老言易之灑脫；若無法相般若華嚴天臺諸宗之排比、法相科判經論之繁密，亦無禪宗說法之自在。處當今之世，以中國先哲之義理之精約而無統，遇西方之科學哲學之體系謹嚴組織網密者之闖入，直如鐵絲網之入桃花林，更只有繽紛四散。徒惜落紅，又何益哉？此處正須以菩薩心腸、金剛手腕，自樹學問之規模，自嚴學術之陣地，方可望有以自立於今之世，以繼絕學於當今。待此步作到，風尚已成，自有如昔之爲清談者與禪宗之徒，更於此刊落枝葉，以歸簡易。憶弟於十五、六歲時已多所冥悟會心，而與人言，人皆不解。蓋此冥悟會心皆至輕靈緲渺之物，智者得之於一瞬，愚者千歲而不悟。弟後卽思此中應建一橋樑，方可使人由愚以達智，而轉俗以成眞，由此而泛覽天下之書，不憚煩於粗惡繁難之義理之探求。蓋知今之中國人非於學術義理有所建樹，則偶發之智慧之精英亦終飄忽而無所寄也。此原彼天下之至精美者，必先本於粗惡，至簡易者，恒必建基繁難；致知格物之事，亦恒須經粗惡歷繁難，顚撲而不破，以爲世立敎。如兄所謂數學之公理至簡易，此自亦可說；然自近代理論數學家觀之，則對數學中之一一公理加以討論辯說者，何止千百萬言，而「〇」之一觀念，初原於印度，乃希臘羅馬人歷千年而不知者。而印度之有「〇」之一觀念，又與其哲學上之「空」觀相連。今之學術界對數之一、二、三、四之原之討論，亦有種種，卽弟哲學概論中所述之數萬言，只能略涉其藩。而數學與邏輯之關係，更爲今日之數學家哲學家所爭論之一焦點。是皆見至簡易者未嘗不建基於至繁難。然此又非謂人人皆必歷至繁乃能達至簡。人有大慧，亦可一見至簡卽更不生疑，然此只可以自悟，不能立論以敎人。立論敎人則不能不歷經曲折、盡其繁難，於是乃有學術。而此又非一人所能爲功，故學術又待乎諸多人之合作，乃有近代之學校，及學術研究機構。此皆勢之不得不然。此近代學術與近代之學術研究，皆兄所不喜，弟亦初不喜之，此固俗世之紅塵也。然弟則深觀人類學術文化之大勢，知吾人非往此紅塵走一遭，亦無超凡入聖之途。此則弟與兄之終不同。兄之閒與弟之忙，亦因此而不同，而亦不必求其強同也。匆此不一，敬請

儷安

制弟　唐君毅　拜上　十月十七日

十四　（一九六五年十月廿八日）

蘭成吾兄左右：賜示拜悉，言皆至美且大。弟八月中曾應約去韓留三週，本擬歸途到日本拜候吾兄，但韓日未復交，不能在韓辦簽證，須托中國領事館到東京申請，來往須時，而學校假期已滿，故匆匆返港。弟人既未獲來日，奉告亦無益，故亦未與兄書也。

在韓三週，感想最多，惜不能一一皆記下。以歷史而論，韓與中國早期之文化關係尚多於日本，古蹟舊文尚可尋，而保護文物自皆不如日本。此一民族二千年之分裂與被人征服其國土。境內多山，故易分裂，又為一半島，天然為一四面受侵之地。其城中有一兵營，曾為蒙古人所居，又為清兵所居、日兵所居，今又為美兵所居，舉此一例可見此一民族從未頂天立地過。其舊陵松柏，弟見未有一株直立者，皆彎彎曲曲而上以接天光。其今日政治之混亂、風俗之不振，均遭人輕視。華僑在韓者亦皆看不起韓人。此可稱為世界上受壓迫最久而致精神癱瘓，以致招侮招辱之一民族。然弟反為之生一大同情，流連不忍去。今吾之國家畢竟嘗頂天立地於世界者數千年，及今之華裔子孫雖散居四方，但精神上仍有一氣概，足以自信自立。蒙古人嘗橫掃歐亞，日本人亦嘗有大東亞共榮圈之夢想，印度嘗生釋迦，而此一民族乃只能蜷曲於俄蒙中日及今之美國之勢力之下，未嘗一日仰首伸眉於世界，是可憫也。實則天之生人，初無差別，同皆為聖為賢之性，亦同可為英雄為豪傑，亦同可建制立法，由小邦而為大邦，然以地理人口之限，外力侵凌，則蜷曲不伸者終歸蜷曲。造化之於人類之命運，固不能置之於平等之地也。吾亦不過偶得幸生於中國。生生死死，本無定方，如吾生於其地又將奈何——？弟於漢城，曾獨居一小旅店者一週。語言無可通，亦力避人客來往，唯作此類無味之遐思，或徘徊於唐宋以來留下之宮殿廟宇，此與日本所留者之整潔大不相同。時見野鳥飛翔於墓塋之上，然亦更可動人之情思也。

大示論近來所悟在無，其言既大且美。弟意亦無違逆，故亦不須更着一字。承賜針砭，謂弟未能及於無思之境。誠然誠然。此意弟亦非不自識，然亦未嘗不慕之，亦數十年於玆矣！弟於十五歲時即知天地間自有驚天動地而實寂天寞地之一境。少年幻想自不足為憑，後來亦時有所悟，亦非不能賤視知識學問，但世方溺於此，衆生病則菩薩亦不能不病。隨波逐浪之中自有截斷衆流、涵蓋乾坤之句，則不只關於意境，亦關於性情。則於古今賢哲所傳之知識學問之中能見其至繁不亂、至賾不亂，亦未嘗無莊重之禮存焉；使之一一得其所亦至義，為之發揮不以之注我之一人亦至仁。此則弟之所慕而愧未能達者也。吾兄之思想見地自是天外游龍，不在藩籬之內，弟亦略能欣賞。大著閑書能寫成自必可益人之神思。望早着筆。兄文能「山從人面起，雲傍馬頭生」，此亦當世之所無也。弟去歲曾有一文論言與默，蓋亦嘗感多言人未必相喻，不如少言，少言不如不言，故寫此文，意在「歸默」。言歸默仍是言，則此中有一吊詭，是無可奈何者。今另郵寄上一閱請正。然亦固知其不能相契也，則契於不相契也。拉雜奉報，並候

大安

弟　君毅　上　十月廿八日

十五（一九六七年八月二十二日）

蘭成吾兄：日前在東京晤談一日爲慰。兄所論之「士」、「禪讓」、「禮樂」之義，弟於此亦能無間然，其餘異同皆無足重輕，彼此未能盡之意，亦可留之於心，以待來日之相遇於旦暮也。弟之目疾，恐非易全愈，視力尤難恢復。孟子言人之有德行智慧者，恒存乎疢疾，今唯念此語以自勉，不知能於德行智慧者少有進否耶？

回港數日來，以弟離港八月，難免諸友生來相問訊，故終日匆匆，無一刻伏案，亦未早與兄書報平安

爲罪。此七、八日中雖甚勞攘，但弟之目尚未感大不舒服，顯然較上次回港後之情形爲好，此足告慰。香港情形，至此親看，不如遠地所聞者之壞。將來如何不可知，然古人云吉凶與民同患，亦無須作多慮也。匆此數行，卽候

儷安

梅田女史及山水樓主人宮岡先生晤面時希代致謝。

弟　君毅　八月廿二日

十六（一九六九年六月二日）

蘭成仁兄：前奉建國新書，愧不能讀，唯觀覽其中漢文，略識氣象而已。後又奉墨寶，亦只略識其神味，皆未報命，亦緣身心勞瘁。旬日前，端正棣轉下大函，昨夜稍得寧靜，乃細讀一通，亦覺無甚阻隔。兄心願在旋乾轉坤，果能集天下英雄，以興禮樂禪讓，以重見人世風光，固亦在弟神遊夢想中也。唯憶兩年前與兄談時，竊疑以時運考之，必俟天下大亂，然後以才情鼓舞，當世之英雄可出。兄似意謂當今之道已窮，必有天地茫茫，人心無所歸之日；大亂大毀，兄亦視如平常事，故能自信而無

悔。此與弟之心情則微有間，而彼此言說與用心之方式亦微有不同矣！如兄以當世之名言，如宗敎、民主爲汚濁，亦自位於當今之學術界之外，弟則以汚濁中亦可生蓮，學術風氣之變也有漸。西方巫魘之宗敎不可概宗敎之全，有所宗祀而立敎卽宗敎也。人心自有主，所以自別於禽獸，爲聖爲賢，成仙成佛，皆人人可爲，此所以尊人。則爲天下英雄豪傑，以爲帝爲王爲天皇，亦人人可爲，此亦所以尊人。使自爲政治上之主人，民自爲主，而兼尊賢讓能，則有其德以爲王者終身職亦可也，無其德者及期而退亦可也，此又何害於禪讓禮樂之政。昔荀子言「名無固宜，約之以命」，又言王者必「有作於新名，有循於舊名」。本當今習用之舊名，就人對此舊名之所明，而使之更明其所不明，此卽所以轉俗成眞之道也。若盡棄舊名，皆斥之爲汚濁，蓋非所以接世。名之流行於世間，其源淸者，其流恒濁；此亦如在山泉水淸，出山泉水濁，是必然之理也。今能卽濁而淸其流，以識其源，又豈非天下之大快事哉！此則事不可驟幾，如學術風氣之變不可驟幾也！兄在一般之學術界外，弟則側身其中，故其所嚮往，雖未嘗不有契處，而言說與用心之方式，則有不同也！以雲門之句言之，兄欲截斷衆流，以涵蓋乾坤；弟則在隨波逐浪句中，對世所共尊之名與今之學術界，猶存愛惜與不忍之心。故上兩次過東京與兄言，皆不能無間隔也。

唯近二年於病眼旣隨天地閉之後，還觀世變，於當世學風之弊患亦深有所感。日本與世界之學潮，蓋已證整個敎育界與學術界已不能擔當世道，則弟之隨波逐浪亦有同歸沒頂之危。而青年無志殆成死症，恐將至天地茫茫，人心無所歸之日，則弟亦當焚硯燒書。弟之道遠而難行，當天下大亂之時，則兄之天下英雄得風雲而際會，亦未嘗不可以行道。然弟猶不忍見此天下之大亂，故仍將隨波逐浪，順之以成其逆，卽俗以成其眞，沒頂則亦已耳。

三年前，承兄與景嘉先生譯安岡先生大著。兄譯文已刊載於君勱先生紀念論文集及「人生」中。景嘉先生之譯文，則另介至臺灣東西文化刊載，以使之亦得其所。此事致兄與安岡先生、景嘉先生間隙，弟亦甚感不安。而君勱先生論文集，以弟病之故，迄今乃得出版，而君勱先生已逝，唯有以一册焚化，以祭君勱先生之靈，亦甚覺愧憾。君勱先生論文集另郵上十册、安岡十册。拙著原性篇乃數年前舊著，去年印出，今亦一併寄上，聊作紀念。另尚有原道篇，皆述而不作，將來再印。此皆與兄之言說方式不同。兄亦可看可不看，只知有此書之存在而已。匆此不一，敬請

儷安

弟　唐君毅　六月二日

十七　（一九六九年八月廿五日）

致胡蘭成

蘭成吾兄：

弟由京都去臺灣，一星期前返港。因離此已二月，不覺人事雜沓。日昨讀完大著，並交端正、華標讀，二、三日內當卽轉交卜少夫君先行刊載。大著抄字偶有錯字及顚倒處，已就所見及者改正，將來付雜誌刊印後，恐錯字更多，如再印成書，須兄細心自校。大著辨文明與無明、知與知識之分與三識之分，及歷史上有方文化之原直根自然與西方宗教原於對「自然」之懷念，及王道所行之「清平世界」、「蕩蕩乾坤」，讀之者令人心喜；而兄文卽事言理，理如天外飛來，事則當下指點，具見行文之際，靈光自耀；皆佩服之至。至於有關佛學教理，如賴耶識及科學中數學物理學之理論，與歷史考證之類，依世間學術討論，自有種種葛藤待於疏導，但兄之此著原是六經註我，讀者心知其意，亦可相契於言語之外也。

大示兩封皆奉到。兄提及弟在東京時所問「如何能見信?」之一問題；謂當先求自信。此言誠是。弟對人道之當然有自信，但對制度措施，只能原則上承認。禮樂之治其與其他政治制度及經濟制度之關係則未嘗細究，兄能澈上澈下提出一全套制度之規模，固所願聞，俟讀大著其餘之部，再求就教。唯弟前在東京問如何見信之問題，亦非泛問，弟意是凡立說固皆當本自悟自信，然自悟可出自「靈機」一動，而吾人不能保他人皆有此一動，又人可由自悟而自信，而不能求他人必信吾之自信以從我，再自悟自信皆可是「頓」，而悟他使他有同信則恒是「漸」，若在天下大亂人皆無路可走之時，吾人固可據一地區自立一制度，如孟子之敎滕文公行其封建井田之制於滕，以俟王者之取法，天下之民之歸德；如人皆尙自謂有路可走時，則學術之討論不可少，亦不可不先求悟他使他之自信同於我之所自信者之道。此卽思想學術上之民主精神，依此精神，則先知先覺必爲後知後覺所承認而後爲先知先覺，而其爲先知先覺亦後於「後知後覺之承認」，而不得先於此承認以自許爲先知先覺，如英雄豪傑之必不先自許爲英雄豪傑，方可入於聖賢之流也。故弟意如天下大亂則兄之道可行，否則仍當於如何悟他使他有同於我之自信之道上加以講求，以俟天下之大亂再撥亂反正也。

兄所要七弦琴，此間亦可能購得一張新琴，但琴以古爲美，新琴之木有水，故聲不疏宕，但有之亦勝於無，俟購得後當托人寄上。匆此不一，並請

文祺

弟　唐君毅　上　八月廿五日

十八　（一九六九年十月廿一日）

蘭成吾兄：

十月三日手示已奉到多日。

兄謂某工業學校校長將來港，但迄未通話到新亞，想未來港，或已回去耶？

中山優先生來港後曾共酒席三次，但其旅館中弟未及往候，臨行亦未送行，過後又覺悵然。彼自是今日之眞人，赤子之心見於笑貌，是非一般世俗之學問所致者也。

兄談禪以親、機、轉三字爲言，機字之義能見及者多；轉義攝機鋒，親以攝現量，則兄之發明。而「親」之一字，亦化一切禪意，與吾人更相親。親親、親民而無不親，蓋唯中國人有此境界，而唯兄能以之談禪。

弟亦看一些禪宗書。有時亦有些了解，但自己不能下註釋，此或由無眞了解、或由念古人所謂「才點些兒面目肥」，註釋卽是多餘，不如不註也。

但翻過來看，好註釋亦佳，而化繁爲簡之註釋尤佳，如兄之以親轉機三字註釋禪宗，是其例。兄如再問弟之意見，則弟蓋難再對兄言加以更簡之註釋矣！茲試言之：

對兄言「親」，不能由「親」再轉爲「轉」，而對兄言「轉」，則可親之而會此轉意，亦可再轉此「轉」爲親。則親可攝轉，而轉不可攝親。然親不能滯於所親，故必須有此一轉，轉而親不滯，其中間兩不着處，應是機。

此爲弟對兄函覺不當註釋後再加之註釋，不知是否，望兄再下一轉語。如兄不再下轉語，則莫逆於心，應是親。如兄再下轉語，此轉語仍在轉中，弟已會得此轉，則兄亦無須再下矣！

如此說去，近乎戲論。唯書此以報兄之大論耳。匆候

大安

弟　君毅 上　十月廿一日

十九 （一九六九年十二月十六日）

蘭成吾兄：

弟因近日事較繁，故大著由端正、華標先看，日昨端正交還大著，乃得拜讀一通。大著意在於悠悠天地之中建悠悠之人世，以禮樂王天下。此自是人道之極則，而兄文更證之以史事，其道史事也又充之以悲情，而秉運之以喜氣，言天下事如田夫野老之自說家常，是皆不可及者也。

至於涉到細節，如謂君位定以立人世之大信，弟於少年時實亦嘗有類似之想法，用徵辟薦舉策問以選士，補科舉學校之不足，以士爲天下國家之主，亦與弟所憶者未嘗不心契。但徵辟以至科舉皆自上而下之道，昔之只以上書而得行道，爲進身之階，其途畢竟太狹。今世之民主社會使才智賢能之士皆先有以自見於世，進可以爲政，退可自立於社會，非暴君汚吏可得而辱。謂非世道之一進亦不可得也。至於民主社會是否必須形爲議會，議會必有政黨而只以爭權爲事，則皆是另一問題。昔日之君，除創業之一人外，餘皆依祖德而嗣位，今則縱有德足爲君者，亦必由天地推選而出，此則唯有待推賢讓能之教立而後可能。故弟昔年嘗爲文，謂救今世民主政治之弊，在先立推賢讓能之教於天下，此則其途遼遠。然捨此而望君臨天下者自行禪讓之道，則其不禪讓又將奈之何？中國歷史中之聖君固只千載而一遇也。但如推賢讓能之教立於天下，則所推者必賢、所讓者必能，賢能者更自相揖讓，而居其位者乃皆具懷遜謝之情，以道自守，以正位居體而端天下之瞻視。則人民亦仰之以日月，望之如神明，悠悠人世於是乎定矣！

然弟所謂本推賢讓能之教之立於天下，此乃設定今日之社會之循正道而進行之言，若當世果有大亂，則來日不可知。以中國大陸而論，中共若亡，自必當有新制，循兄所論孫先生之制，而以考試院負舉人才以興禮樂之責，亦不失爲一要途。至於元首是否爲終身，亦視其人之才德爲定，亦視終身職之利弊而定耳。

然此所說者皆細節，不關大著之大體。遙想兄在筑波山上所懷者唯在悠悠之天地建悠悠之人世，其意甚莊美。天下固有先知，兄亦固可卽是先知，然世事卽不如先知之所知，留此一卷書在人間，以待王天下者之起，使其起時自知其所爲已爲兄之所知而慨然興嘆，亦天地間之佳話也。餘不一一，專此，敬請

文祺

嫂夫人均候

弟　君毅　上　十二月十六日

致羅香林

（一九六六年）

香林吾兄道右：弟離港前蒙招宴，未克奉陪爲歉。弟目疾已動手術，但視力尚未恢復，未能閱讀書寫。茲有所感一事奉告，卽憶弟在港時知貴校英文系擬於暑假招集一地方語言會議，竟指中文爲Local Language，弟當時卽覺甚爲刺目。蓋中文明爲世界主要語言之一，亦聯合國所法定之五種語言之一，此間亦通稱 Chinese。憶在港時曾將此意與潘石禪兄談及，後亦忘了，來此後柳存仁兄偶亦提及此一事，更覺此名有侮辱中國語文之嫌，理當函告吾兄，或亦可相機加以抗議。此見吾人雖寄身香港而亦自有其文化上之立場也。故囑內子書此數行。餘不一一，敬請

暑安

弟　君毅　上

致冷定菴

一　（一九六六年）

定菴吾兄左右：賜示奉到，即由內子代讀，備悉關注之情。弟離港後，系中有關社會學事務一切偏勞吾兄，至所深感。弟之目疾據云熔接手術已初步成功，於二週前出院，隔數日至院就醫一次，現已改用 Laser 治療，亦似有進境，唯目下在主觀感覺方面則仍與入院之初無殊，並遵醫囑廢止閱讀及寫作之事。故月來亦未及與兄等通書問候，希諒為幸。

今由尊函並知系中同仁對系務意見，具悉諸同仁於教學日求改進之忱，毋任欣慰，其中前數項，弟自皆極贊同，唯最後一點關於增加教員名額一事，則似須逐步進行。蓋下年度既增加 Demonstrator 一人，又聞中文大學之社會學教授亦可望派至新亞任教，則此外是否尚可再增加名額，恐是一問題。但為一年後社會系之獨立發展計，兄等自宜將同仁意見陳之於學校當局，以使其預為籌劃也。社會學 Demonstrator 之人選想已決定，此事弟無個人意見，要以能配合教學需要為標準。兄前提 Demonstrator 以任期二年為度之意亦極佳，如已定人選，亦宜先與說明也。

汝達兄及何太太希代致意。耑此不一，卽頌

大安

嫂夫人均此

弟 君毅 上

內子附筆問安

二 （一九六七年四月十四日）

定菴仁兄左右：四月八日惠示敬悉。賤恙多蒙關念，無任心感。現弟已移出病院，醫生謂已可用右眼少許閱讀書寫皆不致妨礙左眼，故已能親筆寫信。但左眼是否能全復原，則甚難說。今仍每數日卽到病院診視，並每日服藥，看數月後結果如何耳。

今年新亞哲社系社會組之事，皆勞兄擘劃，今分爲二系，社會系爲新創，自仍不免偏勞吾兄。今又改屬社會科學及商學院，社會學之研究更可與經濟學及商學發生聯繫，前途當更有發展。兄之理想抱負當亦可逐漸實現一些。今吳校長既與兄面談，勞兄主持其事，望兄務勿遊謝。至於徵求教員之事，如一時無相當人才，亦可留此位至明年，或暫聘兼任教員擔任課務也。

弟現雖已移出病院，但一時不擬返港，因返港後即諸事蝟集。弟現擬一面在此養息，一面就京都大學人文科學研究所之資料多少從事研究。原說去美四月作研究進修之事，即擬改為在此養息與研究矣！匆此不一，敬請

儷安

君毅　上　四月十四日

三　（一九六七年七月廿九日）

定三兩兄惠鑒：賜示拜悉，
宗菴

達先兄長才未得其所，弟亦常念及。昔年弟嘗在中文大學提議設編譯所，一方是望中文大學多有學術氣息，一方亦是念香港頗有人才未得其所者。但事終未就。目下新亞哲學系社會系分爲二系，是一開展，但是否能位置達先兄一課，亦要看八月時之情形爲定。因向例兼任教師是要專任之課已排定仍有需要方能向中文大學提出。而中文大學一直以新亞之兼任教員太多相責難。中國社會思想史一課因李杜原學文史，對中國社會之歷史有一些知識，故暫教此課。社會系改隸商學院成爲社會科學及商學院

後，自可另聘人擔任，但亦要社會系之預算中有名額。俟定菴兄之系主任職正式發表後，可與丕介兄一商。或如中國近代社會文化變遷一類之課，因先無人教，比較易說得通。而將來社會系亦宜向中國近代社會問題與文化問題上謀開展種種研究與講論，方不致中國社會脫節。哲學與社會分系後，因學哲學者人少，課程多爲他系之需而開設，難有大發展，社會系則當可發展。將來皆可與丕介兄共商也。

新亞傳統素尊重系主任意見，定菴兄可想些計劃謀逐步實現並宜主動先在院中提出。弟有意見自可在朋友友誼上貢獻以供採擇，但在事務上則以分別負責爲宜。凡有客觀理由可說之事，條件成熟便可實現，亦不能於事先時機未至時空着急也。至於在弟個人，則不任教務長後卽不願問理學院、商學院事。去年冬既已說定辭文學院事，社會系並決定獨立，弟今與校中之函卽只談及哲學系之事，此乃因弟深感不分職則事無法辦，此與談社會文化理想乃對一切人而談亦人人有責者不同。以前社會系與哲學系是一系，若干事弟自須問及，但亦以尊重定菴兄等之意見爲主，今社會系既獨立，更望定菴兄等主動謀發展也。賤恙二月來未見進步，今仍只能用右眼，看來精神尚須收攝，事務亦更需減少，但仍無時不望中國社會之文化能依分途發展之原則，人各分職之道以得進步也！中國大陸毛澤東一人直成了神，不知何故至此，要亦由全不知分職之義故也。匆候

大安

兩嫂夫人均候

君毅　上　七月廿九日

致宇野精一

一（一九六四年六月一日）

精一教授仁兄座右：久不通候，比維敎澤流行，闔潭多福爲頌。

茲有懇者，此間之東方人文學會近擬編著一「儒學在世界」之論文集，以張君勱先生後年晉八十亦兼爲之壽。計劃是兼約貴國、韓國、越南及歐美之學者分別就其地之儒學之歷史之發展及對風敎之影響，以及當今之研究及弘揚情況，加以敍述說明。貴國方面，此間同人皆望先生及令尊翁哲人先生及

安岡先生皆能

賜撰一文，就日本儒學加以發揮。韓國方面擬約李相殷兄擔任；歐美方面則擬約陳榮捷及君勱先生本人擔任；在敝國方面則羅香林、徐佛觀、牟宗三與弟皆或當撰文以從於諸公之後。近得君勱先生自日本書，謂已與吾兄及安岡先生相晤，談及此事，並蒙面允，聞訊感慰無量。唯關於題目分配，弟自愧於貴國儒學幾一無所知，擬請吾兄就近與尊翁及安岡先生商酌，是否分爲二、三時代，分別撰述，或

就學派分述，或就學術思想之本身與對社會風教之影響分述，弟皆無意見，亦皆未始不可。惟期望能彼此配合，使人對貴國儒學有一整全之初步認識。鄙見如此，未知當否，尚希明教。安岡先生處多年未通候，玆附一短函問候，希勞神代致拳拳之意。專此奉懇，敬請

文祺

制弟　唐君毅　上　六月一日

哲人老先生前希叱名請安。

二一（一九六七年九月二十日）

精一先生道右：上月在東京，得再接

清塵，並蒙賜宴，感慰無量。惜匆匆未能多聆教益爲歉耳。毅返港後，托

庇粗安，唯以共黨之故，社會不甚寧靜，故迄未奉書道謝爲罪。今看來香港以後局面當可逐漸好轉，

敬希　釋念。紀念張先生文集不日可編好付印，此事以弟自疾之故，稽延至今，殊用愧對，諸希

諒宥。專此，敬請

文安

哲人老先生前希叱名請安。

弟　唐君毅　九月廿日

三　（一九六七年九月廿六日）

宇野先生道右：日前奉上一緘，想已達

尊覽。頃奉到　大示，並惠所攝影三張，更憶及上月在東京聚談共宴時情景，宛如昨日事，當珍藏以作紀念。香港動亂，多承　關念，至謝。看來以後情形當可逐漸好轉，希釋　錦注也。餘不一一，敬

請

撰祺

弟　唐君毅　拜上　九月廿六日

致宇野精一

致安岡正篤

一　（一九六四年六月一日）

正篤先生道右：五年前道經

貴國，承

賜以盛讌，歸來匆匆，唯於致蘭成兄函中囑代申謝。年來勞於教課，亦未通候爲罪，比維

人能弘道、起居納吉爲慰爲期。

二年前弟與此間少數友生有東方人文學會之組織，以講習儒學於亂離之際。近敝會擬約集世界若干學者共撰儒學在世界一書，一以見儒學本無國界，二以藉他方之石相攻錯，亦使敝國人士及後輩青年知所以愧勉。

貴國方面，同人皆多寄望於

先生及　宇野先生喬梓，盼皆能撥冗，分別就　貴國儒學之各方面各撰一萬字至二萬字之文，使　貴

國儒學之全貌略乎可覩，將來都爲一集刊行。期望在一年齊稿，二年後出版，亦兼爲張君勱先生八十

壽。唯　勱老猶讓未遑，但力贊其事。彼近來書，謂已與
先生及精一先生談及，並蒙面允，欣幸何似，故玆特專函敦請，並托精一先生代為面致拳拳。商酌題
目如何之處，希與精一先生決定，並佇候明教。專此，敬請
道祺

制弟　唐君毅　頓首　六月一日

二　（一九六四年八月十六日）

正篤先生道右：日前道過東京，得接清塵。又承享以盛筵，醉酒飽德，感幸無量。毅在　貴國盤桓數
日後，已於日昨返港，托庇粗安。東京相見，雖匆匆二小時，猶昨日事。專此申謝，敬請
文祺

唐君毅　敬上　八月十六日

三　（一九六五年三月廿五日）

瓠堂先生道席：日昨奉到　賜書，知大著明治維新與陽明學一文已脫稿，同時復得景天錫兄函，知彼已奉到尊稿從事譯注，欣感無量。陽明之學在中國後流爲狂禪，而在　貴國則助成維新，是知道雖無古今東西之異，而弘道在人，苟非其人，道不虛行。大著雖尚未拜讀，料當於此義，啓發必多，以供來者之所法。

此次敝會東方人文學會編儒學與世界一書，爲張君勱先生八十壽，前與張先生商言，共約之東西學者十二人，雖皆已定題目，而來稿則以先生爲最早，尤深感佩。俟景天錫兄譯文草就，或先在一刊發表，使讀者先睹爲快。俟其餘文稿收齊，再彙集印書，以完此一段以文會友之因緣。

別來匆匆，又將一載，遙想　貴國櫻花又到開時。臨筆神馳，敬候

文祺

唐君毅　拜上　三月廿五日

致池田篤紀

（一九五三年八月三十日）

池田篤紀先生：賜示奉悉，拙著承奬掖處不敢當。承教謂「今日世界太偏於主義思想組織。並以振起聖賢學問，使人心上軌道，而非文化知識人之軌道。」相勉，此見先生眞性情之語，敢不拜嘉。弟在少時曾聞　先父言一小說故事道：世界末日，日光漸淡，只一人伴一犬，靜待末日之來臨。此故事深印於心。憶當時至庭中，見雨後地上皴裂，卽憂世界末日之將至。後之習哲學，蓋種因於此。恒苦在情上之所不容已者，在理上言說上不能使人共喩，故勤求顚撲不破之論證而習於繳繞之思辨，唯私心所向，亦望終將有蠲棄葛藤之一日以副尊望。猶太人不信耶穌，印度人不信釋迦，今之中國人，亦視孔子如仇讐。聖賢所遇，古今竟爾同轍，以此思之，悲何能已！貴國獨能念人，不忘釋迦孔子，此固證聖賢非任何民族所私有，東海南海北海西海之同此心。然吾人亦不能不深自愧怍也。專此奉報，餘不一一，並請

大安

唐君毅　上　一九五三年八月三十日

致平岡武夫

一（一九六六年十月十一日）

武夫先生道右：前過京都，再接清塵，欣忭無似。惜弟行色匆匆，未獲多聆教誨爲憾耳。弟原計劃藉弟本年至明歲七月休假之便重來　貴國留居一段時日，一面與先生及其他　貴國學者得稍從容論學，一面讀　貴所珍藏而素未得讀之書，冀於遲暮之年更得寸進。唯前因弟左眼疾似略加劇，故擬提前起程就　貴國名醫診治。

由張青松、易陶天及楊啓樵諸君來函，知　先生於弟重訪　貴國之事多蒙關注，謂可由　貴所寵以一不受薪之名義以便在此間　貴國領事館早日獲得入境簽證，盛意拳拳，感慰無似，玆特請敝校校長吳士選先生備一正式公函，希轉致　貴所所長森鹿三先生。如何之處，並盼賜覆爲幸。專此不一，

敬請
文祺

唐君毅　拜啓　十月十一日

二一 （一九六七年九月二十日）

平岡先生道右：別來瞬逾一月，度

文旆已由美返京都，遙想

公私俱吉爲慰爲頌。七、八月來，弟在京都一切，多承照拂，而京都風物之美，人情之厚，亦併使弟戀戀不欲歸。感慰之情，匪言可喩。弟自返港，賤體托　庇粗安，唯香港社會不大寧靜，但月來亦可望好轉。諸希　釋念爲幸。

森鹿三及吉川先生處，以臨行匆促，皆未獲走辭，希於晤面時並道候致謝。餘不一一，敬候

文祺

弟　唐君毅　拜上　九月廿日

致平岡武夫

致和崎博夫

（一九六二年十月十日）

和崎先生大鑒：廡生先生惠交

大示，敬悉　貴會及東西文化委員會工作進行詳情，並知宇野及結城先生皆曾講演多次，毋任欣慰。又承　告　貴會十週年紀念會將於秋間舉行，並擬約弟或牟宗三先生蒞會講演，尤深榮幸。弟前兩次赴　貴國，皆承慇懃招待，銘感實深，愧無以報。當今東方文化學術固待提倡，然弟亦深知人力物力及財力之不易。

宗三先生未嘗訪候　貴國，此次如有機緣，弟甚盼彼能前來，藉玆交換意見。弟則來日方長，另圖良晤，不必期在今秋也。弟近況如常，亦罕有寫作，惟日前曾於某校講演，論及東方之祠廟，玆附上一份，並希指正，兼呈　中山及宇野先生教之。專請

大安

中山
宇野兩先生處希代問好

唐君毅　十月十日

致和崎博夫

致岡田武彥

一（一九六六年十一月三日）

武彥先生道右：賜示拜讀已歷旬日，弟以月來目疾加劇，未能執筆奉候爲罪。上年在美之會得接清塵，雖持論略有輕重之不同，然在根本義旨上固心同理同也。而先生之溫良謙讓，尤爲恂恂儒者之典型，更深心仰服。弟今所最苦者，卽以目疾之故，致誦讀書寫皆極困難，甚可能於下月卽赴　貴國就醫。昨已得　貴國京都大學人文科學研究所平岡武夫先生寄下該所聘函，以便辦理入境簽證。弟明春在敝校休假，屆時如賤恙痊癒，當謀至九州　貴校拜謁領教，並研究　貴校所珍藏之宋明儒典籍。但不知果能如願否耳！匆此不一，敬請

教安

唐君毅　拜上　十一月三日

二　（一九六七年八月十一日）

岡田先生賜鑒：日昨奉候，多承　厚待，並饗以盛宴，得與　貴校諸先生晤談，感謝無已。惜以行期匆促，未能在福岡多習，以更蒙　敎益爲歉耳。毅於歸途中曾在廣島留一日，並參觀和平公園資料館。遙念二十二年前戰爭之慘痛，猶昨日事，而人類之禍害未已，不禁感慨百端。

先生承　楠本先生衣鉢，弘揚儒者安和世界之道，迫功雖不可期，然必可大補益於來世，茲並一表敬忱。毅於二三日後卽離京都，或取道東京返港，臨行雜事瑣屑，餘不一一，敬請

道安

唐君毅　拜上　八月十一日

貴校諸先生希　代候，並代致謝。

三　（一九六七年八月十六日）

致岡田武彥

岡田先生道右：前在京都曾上一械，想已達　尊覽。弟於離京都時，奉到　大示，承教種種，具見先生之熱忱，既感且慰。方今世界動蕩，能立人道於天地以安和天下，蓋終當有待於東方儒佛道之學之大明，有如　尊函所及。唯中國百年之亂，未有寧日，而　貴國亦有隱憂，吾輩書生，唯有分別就力之所及，講明先聖昔賢之學，以待世人之採擇而已。今世界交通發達，以後與先生等論學就教之機會亦必多，則良晤當更有期也。毅來東京二日，嘗與宇野、安岡先生晤面，雖各人之所學所見，容有差異，然精神意趣可相通也。毅已定今日午間即乘日航機返港。於旅舍中匆此數行，不盡一一，敬請

道安

山寶先生及諸同事先生希候安

唐君毅　八月十六日於東京第一旅館

致日比野丈夫

（一九六七年九月廿三日）

日比野先生左右：數月來在京都，多承　照拂，屢勞　淸神，感謝無旣。弟於上月離京都時，因臨行匆促，未獲面辭，卽赴東京，住數日後便乘機返港。歸來因人事雜遝，迄今乃獲奉書道候，歉疚無似。賤恙經京都大學醫生醫治，手術完善，故回港後雖終日忙亂，亦尚未退步，可釋　遠念。香港月來社會頗欠安定，最近情形已逐漸好轉，足慰　錦注。餘不一一，敬請

撰安

弟　唐君毅　拜上　九月廿三日

森鹿三及吉川二先生處，並希於晤面時代爲問安，並達謝忱。

致中山優

一　（一九五六年十月十三日）

中山優先生道席：數載以來，由胡蘭成、池田、錢賓四諸先生處得知　先生之高風，惜重洋遠隔，未得聆教。尊著散見諸刊者，亦以不諳日文，未能盡解。然觀其大旨，亦略有神契於語言文字之筌蹄之外者。去年胡君欣平游　貴國歸來，承賜片存問，上月又奉到大示。多謝多謝。以暑中毅曾至臺灣一游，歸來後匆匆終日，未能早日奉答，尚乞恕罪。

大示對拙著多所獎飾，愧不敢當。

中日二國文化同源，本誼屬兄弟之邦；然昔年以兄弟閱牆之痛，乃遭北來之侮，赤焰沖天，吾民亦苦。遙想東鄰　貴國，尚弦歌依舊，曷勝佩羨。然赤焰所流，靡所不至，池魚之殃，亦堪深慮。先生等創辦亞細亞一刊，直下自整個之亞細亞着眼，斯可謂見其大。承迻譯拙著，光寵奚如。唯望貴刊能廣溢聲華，以發聾振聵，至盼至禱。目前承清水、和崎博夫、小林多加七三先生惠書索

稿，今另作一書，倘希便中轉寄爲感。專此不一，敬請

文祺

蘭成先生處久未通候，希代致意。

唐君毅 上 十月十三日

二 （一九六四年八月十六日）

中山優先生道席：日前東京得再欽道範，知步履安康，志趣如昔，引爲深慰。毅於昨日返港，又讀前所賜大函，多承惠教，尤深感激。敝校同學四人得受業於先生之門，皆俱道先生之盛德，謂天下一家之懷抱於先生見之。是則非筆墨申謝之所能及者也！匆此不一，諸希爲道珍重。敬請

文安

唐君毅 敬上 八月十六日

致耕　造

（一九六四年八月十六日）

耕造先生道右：日前道過東京，得再接清塵，更蒙賜以盛讌，面聆高論，何幸如之。　貴校經先生擘劃經營，一日千里，儕於世界第一流大學之林為期不遠。敝校學生亦荷栽培，視同子弟，尤深感慰。毅於昨日返港，托庇粗安。東京之會猶依稀在念。肅此寸箋，聊表謝忱。專此不一，敬請

教祺

唐君毅　上　八月十六日

致三　豬

（一九五六年十二月十日）

三豬先生道席：去歲由胡蘭成兄惠寄尊著，惜弟不識　貴國文字，只能略通大義，對先生發揚東方文化之精神適得我心，毋任佩服，故請胡先生奉上拙著一部，聊致敬意。前月輾轉奉到大示，愧未即復爲罪。拙著多承獎飾，實不敢當。如無他故稽延，毅於明春可能至貴國一遊，屆時當再謀奉訪聆教，再詳談一切。專此不盡，敬請

大安

唐君毅　敬上　十二月十日

致景　嘉

一　（一九六二年十二月十一日）

景嘉先生道右：水野先生蒞港，得奉

賜書及手抄本龍溪會語及跋，毋任欣慰。會語弟求之有年，蓋誠如　尊言中土久佚。昔成都昌福館曾印龍溪語錄，此間亦遍覓無有。去歲友人弟子王君曾翻印龍溪語錄，以洋裝刊行，蓋卽據此本。今以之與尊抄本對勘，似互有詳略，尚未及一一對正。然　尊抄本之所有而爲臺印本之所無者，已比比皆是。清代理學祖述程朱，爲陸王學者寥寥可數。明儒學案所據諸家專集，皆苦難搜羅。十餘年前嘗與友人談及，謂至少當仿正誼堂叢書之例，輯陸王派諸儒之書都爲一集，以備末學觀覽。而世事悠悠，徒增虛願。前過東瀛，與先生言及，欲得龍溪書，而先生遂志之於懷，見瓠堂先生本，卽手爲錄副，端楷珠圈，未嘗有一筆苟，想見

用志不紛，乃凝於神，彌增感愧。眉批諸語，雖尚未一一細讀，而隨意翻覽所及，亦具見賢者涵養體證之功，實當付諸影印，以廣流傳。由　大示並悉

文旆在日數年以來，鈔錄中土所佚之遺文近十數種，約數十卷，欲以存亡繼絕，皆宜刊佈於世。當與

錢賓四先生從容商討，再謀有以候教。敝校初辦，本有意於搜求文獻，以似續古人，兼以新知商量舊學。唯手無斧柯，今日辦學於世途所需又不能無所遷就，而新來同學亦不必諳敝院初期之宗旨，今又因將與其餘在港之二校合組中文大學，而兼受政府之管制，故非有校外有力者之贊助，夙志亦難驟達，然亦非無可能。便中並希以所錄遺佚之書名惠示，容後圖之。吾人有存斯文之志，固不期得遂於何年，然世間事常有得來全不費工夫者，亦未可料耳。匆此函覆，餘俟後陳，並請

文祺

弟　唐君毅　拜上　十二月十一日

惠示所言元理大學所藏王陽明之未刊稿，未知爲何人所鈔錄，若爲手稾，則無價之寶，應早有影印。又此稾是否有目？該校圖書館中如　先生有友人，可一詢否？又如容外人抄錄，弟當設法命在日本之學生爲之也。

二　（一九六五年三月）

天錫吾兄文席：惠書奉悉，旬日以感冒風寒，致稽裁答爲罪。

瓠堂先生日前亦寄至一函，其所著承兄爲譯爲中文，兼加註語，新譯原文相得益彰固在意中，今僅先代東方人文學會致謝。目下來稿者，以瓠堂先生文爲第一篇，其餘之文，要當函催，使早得印行。尊譯完成，即希惠寄，或先在此間出版之人生一刊發表後，再彙集成書刊行，此亦是使讀者先睹爲快之一道也。

兄以碩學，寄迹東瀛，前在東京時，承面告從學者頗有人在，其中必可漸得英才。此間雖是華人社會，然對中國文化之尊重，蓋當不如彼邦也。此間有白沙文化會，初頗有意網羅文獻，惟主持者眼光短淺，財力亦不足，唯弟亦望其能逐步上進。

前在東京時，聞兄有關滿人文獻之著，想已成書，如有目錄序例，希暇中能抄寄一份。又其他大著目錄以及已刊行者，有便亦希賜寄一二，以俟機緣遇合，示諸知者。匆此不一，並請

文祺

君毅　上　三月

致和崎博夫、小林信三、清水董三

（一九五六年十月十三日）

和崎
小林三先生左右：日前收到　大札，敬悉一一。知亞細亞研究會諸君子皆深思遠慮而富熱情願力之
清水
士，甚佩甚佩。　貴刊亦拜讀多期，惜在青年時所習日文，皆已忘卻，故不能盡解耳。承轉譯拙著，曷勝榮寵。又承索稿，理當遵命，唯毅前曾去臺一月，歸來諸事蝟集，容以後稍暇，再謀有以報命何如？專此奉復，諸祈諒察，並候

撰安

唐君毅　拜啓　十月十三日

致山　寶

（一九六七年八月十一日）

山寶先生道席：前日於福岡得親　謦欬，並承賜以盛讌、伴遊諸名勝地，銘感無旣。惜匆匆兩日，未能暢聆　教誨爲歉耳！毅於返京都歸途中，曾留廣島一日，得參觀和平公園，憑弔二十二年前死難之二十萬人，而今日之人類仍在迷夢，禍害未已，感慨百端。承　賜大著，雖尙未及讀，然略翻撿目錄，固知　先生爲天下士，而志在天下之有道也！學術之研究雖似迂遠，然慧命果能相續，亦終可轉人心、迴天命也！茲並由郵寄上香港重印之孔子聖像一張，及臺灣重印之古畫一幅，及拙著二篇。並請　存正，聊表謝忱。毅於二三日內卽謀返港，後會唯有期諸來日耳。

匆此不一，敬頌

文祺

唐君毅　拜上　八月十一日

又另由郵所寄拙文中之一篇，希轉荒木先生，以爲紀念。

致山 實

致唐寅北

（一九五七年）

寅北先生：前在府上厚擾二日，匆匆今又數月矣！弟離美後赴歐，前月已由歐返港。知裕文兄之書敝校均已陸續收到，校中已有函向先生致謝矣！現該等書已由敝校加以編目，唯弟意擬於書後內頁附印一裕文兄之像及一小傳，其像弟處有一張，但小傳材料則不全，不知先生可否代寫一二百字之小傳，或將其生年月日及求學與作事之經過，就先生所知者一函告知，以便弟代寫爲感。弟前以途中勞頓致小病，幸今已癒。嫂夫人及賢郎想均好。匆此不一，並候

大安

君毅　上

致張起鈞

（一九六三年三月十日）

起鈞先生左右：內子昨日由臺北歸來，具道小女安仁住醫院期間，曾蒙枉駕省視。多承關愛，實深感謝。唯以內子在臺期間終日匆匆，未及踵　府奉候，引爲歉疚。特修此寸箋專表謝忱。餘不一一，專此，敬請

敎祺

弟　唐君毅　拜上　三月十日

致徐梵澄

（一九五七年）

梵澄先生道右：二十年前友人楊蔭謂兄卽為弟道及先生，並為介尊譯尼采之書。比來港後又由游雲山居士處知渠與先生共在阿羅頻多修道院共學修道之情況。久慕　高風，惟惜無緣晤教為憾耳！玆承惠贈　尊譯薄伽梵歌及梅羅氏，適弟於本年二月卽離港，前日由歐歸來，以不適於西方之旅途生活罹疾，遂未能早日修書致謝為罪。日來匆匆，惟拜讀　尊譯薄伽梵歌譯序一篇。先生平章華梵之言，一去古今封蔀之執，感佩何似！弟在昔年亦嘗有志於道，唯皆在世間知解範圍中逞臆揣測，舊習殊難自拔。視先生之棲神玄遠，又不禁為之愧悚。八、九年來在港皆於新亞書院任教，此校有出學報一種，體例未能拔乎流俗，所刊文字不出尋文譯義者之外。今另由郵寄二册，聊當桃李之報，並希指正為感。專此，敬候

禪悅

唐君毅　上

致殷福生（殷海光）

（一九六七年九月十八日）

福生吾兄：日前得復觀兄函，知兄曾患胃疾，動手術已成功，並在臺中住數日爲慰。

尊恙弟意仍多休養，疾病與心情之關係亦甚大。弟病目疾一年，幾有失明之虞。住醫院兩次，歷時四月之久。己身旣病，並看看醫院中之病人，兼念天下之人實無不有其病。吾人平日雖所見不同，然總想去人之病而忘了自己之病，在病時乃悟到去病之不易。直到今日仍只能以一隻眼看乾坤，將不免於抱病終身，而天下人之病，更非己力可去，亦只能與之終身矣！

弟在醫院中常帶一維摩諸經。但維摩諸乃示現病而非眞病，故其所言對弟亦無用處。如何在眞病中能安之而觀病相空，實亦大難事。弟回港後，除身病外，日日看報，所見無非病境，故能不看報，亦養病之一法，望兄留意及之也。

弟今亦不宜多作書，專此數行，聊致同病相念之意。並請

閤府均吉

弟　唐君毅　拜上　九月十八日

致李相殷

一（一九五九年六月十日）

相殷先生左右：賜示拜收，敬悉一一。去歲承不遺在遠惠贈苔紙，當卽分贈錢、牟諸先生，並曾面託某先生代致謝忱。憶當時新亞同仁本已定期爲貴國訪港諸教授餞別，臨時以諸教授同感身體不適，致未及歡敍。弟亦以終日匆匆，竟未再修書問候爲罪。今奉　大札，暢論中國數十年思想演變之迹，非深心閎識如兄者所不能道，與鄙懷所見尤若合符契。古人言同心之言，其臭如蘭，兄之所論是也。

貴刊亞細亞各期皆已拜收。當今之日，文化交流之事實極爲重要，敝校同仁雖亦留意及此，但以人力財力所限，尚未擴及於整個亞細亞問題之研究，甚望吾兄著鞭先行爲導也。承示擬譯拙著一文，實深光寵。拙文無足道，惟藉此爲促成文化交流之一端，亦未始無益耳！承詢人統之正託始文王一語出處，拙文於此語乃沿用友人牟宗三先生一文中之語。亦常聞人言及。但弟今查陳立公羊義疏及孔廣森春秋公羊通義，皆只據何休言文王爲人道之始，而王正月卽大一統。因一函詢宗三兄，彼謂見於莊存與春秋正辭一書。但弟手邊無此書，不知是否果見莊書。弟意如兄翻譯，可只據文王爲人道之始爲譯，不必專就人統二字分疏。拙作多承獎飾，愧不敢當。弟年來亦苦於事務，前人生社所寄拙著，更只為急就文章，以應刊物一時之需者，實不足以言著述。唯以弟流亡在外，瞬已十載，對國家文化與人類前途之問題時有所感，或為國內時賢所忽者，故亦不及顧文之工拙，卽信筆直書，尚望吾兄能多所匡正，以免陷於邪僻之見也。新亞學報今先寄上二期，餘者俟覓得後再行寄奉。拙著刊於新亞學報者亦寄上一份，希教正。暑期夏威夷將開一東西哲學會，弟被邀參加，或當再赴美一行，但為期不過一月餘，卽將遄返耳。拉雜奉覆，草草不恭。敬請

教祺

弟　君毅　上　六月十日

二　（一九六二年五月廿五日）

相殷仁兄惠鑒：前承　惠寄乾淨衕會友錄，由貫之兄轉來，以近日敝校忙於與他二校合組中文大學事，而人文學會亦迄未得政府核准，終日勞攘，致旋讀旋停，未能畢卷，亦未奉書道候。最近人文學會已在原則上被核准，昨日乃將會友錄讀完。想見二百年前之中國與　貴國之學人會談之情狀，其中會談諸公天涯知己之情、論學之和而不同之概，以及道義之相期相勉之意，皆躍然紙上。而吾兄之序

文，尤見兄襟懷所契，直達於二百年前諸先生之心地，而此種超溢於國土及政治之範圍以外之友道，亦弟嘗夢寐求之、冀見之於未來者，理當謀將此著加以刊印，以爲一來者之儀型。唯弟不知　貴國讀者之能讀古漢文之此類書籍者幾何？如以中國目下之臺灣、香港之中國人而論，則對此類書籍、文字障礙尚在其次，而心情之障礙，則蓋極難克服。此由中國所傳之語錄及講習錄之類，皆無人讀，即可知之，是足爲深嘆！其故由於西方之科學哲學及宗敎輸入中國之後，中國之人既不深究其底，唯以之爲破壞傳統文化、舊有風習之資，而今人爲學之心情，與昔賢之心情乃恍如隔世，而當今之世抱殘守缺，亦無能爲功。故弟等之意，今日首當作之工作，乃在先謀風氣之扭轉，而此風氣之扭轉，亦當順現代之風氣之所屆而逐步轉移其方向，然後能使傳統之精神以一新面目重見於來日。再加以人力財力所限，故弟等之意，在人文學會之出版計劃中第一期仍以刊行現代文之寫作爲主，如期刊印行，擬先印吾兄爲此書所寫之序。會友錄留俟人力財力足夠時再謀印行如何？

又弟近年讀佛敎書，知中國之三論宗之復興，原自　貴國之僧朗來華。法相唯識之圓測之學，中土已絕，唯流傳於　貴國。此外，已往之中韓二國之文化交流之事尚多，不知吾兄可否先寫一文論此中之史實及一、二千年來　貴國對儒佛之學之研究，及其影響及於　貴國之風敎藝術文學所在。以此總論之文爲開端，再及於專門之題目，以使今之中國之學人及學生，知東方文化原爲一體。繼此以後，再印所賜會友錄，則其勢較順，而讀者亦較多。如吾兄事忙，可否託　貴國其他學者爲之，是所拜託。

海天在望，不盡一一。敬請

文祺

弟　君毅　上　五月廿五日

三　（一九六七年六月廿七日）

卿輅仁兄左右：弟以目疾復發，來京都住醫院三月，今網膜雖已接上，但左目視力仍未恢復，唯用右眼尚可應付耳。

尊函詢問近代化問題會之意見者，由港轉來，未能早復爲罪。尊所建議辦法，弟皆贊成。日前有杜維明君，曾在漢城拜謁吾兄，來此具道兄所主持研究所之成績斐然，既佩且愧。弟現在此亦不能多看書，唯時遊此間花園及廟宇，並常憶及昔在漢城遊諸宮殿之情景。中國現在大陸唯以核子彈誇耀於世，並內部鬪爭無已，往昔之文化精神已蕩然無存。東方世界之復興，蓋當以　貴國與日本爲其先驅矣！臨筆書此，不盡欲言。敬請

文祺

弟　唐君毅　上　六月廿七日

四（一九六七年十一月）

卿略吾兄惠鑒：暑中一別，倏又二月，昨奉到惠示，如再覿爲慰。承關心賤恙，尤感盛情。大約自回港三月以來，賤恙尚未有更惡化現象，但欲恢復舊日視力，蓋已無望，只能愼用右眼，以免雙目俱盲耳。近來已不著文，讀書亦力求其少，足慰

遠懷。吾人皆年事漸高，貴體亦希諸多珍攝，爲道自愛。餘不一一，即請

大安

君毅　上

致糜文開

（一九五八年）

文開吾兄：

奉示，承囑爲大著印度三大聖典一書作書評，承惠贈大著，亦大體拜讀。與徐梵澄之譯文各具風格，而徐譯較艱深，不及兄譯之流暢，可以雅俗共賞也。唯作書評一事，則以弟於印度之宗教哲學所見太少，近頗擬稍補此缺。但除 Hirayane 及 Radhakrinan 之印度哲學史曾略讀一部份之外，Dasgmpte 之書皆未及一讀。如率爾操觚冒充內行，必貽笑於人，亦心所不安。擬俟再多讀此類書後，對印度之宗教與哲學有一眞正之大體認識後再讀大著，如有足抒己見者再作書評如何?

弟意印度之宗教與哲學，皆亟須多人介紹，故爲之宣揚亦所心願。惜今之所知太少，以後擬以一部份時間專事讀印度宗教哲學之書。唯文學方面則無法顧及耳。匆候

敎安

君毅　上

致狄剛

（一九五六年十二月二十日）

狄剛先生：日前由民主評論社輾轉　惠下大札，緣毅於暑中曾應約赴臺一行，致稽裁答為罪。先生為天主教徒而對於中國文化及儒學推尊若此，宏濶之懷當世所難。毅年來所著，頗罕純學術之著，其所論自不能盡諦當，然皆由感慨憂慮之餘，不得已而後言，則足以告慰賢者。當今世變日亟，舉世沉淪，必賴大心之士共發弘願，重建人極，亦卽所以仰副天心。易傳云：「天下百慮而一致，同歸而殊途。」陸象山言東西南北海有聖人出，千百世之上、千百世之下有聖人出，此心同此理同，故私意以為儒與天主教以及佛教，皆當有其會通之處，同有足為生民所托命者，而終當一致同歸。唯輕言會通或反成混亂，則不如各尊所聞，各行所知，但能彼此相尊，則似相反而實相成矣！不知先生以為如何？想當同此見也！弟前著文評及西方宗教處，亦只是就其所知並感一般教徒之錮蔽以言。果如先生之見，並未閉塞其他得救可能，則相悅以解為期不遠矣！匆此佈復，並致謝忱，不盡一一，諸惟慧察，並候

冬安

君毅　上　十二月二十日

致景昌昔

（一九五三年十一月十三日）

昌昔先生左右：惠書奉悉。懷特海文，因弟擬參考另一書後再介其理想之探險一書，而該書遲遲未到，亦欲另介其他著作以報盛意，終苦太忙，實亦時在念中，緩再謀以答命如何？尊著已細拜讀，具見苦心，甚佩。弟在民十四、五年，在北平讀書時，曾參加國民黨。北伐成功以後，即無黨籍。但對國民黨之精神與三民主義之思想，亦始終敬重。中國將來之復興，仍將主要賴國民黨精神之重振亦無疑義，故對先生所言各端，亦覺有親切感，其中如對普授科學技術、復興倫常道德，均提出較切實之意見，弟覺亦無可特須補充之處。對於自由之限度一問題，先生所寫婉約而用意深長。關於此點，弟擬可補充幾句。因為無任何黨籍，亦多聞各種意見，或有供參考之處。

大約弟所聞一般人對國民黨之意見，均覺太重視自上而下之領導，而對個人自由不夠尊重，然在另一面看，今之口口聲聲重個人自由者則恒不免缺眞正之愛護尊重國家民族歷史文化之意識，其持論恒是以個人為最後目的，一切社會組織如政黨國家，皆為完成各個人目的之工具。此中實有二矛盾衝突之觀念：在中山先生之革命，本以求國家民族之自由爲主，然五四新文化運動之精神，則爲重個人自由，而以自一切傳統文化家庭禮敎之束縛中解放爲號召，共黨則順此風而否定中國之一切歷史文化家庭意識，亦否認五四新文化運動所倡之個人自由與民主精神之自身，此卽表示五四新文化運動精神只爲批判的、懷疑的、以至是破壞的，此卽不足以眞正建立國家，亦不足以反共。然此只再表面回到中山先生之言，以主張限制個人自由，則又有所不足，因如只強調此義，在旁人看來，便與共黨之以組織束縛限制個人相似。然今日無組織，人不以國家民族爲重，而只依五四之個人自由爲言，又不能眞發生力量，以建國反共。此中矛盾葛藤之理論方面的解決，弟以爲在：肯定個人自由，而擴大此自由之涵義，使人眞知求個人自由卽須對國家民族負責，而以求國家民族之自由爲求個人之人格的自由之完成、道德精神的自由之完成之內涵，由此而見社會組織與政黨組織爲完成個人自由所必須，亦爲個人自由的道德精神或個人之自由人格之客觀表現。如此說，則問題不在限制個人自由，而在擴充個人之概念與自由之概念。如此擴充，同時卽去掉一切五四以來之狹隘的個人主義自由主義之弊，並去其流行至今之以一切組織國家爲個人之工具之理論。關於此問題，弟在去年及今年之民主評論有二文論自由及民主之問題，皆頗欲自此觀念之矛盾衝突中，找出一條思想上之出路，不知先生曾見及否？該二文所論，亦未能完滿，且看來似空論較多，但弟終覺一般時論，皆恒不免東風西風互相摧壓，此皆由於在思想本源上概念之混淆，故試予以一疏導。弟意吾人今日所遭遇之思想問題，頗似十八世紀德人所遭遇之問題。當時法國之自由思想風靡歐洲，由解放一切束縛而浸至否定一切歷史文化人倫道德。後神聖同盟代表舊勢力，而亦意在保護舊日之宗教與文化傳統。但神聖同盟終被視反動，然由身經法國革命浪潮之德國理想主義之運動，由 Kant 至菲希特黑格耳等，則肯定英法傳來之自由觀念，而予以內容的擴充，使自由精神本身理性化、道德化，以建立法紀與國家之組織。此哲學運動亦終成德國建國之精神基礎。大率人類政治文化之觀念之發展與流行，當其出流弊時，只順之不可，逆之亦不可，要在擴大此觀念之內容，而加以提昇，使免於流弊。Kant 等對自由之思想之推進，即循此路。吾人蓋亦當循此路，不是說照 Kant 等之哲學走，而是有類似之精神態度。只說限制，人不能受也。

至於說到具體的組織原則方面，則弟意將來之中國社會的各種組織之建立，尤爲一更大之問題。政府的組織欲求有效率，固須徹上徹下，今中國政黨之組織，在實際上，現已有國民黨以外之友黨，此在憲法上仍是共立於一平等地位，故各政黨之組織之精神，宜橫面向社會開展，表現工作，重於自上而下之統率。事實今只國民黨爲一大黨，則其橫面向社會開展之主要任務，當在輔助督導社會各方面之組織之成立。此當爲一老子所謂「長而不宰，爲而不恃」之地位。弟覺國民黨年來之工作，亦是向此方向走，此實爲國家之福。

以上拉雜寫來，亦不能一一盡意，不過想到即說，尚希指教。專候

大安

弟　唐君毅　上　十一月十三日

致趙志强

（一九五八年）

志強先生道右：上月承賜書論中國文化及政治，至佩先生對國家前途之熱誠與卓見。唯因弟忙於教課，而尊論所及之範圍甚廣，故未能早復。擬俟機面論。匆匆又是舊曆新年，仍未能有以報命。念此殊為慚疚。諸希諒察為幸。尊意望儒家之學見於事功，須形為團體，其意甚是。惟弟以為今日重要之事，仍在先轉移思想之風氣，在思想風氣未轉移之前形成團體，反易造成阻隔。且中國儒家思想一被人視為少數人獲得政治權力之工具，亦卽無價值之可言。而在思想風氣未形成之前，實無由免此誤解。此誤解對個人之關係尚小，對儒家之興亡之關係尤大也。卽在思想風氣轉移之後，弟意亦不須所有信中國文化與儒家思想者皆合為一團體。此在事實上亦有困難。如尊函所說諸先生，弟雖皆甚佩服，亦皆與弟相善，但其彼此間之學術政治見解亦未必能合。弟意儒家思想如欲眞有所貢獻於國家民族之再生，宜使此思想透入中國社會文化之各方面。有此信仰之人物亦儘可任其散在各方面以發揮其作用，只須求聲氣相通而已。弟之此意亦由多年之經驗而得，與尊意不盡同者。倉卒間亦不能盡陳

鄙見，然先生之一番熱誠，則固仰服無極也。匆此佈臆，並候

新春佳吉

君毅　上

致嚴綺雲

（一九五六年一月十四日）

綺雲先生：一月三日惠示奉悉。知裕文兄已於上月病逝。乍聞噩耗，不勝悲痛。裕文為毅近二十年之老友，忠信而好學不厭。毅年來屢望其能來港，彼均謂尚有學術問題在美研究較為方便，不願回來。去年九月知其罹病，曾去函安慰，並寄五十元美金，聊作病中購食物之用。彼來函謂彼不至死，因對社會上他人之好意尚未能報答云云。又將所寄款退回。毅再去一信，卽另無回信。日前正懸念其病狀，卽忽得先生示謂其已逝世。毅亦全未盡得友道，卽人天永隔矣！其喪事承先生之友料理，並知先生於三月間當為立碑。毅當稍緩另郵略寄賻儀，以助立碑之用。其著作如經先生整理後，有值得發表者，當與先生等共謀為之印刷，以資紀念。耑此不一，並請

大安

唐君毅 上 一九五六年一月十四日

致譚淪

（一九六七年七月廿一日）

譚淪先生惠鑒：大函由香港轉來，承　問各端，愧未能細答。緣毅以目疾，來日本京都醫治，已離港七月，港中情形，雖於報端略有所知，然未悉其詳，且賤恙雖較愈，仍不能多事書寫，再則關於具體之出處進退問題，恒須連於個人之環境及個人之良知判斷以爲決定，他人殊難代答，卽古今之聖哲之敎訓，亦只及於原理原則，至於如何措施於個人之行事，則聖哲之敎中，亦不能一一皆包涵具足也！匆此奉復，卽請

暑安

君毅　啓　七月廿一日

致佛　重（註）

（一九六七年十一月十五日）

佛重先生惠鑒：

賜示拜悉，知　先生榮任文化局第一處處長爲慰。想日後必多建樹，謹先預祝。承囑對文化局之作法撰文，盛意至感，唯以海天遙隔，對文化局之情形不甚清楚，兼以弟病目疾經年，一切文債皆一律暫行謝絕，亦無法遵命。諸希諒有爲幸。專請

文祺

唐君毅　上　十一月十五日

註：本信收信人趙佛重先生曾在文化局服務——編者

致柯樹屏

（一九五八年一月十三日）

樹屏吾兄：

一別又一年餘，日前得

賜書甚慰。弟歸來已四、五月。各處亂跑七月餘，實無所得。西方之文化就弟所見，弟終不佩服，總是神道魔道與人道之混雜之文化，非眞人之文化也。此語無法與一般人談。唯日本，弟覺尚有趣味。中國文化之禮失而求諸野，亦可於日本得之也。弟近無著作出版，俟有時當寄上請正。匆此不一，並候

大安

府上皆問好

弟　君毅　上　一月十三日

致柯樹屏、陳東原

（一九四九年）

樹屏
東原兩兄惠鑒：賜示均於前日奉到，敬悉一一。舍親事旣有困難，卽暫作罷論。東原兄盛意已心感矣！孔子二千五百年紀念，弟二年前卽想到此時學術界必可有大表示，不料正當共黨糜爛中國之秋，言之痛心。近日時局情形尤惡劣，如席捲之勢成，華夏文教之統將暫斬於今日矣！承囑撰文紀念，自當遵命。杭部長英語廣播文亦當試作一篇，由
兄等裁用。弟前日念吾輩今日之處境，頗感念王船山。而弟以爲將來中國儒學與文化之精神必須繼船山之重歷史文化、國家民族之義而前進。宋明理學尚有所不足，故著有王船山之歷史文化及民族論一篇，約三、四萬言。弟自覺尚精采。如紀念册能收長文並不限直接發揮孔子本人學說者，弟擬卽以此稿寄上。不知可否？如必須弟作一論孔子本人者，則弟不願著得太苟且，有負先哲。十五號未必能交來，二十號或可寫出也。專候
大安

弟　唐君毅　上

弟現移香港住，賜示請改交香港灣仔鳳凰台十六號趙氷先生轉。

致謝汝逵夫人

（一九六九年五月廿二日）

汝逵嫂夫人禮鑒：前奉惠書，知

汝逵先生病入醫院，當卽向　吳校長代爲請假。昨日乃驚悉汝逵先生竟以不治逝世。　校長與此間同仁共表哀悼。想　夫人伉儷情深，定悲痛不堪。唯汝逵先生一生從事學術教育工作，桃李滿門，足垂不朽。賢郎聰穎好學，必可繼承父志，光耀門楣。尚希節哀順變，無任盼禱。他日返港，尚希電話告知，以便趨晤。專此致唁，兼請

禮安

唐君毅 上　五月廿二日

致德修禪師

（一九五六年一月十四日）

德修禪師慧鑒：日前與游雲山先生師弟四人遊大嶼山，下榻　高齋，諸承照拂，厚擾二日而去。下山時雖遇雨，然事後思之亦饒清趣。昨奉　大示，反以簡慢爲言，並多承關注，毋任惶愧，罪甚罪甚！內子當日所照之像，以適遇天陰，光線不佳，今仍冲洗數張，隨函奉上，聊當紀念。專此奉復，不盡一一，並候

禪悅

遠慧師均此道候

唐君毅　拜復　十四日

致王　道（王貫之）

一（一九五七年六月十六日）（註）

貫之兄：

弟來此數月，迄未與兄通候，實由太忙之故。弟到各處訪問，上月回此間後，得見所寄之人生雜誌兩期，承摘錄弟文之一段，甚感，惟文意殊不全，似宜注明原文所在，以便讀者查考。同期朱世龍錢歌川二先生之文皆甚好，朱文情意眞切，而錢文則切中時代病痛。此類文章能多登幾篇，對世道人心之益，實超過一專門之哲學論文也。

來此數月，考察研究講學皆說不上，只是亂跑一陣，惟在寂寞中有感觸，亦非短言可盡。大率美國此民族在寬廣之度上頗有可稱，獨立自尊與社會服務之精神能兼而有之，其早期建國時代之人物亦甚可愛，但其富強亦以得天獨厚之故。又此民族缺眞正之歷史意識與憂患中生出之智慧，祇憑其現有文化以領導世界尚不足。一般人之精神似祇在一平面層上，可一覽而無餘，無深山大澤之意味。此則遠不如德國人。凡此等等，乃吾人在香港時已如此感覺，故來此亦無理解上之增加。弟以偶然原因來此，初無意想由見聞之增加而增加思想。蓋見聞之所得，實遠較由讀書與用心思想之所得者為少。而見聞之價值，亦不過更證明思想中原有之物，亦證明見聞之所得遠少於讀書與思想之所得而已。弟來此亦作數次講話，與人談論時亦不少，但英文之表達力不足，恒苦不能盡意，而所言者皆若干年來之老調重彈，亦無甚新義，而個人之自信與對中國文化及國家前途之信心，則有增無減。此皆不足為不知者道也。

在此間之人士對人生雜誌之印象尚不壞，因其有情味。此間之中國人士多心情寂寞，須有情味之讀物。美國社會乃一切皆已擺定之局面，中國人側身於此，如入一鴿子籠，並不能發揮精神，故香港到此者多想念香港。香港雖似較此間為亂為髒，但亂中人仍可有幻想、理想，亦可使人覺可隨意動作。而此間之中國人則祇能自局限其精神於一職業及一專門之學術研究，故人多有寂寞之感。人必須生活於自己之民族中，精神乃可真與人彼此相通，此乃無可奈何之事。故謂來此之中國人在美享福亦為冤枉。因精神寂寞無用力處，卽人間之一最大苦痛，此祇身歷其境者知之。而弟之無日不想早歸，亦以此故。匆此，卽候

安好

嫂夫人均此

弟　唐君毅　上　五月廿三日

二 （一九六七年六月）（註）

註：本信曾刊於一九五七年六月「人生」第十四卷總第一五九期「人生通訊」。——編者

貫之吾兄左右：前黃漢超君返日，交來　惠寄之枸杞子。數日前又奉　賜書。無任感慰。人生雜誌，兄多年辛苦，將編印人生號，以追念往昔，甚善。惟弟愧未能撰稿，以襄此盛舉耳。

賤恙之手術可謂成功，目下已可用右眼多少寫字閱報，而不致影響左眼。但左眼之視力仍未恢復，看天地皆如在霧中之朦朧景象，亦別有意味，當不致全失明。右眼可用亦實已足夠，但醫謂罹此疾者，兩眼之疾恆相繼而至，故不能不加以警惕。弟於此乃悟及古人所謂幽憂之疾之實義。然天下可幽憂之事至多，則不必唯憂在一身之眼也。

京都尚存過去之城市風格，廟宇神社園林，信步皆是，不愧京洛之名。此間民情風俗亦甚厚，住此可與世相忘，與住西化之香港及在美之心情全不同。日本之侵略中國，乃由受西方之軍國主義思想使然，此責仍當由西方文化負之，不當由日本原所承於中國之文化負之，與日本之神道教亦無關也。

匆此不一，即請

儷安

致王　道

內子囑筆問候

君毅　上　一九六七年

註：本信曾摘錄刊於一九六七年六月「人生」第卅二卷總第三七四期「人生通訊」。——編者

三（一九五一年十一月廿二日）

貫之仁兄：

拙稿已焚去，無異上天庭。不要緊。弟亦無存稿，即排以後一段可也。歌德傳記弟處無有。匆候

大安

弟　君毅　上　十一月廿二日

致孫鼎宸

（一九六七年七月廿六日）

鼎宸兄惠鑒：前在港曾奉到一函，其時適忙於來日，未復爲歉。昨又得來書，備悉留加在多倫多大學工作情形甚爲安適，無任欣慰。目下大陸內部政爭，無異中共之自壞其黨政之體制，而又到處挑起對外仇恨，禍延香港，此決不能建國，將來必有鉅變。但在當前，則吾人亦惟有流亡異地，四海爲家，花果飄零於世界，亦未嘗不可生根出芽，以延慧命於無疆。兄在港十餘年，安貧樂道，古人之所難，今去加，得與賢郞令愛聚處，亦可稍得安息耶！賤恙經此間醫生診治，手術可謂已成功，但後又有白內障，故視力仍未恢復。今仍只能以一眼讀書寫字，故不能多用耳。

京都純爲中國舊城市風格，廟宇園林甚多，居此幾無在異國之感，足慰遠念。唯弟離港已八月，不能請假過久，大約下月中卽返港矣！

詹勵吾先生精研儒佛之學，今又發心建佛學中心，甚望其能成功，亦百世之業也。人文學會數年來未見成績，但能留此一會存在，任其細水長流，則來日亦未嘗不可有意外之發展

也！拉雜奉報，即候

文安

闔府均此問好，內子囑筆問安

弟　唐君毅　七月廿六日

致勞思光

一 （一九五四年十一月十五日）

思光先生左右：十一月二日示奉悉。關於翻譯事，前由陳伯莊先生託有關方面至美國購書，因書尚未購來，故至稽延，俟書到，當卽寄上。又所囑寄穆勒書，弟日內當至書店中看，如有卽購贈一册，連Hegel 之 Phil of Right 一併郵寄。唯後一書閱後仍盼寄回。

惠示所論及之外在神之是否可安立之問題，此乃一宗教學中之大問題。弟意在究竟義上，聖神自不可二，因而不能有外在神，然自諸聖之同證一聖境或同呈顯一聖心上說，則有一普遍之聖境聖心，旣內在於諸聖而又超越於每一聖之個體，尅就其超越每一聖之個體處而觀，則爲一超越而客觀之聖境聖心，而此卽是神心神境。如外在之義同於此所謂客觀，則亦可說。此中之問題之核心，在諸聖之是一是多，如爲一，則神聖之二概念全然合一，則只有內在神，另無超越客觀神，如佛家之華嚴以諸佛卽一卽多，則可廢一切聖神之分。然至少在成聖之功夫歷程中說，諸可能之聖是多，因而吾人如欲成聖，而吾人尚在工夫歷程中時，吾人只爲一可能之聖；聖已成的現實之聖，如孔子，此現實之聖卽對吾人爲超越，由此而與宗教性之崇敬之情，因而對於諸聖同證之聖境聖心——卽神境神心——亦可與宗教性之崇敬之情。此崇敬之情，誠爲似向外，然其根則在吾人自己之欲由可能之聖以成現實之聖。吾人自己之欲由可能之聖以成現實之聖，此本身爲向內的道德要求。而依此向內的道德要求，卽發爲向外的對現實之聖神之宗教性之崇敬；而此向外之宗教性之崇敬，又轉使吾人自證吾人之要求吾人自己之由可能之聖成現實之聖一事本身爲眞實可能或必然可能的；此卽道德生活與宗教生活之相依爲用。

純從宗教心情上說，只崇敬一聖，或只崇敬一普遍之神或一祖先亦可，但充極宗教心情之量，則須包含此三者。祖先是個體生命之本源，各人各有其祖先，此如房屋之諸柱。聖爲個體之實現其內在的超越主體或普遍理性或本心之全者，此心性爲個體中所具之超個體之原則，亦卽宇宙本體之所在，故聖如房屋中由四邊直貫至屋頂之樑棟。尅就諸聖之所同證或交會之境或心或宇宙本體之自身而言，卽天或神也。有聖而無天，則羣神之觀念使人心散馳；有天而無羣神，則天人無通路；有聖神之崇敬而無祖先之崇敬，則各個體生命對其個體生命之本源無分別之繫屬感，此如無房屋之諸柱而屋頂則或將飛馳而去，或不免倒塌也！

又宗教生活必賴禮樂之支持，此爲社會文化中之事，對之作哲學的說明，只爲少數哲學家之事，而一切哲學說明終不免畸輕畸重，或偏重一端，不能同滿。宗教的哲學之問題待研究者實甚多，吾人今日唯有將哲學研究與社會文化之運動雙管齊下，亦不必待一一宗教的哲學問題皆有答案，乃向社會提倡一宗教精神宗教生活也！

弟近來苦事務太忙，因承下問，故略陳鄙見，辭不盡意，尚希惠教。新亞書院初辦亦有一理想，但現實與理想總相距太遠，將來如果能漸合理想，亦望與先生等共學，一時恨不能及此耳。匆此並候

大安

弟　唐君毅　上　十一月十五日

二　（一九五四年十二月九日）

思光先生：惠書奉悉。尊意以今之宗教根本在承認隔絕外在之人格神，故於理不能成立，於事流弊甚多，皆極是。至於聖境是否可代神境，道德是否可代宗教，則兼視聖境道德宗教諸名之如何界劃而定。尊意以不隔爲聖境，隔則爲神境。弟前函則以就諸聖同證言爲神境，就諸聖分證言爲聖境。茲再進一步言之，就諸聖證聖境而各具聖心言爲聖心，就諸聖心不二而同心、一心言卽神心或天心之顯示，而聖德卽天德。是則吾二人用名之有不同也。尊意以神境必爲隔絕外在，神非人之所能爲。一般基督教、回教徒固如是說，但基督教徒中之神秘主義如 Eckhant 等皆可提抗議，因彼皆明言神之內

在，且承認 God-man 之觀念，並明謂神化身爲人，所以使人化身爲神也。又婆羅門教亦以人合於梵天，卽與梵天無二無別。故隔與不隔，恐未必是聖境、神境，宗教、道德分別之所繫。

愚以宗教道德分別之所繫，仍可如世俗之說，卽一在實踐，一在信。行道有德於心，謂之道德，宗教中則必含若干所宗之信仰，爲一般經驗所不能證實，亦不能否證者。凡遇可由經驗否證之宗教中之信仰，終必被稱爲迷信，但世間大宗教中有若干原則性信仰，乃各宗教所同——原則上可允不被否證，如死後之精神存在、允恒的正義（如善必被賞、惡必被罰），及能通衆心之神心之存在是也。佛學不承認有神心，但在佛教徒心中之佛，其能以其悲智覆育一切衆生，亦與信神者之以神之愛及於一切人同。而佛家發展至晚期之大乘佛學，其所謂常住眞心、如來藏心遍爲一切衆生之心識之所依，實亦與婆羅門教之梵及基督教之神相去無幾。至於工夫，自以佛教爲最深密。凡此等信仰皆非一般經驗之所能證實，亦無法加以否證，而一般之道德亦不在此處立根，亦爲一般科學所存而不論者。論之者爲形上學，而形上學之是否可能是一問題。由各宗教之各有其形上學，與形而上學派之多，則形上學誠難言。而決定各宗教之各種不同信仰孰爲眞，尤難言也。而宗教生活之進於形上學者，則在於承認肯定此證形上實在如神佛之存在、人之精神之存在等外，並求與人有一感通之關係。此或爲祈禱，或爲默念，或表爲各種禮樂。自宗教信仰中之包含不可由經驗證實之形上存在言爲隔，而自宗教生活本身，則又皆爲求隔者之轉成不隔，此世間一般宗教之情狀也。

此世間一般宗教，其中種種情見，紛歧萬端，且有種種流弊，而一切流弊之所自生，皆由未眞識一切宗教要求所當本之本源，而直下把握此本源本身當有之涵義，以定其所當信與不當信，而不以一般理智中之猜測與幻想濫雜於當有之宗教信仰之中。此原則為何？西哲霍夫丁謂為價值的保存。然義猶未盡，愚以為此只在人之充量發展而至乎其極之仁心，此仁心發展至極，則可於人我之仁心之相感通處及萬物之化育上見天心。仁心發展至極，必要求人精神之不朽，並肯定允恒之正義。此義愚嘗略論之於拙著中國文化之精神價值中。故今世界各大宗教之原則上之若干信仰，吾人亦皆可肯定其價值，而當允許其存在。唯依充量發展之仁心之宗教信仰，則不能謂只有耶穌一人為獨生子，不能有永恒的地獄，亦不能有外在於人之仁心、天心、神心，因如此則天心神心有隱蔽，有秘密，而有所不仁，則為仁心所不當肯定其存在者。因而必須於人之仁心聖心中見天心，以眞肯定仁心聖心天心之不二。至於此中何以不只用一名？則以仁心是自個體人上說，聖心自個人仁心完全實現上說，而天心則自諸聖同心一心上說，而顯於人我之仁心交感處及天地之化育中者也。依人之仁心而求與死者有精神上感通，順人之仁心之先，表現為孝，故必有祭祖。順人之仁心，必尊聖賢，故包含祭聖賢，連對天地之祭。荀子所謂禮之三本，宗三先生所謂之祭皆所以通神明之道，亦充達吾人之仁心，以澈幽明，而無所不至其極之道也！

三祭中祖宗為一宗，禮記謂繼祖為宗；天為一宗，莊子謂以天為宗；孔子死時嘆曰「天道能宗予」，則宗聖賢爲一宗。聖賢能敎，祖宗能敎，孔子謂「天有四時，庶物露生，無非敎也」，則天亦能敎。承宗起敎，卽爲宗敎。不必如佛家之宗下敎下，亦不必依西方宗敎言也。

至於何以人之仁心不當只及於現實界所接觸之人？何以人不當只本此心以謀人類未來之幸福？何以不只本此仁心以完成吾人之人格？何以不只以人類社會之存在卽吾人之不朽？不以立德立功立言卽人生之不朽？何以不當只求人間社會正義之實現而必信有允恒的正義？何以不說此一切宗敎上之信仰皆只滿足吾人主觀之情緒上之要求？何以見各個人之仁心之交感與各聖心之同心處卽可說有一天心？此自有種種之問題，惟愚以爲皆可由充極吾人之仁心之量，而自覺其中之涵義，以爲答。如由此而不可答者，則亦宗敎中所無據以信者。故宗敎心情當由道德心情出，而宗敎心情亦爲道德上當有者。自此言則亦可謂屬於道德；唯道德是形踐上事，宗敎爲信上事；道德只及明，宗敎必通於幽；通於幽使幽者明，而後宇宙爲大明之終始。中國儒者之多，卽道德卽宗敎，禮敎實卽含宗敎，知天卽宗敎情調。中庸曰：「肫肫其仁，淵淵其淵，浩浩其天。」由肫肫其仁而至淵淵其淵、浩浩其天，卽儒者之由道德心情至宗敎心情之言也。

以上所言，度不足以釋先生之疑。姑存之以俟後論可耳。至人文敎之立，今尚非其時。以上所言，一二人私相講論則可，望勿公之於世，徒以駭異天下，亦於事無補。且凡屬言說界者，皆掛一漏萬，亦終可作別解。哲學之效，亦有所至而止。愚嘗聽西方式宗敎音樂與印梵音中超渡亡魂之音，皆爲之憤悱不能自已。西方式之宗教音樂，足引入上達之心、祈求之意矣；梵音中之超渡亡魂之音，足顯人之悲惘之至情矣；然吾望有能讚天地化育之音樂，表對聖賢之崇敬而絕一切祈求之意之音樂，與懷慕父母祖先而通百世之心之音樂。吾知有此無聲之樂之存在於宇宙間，如遇之，將能辨之，然吾非大音樂家，則不能寫出之。王船山先生曰樂以澈幽，又曰詩者幽明之際也。無詩樂以澈幽明，則禮教不得而言，宗教亦不得而言。窮哲學之辨，亦知止乎其所不知至矣！

Hegel 書及拙著一本並奉上，後者奉贈。

匆此不一，並請

撰安

此函特潦草，希諒。

唐君毅 上 十二月九日

三 （一九五五年五月十一日）

思光先生：

卅日示奉悉。玆已另郵寄上拙作一種，希轉贈劉先生可也。承 詢關於佛學之問題，弟於佛學亦所研不深，雖亦不斷研讀，但若干問題，仍存於心，不能決定。熊先生謂佛終不離神我之假定，大約是來自唯識宗之立阿賴耶爲一切種子之能藏所藏上說。在原始佛教，本重生活上指點解脫之道。後小乘諸宗分析諸法，亦只立六識，重說諸法因緣生而無常。此明與神我梵天之說異。後大乘空宗，亦重遮撥，則先生之言佛學爲與印度正統哲學相異者是也。但佛學發展至追問成佛如何可能及輪廻如何可能等問題，而漸立窮生死蘊、佛性、如來藏、阿賴耶等概念時，則又有一肯定一超越之常住者之趨向。在唯識宗之阿賴耶，自其爲種子之所藏並能藏種子言，卽有一實化之義，熊先生大約是自此處說其不異神我。但唯識宗又言阿賴耶與種子不一不異；如不異，則種子生滅無常，賴耶卽非常住者。此不一不異之問題，弟以前曾向支那內學院諸先生領敎，亦終未有結果。此中終有一矛盾。至於楞嚴經、大乘起信論與華嚴經、同覺經等，則蓋爲法相唯識宗再進一步之發展，而承認一原始之眞如心或眞心，不增不減，自性清淨圓滿完成，且可說與一切衆生心非一非異，則與印度正宗思想中之梵天心更爲相近。而密宗之大日如來，則更明爲佛敎與諸外道糅雜之產物。弟以前曾見印順之印度佛敎史，近見日人木村泰賢之印度大乘佛敎史譯本，皆論及此，正符弟初所臆測。唯此二書之論理的分解稍嫌不足耳。

至於專就華嚴心義而言，據弟所知，其主要義當在對治唯識宗之自「多」上言。唯識宗分立八識，衆生各有八識，而一切種子亦有分立義。此亦爲熊先生所斥爲機械論擬物觀者。華嚴是由賴耶遍攝法界一義更進一解，為萬法互攝。此萬法互攝之根據，則當在佛之大悲心不捨衆生，而衆生亦各有大悲心為其眞心也。如此說，則與儒家義亦有相通處。但自一般論華嚴宗之書看其言此互攝義，似最高只妙明同覺心上說。則所謂華嚴世界，卽妙明同覺之心靈世界之相透明而已，此則純是智心也。大約佛家思想，初是自厭離出發，而逐漸肯定心性本淨，見得明覺心，卽至智之窮，而漸知由智生悲之不可已。此悲自亦是仁之見於情者。故與儒家之義可相通。但此悲如說緣衆生之苦而起，則苦拔盡而悲卽可已，至少在原則上可已，則悲仍可在原則上有斷絕。如悲不緣衆生之苦而起，則不當說是悲，只當說是一悱惻或至誠惻怛，而此乃可無所待而自生生不已者。而說其為無所待而自生生不已者，則當由此以見仁性，方為到家，而佛家蓋皆未能進乎此。此所謂毫釐之差。宋明儒之評佛家知心而不知性，此乃最透闢語。唯自佛家教義發展及實際行踐之重由智生悲上說，則實要求知性。如考其思想中之問題，加以鞭辟，則亦可引佛成儒。弟昔嘗有意於此，唯因知識不足，且其中亦有種種反復之葛藤，故亦未嘗論及耳。因承問及，故順筆言之，不能細析也。

大著論宗教文已拜讀。自一般宗教言，尊意自是弟在寫「道德自我之建立」之一時期亦如此辨宗教與道德之異，且視宗教為不須。唯近六、七年來，則覺此中尙須再進一步，而由道德心去安立宗教意識，成就宗教心，方為道德心之充量。此義非急切之所能決，姑俟之以待後悟可也。匆復不一，並候

暑安

唐君毅　上　五、十一

致陳問梅

（一九五九年二月廿五日）

問梅兄惠鑒：

惠示及　大著並拜讀，當即轉人生雜誌社王貫之刊載。

大著駁正胡簪雲先生文，甚是。胡先生文毅前亦曾匆匆看過。彼在基督教徒中承認耶穌爲一人，已爲最開明者，故此間之基督教徒尚斥之爲人文色彩過重。然實則其所見仍未跳出一般教徒之習見之外也。

人文友會股金當遵囑擔任一股，可由民評社徐聘三先生處撥六百元作一年股金。（大約毅托民評社所售之書尙有餘款，如無有，由毅交此間民評社轉兌可也。）

匆候

年禧

君毅　上　二月廿五日

基督教以耶穌爲唯一之聖與神，實堵塞慧根。孔子之聖在其能兼尊羣聖，斯爲廓然大公上天地之量，天地之量實無量，對上帝亦實無全體部份之分，唯此乃純自德量言。自能量言則天地與聖人同有所憾，上帝亦不能無憾。西方人言上帝合全善、全知、全能以爲言，則上帝無悲心，其擔負世人苦難爲份外之恩典，傳教士乃自居於轉施恩典於中華民族之地位之人，此最喪人志氣。

君毅又及

致徐東濱(註)

（一九七三年十一月九日）

東濱兄：（上略）上期貴刊之「假定我是毛澤東的話」一文，未知著者眞名。此文之命意正大，語氣極具眞誠。其不用己名，已見其大公無私之存心，至爲佩服。此在毛氏今日自尙無此公心與智慧；卽其個人有，其黨人之偏見，亦勢非一時可轉。然此類之文如多傳入大陸，仍可促進若干讀者之反省，使其由「封閉社會轉入開放社會」。今之大陸以「反封建」「解放」爲口號，實今所當反者應爲「封閉」，所求者應爲「開放」。能開放方可求進步。貴刊能多載此類以眞誠以論國事之文，必於世有大益。專請

文祺

唐君毅 啓 十一月九日

註：本信見於一九七三年十二月「中華月報」總第六九九期。

致胡欣平

一（一九五五年六月一日）

欣平先生：日前承與李先生枉顧，交談甚快，又蒙寄下勞、陳二君文與佛觀兄信及大示，並一一拜讀。思光此文似以前看過，但未看完。彼天資高，並有狂者上達之志，然工力未必皆能逮其天資之所及。陳君文則更能凝斂入細，鞭辟近裏，其性格似近乎狷。要皆能拔乎流俗，而於心性本源處有所體證，多非五四以來之前輩學者所能及。蓋國家民族已至窮途末路之境，故賢智之士不得不自求安身立命之地，以爲背城借一之戰，是亦天不忍喪斯文之證，毋任欣慰。佛觀兄信亦拜讀。彼爲友人中最能以直道待人者，故心之所不可，卽口之所不可，更無掩飾。卽對熊先生與弟等，如有不以爲然處，亦直言無隱。自此信內容言，前段亦皆深中海光之病，唯後段則有動於氣而過激切處，故用鉛筆加以劃出，先生可一看，如佛觀兄亦以爲然，則似亦可刊登，或抄寄海光，亦可對彼有攻錯之益。不知尊意以爲如何？日前聞李明遠先生言，海光見宗三評金岳霖之文後，卽流淚不能自止。其對金先生有此風誼，正見其性情之眞處。唯私意彼如自此一點性情之眞處反省，便知邏輯以外，世間尙有有價値之物。而其所視爲敵之中國儒學，正是立根於人之性情之眞處，亦所以護持天下萬世匹夫匹婦一切生心動念之性情之眞者。故儒學非其敵，而當爲其友者也。彼近來之文，弟亦時或看見，如只視之個人之表情語言，自無不可原諒，亦無庸計較。其自附於西方學人之文之下以立言，其情亦可憫。蓋國人立言之不爲人所信，乃不得不徵引西人之所言以自重，亦已久矣，是非海光一人之過也。然如海光眞自以其所言爲眞理，則又誤矣！其近來爲文時，以嘻笑怒罵出之，尤非宜。中國儒學亦非嘻笑怒罵之所能毀者也。日前李先生言及彼譯邏輯基本一書時才十六歲，果如此言，其聰明勝弟多矣，若將此聰明盡用於積極性之學術工作，其成就豈堪限量。弟從不輕賤中國古人，亦不輕賤中國今人。吾嘗謂在吾心中，金岳霖先生之地位亦並不在 G. E. Moore 之下，吾亦不以海光必在西方之邏輯家之下也。今祖國山河破碎，吾人已一無所有。上帝在無中造世界，吾人亦只有在無中造世界，便決不當自餒而當自重。不薄今人愛古人，而德由此厚，慧由此增。海光能尊西方之學者，乃視中國文化與中古今人皆若無物，蓋非所以養德慧之道也。如彼見徐先生之函而知恃才傲物之不可久，而廢然思返，則不特彼一人之幸也；唯如度其不能虛懷大受，徒生瞋忿，則亦不必寄去。天下事非皆口舌所能爭，學問亦非皆辯之所能明。人恒必至山窮水盡而後自悟，此亦無可奈何者也！唯先生等與彼相善，仍望相機略盡忠告之言，亦愛人以德之義耳。不盡一一，並候

文祺

弟　唐君毅　一九五五、六、一

二　（一九五六年）

欣平先生：牟宗三先生大著五册已讀完，今奉上。此書確爲深入西方哲學問題，而袪疑破執，重建康德哲學，而窮智見德，以通中國先哲之義之大著，前所未有。唯思想與文字皆極曲折，一般人恐不易看，度銷路不能多，而　貴社願印，足見巨識。唯私意此種有永久性之著作，不印則已，印則宜稍求精美。此在宗三先生本無所謂，彼年前來信，謂此書無人印，只合藏之阿里山神廟。今能印出，彼已甚感。彼來信唯望行數排疏點。弟前望印老五號字，亦弟一人私意。如此乏銷路之書，使　貴社破費太多，亦心有所不安。不知老五號字較新五號印，究須多費若干？如在千元以內，弟願設法募集，作爲補貼，不知可否？弟自亦不便多所干瀆也！（下缺）

三　（一九五七年五月廿三日）

欣平兄：

前月在芝加哥時曾奉上一械與兄及思光、達生三人者，不知已否收到。信係交由珠海轉者。弟於芝加哥觀其哲學會議後，卽返此間，乃得暇將拙著之中間一部費十日之力修改完畢，已於前日寄出，據云一月可到。玆囑內子將拙著已整理完竣之一部及一部之大半送上，仍望皆能用老五號字印刷。如貴社印刷能力有限制，則望印文化意識與道德理性之一部，以與牟、方二先生之書可配合。中國人文思想之發展中之文章，一半係登於祖國，一半登於民評。民評或可望得自由亞洲會幫助出叢書，則將來由民評社印亦可。但如　貴社同人願為印行，由　貴社印亦可收互相配合之益。弟無意見。民評計畫尚未定，亦無礙也。

弟來此後，頗有感觸。此間之研究中國文化歷史及思想者，尤只知在搜集材料上下工夫，其觀點多甚偏。如有人謂中國數千年只為一專制社會，故共黨之產生為必然，亦不能改變，只有加以承認。又有人謂毛澤東思想與孔子思想為一貫者。亦有人謂中國思想缺宗教，原為唯物論者。此種種思想，由所謂大學中之中國學之教授發出，實是生心害政。如 Fairbonk 近又著文論承認兩個中國。前在費城遇翻馮友蘭哲學史之 Burtt，彼亦有類似之見；但彼未當面談及此。此外，持此類見解者尚多。故先在三藩市時與君勱先生，在 Iowa 與梅貽寶談及，皆覺此為一大問題，而一切皆由數十年來中國人對自己文化及未來前途之信心不足，更不能影響他人之故。此間之研究中國學者，多受五四後北平風氣之影響，只是幫助整理中國國故，不相信中國有文化之生命之發展，故在大觀點上多偏見。吾人今實須讓吾人有聲音能為世界所聞。君勱先生甚望弟之人文精神之重建譯為英文，以改變西方一般人之觀念性。該書由論文集成，不甚整秩，改編與翻譯皆非易事。但吾人能先在中文中多出版一些書，仍可間接有影響(至少在他人詢問時有可回答者，如牟、方二先生之書，弟已屢口頭向人介紹)，因香港之書，此間各大圖書館皆尚喜購置。但吾人之書印刷太壞，尚不及中共所印，此亦無形中為人所輕視。弟來此後，遇彼方學者所贈論文或書籍，皆印刷精美，常不免於回贈弟所著書時，在印刷上已自覺相形見絀。此乃吾人財力所限，自不必在此處與人比，但亦須在此注意。弟之望中國人文思想之發展一書仍用老五號字排印之一理由，亦在於此。唯弟在此雖覺中國之國家與文化，並未能為人與以當有之尊重與期望，但個人之信心反有增加，對中國國家與文化之前途之信心亦有增加。實際上中國人之智慧決不亞於世界上之任何民族，如在工科及數理方面，中國以前文化不長於此，而今之中國人在此之表現，即已為人所共認。但在人文科學、哲學、政治方面，則以東西文化傳統之不同、民族之偏見、語言文字之隔膜，皆還為西方人了解中國之障礙。平心而論，數十年來，東方人之對西方之了解早已超過西方人對東方之了解。此間有東西哲學季刊，其編者即自認此點而寫為文章。弟來此後，他事未作，但凡遇中國人必先言吾人皆互鼓舞自信之心，蓋如無自信心，則在美國社會一切局面皆擺定，中國人側身於此，久了未有不歸於頹喪痲木者。此甚可畏。拉雜順筆書此，以當晤談。史、徐、李、勞諸先生均候。

弟　唐君毅　上　五月廿三日

致王厚生

厚生先生：前日承枉駕爲幸。大著已拜讀。先生以硏究社會科學之餘，旁及哲學，於學術上用力之勤，至堪敬佩。唯尊著涉及範圍甚大，而於每一範圍文字論述不多，恐更增讀者之惶惑耳！哲學大綱之書，本最難著，因派別紛繁，盡述勢不可能，且卽博學之士亦不能免於掛一漏萬。故西哲之爲此者多以一問題爲中心之論法，如羅素之哲學大綱一書，卽只就內外界之知識問題爲論。否則以一定之觀點分析各方面之哲學問題，作持平之論。然要皆最不易見好，有時且較自選一思想系統爲尤難也。

至於尊著在譯名及內容方面，亦似可商者甚多。唯因弟所務太忙，不及條舉。今謹囑一同學送還。諸惟諒察爲幸。

君毅　上

致沙學浚

（一九六二年）

學浚吾兄：自大駕返臺，匆匆又逾半載。前讀大著評港大某教授之文，足證此間英人之無知，惟恃其在殖民地之地位，故肆無忌憚。吾兄正其謬妄，亦爲此間之華人吐一口氣。港大於去年亦有一西人教中國哲學，爲三院之哲學考試會主席，亦狂妄無知，欲擅定考試內容。幸此間教哲學之同人皆聯合一致，而彼與港大同系之人亦不合，乃得使其辭去主席之職。吾人今日以國家未臻富強，致處處受人欺凌，然吾人知識份子則不當以此而自輕，甘居人下。而兄之爲文斥謬，弟實所佩敬。惜知識份子中如兄者太少耳。內子昨由臺返港，具道小女因灼傷入院，時承兄及嫂夫人往省視多次，又蒙招宴，多蒙推愛，實深感荷。匆此數行，聊表謝忱。專此，敬請

教安

嫂夫人均此問安

君毅　上

致章力生

（一九六二年十月九日）

力生尊兄左右：四月前承　某某先生轉下　手示，曾反復雒誦，具見吾兄信道之篤及相期之誠，念不能草率作答，欲俟心情稍靜，再從容詳陳鄙懷。顧以校中事務及其他人事雜沓，乃因循至今，仍只有略抒愚見，以報左右。

憶弟與兄相識，初由楊蔭渭兄介紹，在重慶府上奉候。當時見兄壁上懸自力主義之扁額，即知兄之兢兢自勵之精神。後在江南大學共事，於言談間復知兄之性情過人，眞誠惻怛，即嘗與友人談，謂兄有宗教性。今相別十餘年，而兄竟亦篤信基督，以傳道自任，並承代爲祈禱，感佩之情如何能已。弟於基督教義固未嘗深研，然關於上帝之哲學問題，則亦嘗有所究心。哲學性的神學之書，亦嘗略讀。唯觀其派別紛繁，亦未知所適。依弟之哲學思想，弟亦肯定有宇宙眞宰之存在，此亦先儒思想中之所有，如昔賢所謂天、上帝、天心皆是也。即依佛學亦有法界、大我、常住、眞心、如來藏心凡此等等及印度教之大梵。依弟之哲學觀之與基督教之上帝，實同指一宇宙眞宰。在究意義上無二無別。至於各宗教哲學之不同，乃在其人性觀世界觀及救贖與修持之論方面，此乃依歷史文化及人之思想而異，而屬於「方便多門」方面，不屬於「歸原無二」方面。依弟鄙見，如言此眞宰之啓示其自身，此亦有各種啓示其自身之方式，不限於一方式，亦不限於一地區一時代，而人之上達於此眞宰，與此眞宰之下降救贖，亦實一事之二名，如人心不能上達，則眞宰亦不能下降救贖。故弟對基督教雖加以尊重，然竊不以其排他的救贖說(此乃 Lceky 之名)爲然，而此排他的救贖說，蓋遠源於猶太民族自居選民之觀念，此並與耶穌之言不合。耶穌言天之降雨遍及義民與不義民，則上帝之啓示其自身亦遍及於一切民族中具神聖秉質之人之心。在此點上，弟於俄哲 Berdyaev 對基督教之之批評尤多心契。彼與天主教哲學家 Maritoin 皆言 Invisible Church。想基督教中，應亦有言之者。Invisible Church 乃爲眞正由上帝建立之無所不在之 Church，而一有形之教條教義與教會組織，皆只能爲一方式之表現，此卽所謂道並行而不悖，非謂太初有道之道爲多也。故依弟之見，如必世間唯只有一條救贖之道，則不特人海茫茫，皆陷身泥淖，亦與宇宙眞宰之愛之無所不運之本性不合。而人之堅執救贖之道只有一者，其初志雖至誠，後恒繼以狂熱，以反異端，則瞋心慢心相緣而起，其禍遂不可勝言。此皆觀諸歷史信而有徵者。故弟竟今之不同之宗教徒，宜先求廣大其心量以相容相攝，不宜仍循歷史之故轍以相斥相絕，而此中之義理，亦非倉卒之所能盡，然要之皆依於理性與信仰之相輔爲用，方能對此中之問題加以疏決也。

弟以上所陳，自度必不足以符兄之所望。弟之言「人之上達」與「眞宰之下降」爲一事，尤爲此中癥結所在。此乃關於天命與人性如何澈通之問題，乃屬於宗教及哲學之最深邃處。弟年來所著，亦未盡百一，容俟異日專書論之。唯有一點須聲明者，卽弟所想之人文主義，決非西方文藝復興後之人文主義，乃信人性與天命爲一之人文主義，此人非一般人，而爲大人、聖人、天人之人，而成此人亦非出於人之自大心與傲慢心，而去此自大與傲慢，亦正爲工夫之第一步。此與基督敎亦無不同，而此義蓋亦非兄之所許。然弟仍相信，吾人之所見之不同，仍終有可契合之處，但不在語言文字之所及耳。匆此奉覆，並候

大安

嫂夫人及闔府均此候安

弟　唐君毅　上　十月九日

致章力生

致逯　現

（一九六三年十一月十七日）

逯現兄左右：月前李杜同學歸來，盛道足下之爲人與爲學之態度，乃今世所不易得。旬日前收得惠寄Greene 君之書及所附惠示，均經拜讀，並遵囑將此書交李杜一閱矣。Greene 書所述當皆是事實，由其文章之態度，亦可見善於作同情之了解。大陸中國內部人民之勤儉以及合作之精神，皆可由其書而躍然若見，亦令人感動。中共於此，亦有發抒民族之潛力之功。但此亦多爲中華民族固有之美德，我於幼年時尚略見及之，唯由數十年中國社會政治之混亂及西帝國主義之侵略及農村經濟之凋敝而全破壞喪失者。故其所言者，實與馬列主義並無必然之關係。在我之意，馬列主義之教條與思想統制，仍必須打破，而民族心靈之封閉，於此亦終不合中國文化之重心靈之通達之精神。吾人能同情的了解中共之長，而中共則將中華民族之心靈與思想封閉於一無用之教條，使中華民族之人不能知世界之大與學術文化之天地之廣，則暫以此自固有餘，而以之開發民族之創造力則不足。中共能知社會關係對人民之自然的生命能力之桎梏，而知至其中求解放，而未知馬列主義之教條對人之精神的生命能力之桎梏，亦求而自其中解放。故其十餘年來在文學、哲學、科學理論及藝術之創造方面，皆無所成。而其只肯定合作互助之道德生活，而於此以外統以自私目之，亦實未當。故在我之意，即對Greene先生之所述全部承認，吾人仍有一進一步之學術文化之工作可作，而其要則在自馬列主義之教條中解放。能作到此一點，則中共之歷史價值——亦如秦之廢封建之歷史價值——亦終可被肯定。中國之前途繫於此進一步之解放能否作到。此如不由於外力之脅迫或外在之文化思想運動使大陸人心覺悟，則將由其自身之演變，由反赫魯曉夫而反馬列主義之自身。近大陸中有劉節教授倡孔子之唯心之論，以評馬列主義之無限制的階級觀點，其所作文雖遭攻擊而亦竟得發表，可見中國人之人心之思想仍非馬列主義所能限，而在數年前大鳴大放之時期，武漢之學生亦嘗組人道主義之學會以反馬列之階級主義。馬列主義只知後天之階級性之人性，而不知先天之超階級性之人性，而對此人性之存在不能有深切之自覺，則人之全幅的精神智慧思想上之創造能力，即不能眞正解放出。此義甚微而其理則至眞。我與若干友人如牟宗三先生等之反對馬列主義，乃著意在此。而我亦信中國大陸之人心與學術思想，終必向此而趨。吾人在海外之責任，亦卽在由思想旁敲側擊，以促進此趨向之完成。至於現實上之如何演變，則儘有不同可能之道路，亦無人能預測者也。卽候

學安

唐君毅　啓　十一月十七日

致遂　現

致高登河

（一九五八年）

登河先生：惠函奉悉。承告近所讀書，足徵好學不倦之誠。讀書之事要在日積月累，並於各書異同得失之際，求有會心處，則不期效而效自至矣！

承索小照，茲奉上一幀，乃去歲應邀出外游歷時友人所攝，因另無近照也。（下缺）

致易陶天

一　（一九六七年八月廿二日）

陶天學兄：八月來在日本，多承照拂爲感。

孟子言人之患在好爲人師，毅亦實無德能足爲人師，唯本孟子三人行必有我師之意，則師友之倫，固可無所不在耳。

十四日上機後一小時卽抵東京。曾訪問東京大學，並與宇野、安岡、胡蘭成等先生聚晤。十六日卽返港。返港後數日中，日日有人客往還，竟無一刻伏案，故惠函亦未及復爲歉。唯此七、八日來，雖甚勞攘，病目尚未感特別不舒服，顯較上次返港時情形爲好，但看來仍須多休養耳。

臧先生所提議以日文作中國思想之介紹，足以使彼邦人士對中國有更多了解，但如欲求所介紹者深入，自須有一番工夫，倉卒所就，只能及其粗枝大葉。臧先生之意雖美，但亦宜謀逐步實現，固不可期之太速。以後與彼函時，當便中及之。但兄亦可與當面直說，要之以一方承認此事之重要，一方定實現之步驟，一方求具備實現之條件爲是耳。我原意於愼之兄小姐回臺時，托其少帶禮物回臺，以

代問候，臨行又忘了。希於彼回臺之時，一爲致意。餘不一一，卽候

文祺

內子囑筆問候

君毅　上　八月廿二日

二　（一九六七年十月二十日）

陶天兄：惠示及像片並奉到爲感。承托臧先生帶禮物，與鄭君晤面時並希致意。

人間師友之義，不在形式，而在道之是否確有相承相輔之處。弟子不必不如師，師亦不必賢於弟子。唯如吾人確覺自家思想學問受他人之啓發而致，則於他人卽可心師之，不必問時地之遠近，則師友之義不在形式亦明矣！至如本未受啓發而稱人爲師，則如昔之遞門生帖子之數，卽爲濫用師之名，亦無異不敬「師」，不特爲諂也。反之，如確受啓發而必諱之，則爲慢爲憍。至於是否確受啓發，則純屬個人主體之感受，亦純屬良知領域之事，蓋非他人所得而譏議。此皆純從義理上說，至於在我個人，則昔亦嘗聞歐陽竟無先生之言，謂「學也者所以學爲師」，然此事談何容易，自不敢以人師自居。王貫之兄與我年相若，而彼來函必以師相稱，屢勸不改，我亦無可如何，此則稱者自稱，不居者

自不居，亦可並存而皆無不可也。至於對朋友之道，則於眞朋友自有忠告之義。但今所謂朋友可爲一廣義，卽凡有一方面之興趣相合，或所同事者亦是朋友，則標準又不能太嚴。取朋友亦可暫不問其心術，只就其興趣相合之一端，或於事業足以相輔之一端而取之。在廣義之社會文化事業中，則人只需有一長，皆對最廣義之人類社會文化有補益，亦卽皆可爲吾人「關心此人類文化事業之大心願」之所包容，則卽其心術不正者，亦不必盡絕之。唯當一面望其心術之歸於正，一面防其生心害政之事，略存戒備，則於忠厚亦無傷。若乎其心術之害政者既已彰著，自可由疏而絕，此亦當俟情形而定，由個人之良知裁決，亦不能先有意必之心，又須自省良知中之是否有夾雜，方能自定其裁決之是否不誤，此亦是自原則上說，不知足下以爲如何耳！

回港後，目力依舊未進未退，但亦可多少看些書。大譯俄國思想史亦看了。對俄國精神頗增了解。貝氏亦確是有慧根之哲學家，故能畫出此一型態之精神之面貌，較 Toynlee 所言深透多矣！大譯亦有一生氣流行，讀之不覺滯礙，但句子或太長，又缺標點，將來可再多少改正，加以重印也。

又在日時，承　詢拙文中「連篇累牘不出月露之形；積案盈箱唯是風雲之狀」二語之出處，前日無意間查得是出自「隋李諤上隋文帝論文輕薄書」；又關於法華玄義之一段文，亦已查出。均此附告，餘不一一，卽候

儷安

內子囑筆問候

君毅　啓上　十月廿日

致黃振華

一（一九六三年二月廿四日）

振華同學仁棣惠鑒：

小女因不愼受傷，多承賢伉儷到醫院省視，內子前來函已述及，毋任感謝。昨奉惠書，並續假書一紙，續假書當存案。棣本年度未能來港，校中已暫聘耶魯之退休教授 Greene 繼任前爲棣開設之數課，唯 Greene 先生用英文講授，對若干同學不無困難。下年度如棣能在臺大請假，鄙意仍望棣能來港共事，並盼於四、五月間能早有一決定，以便調動爲感。匆此奉覆，餘俟後詳。專候

儷安

少兄　君毅　上　二月廿四日

二（一九六四年九月三日）

振華仁棣惠鑒：惠示奉悉。月前在檀香山開會，因方先生代替上次會中之胡適之先生，故中國人之意見大體上一致，皆能了解西方而立足於中國思想之本根。此爲可慰。

承告謂關於論康德之第三批判之大著今已完成爲慰。國人介康德，從未有如棣之能貫徹其思想之各方面而論之者。棣今以十年之精力爲之，實乃空前。鄙見以爲棣在完成對康德之論述之後，亦可順康德之線索，對康德以後由非希特至黑格耳之發展，及以後新康德派之復興康德，直到當代卡西納之知識論與科學、語言、文化之哲學，皆予以一次第之介紹，以窮原盡委，則此一系之西方哲學皆得爲中國文化所接收，功德將無旣。毅若干年來於英文所譯康德之著及此後之此一系之著，實亦大體皆讀過，但因不諳德文，且皆只求通其大意爲止，故未敢有所論述。然亦恒以爲此一系之思想之深度與高度非當代他派之思想所能及，抑亦可邁越希臘中古之哲學，爲西方哲學之一最高成就，兼可補中國思想之所缺者。因念棣能本其對康德之熟，再順流而下，也可更得其曲折，並評論及此後起之繼康德之諸家之得失，此蓋非中國今日之治哲學者所能爲者也。如棣之興趣有所轉變，亦宜引導來學之青年，循棣所論述而下溯，未知棣意以爲如何？

至於惠示所提及對康德諸判斷中各種主體之綜攝會通之一問題，此確為一深微而不易論之一問題。惠示提及反省的判斷，謂由此或可得一線索以為會通之資，亦具深旨。鄙見嘗以為康德之以道德為主體、為眞實之主體，此蓋確乎有見，亦可由茲以通中國思想之大統者。唯康德之言道德，以理性的意志為根，又重在行為之合於形式律，此恐未能窮盡道德的境界之全體之勝義。似宜謂凡於人生及宇宙中一切有價值者之事加以一超越的反省，而重肯定其價值以生發之成就之，皆道德意識之所攝，是卽中國孔子所謂生物成物之仁也。若然，則道德意識之根本性情。而其所肯認者，則為有具體內容之價值，則康德以道德主體為眞實之主體之義仍不傾倒，而後康德派如黑格耳之以邏輯理性為絕對主宰，及近世如哈特曼之論價值之自存而廢康德之道德主體之諸說，蓋皆可由撐大康德所謂道德主體之涵義，以答復其疑難。唯鄙見亦非倉卒所能盡，未知有契於棣所謂反省的判斷否？去年牟宗三先生於民評曾連載一長文，就康德的道德的形上學與宋明儒之言心之性情之義之關係而論之，亦未知棣見及其文否？鄙見蓋多與之同，唯以為此中尚有可發揮及宜更加探索者在。而棣函所謂由康德之哲學之研究將進至對中國文化之已往及前途之探索，亦蓋以此中確有一橋樑可相通之故也。目前吳敬軒先生已面告棣不能來此之故，來示謂數年中將留臺。此亦甚善。在愚意亦以為國家學府所在，不宜輕言去。前歲因棣言欲以所著書售稿費，乃有望棣來港之議，名位既不相當，自不能苦棣所難。而此間之情形亦多令人掃興。根本原因在有中國文化意識者與只有洋奴意識者之難於水乳交融。錢先生之辭職，乃是意在促進社會人士之反省。唯新亞董事會仍只准其暫行休假，望十一月以後，彼仍能復職。我意亦以爲只消極求退仍非一辦法，亦有違新亞創辦之初衷，故今仍與吳士選諸先生共維新亞之現狀，一時當亦不致再惡化，將來至少望能作到使錢先生重回校講學，以保持中國人之傳統教育之精神於一線，此當無大問題。故報章所傳新亞卽將毁滅之說，亦爲過慮，望棣亦釋念爲幸。匆此不一，並請

暑安

東美師返臺後想安健，晤面時希代候。

君毅　一九六四年九月三日

三（一九六五年十二月一日）

振華仁棣惠鑒：

賜示奉到後夾於書中，初覓未得遂日復一日，稽延至今乃重發見。大示已將二句，今乃得奉復爲歉。

棣有意治佛學至佳。吾人東方人雖讀西方書籍，然靈魂深處終有一東方之氣質，大約到中年以後，皆自然有一返本之趨向。又西方哲學總是思辯爲主，在人生性靈之安慰上，在西方哲學家仍求之

宗教，而宗教信仰是一回事，哲學思辯是一回事，然終缺乏一整合。吾等東方人總期在智慧通於所信所行，而東方之哲學皆歸在爲賢爲聖，使人有安身立命之地。此點在儒釋道之教皆無分別。儒釋道三教之語言名相及思想重點，雖有不同，然亦自有橋樑，可相通相望。在明末儒者如陽明學派之王龍溪、管東溟、趙大州等，卽皆不闢佛，而當時佛徒中之憨山柴柏亦兼爲儒學，而道教中之三教同源之思想亦於是此大興。後來這種三教混淆之論，亦由此來，是固不足爲訓，然謂其間有通處，亦不可諱也。

治佛學自應以唯識法相爲入手之處，但其中亦有太繁瑣使人意悶處。鄙意可調劑之以空宗及禪宗之著作中有文字意味者。以後再歸於中國之天臺賢首之融會空有之論。毅前歲因先母在大陸逝世，心情更多及於超世間之事，故近二年亦讀佛書時較多，然少年時聞歐陽竟無先生、熊十力先生等所講之唯識法相之論，仍爲一基礎，但覺於中國後來發展之天臺華嚴之論與禪宗淨土之言，更多親切之感耳。

（中缺）

匆此不一，順請

文祺

君毅　十二月一日

致黃振華

四　（一九六六年十一月）

振華同學仁棣惠鑒：

賜示奉悉。知近治佛學與儒學爲慰。鄙見以爲佛學當以悲願及去煩惱染汚之工夫爲本，此則不必與儒家及康德相衝突。唯一般講佛學者及佛經中多不相干之題外話，則難會通耳。

我上年患嚴重之視網膜脫離之目疾，曾藉哥倫比亞大學約講學數月便，赴美就醫，但歸來後四月，仍未復原，且更有惡化趨勢，故八月來皆不能眞正看書，亦極艱於執筆。拙著唯囑人生社直接寄棣及東美師各一册，請正，亦未及具名，希晤見東美師時代爲致歉，並問候起居爲感。

日昨此間二醫生皆謂我之目疾在美之手術未動好，擬在日內再去日本就醫。此病恐須長期治療，而能愈否尚未可知，亦苦事也。匆此，卽候

教安

君毅　上

五　（一九六七年七月一日）

振華仁棣惠鑒：

惠示奉悉。賤恙承棣及東美師關念爲感。目下之治療只能作到不致失明，但全恢復則不易。唯望右眼能保持，則隻眼亦可看天地人與讀古今書也。

由示知棣敎易理之課，甚慰。昔宋明儒多是少年習佛老，晚年而求諸六經，今吾人亦大皆四、五十以前學西方哲學，晚而治中國之學問，而中國學問亦實有大慧，正有賴吾人之逐步求之者也。

然中國之哲學與歷史考證及訓詁之問題相雜，確不如西方哲學理路之清楚，學之易於有得。大率先治西洋哲學亦今日不可少之第一步之事。然據我之經驗，由西洋哲學回頭看中國哲學時，初皆不免以西洋哲學之觀念爲本，而喜比較同異，若有新見。但進一步，則又處處發見有問題，多經數千年之討論未有結果者。於此若自下一主觀判斷亦易，如一一就昔人之討論，虛心體察其正反之見，卽所費工夫至多，恒須自家見解前後屢易，乃能得一較自信之見。如以易經一問題而論，由西方哲學轉入中國哲學者，初步蓋無不於此書覺處處有啓示，但一按實去看，則於漢魏宋明清對易經之解釋卽不能不理，而此一書之時代，亦不能如漢儒所說者之簡單。又其初是否卜筮之書亦爲爭論焦點之一。是見哲學史之問題與泛講哲學義理者又不同。故我意講易經如連哲學史講須先講易學史。易學史較有把憑而易經本書則初蓋仍是如朱子所說乃卜筮之書。唯卜筮之書之涵義不限於卜筮，故孔子贊易，後人又本孔子之言以作易傳耳。若必如焦循等視爲天造地設之一系統謹嚴之書，則此可爲後人之一種哲學上之看法，不必爲哲學史之看法也。

漢唐人講孔子之學，本以易與春秋爲主，宋人乃特重論語，然此亦因易與春秋之問題太多，而論語則義理較確定，又其言深者見深，淺者見淺，於學者較有益也。

我近時感讀書之態度有種種，純看哲學義理與哲學史之態度固不同；而只讀哲學書以爲身心受用，及立教救時弊之態度，又不同；故講學著文亦有種種態度。而觀古人之立言，亦要看其依何態度以爲言，則可知言非一端而各有所當之處。大約昔我在大陸時，仍只是以西方哲學爲對照而對中國思想見得一些惝恍迷離的影像。此十餘年乃見得中國思想之獨立性，自有其名辭概念與一套問題，與義理思想發展之線索，須一一加以分別處理，再合而觀之，然後中國哲學史之全體可逐漸明白。其重要意見卽在中國哲學原論一書。原論卷下之中，原性篇則爲一核心。但此書仍留下種種問題未能論及。又以目疾之故，卷下未能校對。但今已付排耳。俟出版後，棣可一閱，或可資啓發也。匆此不一，並請

文祺

賤恙今仍只能用一目，故不能多寫信，不日將仍返港休養。

君毅 上 七月一日

六 （一九七四年十一月廿二日）

振華仁棣惠鑒：

暑中我曾去臺北及日本京都開會。在臺北時知各方皆囑望於棣之振興臺大哲學系，亦足見大家皆望好之意。至於我是否去臺，則不相干。此間中大我雖已退休，但仍負研究所責任，去臺亦只能短期。在三月內不會離港他適。棣來港時一切可詳談，書函中亦不能盡意也。匆此奉復，餘容面詳。專請

旅安

君毅 拜啓 十一月廿二日

七　（一九七五年一月廿六日）

振華仁棣左右：

十九日示奉悉，知已正式接任臺大哲系主任，並承促早日來臺教學，至爲感慰。棣爲學與作人皆以篤信爲本，臺大哲系前途定可有一正大之方向，唯若干積弊亦非一日所能驟改，亦宜持之以漸、感人以誠以求日進。孫智燊君前之所爲自代表一道德的勇氣，然亦不得已之舉，可一而不可再也。

至於我之來臺之事，則在此間中大方面雖內部同事亟能合作，但在整個中大之當局則力求適在此間之政治現實，如大陸批孔則將孔子銅像置地牢中。我之講座教授名義之繼任人選全不徵詢我之一言，及今仍空懸。故原亦願至臺講學。臺灣之學生實好學過於香港，無此間之政治風氣之壓迫，心情亦可較爲輕鬆。唯中國文化學院之張曉峯先生三年前卽致送華岡教授之聘，後又聞孫智燊君言及爲臺大聘我而經之阻撓情形，故去暑在臺時曾面告閤、張二先生。我如來臺當屬訪問講學性質，不便限在一校，只須有一住處，亦不須有一定之名義待遇。故皆未正式簽約應聘。同時在新亞董事會方面則謂我雖自中大退休，仍望繼續擔任新亞研究所事。研究所規模雖不大，然能細水長流，亦可保存一學術文化之據點。而臺方之教育部及行政院亦力加以支持，在經濟之困難方面與以若干之補助。貴校閤校長亦知此事，並曾與我面提及新亞研究所與臺大之文學院交換師生之事……。似此情形，則須俟此間研究所之重建至一軌道，我乃能脫身。在一、二年中只能以短期來臺講學。故今尚不宜正式在臺開課。在本年度我希望能於三、四月間至臺住一段時，下年度或有在臺住較長時間或一學期之可能，要以研究所之重建至一軌道未定。如能達此目標，則我意港、臺兩方亦宜進一步求建立若干學術教育上之聯繫交換，此對中國文化與政治之未來人才之培植、風氣之轉移，皆爲亟須也。

前聞棣將過港，本擬面談，後聞不獲來港，爲之惘然。匆此亦不能盡意，諸希諒察。並候

儷安

君毅　上　一月廿六日

八　（一九七六年七月二十九日）

振華仁棣惠鑒：

惠示已奉到多日。胡健人先生由臺返港，承其轉告蔣部長望臺大重視中國哲學，牟先生及我能兼職，輪替去臺講學云云。想初皆棣之美意也。關於牟先生開設何課一事，我曾面詢，彼謂教部聘函到時當即函告。其來臺時間大約與我去年來臺時間相同，即今年在十二月至明年一月，及明年五、六、

七月，每週上課時間，牟先生恐不能如我之六、七、八時，至多只能每週四時，又只想講一課。俟聘書到後，棣可再與商量一切。我意若能勸其講邏輯哲學 Phil of Logic 必可矯正臺大由殷海光所留下之偏叵之學風。我意牟先生所開之其他之課他人未必不能講，但對現代邏輯當有之哲學基礎，則蓋未有人用心之深能及牟先生者。唯臺大是否欲其開此類課乃一問題。又牟先生是否肯教此課，亦是一問題。此皆須棣酌定後再與之函商。匆復不一，並候

儷祺

君毅　上　七月廿九日

東美師及臺大哲系諸同事先生及研究所同學便中致候。

九（一九七七年一月廿一日）

振華仁棣：

前在臺養病，屢承存問爲感。返港後終日匆匆，未及奉候，唯於覆柏園函囑代致意。日昨又奉惠書，諸承關念，並告以薛先生服白藥之效果云云。薛先生之文我前已見到，白藥亦嘗服用，但不知預

防復發之作用畢竟如何耳。照榮民醫院醫生所囑，我於下月初將至臺一檢查，屆時再謀晤談。專此不一，並候

冬祺

君毅 上 一月廿一日

十（一九七七年五月十日）

振華仁棣：

返港後已歷二週，因飲食較佳，體重略有增加，看來病情已漸好轉。不知東美師近狀如何，至爲繫念。屏東醫生之藥是否亦有效，若無效則張霽天醫生之藥亦可一試。日前李幼椿先生面告其爲壻之兄患癌症，西醫已宣告絕望，全由服用張醫生之藥而漸告痊癒。大率此病人各不同，故宜多試驗各種藥方也。東美師處，希代問候，若需於香港購藥，望即示知，當爲購買請人帶至臺北也。匆此不一，並請

教祺

君毅 拜啓 五月十日

致黃振華

兆熊
宗三諸兄處均希代打一電話問候爲感
愼之
孚坤

致鍾銘詩

一（一九五六年一月十四日）

銘詩先生左右：昨奉一月六日大示，敬悉　先生好學不厭之誠，承不恥下問關於西洋哲學應讀何書。毅個人於中國及西方哲學亦所知甚少，十數年來雖在大學中任教中西哲學之課程，然所專治之方面亦不多。又毅治哲學，雖先用力於西方哲學，然歸宗所在仍在中土聖賢之教。數年來所寫應世之文，皆偏重由西方哲學之義引歸中土聖哲之義。故私意恒以爲不識西方哲學亦無礙於人之灼見宇宙人生之正道。唯在當今之世，吾人既與西方文化相接觸，則對其文化之本原所在之哲學加以究心，自亦爲賢智好學之士情所不容已。如　先生之不長於西文猶專志研讀若此，尤深佩服。唯據毅所知，中國關於西洋哲學之譯著，其中好者固亦不少，然輕率翻譯妄肆論列者亦多。如不諳西文，對此類作品只可求略知大義，如求知過深，反易生障礙。

大率就毅瀏覽所及，商務所出版之關於西方哲學各家著作之翻譯，由關琪桐、慶澤彭二氏所譯者皆清楚可誦；西洋哲學史之譯本亦以慶氏所譯 Thilley 之哲學史爲最好；詹文滸所譯之 Durant 之哲學的故事與哲學概論亦譯筆甚流暢。又商務出版之大學叢書中，溫公頤所編之哲學概論及道德學二書，實是譯 Cunninghan 及 Wuirheed 之著者，此二書亦大致不差。此外，則張東蓀氏論西洋哲學之道德哲學及新哲學論叢，亦文從字順可讀；景幼南所譯柏拉圖五大對話集及方東美先生之科學哲學與人生，皆文筆頗優美。凡此等等，皆十數年前出版，想先生當已讀過。至於此數年中，則書店中所出版之西洋哲學書殊不多。吳康於華國出版社印行之近代西洋哲學史尚可看，正中書局近出版牟宗三之理則學及亞洲出版社出版殷海光之邏輯新引，對於了解西方邏輯皆甚有幫助。大約現在之出版社中，在臺之正中書局、中華文化事業出版公司，及此間之亞洲出版社，皆分別有若干之哲學書出版。先生可函諸出版社寄目錄以便購書也。唯私意以爲，先生治哲學如以中國哲學爲中心，則儘可對西方哲學略觀大意卽足，只讀譯本亦無礙，如欲對西方各家求精確了解，又無暇再學英文，能習日文亦佳，因日文中西洋哲學之翻譯遠較中國之翻譯爲多也。謹以疏陋之見，拉雜奉報，諸祈諒察，並候

文祺

唐君毅　拜上　十四日

二　（一九六〇年三月六日）

銘詩先生道右：賜示拜悉。日前閱報知印尼政府種種措施，遙想貴地僑胞處境，輒為扼腕不置。此間文化界人士相距萬里，情無由達，唯曾致電貴總統及聯合國，遙代呼籲，弟及錢先生亦列名其內。然一紙文章，固無效果，唯聊以抒共同之積憤耳。今奉賜書，知先生所歷艱難，更非始料所及，彌深感念。唯祝　士君子本吉凶與民同患之志，不以憂傷自沮，再徐圖良策耳。承示擬將尊藏萬有文庫寄贈新亞，盛意至感。先生辦理僑校數十年，今不幸停辦，在先生之意，蓋以敝校亦同屬流亡之中華子孫在艱難中所創辦，故欲以相贈，使印尼之僑胞雖不得讀先生所藏書，而此間之僑胞得讀之。賢者之用心固當為敝校同仁所深佩。唯以最近新亞之情形而論，以得港政府之補助，在經濟上已勉可維持，並有經費可陸續購買書籍。今此先生所藏書，乃　貴校刼後僅餘之物，私意或由敝校依價購買，或暫負保存之責兼供師生閱讀之需。俟書寄到時，當與代校長商之。至於先生之私人書籍，或由弟代為收存，或並存敝校圖書館中保管。諸祈釋念。關於先生以後出處事，尊意擬先去臺灣，意亦至善。臺灣畢竟為吾人國土所在，而政府亦有保護遺民之責，至寶眷安居後，願來敝校任教，亦所企盼。唯敝校自去冬接受政府補助後，對校中人事聘任，亦有種種科條限制，致敝校上期在臺聘任之教師遲至半年後乃得入境。今後規定以就地取材、先行登報徵求為原則。門戶封域之見到處皆然，可為太息！唯先生有暇，仍希惠賜履歷及著述表，以便相機一為。弟與先生雖未獲謀面，然讀大示，已知先生之為人與學問。吾人國破家亡，同羈海外，力有所及自當盡心以為之也。（下缺）

致張曼濤

一（一九七八年一月廿三日）

曼濤兄：

一月十八日示奉到。承收拙著若干篇於所編佛學論文集中，盛意至感。其中論華嚴論吉藏之般若學二文可用。三論宗與拍拉得來一文，作保持文獻看可用。但此是我在大學生時代所寫，文章幼稚，又似不宜用。看兄選文之標準如何爲定。略說中國佛教教理之發展一篇，無特殊之見，不可用。但最近學生所記，在最近期「哲學與文化」發表之「中國佛學中之判教問題」，經我改正，其中後半部份所說者或爲世所忽，亦有若干處可稱新見，如對圓教之義界問題，卽亦一大問題。依牟先生之近著佛性與般若，竟貶華嚴爲別教，皆由此問題原不清而來。此問題應有人進而細論，但我文之提出此問，亦可能有一些意義。

又拙著論華嚴宗之判教一文，原在新亞學術年刊發表者，錯落不堪，後此文收入我之中國哲學原論原道篇卷三，再版並有所改正。如選此文，應照此原論卷三再版改正。吉藏之般若學原在佛教叢刊發表，錯落亦多，此文後亦收入原道論卷三再版中論吉藏學之二章，亦煩照此排版。

兄主編此刊，自爲極艱鉅事，但畢竟爲對佛學文獻之整理建一大功。匆此不一，並候

文祺

弟　唐君毅　啓　一月廿三日

二　（一九七八年一月廿五日）

曼濤兄：

日昨函兄謂拙著「中國佛學教理之發展」一文，不値選入，望勿選。忽憶牟宗三先生曾在哲學與文化（或鵞湖）發表「如來禪與祖師禪」一文，不知兄已選入否？經牟先生同意否？如未選入則作罷。如已選入，兄可就近問牟先生，此文有無改正之處？就弟記憶，牟先生此文乃以宗密禪源諸詮集都序中所說之直顯心性宗之禪之二種之第一種，爲祖師禪，即惠能禪，並與天臺教理配應者。第二種爲如來禪，即神會禪，與華嚴敎理配應者。此中所包涵之問題，似甚多。首則宗密在「禪門師資承襲圖」中明謂其所謂直顯心性宗之第一種，乃指惠能門下之旁支，即馬祖之一切皆眞之禪（後指月錄之馬祖卷注，則以宗密太貶馬祖）。而第二種，則爲神會所承之惠能禪，即如來禪（此名似初見楞伽經，如曰此經所謂最上乘禪）。但宗密並無於如來禪之上，另置一祖師禪之說。在傳燈錄中仰山謂香

巖會得「去年貧，未是貧，去年貧，貧無立錐之地，今年貧，連錐也無」，名如來禪。而以其後之會得「我有一機瞬目視伊，若人不會別喚沙彌」爲祖師禪。但二者涵義之分別，實不清楚。太虛法師文集中論中國禪宗史，又有「超佛越祖乃燈禪」之說。此乃由「逢佛殺佛，逢祖殺祖」之意借用而成名。但此與「貧無立錐之地」「錐也無」之分別亦不清楚。不知何書對此二名有清楚之說明？

至於說華嚴敎理與宗密之直顯心性宗第二種相應合自無問題。若說其第一種與天臺敎理相應合，則宗密無此說，自來亦無此說。若要主此說，恐須請牟先生再作補充。如印刷時間來不及與牟先生往復商討，可否將弟之此疑附註於牟先生之文後，以供後人作進一步之研討。

弟　唐君毅　一月廿五日

致孫守立

一（一九六八年四月一日）

守立先生：六月廿七日大示拜悉。知

先生從事學術多年。人性本無文武，學問亦無文武，何謙退乃爾。茲就

大示所論種種，其對學術文化之識見，皆一般教育界中人所不及，旣佩且慰。昔年去臺，大駕來旅舍，惜緣慳未晤為悵。他日如獲再來，當謀相見一談。臺北中華學術院約參加華學會議，但今不知果能去否，因賤恙未愈，一切只能以一目應付，故不能應接繁勞。拙著原性篇已交印局付印，但尚未出版，或下月可出，當卽囑人寄上一部請正。以後再謀托書局在臺代售。但今人多忙，恐讀者亦不多耳。匆此不一，並請

文祺

弟 唐君毅 拜上 四月一日

拙著中國哲學史乃昔年舊作，其中之義多已分別見後來之文中。將來如有時間、身體好，擬再作一原道篇，以繼原性篇，則中哲史中之義皆可包括。但以現在情形看來，恐不能作。道自在天壤，人皆可自見得，亦可作、可不作也。

二　（一九七三年二月廿五日）

守立先生左右：

賜示拜悉，具知賢者關心學術文化之熱忱爲佩。拙稿題目多承編訂，囑輯爲一書出版，亦至感。但弟近亦實太忙，始終未能抽出時間將此諸稿檢出校改，故迄未能應命。度在暑假中五、六月可稍閒，當卽着手校改，再蒙寄上。

青年與學問已寄三民書局，其稿費已交永裕印刷廠補助原道篇印費。原道篇字數約百萬字，故校對亦須時日方能出版也。書成當寄贈也。

匆此不一，並請

文祺

唐君毅　啓　二月廿五日

三　（一九七三年四月廿二日）

守立先生惠鑒：

去歲承函告已編訂拙文目錄，擬與三民書局接洽，印拙文為一集，以便讀者之索閱。盛意拳拳，至為感謝。但以弟實亦太忙，故迄未能將舊文一一撿出重閱。今以假期，乃得撿出重閱一次，並改正錯字，編定次序，使諸文互相補足，以合成一系統。茲由郵寄上。如三民書局仍願印行，望即與接洽，但希注意下列數事為感。

一、此諸文多是兼為海外知識份子而作，亦望對今後之海外知識份子再發生若干影響，以略濟時艱。但臺灣之書籍運至海外代售者，全不重發行，如香港代售臺灣出版書籍之書局，恒不免官僚作風。又在一般青年知識份子對臺灣出版之談文化政治之書，恒只視為宣傳之著，而不肯閱讀。故拙著希望在臺、港兩地分別出版發行。在臺者即由三民書局發行出版，在港者擬用東方人文學會名義出版（於底頁上註明），由弟代洽之書局（或新亞研究所）發行。未知可否？在港出版發行者假定為五百部。如三民書局不能擔負印資，由弟設法補助印資亦可。

二、此書在臺印行，其最後一校務寄弟自校。又望儘早印刷，因在暑假中弟可抽出校對時間。

三、字體用老五號、廿四開本，一頁之行數望勿出十五行，一行四十四字左右，不宜太密。紙質亦望勿太差。

四、此重編之文，幾包括盡弟十六、七年來之較重要之文化性之文，故字數恐在四十萬字左右，可分爲上、下二册印行。如三民書局於印刷出版有礙難之處，可將此書暫交復興書局經理柯樹屏先生保存，俟弟另函與柯先生接洽印行，不必再寄回香港，以免郵誤。

瑣屑勞神，至感不安。拙文輯爲一集後，自看一次，覺大致不差。先生有暇，並希於未嘗見過之文賜覽，如有不妥之處，亦希不吝教正爲感。專此不一，並候

文祺

弟　唐君毅　啓　四月廿二日

全文共三十一篇，除第二十七篇正於一刊物排印中，容二週後奉上外，共三十篇。

四　（一九七三年五月十一日）

守立先生惠鑒：五月二日示拜悉。拙著承介三民書局印行至感。曾往圖書館查得三民文庫，覺字體太

小，又文庫中以文藝爲主，似與拙著體類不相近。但如爲方便臺灣一般讀者，劉先生必欲兼印行文庫本（二本或三本均可），亦當遵命。但望仍以二十四開、老五號字、分二本者爲正本，或名海外版亦可。此海外版務須用東方人文學會名義同時出版，於臺灣先打紙型，在港印，或在臺灣印好再寄港發行均可。至於如何與東方人文學會結賬，可再酌定一辦法。

弟年來之稿費版稅，皆捐助爲學生獎學金。弟寫文章皆爲世道人心而寫，其評論馬列主義皆以中國先哲之言與中國文化爲立根之處，對三民主義雖以爲甚博大，但以爲精深不足，亦不能滿足學者之心。又三民主義在過去之歷史包袱太重，而海外人士對大陸時代之國民政府之政治記憶不忘，故以弟二十餘年在海外講學之經歷而論，可說三民主義之宣傳已完全失敗，必須換一名號乃能保存中國文化之命脈，而挽回人心。此事弟昔年來臺，亦兩度與蔣經國先生言之，望其放大眼光。但彼乃實際政治家，是否眞能了解此中之曲折，亦不可知。三民書局聞在臺灣之出版界貢獻甚大，所出版之書亦非只以宣傳爲事，自所佩服。今願印拙著，亦所心感。但爲使拙著對海外知識份子多發生影響，則宜另用一名義出版爲是。此事望與劉先生婉商。如有礙難之處，則此著暫緩印行。如蒙劉先生諒解，准如弟意印行，則望卽行付印。拙著之最後二文，今一併寄上，排列爲正本之第廿七、廿八兩篇。希查收爲幸。匆此不一，敬請

文祺

拙著人文精神之重建已絕版。弟手邊亦無書。俟覓得一部再行寄上。此書俟重閱後或加以再版，因亦時有人要買此書也。又承函告拙著之中國哲學原論有盜印者。盜印以廣流傳，亦無不可，但不知是那一部，便中希購一册寄下爲感。

弟　唐君毅　上　五月十一日

五　（一九七三年六月十四日）

守立先生：惠示拜悉，具知勞神爲拙著籌劃出版事，古道熱腸，至爲感佩。三民書局嫌一册太厚，不便推銷，亦所當顧慮。但分爲四册，各定一名，則整體性破壞，對讀者無益。不得已可將第二部抽出，定名爲「人文學術講記」，分上、下册，其餘者仍名「中華人文與當今世界」，最好作爲一册，或分上、下册亦可。序文可將原序之關涉第二部者抽出，爲人文學術講記之序。至於老五號之二十四開版，書局既同意由香港東方人文學會出版，付稿費二萬八千元，則可逕以此數送印局先行付排，印費不足之數，如書局願分擔，則可將印成之書照數分配，歸書局所有，在臺銷售。否則由弟籌寄，但仍留三分之一托三民書局代售發行，以便年老之人閱讀。因小字則年老者不能看中。

又先生如認爲三民書局之發行尚健，能按期結賬，則弟在臺印刷之原道篇及其他新亞研究所出版之書皆擬請該局代售如何？此事希示。如上列之辦法可行，則請通知書局立卽將文庫本與東方人文學會本同時付排，以便在暑期中得暇時自校對一次，將來可同時出版（臺版三本或四本，港版只排爲一本）。

當前之時代，變化不定，人心惶惑。實則中華人文無論如何應加保存、發揚光大。此只看大家如何努力，亦不必悲觀。但對海外之千多萬之華僑之知識份子，應有一純立在文化立場之論述，方可有用。又對中共亦須加以說服轉化，此亦非絕無可能。中共由思想起家，亦須以思想說服轉化。此外，則臺灣之經濟進步，一般社會風氣之進步亦很重要。總之，一切應以自立爲主，他人不可靠。中共靠蘇聯亦靠不住，但其思想仍靠馬列主義，今能將其主義去掉，則中共亦可反本還原爲中國人。此須有一民族之大覺悟。

專此，敬請

文安

弟 唐君毅 六月十四日

六 （一九七三年六月十六日）

致孫守立

守立先生：日昨上一械，想收到。拙文第二十八篇最後尚有一節，今方刊出，請加補入爲感。又全書如分兩部，則以原之第二部人文學術之意義之一部抽出。今擬定名爲「人文學術之認識」。俟排完後再另寫一序。其餘之部照舊，只將標題次序改正，仍名「中華人文與當今世界」，在序文中取去涉及第二部者卽可作序。香港東方人文學會版則一切照舊，只排爲一册。專此，卽候

文祺

弟　唐君毅　啓　六月十六日

七　（一九七三年七月十五日）

守立先生惠鑒：拙著承熱心介紹三民書局出版爲感。但前上一函後，迄今已一月，未見覆，不知三民書局是否願印爲念。弟只在暑期中稍暇，可自校對。弟意三民書局不願印，卽希勞神另覓一印刷所排印，只印一種本子：卽五號、十五行、四十四字之本子。弟自籌印費，須預付印費若干，弟卽寄上。將來印成，可交一部份與三民書局代售也。

如三民書局願印，卽照弟前所提辦法：「一、文庫本分爲二書：㈠中華人文與當今世界，㈡人文學術之認識。後書中再加二篇，今寄上，希照新編目錄編入爲感。二、香港東方人文學會本仍合爲一書，

印大字。目錄照舊，只於第二部加此二文之題目可也。」大字本之印費不足之數，由弟寄上。

要之此書宜早印出對世道人心當多少有益。如先生事忙或無印刷廠可印，希卽將此稿交陽明山中國文化學院敎務處沈醒園女士，弟逕與沈女士接洽印刷可也。專此不一，並請

文祺

弟 唐君毅 上 七月十五日

八 （一九七三年八月十五日）

守立先生左右：拙著承多方接洽印刷事爲感。今卽照尊意辦理。港版如能用四號字，每頁十六行四十四字排更佳，仍名「中華人文與當今世界」，編次與序文照舊。印費不足當寄款補足。臺版交三民書局者，如分爲四册，則宜有一小標題，如「中華人文論叢之一」、「之二」，否則使讀者不見連續性，對書局言則讀者之買一本者亦不欲買第二本也。

先生所分之四集，標名大皆妥善，但（叁）宜改名「中國文藝與哲學」，又其中似原無「中西文學藝術家之人格型」一篇，此篇乃中國文化精神價值中之一章，可能有人轉載。但不宜再編入此書。此篇除去後，則字數太少，宜將第二册之文學意識之本性二篇移入，以其體類相近。第二册較薄，亦

無害也。不知尊意以爲如何？

承告弟前在臺灣之講稿，今已無存；在日本所講亦與他文內容多重複。但弟在胡秋原之中華雜誌（約在三、四月前）有一短文，先生可一閱，如可用，則請剪附於第一冊之後亦可。朱陸異同與陽明學一文另平郵寄上。匆候

文安

弟　唐君毅　上

九　（一九七三年八月十八日）

守立先生：日昨上一械計達。港版如尊意印四號字；能二十四開、排十六行、四十四字，則用四號。校對事可囑書局直接寄香港九龍農圃道新亞書院研究所，弟可請學生幫忙，不當多勞清神。款不足仍由弟寄上，想不足之數亦不多也。臺版目錄「文學意識」二文應移第三部，如第二部字數不足，可將「中國歷史之哲學省察」移於「歷史事實」之後爲附錄；再不足，可將「存在主義與教育問題」移爲卷二最後附錄。此乃不得已之辦法。但港版仍照原來編次爲感。

弟月底將去日本出席一中日文化會議，並檢查目疾，下月初返港。專此不一，並候

文祺

弟　唐君毅　拜上　八月十八日

陽明學與朱陸異同一文已另平郵寄上，原道篇序有一校稿亦隨函寄上，可在中華文化復興月刊發表。但此書已印完第一、二卷，第三卷正校對中，太約二月內可在臺、港發行。

上函所云中華雜誌之文仍以不收入爲是。

十　（一九七三年九月廿九日）

守立先生惠鑒：上月底去東京後又至瑞士開會，近乃返港，得見大示，於拙著多承關注爲感。生命三向一書於世之益較少，將來尚須修改，可無妨緩印。原道篇已在臺印完二册，餘二册當可絡續印出。因臺方印局不能如約印刷，故只印了二册，已經年半，尚未能發行也。前所寄上之拙稿不知已付排否，弟現已回港，可寄港校對。此書與時代關係較切，目下海外青年及知識份子思想徬徨無主，弟此月內之行更有所感，此皆一言難盡。此書亦未必有大用，但亦可代弟之若干唇舌之勞也。匆復，卽候

秋安

唐君毅　上　九月廿九日

十一　（一九七三年十月十二日）

守立先生左右：

賜示奉悉，知拙著已將付排爲感。港版由陸軍印刷廠印刷，能減少一些印費自佳，但將來底頁仍以載明由香港東方人文學會出版爲要。

關於書後印像片一事，我個人是不喜歡此事，故前凡要像片者皆未寄去。前二期之華學月刊載弟文之像片，乃編者由他處取來。如三民書局必須有此，可即以華學月刊之像片充數，此乃十年前所攝，近年亦未照單像也。

匆此奉復，並候

文祺

弟　唐君毅　上　十月十二日

十二　（一九七三年十月十四日）

守立先生：日昨上一械，今覓得學生時代於暑中所照之一片，今隨函寄上，不知可用否？
拙著原道篇第三册已印，第四册久不印，當函催詢，如不能於近期付排，當勞神介在陸軍印刷廠印也。
生命三向一書，俟後日暇時再整理修改付印。因此書純屬理論性，自不如一般通俗文之於世有益也。匆候
文祺

弟　唐君毅　啓　十月十四日

十三　（一九七三年十月卅一日）

守立先生：廿四日大示奉悉。拙稿一切即依尊意辦理。前出席中日文化會之文尚未寫出，如短期內寫出，當附於後。封面字緩寄上。

原道篇永裕印刷廠拖得太久，茲擬將第四册（已改名原教篇）依先生建議換一印局。只附與楊源先生函，希先打一電話三三八〇六四一洽。如其一、二月內不能排出，則另介一印局排，如已排則請代促其早排完。排好紙型後，先生能另介印局印刷亦可，但此書第四册版本或樣希與第一、二、三册一致。

諸多勞神。餘不一一，並候

文祺

弟　唐君毅　上　十月卅一日

陸軍印刷廠價較便宜，即交該廠排印。

十四（一九七四年一月三日）

守立先生左右：

久不通候，想新春佳適爲慰。拙著三民書局是否願印？日前有學生書局人來，言願印拙著，弟已將中國人文精神之發展一書請其重印。如三民無意印行拙著，或轉一書局亦是辦法。不知　尊意以爲如何？

又永裕印刷廠原允印中國哲學原論卷四原教篇，但今托人去問，仍未付排。先生所言之陸軍印刷廠是否願印此書？如願印，擬請先生介紹，只望價錢不比一般爲貴，能早日印出。如可印，則希先生打一電話與永裕楊源先生，請其將第四册原教篇稿交先生（永裕印刷廠在西昌街一六八號）。彼廠似甚忙，印刷雖佳，但排字多錯。如陸軍印刷廠可印，則版樣照原道篇。若須先付訂金，當卽寄上。專此奉託，餘不一一。並請

年禧

弟 唐君毅 上 一月三日

三民之青年與學問印得不算壞，只字太小，故須另有大字體之版。但如該局近期不能排印，則似以取出爲宜，已交去八月了。

十五 （一九七四年一月十二日）

守立先生：

三民書局來一函並另寄來契約樣章，弟意拙著仍須印老五號字，在香港及海外發行，故未簽字。今寄上其樣章，希先生於該局商定各項後，再寄下簽字。如條件依弟前所說，則該局可先付排（已拖了半年以上了），再行簽約；如必須如此契約所說，則決定不再由該局發行矣！匆此不一，並請

文祺

弟　唐君毅　上　一月十二日

十六　（一九七四年一月廿三日）

守立先生：賜示奉悉，拙稿多承勞神爲感。弟意陸軍印刷廠價既較廉許多，三民書局躭延日久，又字太小，卽在臺發行，亦嫌小家氣。弟意如該局尚未付排，決定不再交該局印。卽由先生交陸軍印刷廠印行，費用多少當照付，可由柯樹屛先生（復興書局經理）將原道篇售出之費先交先生作訂金。此稿與世道人心有關，宜早出版。三民拖延，全不知弟何以催促印行之意，此不足以談文化責任之出版家也。專此不一，並候

文祺

弟　唐君毅　啓　一月廿三日

如陸軍印刷廠不能短期印，亦希將稿自三民取回再說。

十七　（一九七四年一月卅一日）

守立先生：

賜示拜悉，知三民已開始排拙著，若然則由其排印出版，望促劉振強先生於排好後早送校。如再不能於三月中排好，則弟意仍決定收回，原稿寄港。因缺紙乃另一問題，排版與缺紙無關。一年不排，不能以缺紙推諉也。

三民所寄契約紙，條件苛刻，閱之令人極不愉快，其他書局契約未有如此者。若只是爲登記，則請劉先生於版排好後並校稿，另奉一函說明，當卽簽約。前寄來之簽約紙，既無劉先生函，只有四空白之契約紙，由一書記附一條要弟簽約，亦太無禮貌了。

先生爲印拙著，諸多勞神，深心銘感。唯三民太無信、亦無禮貌，故不得不說，以便先生向劉先生轉達。永裕印刷廠屢勞駕催促尤感。原教篇如該局實不能排，又無他印局可印，則將來仍請勞神取出寄港。因道途遙遠，無由督促，亦是苦事也。諸祈諒察，並請

文祺

弟
唐君毅　上　一月卅一日

十八　（一九七四年二月廿六日）

守立先生左右：拙著屢勞清神爲歉。三民書局旣願退還原稿交學生書局印。照弟原提議辦法印，自較爲妥善，可不更排新版。馮愛羣先生在港時曾過訪，弟覺其人較爲爽快，當不致久拖延不印。唯仍望先生過一些時，代爲催詢。目下大陸批孔，亦影響及香港，此間大學原有人送孔子銅像，亦被置地牢中。教師及青年學生中，則有隨大陸言論作附和者；亦有力求新知，並對中國文化求更深刻了解者。故弟望此書能早出，可於世有多少益處。至於原道篇等，則一般青年尚不能看，亦無可如何也。匆此不一，並請

文祺

弟
唐君毅　上　二月廿六日

頃得二月廿四日函。關於弟其他文之搜輯，可緩一步。

十九　（一九七四年二月廿七日）

守立先生：

頃發一函，卽照尊意將拙著交學生書局印行。能用老五號照弟原意排，則只須一種版本。（是否港版必須用東方人文學會名義，亦可再行商酌。如學生書局發行得好，能多交港書局售賣，則全由學生書局發行亦無不可。此事可以後再談。）

又三民原已將第一册送來校對，弟已校好寄去。弟意學生書局可照弟已校對之稿排印，較爲清楚，亦少錯誤。但全書次序仍以照弟最初所訂擬者爲是。則序文亦不須另寫矣。希勞神向三民書局取回校稿交學生書局爲感。

先生所言，論少正卯一文乃在幼獅及此間明報月刊同時刊載，此間共黨之大公報有對弟之駁議，但太不成話。弟已略答之，在三月份此間出版之中華月報刊載。此外弟同類之文尙有數篇，容以後再加編輯。今仍以先將中華人文與當今世界一書印出爲要。

匆候

大安

致孫守立

弟　唐君毅　上　二月廿七日

二十（一九七四年三月二日）

守立先生：兩函均悉。弟前函以爲三民可連二、三、四册一併印出，故先將第一册校稿寄去。若再拖延時日，則弟意決將全稿交學生書局印大字本爲是。並望先生告三民劉先生將第一册校稿交先生，但須仍照弟原來次序編排，在學生書局印刷。如彼拒交，弟可仍整理第一册稿寄兄。

三民之排版費有損失，可由學生書局暫行補償，以後在弟版稅中扣除亦可。

三民書局如願印拙著，可俟其大厦建成，業務稍閒時再寄其他著述，請其出版。

如依先生所提辦法：任三民出第一册、學生全印四册，只要三民與雙方彼此同意，亦未爲不可。但須先生與兩方言明，以免發生版權問題。在弟只望諸文重印能於世有益，多家書局皆印，自然更好。但書局爲商業機關，不能不講版權，我們亦不能加以責怪，故亦不能不事先言明也。匆復，即候

文祺

弟　唐君毅　上　三月二日

三民劉先生頃曾來函，望弟簽約。弟未回信，亦未簽約。請將此中情形面告，希其諒解。回信恐說不明白也。

君毅 又及

二十一 （一九七四年三月六日）

守立先生：頃奉二月廿七日示，今遵囑將交三民之第一卷文航郵寄上。編排次序照前所擬定，並印老五號或新四號大字、一頁十六行、一行四十五字，略如原道篇。望以此條件向學生書局馮愛羣先生言明。在香港版中可註明東方人文學會出版，則不必另印新版矣！

此事三民書局拖延，但已往亦不咎，如其要想將第一册出版，則此本是文集，如愛羣先生同意，亦無不可。但弟甚不喜袖珍小字本，此不能使人以鄭重之心讀，則於世亦無益也。此事勞清神已多，先生亦不必引以自咎。專此不一，並請

文祺

弟 唐君毅 上 三月六日

致孫守立

二十二　（一九七四年三月十三日）

守立先生：賜示奉示，知三民書局與學生書局皆無意獨佔版權爲慰。如此則由三民印第一册，學生用大字印全部。看來二印局皆不致虧本。弟是覺袖珍本使人輕忽書中之內容之嚴肅性，故不喜之。然爲文化普及，亦不堅持己見。

三民書局之劉先生來函促簽約，並詢一萬元稿費交何處，弟今將約照簽，勞先生轉交。一萬元稿費則請劉先生交永裕印刷廠楊源先生，寄回收條。弟亦不另復劉先生函，希代爲致意。

劉先生來函欲代售哲學概論，我意學生書局將哲學概論出版後，亦可請三民代售。聞沈醒園女士已將原道篇託三民代售。爲學術文化之普及計，書籍互相代售，自多多益善。

專此不一，並請

文祺

弟　唐君毅　上　三月十三日

二十三　（一九七四年三月廿一日）

守立先生左右：三月十六日示奉悉。拙著承與學生、三民二書局談妥，至感。馮愛羣及劉振強二先生所寄之契約已照簽寄去，希釋念。

前臺大及中國文化學院皆約弟赴臺。因中國文化學院於二年前即送來聘函，故答應明春去。是否在臺大兼課當以情形為定。唯此間友人仍望弟留港主持新亞研究所事。在臺灣，哲學人才雖不足，但社會上及青年思想之方向無問題。在此間則與大陸近在咫尺，教育文化界所受之威脅甚大，青年之思想方向更須有人加以開導。目下中文大學中除新亞書院外皆務求適應。新亞書院內部亦以新來之員生日多，而原有之精神已保持不住。弟如留此，尚可多少發生些影響。若以個人計，則自以來臺心情可較安適。但為世道計，則此間之友人所望亦不當辜負。唯無論如何終當有機會在臺與先生晤談也。匆此不一，並請

文祺

弟　唐君毅　上　三月廿一日

致孫守立

二十四　（一九七四年十一月廿二日）

守立先生惠鑒：惠示奉悉。

上月返港後曾上一函告近狀，來示未見提及，或郵誤耶？拙著印刷事承勞神一載，幸今已大體排就。中華人文一書自仍以分港臺兩地發行爲宜。前已面告馮君謂港版由東方人文學會出版、新亞研究所發行，如最初所議。先生如去臺北，亦可再便中提醒其注意可也。

錢賓四先生八十紀念册，及哲學與新亞學術年刊，併已另郵寄上，想不日可收到也。新亞研究所與中大分開，可保原有之純潔性，但諸事多須重新開始耳。匆此不一，並候

儷安

唐君毅　啓　十一月廿二日

二十五　（一九七五年一月六日）

守立先生惠鑒：

惠示奉悉，所重編之拙文兩紙亦奉到，具見賢者重道尊學之誠。至爲感荷。其中之東西風之一文，已以另一名編入中華人文一書，其餘之文，對新亞及香港學生講話者，誠有如尊意所謂，其意義不限在對香港青年者。另外之文亦或應有對世有益者。當於後日謀另輯爲一集，交三民書局印刷。但其中論宋明理學之稿，則在原教篇中已大加修改編入。舊稿雖大致不差，但皆三十年所著，用語分寸及徵引材料皆不能如數年前改著者之較爲精當，故不宜再印，以貽誤來學。弟歷年著述之題目，所由學生所編，弟再據所憶補入，亦尚有遺漏，後更當補入。然此只可藉以見歷年爲學之所用心次第，只堪存目，不堪貽世。如紀昀編四庫書有存目之一項耳。

近因遷居，較忙亂，餘不一一。學生書局及永裕所印書聞年底可出版爲慰。但於學生書局承印之中華人文一書，後又加了一文，並於頁數有改動，而馮先生迄未寄來重校，兄能便中打一電話去問一聲，請早寄港爲感。專候

儷安

弟　唐君毅　上　一月六日

致孫守立

二十六　（一九七五年一月卅一日）

守立先生：數日前已將中華人文一書校稿有錯字及改正者百餘張寄馮愛羣先生，囑其照改後或函先生往書局一看印局是否已照改，卽可付印，不再寄稿至港再校。不知馮先生已函先生否？希於數日後一電話詢問，並勞神將此百餘張弟已改正之處一加校對，卽囑其早印。其餘之處，亦不須再核對，因弟又校四校，卽有誤，亦不多也。專此奉託。並請

儷祺

弟　唐君毅　啓　一月卅一日

二十七　（一九七五年二月十五日）

守立先生：近示奉悉，已囑人將新亞文化講錄兩册寄上，另有一百册寄學生書局售賣，俟賣完後可再商交三民書局與研究所同出版事。

由來示知中華人文一書尚未付印，今附上另兩紙，如今尚未付印，卽希囑印局一併改正；已印，

即罷了。

由來示具見關心新亞及文化精神之熱誠，我在新亞以前之文，俟稍緩乃能重閱，或再印亦可。近因血壓高，須多休息。匆此不一，即候

文祺

弟　唐君毅　上　二月十五日

熊先生書有體用篇，尚未覓得。已函大陸搜求，但今尚無結果，俟搜得後再謀印全集。

二十八　（一九七五年二月十七日）

守立先生惠鑒：

日昨連發三函，寄上拙著應改之錯字之頁，不知收到否？其中錯字皆不甚重要，但目錄中之「中國哲學之歷史的省察」應改為「中國歷史之哲學的省察」，「正文」中之「題目」及「邊目」亦須照改。此則頗重要。故今再發此函，望於學生書局送先生校對時，特囑印局照改為感。專請

文祺

弟　唐君毅　上　二月十七日

二十九　（一九七五年二月廿七日）

守立先生：

賜示奉悉。承願爲拙著校對爲感。今決遵尊意另編一目錄，已囑同學就此間校稿照編。俟編成卽連校稿全部寄上。希囑印局暫勿印，餘另詳。專此不一，並候

文祺

弟　唐君毅　上　二月廿七日

三十　（一九七五年三月一日）

守立先生：今照尊意重編一目錄，將篇題及每節之題皆置入，原文之節無節題者亦加上，以使體例稍整齊，希勞神一併交學生書局重排目錄，並將無節題者補上節題，再送先生一校，卽早付印，不再寄港。

又原校者於一行之首有頭點者皆批「移頭點」三字（如一三二頁），弟意凡此頭點不必再移，因排字工人常以移一點而將文錯亂，反爲不美也。

諸多勞神，餘不一一，敬請

文祺

弟　唐君毅　上　三月一日

三十一　（一九七五年三月五日）

守立先生：三月三日示奉悉。關於「中國藝術與中國文化」一文本以編在第二部論藝術之文之後爲宜，但爲避免印局麻煩，故未改編。如先生就近指示印局，亦可將此文提前，並將序文中涉及此文地位之一句刪去。

至於先生所建議「一個堂堂正正之中國人」與「人文學之性質目標」乃原載新亞雙周刊，與此中之文之旨多重複。以不編入此集爲宜。俟將來專編對學生之講話時，再另編成册可也。哲學的研究法一文，多與哲學概論重複，亦不宜再刊。「如何消滅中共與蘇俄戰爭的可能性」下，可如尊意改爲「中共與蘇俄戰爭之可能性之消滅，與馬列主義之放棄」。

此外之文，皆無加入此集之必要。只望印局將目錄重排後，即可付印。香港版本，由東方人文學會出版，可仍由學生書局任總發行。香港版可印精裝一百本，平裝三百本。定價可一併由學生書局照成本規定。

匆此不一，即候

文祺

弟　唐君毅　啓　三月五日

三十二　（一九七五年三月九日）

守立兄：

惠示奉悉。拙著即照尊意排目錄；平裝宜以第一、二部爲上册，第三部及附錄爲下册，精裝則合爲一册，亦皆照尊意，希通知書局。又爲免印刷局及書局之煩勞，所提議之三文仍以不加入爲是；另作序文亦不必。但我在中華學報所發表之「孔子在中國歷史文化中之地位之形成」一文，原已作原敎篇附錄，由永裕排印。請試打一電話問永裕，如原敎篇之此附錄文尚未印，或已印而未拆版，則可將此文同時排於中華人文一書，作最後一篇。如此則可廣流傳，而印費所增有限。但如永裕已印此文，

並已拆版，則算了，亦不必再為學生書局及印局增加麻煩，而一文印在兩書，亦總是一浪費也。匆此不一，並候

文祺

弟 唐君毅 上 三月九日

三十三 （一九七五年三月十三日）

守立先生：三月九日示悉，知已將校樣親送書局為感。關於中國藝術與中國文化一文，如不改亦好，因改時增印局麻煩，亦無絕對必要也。一切勞神。餘不一一。專請

文祺

弟 唐君毅 上 三月十三日

三十四 （一九七五年四月三日）

守立兄左右：拙著承囑印局另排目錄，並已照弟所改校正為感。書面今已另郵寄學生書局，港版之印

法亦早告馮君，則此後只是印刷之事，可不再勞清神矣！

我之來臺事當在月半後，至時再謀約晤。專復不一，並請

文祺

弟　唐君毅　啓　四月三日

三十五　（一九七五年八月一日）

守立兄惠鑒：

在臺曾晤談數次爲慰。歸來後匆匆未及奉候，日昨奉到大示，知國防部事未有結果，爲之扼腕，亦只能看以後之機緣如何耳。

拙文之未刊爲一集者，承代編目錄爲感。但弟意其中仍有許多不値再刊以災梨禍棗者。俟稍暇再重閱一遍。

中華人文與當今世界中之文，弟今重看一些，仍覺有對人之啓發性，便中可囑人加以介紹，當於世道人心有補。又此書兄可通電話與馮愛羣先生，請其再送一、二十部與兄，可以之送有志青年或其他人士也。

專此不一，並候

儷祺

弟 唐君毅 啓 八月一日

致孫守立

致蔡仁厚

一　（一九五六年九月十六日）

仁厚學友：

惠示奉悉。以學校開學事繁，故未及早覆爲歉。毅此次來臺，得與諸同學相見論學，臨行又蒙遠送，實深感慰。唯以在臺期間，一般酬應太多，未能多分出時間從容暢談爲歉耳。

來示所論一切，皆甚眞切，足見平日之所感受思索能不溺於流俗。唯所述牟先生之言，於毅亦多稱許過當之處，不必如實。方今之世，唯牟先生著文講學能樹立標準，有泰山巖巖氣象；而牟先生平生之學亦由翻山越嶺中得來。故在牟先生之一般學問及人格生活上，皆有大開大合之歷程。而艱難之處，天梯石棧，牟先生皆能獨來獨往。諸同學能從之游，亦甚爲不易。今之青年皆喜易捨難，總向滑熟之路上走，便終不能立起。此是大病痛，望諸同學咸能以道義相勉，便是國家民族之生機所在也。

關於來示所言及中國一般人民之日常生活之軌範之問題，毅年來實嘗措念於此，如文廟講學及天地聖賢祖宗之祭，皆亟須恢復，否則人民之精神皆失所憑依。但措之行事，亦須有一客觀條件，且先須使學術思想界之風氣先有一轉向，乃不致多生阻隔。此時所重要者，只在喚醒少數人士之共留意及此。關於天地君親師中之君，如改爲國，則宜與家庭及世界相併立方好，否則國字嫌抽象，不如親師天地之具體。故我意仍不如天地人親師，或改爲天地聖賢祖宗三者亦可。我於此未有定見，但此中尚須有禮樂配合。禮尚可從俗，樂則須另作，此大不易，須有音樂天才者，兼能了解此路之思想與心情，方能作得出也。匆此不一，卽候

安好

君毅　上　九月十六日

友會諸同學均此問候。「人生之體驗」一書當囑王道先生寄上卅册，可分贈諸同學。

二　（一九五七年十月十六日）

仁厚兄足下：

九月三十日示奉到。毅病係途中感受風寒所致，今已十九痊癒。承來函存問，毋任感慰。此行歷七月之久，回頭思之，時間實多浪費，所感所思亦蓋未能出乎以前所見之外者。蓋當今之

世，乃西方文化向東方流注衝擊之世吾人靜居東方受其撼動，其所了解於西方者，可更深於西方人之習其文化而不察者與東方人之隨其撼動以俱動者也。此行如有意義，亦在益證此理之不誤而已。

醫言毅尚須多休息。餘不一一。並候

教安

諸友均候

君毅　上　十月十六日

三　（一九五九年九月十七日）

仁厚兄足下：九月五日示已奉悉數日。述年來心境，情辭懇切，知以迫於事勢，不克來港爲憾。唯自另一方面言之，則不來亦未始非得。因人生一刊經費常央求於外，每年皆慮有更動，實亦只牽補過日。而香港之環境，地小人稠，又學術文化皆帶商業習氣，交往太多亦使人無安居之感。貫之兄前月來商請足下自臺來此，毅雖贊同其事，然亦不以港必勝於臺也。貫之兄今將有南洋之行，果能募得若干經費，稍具基礎再約遠道友人來此共事，當較爲適宜，亦不必期在今年內也。毅月前赴檀香山開會，亦意在離港作休息。在檀住六星期，雖時有所感，但所得甚少。前歲游歐美，友人如徐佛觀先生等皆囑爲文一記所見所感，皆未暇爲之，亦無多興趣寫此雜文。實則毅此二行在知識見地上幾全無增益，唯證未見時所推想者大皆不誤而已。此二行對毅之價値，與其言在增益不如言在有所減損：卽自此繁亂之香港環境中得一超拔，使心情得一清淨。在遠處回首鄉邦，感情亦更眞切耳。所見無多足言者，所感則亦有足言者，如來日有暇或亦寫出若干，以副諸友之望也。

君毅 上　一九五九年中秋日

致羅錦棠

（一九六九年九月）

錦棠兄：前在檀承招宴得晤談為快。在檀之日，以開會過多，未及與兄及姚莘農先生等暢敍為歉。自上月離檀後，曾去日本住十日，再至臺灣住約一週，旬日前返港。以人事匆匆，迄未寧靜，今乃稍暇，故書此數行，聊表謝忱。專請

儷安

君毅　上

致孫國棟

（一九六七年七月一日）

國棟仁棣惠鑒：得示，知與諸同學辦理中學，並代爲列名贊助爲慰。日前因聞張丕介、謝幼偉先生皆將飛臺治疾，乃念及吾人雖不知老之將至，而實則老已至。平心而論，二十年來香港能有新亞書院之出現，仍爲一奇蹟。然今諸共事之人皆垂垂老矣！古人之「夕陽無限好，只是近黃昏」，而我近亦時有謀將此一生中未完成、一人能完之事加以完結，所謂收拾書箱過殘年是也。然一人之學問事業有終，而慧命之相續、事業之相繼則無終。棣等能發心辦學，何慰可之！唯我常念治學作人固難，而辦事尤難，而世變則又日亟更需有能辦事之人。望棣等能持之以恒耳！匆此不一，即請

文安

君毅 啓　七月一日

致唐端正

（一九六七年七月四日）

端正仁棣：示悉。去年古梅嘗預告已懷孕事，今又承棣告以笑方將臨盆，甚以爲慰，並爲棣預祝，賀將爲人父也。

研究院已考試完畢，論文送方先生審查，當無大問題，但不知何日能正式通過。此種考試，亦無異科舉，不是眞學問，但宋明儒亦多經過科舉，今日亦不能免，此不能免而又要透過之更向上一着，則非有志者不能。棣與老棠棣，心術皆純正，以前皆尙能堅苦中自勵，然者諸葛亮戒子姪書有言：志當存高遠，去凝滯，忍屈伸，棄細碎。則棣等皆更宜有以自勉，學問乃能弘深。至於在日常生活上，求居處之安，室家之好，人之常情；然天之生物，恒鼓之以雷霆，潤之以風雨；宴安亦爲酖毒。棣等伉儷皆宜共喩此義也。然爲治知識上之學問，生活上一段時間之安定，要爲必須。棣在新亞同學中畢業最早，而十餘年來皆勞於生事，仍能孝友於家，而不忮不求於外，此最爲難得。對棣之事，我亦常在念中。前曾與吳、謝二先生函商過，大約就學校所需及棣以往學力看來，能兼任哲學及國文系課程，最爲相宜。世言外國文較好，我屢鼓勵其向外發展（但彼由大學送出研究，本當將所得貢獻學校一年），如彼今年不回新亞，棣事當俟潘先生來京都時，更與面商後，再與吳先生商，看能援世言例，免登報徵求否？此恐皆須俟八月我回港後，再看如何也。

我之目疾仍舊，今只能以一眼應付。唯近頗看報，並甚關心國事。香港近月之事，乃中共內爭之反映。此內爭如劉勝，人民生活可稍好，並有逐漸轉變之可能，如毛勝而彼先又自壞其黨政之體制，並與舉世爲敵，中國必將大亂，並可能爲世所環攻，而中國人民之受苦難正方興未艾也。然此皆由中國學術之大本不明，乃致彼爲政者之喪心病狂，至「率天下以暴，而民從之」。棣昔年於此等處，似不甚注意，不知近來所感如何。治學應冷靜，不能以世事動其心，然亦不能於世界無悲心弘願，只求苟全於今世。如何融此二者爲一，使之相輔爲用，亦待吾人之自求也。匆此不一，卽候

暑安

君毅　啓　七月四日

此信可與李杜一閱

致宋哲美

（一九七七年八月二十日）

哲美先生道席：二十五日示奉悉，因病未早復爲歉。承告擬編香港學人誌，並欲毅自撰一文，以充篇幅，盛意至感，理當遵命。惟平生從未寫自傳式之文，亦避免自作宣傳。又數十年之爲學作事之經歷，皆甚平凡，亦實無多成就可說。爲報盛意，今檢出新亞學術年刊爲弟六十五歲退休所出專號中李杜同學之一文，及臺灣一雜誌所刊弟歷年著述之目錄奉上。如貴誌是報導性質，或可酌採其中之材料爲用也。專此不一，並候

撰祺

弟　唐君毅　啓　八月二十日

致蕭世言

一（一九五七年）

世言仁棣：示奉悉，知有種種之感觸，此諸感觸皆甚足貴。人生之事，實不如意者常八九，窮通得失，皆三分人力、七分天命。在此能認清，則可盡人力以俟天命。棣入世尚淺，深後當可知之。我之所懷亦十九皆己力所不能及，而追原其故，仍在國家民族之無出路，及西方人對中國之經濟政治文化之侵略。然吾人今仍須依仗外人以辦學校，此爲最可痛心者。是皆一言難盡。我此次游歷世界一周，仍有種種之感觸，人或未有者。在此所談亦尚多未能達意。（下缺）

二（一九五八年一月一日）

世言仁棣：兩信均得，皆未及復。關於你回來事，月來與錢先生等前後談過三次，因校中明年度之哈佛燕京社補助款共只五千元美金，較今年之一萬五千元減少一萬元美金，故校中大爲增加種種困難。

唯差強人意者，弟明暑回來事已原則上無問題。錢先生等之意：你初任教亦不宜太多鐘點，約為六時或七時，仍在哲教系（外文系方面課與張先生談過，彼謂不相宜），以講師名義照一小時六十元計算（鐘點費講師與教授一律），共月薪約四百元左右。此自不必符棣之所望，但此事亦尚須減少哲教系若干其他先生之鐘點，並經預算會議通過乃能最後決定。但我與錢先生既如此內定，當不致另有問題。此中困難最大者為你回來之路費，此在校中一向無此預算。我為此事數日前於錢先生去臺時請其向教部請求，可否依照教部所定資助留學生返國旅費辦法，由教部資助你回國路費，指定在香港新亞書院服務。錢先生昨日回港，謂已得張部長之面允，惟須由你依手續向教部申請，則可資助回港船費云云。我意如你急於返港，可即在彼探聽手續，具呈與張部長說明欲回母校服務，並已轉請錢先生向其代為詢問並蒙面允云云。如教部旅費能儘早發下，你能在今春下期開學左右時回校，我可再商錢先生在校中先為你排三、四小時課暫維持生活，亦免明暑另生枝節。如你一時不擬回來，或時間來不及，則明暑再回，亦可在外多學一些知識，我皆無成見。總之我意是你須以服務人類文化並擔負中華民族之苦難之精神，以希聖希賢自勉，而是對母校盡一番心力之意回來。對今之不如意者與以後可能遇到之不如意事或自覺受委屈之處，能淡然處之，否則以後仍將有種種失望。如能一切皆先從最不如意處設想，則將來新亞前途發展，對棣念玆在玆之養母及完婚等事，亦當可逐步解決，不必過多憂慮。昔李白詩謂：

前水復後水；古今相續流。今人非舊人；年年橋上游。

社會須一代一代之人承先啓後，以維持歷史之不斷，而一代一代之人亦終可在社會漸得其應得之地位與名望。在此須高視濶步，不與庸俗之人計較一時之得失，則當前之路皆寬廣坦平而無崎嶇之苦矣。實際今之新亞雖逐漸爲世所知，但我總常想只向外募款尚非最重要之事。今學校愈發展，新來之師生實多已不知學校最初一段師生艱難相共之意。致今之學校中之師友間之精神反形渙散，或至彼此只懷利以相接，此最可憂。而我所望於棣回校者亦不止於教課也。匆候

安好

君毅　一九五八年一月一日

致孫述宇

（一九五九年十月十二日）

述宇仁棣：來函已奉到旬日，日來為十周年紀念及與教育司交涉等事，幾全無暇晷，故亦未復棣函。得函知棣近選習 Blanshard 先生之倫理學課程，甚慰。我前游美，閱人亦不少，唯對彼與Hocking二氏，覺精神有相契處，亦心儀其為人與學。棣能從之學，獲益必多。棣謂欲寫小說，仍兼涵倫理觀念，意亦至善。我意無論文學與社會科學，今日雖皆不宜明顯以勸善明道為宗，然輾轉曲折仍當歸於此。新亞方面教育司不許辦教育系，哲教系已改為哲學社會系。數十年來之學社會科學者，能作客觀調查研究者已寥寥，其能再轉而抱社會理想、倫理矩範以求轉移風氣者，更幾於絕無。學者在大學與研究院以客觀研究自足，於是青年之有理想者即橫決而去從事鹵莽滅裂之革命。此中國之悲劇所由生之一因。如何使學問研究與熱情理想並行為用，要為今後青年為學作人所當用心。中國青年在美游學而能以此意相從者，希為留心，將來新亞方面之師資，亦需繼以年少有為者。即非新亞所能容，亦終必為中國社會之所需也。

菜根譚一書雖爲零篇散語，然警切透闢，並可藥西方人外馳熱中之弊。（下缺）

致孫述宇

致李杜

一（一九六二年六月三十日）

李杜仁棣：

六月二十二日示奉悉。知棣已安抵美國，甚慰。想已入學，忙於功課矣！人到一新地，自不免感觸多端，此中亦時可引起一眞實之問題及深邃之思想，是不宜放過。如稍住久，則一切又不免視若固然，而心情亦漸趨僵化矣！故旅行異地亦對人有益，此一在由新地之新見聞以活轉心思，一亦在離去「久居於舊地所造成之心情之僵化」，此爲旅行之最大價値。至於由此而再進一步能久居一地而不造成心情之僵化，雖日與舊物相接而覺其「適我無非新」，更無黏滯陷溺，則望與弟交勉者也。

我昔寫中華民族之花果飄零一文，時賢在雜誌中加以評論者有十數文，大皆未能契我所懷。實則此並非人之身住何處之問題，而是人之心情之所關切者在何處之問題。我嘗欲續以一文曰花果飄零與靈根再植。但終無暇寫，蓋欲論眞有生機之果實，無論飄零至何處，皆可隨處自植靈根以發芽滋長。此中重要者純在人之心情，而不在外表之形跡。而今之可憂者，乃在人之心情恒隨形跡更易，亦隨形跡之所膠着而亦膠着。此卽莊生之言「哀寞大於心死」也。留學生情形，此間自較隔膜，但應亦有不只志在溫飽者，應謀有以相勉相勵。憶史記一傳，言某人至一處，卽與其賢豪長者相結，此皆隨緣以立己立人之一端也。匆覆數行，餘不一一，並候

學安

君毅　六月卅日

二　（一九六三年十二月廿一日）

李杜仁棣：十二月十五日示奉悉。知到陽明山後與各方初步接觸，彼此印象尚好爲慰。棣素對人態度誠樸禮讓，自可使才華淺露者自歛其鋒銳之氣。卽以後遇見人以機心相待者，能犯而不較，日久自可相忘於無形。至於理想上之互相提撕，則要在直告以棣在香港及在美所感關於中國人及中國文化之地位之未達於與人平等之處，使其生愧恥之心，以期勉勵。人之目光注視在遠大，則眼前之得失利害亦自然看得輕，此亦協和人事之一道也。文化學院上課不多，可以暇時一方多準備功課，一方多看些書，甚好。據我兩次到臺所感，臺灣青年之心志實較此間青年更能專心於學問。原在臺灣之本地青年以聞見初較狹，反更篤實，帶原始氣，此卽學問智慧與德行之本原所在，不可視爲因陋而忽之。唯臺

灣之文化界政治界之一方面人有因原有抱負馳騁不開，又不能從遠大處着眼，而趨於猥瑣狹礙者，此則須分別而觀也。張曉峯先生事業心之大，蓋非他人所及，其疏濶及適應現實之處，不必皆爲人所諒，然在根柢上總是力求有所刱造而能不顧一時之毀譽者。棣能助其「思想與時代」之編務甚佳，藉此亦可有所學習。但如實躭擱之時間太多，致妨害教課或無時讀書時，則儘可向其面陳衷曲，再由他人任此職也。

臺大之方東美先生，爲我在大學時之老師，又有黃振華君爲我後在中大任教時之學生，又有吳康先生亦哲學界之前輩。俟棣在臺住定一時期後，可抽暇訪候請益或論學。如有機會去東海，徐復觀先生及劉述先、劉文潭二君皆可商量學問。諸人意見不必相同，但取其長可耳。我與彼等寫信時，亦當先爲吾棣介紹也。

此間學校事如常。一週前錢先生曾向董事會辭職，校務擬請吳士選先生繼任，唯吳先生堅不肯就，而學校同仁則雖同情錢先生辭職以便從事著述之意，但皆以中文大學初成立，錢先生辭職尚非其時，乃共致函董事會。昨董事會開會，全部董事皆表懇切挽留之意。錢先生亦不再堅持其初意矣。

前托棣所帶鑽戒及衣物等，柯樹屏、趙文藝及周開慶諸先生皆來函謂已收到。勞棣之送去爲感。匆此不一，並請

文安

君毅　十二月廿一日

三（註）

李杜仁棣：五月二日及五日示均奉悉。得知種種甚慰。夏威夷方面，除我前寄棣之數函外，復只去一信告棣之地址，並揄揚數語，卽未再函，以俟其自動，今彼方更輾轉托人相存問，想事當可成。唯人事多變，因緣複雜，亦須俟其最後決定方算得。人於事之成敗利鈍，皆苦難不以之攖心，而於已盡己力之懸而未決之事卽任之懸而未決，此尤爲難。我於此亦實不能作到，望與棣交勉。學問本無止境，棣之學力亦不能說必能於彼方所提之課程皆能處處勝任。但在美教中國哲學之其他人士，亦多半路出家，並無實知實見。棣一面學一面做，能導人共學，卽於宣揚文化有功。至於初步介紹西方哲學與學生，中國人亦不必不如外人。大約西方之哲學著作，原文甚繁，講授宜加簡化；而中國哲學則多原文甚簡，講時宜加以發揮，發展多少隨學力而進。此中亦隨時須見得原初所認識者之不足，方得教學相長之益。我於若干課程皆講多次，然所引爲自慰者，卽仍時有新意自生，使舊見得其印證，而亦翻新。程子所謂人思如泉湧吸之愈新，實爲不謬。而當自覺思想滯塞，只能憑現成家當應付時，便知自心有病，必轉而在志氣之興發及俗情之超拔上用工夫，必達海濶天空之境，方能鳶飛魚躍，而重新活潑潑也。此唯賴各人自家時時勘驗一番，以自識學問深淺進退之境。然眞能有此勘驗者，又日必進而不止也。

關於研究所方面向哈佛燕京社請求補助之諸研究計劃，聞尚未最後決定。棣所提之意雖善，亦須俟以後再說。依錢先生前所提之五年已滿之助理研究員暫不聘請之原則，端正與陳特自成一問題，但變一變職業，亦於人一生之志業之成就有益。以目下之研究所之情形而論，長留於此亦可使人銷磨志氣也。匆候

旅安

君毅　啓

註：本信年月日期皆未能確定。——編者

致鄭力匡

（一九五八年）

力匡兄：五月十四日示收到多日，以終日匆匆，竟未及復，頃又奉到六月九日示，知抵星後心境雙清爲慰。在此間之青年人中，兄爲最耿介而精神能內歛，以自生活於一心靈之天地中者。自前歲相遇，卽以爲難得。每憶當日兄與□□同學來桂林街之情景，而後竟未能和好如初，輒覺耿耿於懷。此亦人間之缺憾。兄能淡然無怨，亦不易得。曠觀古往今來，人間無論男女朋友及人與人之遇合離散之事，皆如天上彩虹，驀然相照，而風吹雲散卽一逝無影。然人間之詩情哲思，皆又由是而起。則天心之眞意所存，亦有更深於人意之所及之外者也。在香港之環境下，人極不易靜心思想，情皆易流入躁動浮淺。我數年來尤苦所務太忙，自己之精神有限，而供不應求。學校行政之事欲脫不能，實勞而少功。只望能如古人所謂「水流心不競」。惜修養工夫終未及耳。匆候

安好

君毅　啓

致何健耕

（一九六三年四月五日）

健耕世兄：日前由貫之兄轉來　惠示，已奉悉備知。足下以家學淵源，於治理工科之餘，仍不忘文哲之學，彌嘆爲難得。人之精力固屬有限，然於治理工科之外，稍轉移興趣，以餘時治並不直接相干之學，亦可以心志得開拓，而收相得益彰之效。中國自清末以來，國人乃銳意接收西方之科學，然清末學人如嚴復初赴英學海軍、馬君武學生物，皆文采斐然，舊學新知，並行不悖。唯近二、三十年來治科學與爲人文之學者，乃截然分途，道術遂爲天下裂。竊謂今後治科學之青年，如能兼以餘力治人文之學，並以科學以外之人文之學之重要爲天下倡，必更易取信於人。此亦如西方科學家如 Finstein、Plank、Edtingtor、Geam 等之言哲學與宗教，更爲西方人士所尊信，想足下當可以爲然，是則亦不必作轉業之想矣！

來示言及拙著文化意識與道德理性一書，此書因用西哲立論之方式以述所懷之義，故文字繳繞，足下能耐心閱讀，亦爲不易。該書大旨誠有如來示所言，與孟子所謂萬物皆備於我，反身而誠，有相發明之處，然亦同時意在說明人之道德理性之無所不運，故在一切科學政治經濟之活動中，亦皆有此道德理性之表現在斯，乃即末可以顯本，即用可以見體，而鄙意亦以爲中國今日之人文世界，如不能多方開拓工農之業與科學及政治，國家不能近代化，則傳統之道德意識亦將以局限於內心而不免於萎縮而乾枯。故道德意識之表現於文化意識以運本之末，與即文化意識而自覺其中所表現之道德理性以即末見本，乃似相反而實相成之二義，亦拙著之微旨所在。徒言萬物皆備於我而忘了「我亦於萬物中自備其所以爲我」，仍有流弊者也。

來示詢及讀書雜博，如何得要？此甚難答。大率人心皆苦難持平，博則皆難免於雜，約則又難免於枯，然不博則不能開拓，不約則無所凝聚。博約之相資，要不外博處能化而裁之，於約處能引而申之，此則一生之工夫，不能預斷何時爲持平之一境，抑亦有生之年皆不免於跌宕。於此二者間、於此跌宕中勉求不偏斯可耳！

來示已奉到數日，今日放假，乃得作覆。匆匆亦不能盡意。即候

學安

君毅　上　四月五日

致古　梅

（一九五八年四月五日）

古梅仁棣：你來信已收到多日，亦迄未能回你之信。上週哲教系同學旅行，今日人學講會後，都有同學談到你，所以又想起來回信之事。朱光國及你來信都說深以英文程度不足爲苦，不知近來如何？以前學校亦未能在此對同學之英文程度特別注意。余英時初去時亦感困難。不過你亦不必沮喪。聽話本來不容易，如我今在此仍不能聽懂廣東話。中國人不能聽懂中國人的話可是恥辱，但一時不能聽懂外國人的話並非恥辱。慢慢補救可也。

你學之課程仍以多學一些具體的東西爲宜。美國之哲學近年來都偏重邏輯分析。近半年來我亦看看此類的書，但覺其中有許多亦是太平無事之社會中的哲學教授在書齋中咬文嚼字的工作。說是細密可以，說是瑣碎與人生不關痛癢亦可以。把這些東西學來對我們在災難中之民族亦可謂並無大價值。千萬不要爲這些東西所震駭而自餒喪失自信心爲要。我現在身體已好許多，但學校事照常忙，學生、先生都一天一天的多。人學講會還是照常，但新同學來參加者只有二、三人。此期老同學畢業後，恐只有停了。新同學來新亞只是慕虛名而來，多只志在得資格與知識，不一定有什麼抱負，亦莫有什麼人生之艱難感，不過比較天眞些亦好。哲系的女生最多，據說亦是校中各系女同學中最純樸的。其中有幾個很用功。（下缺）

致唐亦男

（一九五七年）

亦男先生：十七日示奉悉。前得牟先生來示，並惠交大著。讀後已知賢者用心之深、向上之誠，毋任欣慰。今學絕道喪，大地陸沉，端賴賢智之士以志業相淬厲。牟先生在臺能得諸君子共明聖之學，亦所謂時節因緣，則振衰起蔽者當有日也。大著論心性文甚能直湊精微之域，惟若干文句不甚妥善，故於與牟先生函中略言之。實則如義日趨精熟，則文字亦可自然妥善。為學先在文字上下手亦反可使精神局促，但寫文發表又重在使世人能相喻。故須使之清晰。至於自己寫文而不重在發表，則儘可拔乎流俗之標準以外，至充實而不可已之境則如長江大河挾泥沙俱下，卽有文字不妥善，亦無足輕重矣！來函言及正讀中古宗教之書，此皆今之學子所不喜，賢者能用心於此，甚為不易。唯西方此類書雖可引人向上，但頗病用心太緊或使人流於拘迫，要在一方兼讀足以使心情寬舒之書以相濟，如此則兼足養身。學問之事病在懶散者須求有迫切之意，既有迫切之意者又須兼求寬舒。象山先生所謂深山有寶，無心於寶者得之。卽後一義也。（下缺）

致鄭業盛

（一九六七年八月廿二日）

業盛仁棣：日前來東京，匆匆二日，承棣於機場接送，並伴同往東京大學訪問爲感。臨行時並悉棣已定期完姻，尤爲欣慰。棣多年堅苦自勵，篤信好學，亦必能宜其室家，可爲預祝。我於十六日晚即抵港。因離港已八月，回來後人客往還較多，竟無一刻伏案，故未早函棣爲歉。我之目疾，復原雖無望，但看來尚不致再壞，此七八日中，雖終日勞攘，但兩目尚未特感不舒服，顯然較上次回港時之情形爲好，足以告慰。

看來香港尚無大問題，人心尚安，唯物價是貴了許多，一般人民經濟生活上受損失不少。但望以後經濟情形能好轉耳。匆此不一，即請

暑安

君毅 啓　八月二十二日

致左光煊

（一九六七年九月七日）

光煊仁棣惠鑒：棣今年一月由加來信，直至我上月回港乃見到，大約因我到京都治目疾，故哲學系同學未將棣信轉來京都也。

由棣信知發憤力學，爲慰。棣有天資，只是在港時精神似散漫無集中處，到外國人生地疏，心情可較凝聚，自然更易在學問上着工夫也。令尊去世，人子之痛自無已，但亦只能在繼志述事上自盡其心。棣能在學問事業上有成，卽所以盡孝也。

我之目疾在京都醫治後，仍只能作到不更壞，今仍只能以一眼應付。年齡已長，體力就衰，全復光明蓋已無望，唯我之心境仍佳，亦不作頹墮之想，冀不愧於前賢與後生耳！

棣一月來信，今已過八月，不知棣入何校，此信是否能收到？

孫鼎宸先生在加，前有來信，想嘗晤面耶？匆此，卽候

學安

君毅　九月七日

致左光煊

致彭子游

（一九六七年九月七日）

子游仁棣：前在京都得棣函後，旋即回港。回港後比較忙，棣所寄來 Phil-West and East 已收到爲感。在京都時，晤見祖印法師（彼對棣亦甚好）亦談及棣在夏威夷情形。棣以前未考好亦是過去之事，今能教人學拳，亦是宣揚文化之一端。棣原有聰明，心地亦純正，只是興趣太多，念頭亦常轉動，所以不夠沉著。人在生活困難中亦可磨鍊自己，如泥土之常受壓力亦可更堅實。此外，對人不宜輕諾，輕諾而力不能踐諾言，則必寡信，信用不立，則事業無成。至於能否讀博士學位，亦是無關緊要，人生在世，隨處是學問，亦不必要當學院式之學者也。我之目疾仍不算好，只能以一眼應付。餘不一一，即候

秋安

君毅　九月七日

致石壘

（一九六九年十二月十四日）

壘棣惠鑒：昨夜所談未盡意，學術上之問題，如彼此有商量討論之意，當然可以互相觀摩切磋，但如以一切已決定的證明，則已先斷商量討論之餘地，則道不同不相爲謀，一切話皆無從說起。

至於我對學術之根本態度，是以爲了解古人之著述，要先從正面了解，並須先信古人立言之誠實。我不喜歡專翻後壁，先懷疑古人不誠實之治學態度。對於劉彥和之文心雕龍，我亦無專門研究，但就其書之字面，明是用傳統之經子之書中通用之名，以表其義。自然之道之名，明從道家來。他講宗經，又夢隨孔子行，明亦想連上儒家。劉彥和是一和尚，亦是一中國人。和尚作學亦不必處處都是和尚。文學理論本另有獨立性，亦可兼通儒道佛之義。儒道佛本亦有共同之義。劉彥和之時代亦本有三教合一之理論，則他論文學時並非有取於此即不能兼取於彼，如說「其根底只是佛家，而只外用儒道之言，而又不明說其本佛家理論」，此無異謂其佛家理論只是遮遮掩掩的隱於後，以儒道之言爲幌子，此與欺詐何異？其立言之態度先不誠，其心術亦不正，而我們於千百五年之後，乃發覺其爲遮遮掩掩，其欺人亦太甚矣！如此看劉彥和，其辱劉彥和亦甚矣！至於如要說劉彥和之文學思想兼有受佛家影響之處，此當然可以研究，如棣文是此一態度，則可以商量討論。如只旨在據其是一和尚，便謂其文學理論之根底只是佛學，其言皆遮遮掩掩之陽用儒道之言，而別有陰私，只是釋而無儒道，此則關係吾人理解古人言之根本態度是否當先看其明文所及，或先疑其別有陰私之問題，與吾人自己治學讀古人書之心術問題。則道不同不相爲謀，一切話皆無從說起矣！以上所言，棣亦未必能受，但我自本其誠，一說而已。卽候

學安

君毅　啓　一九六九年十二月十四日

致何啓民

（一九六二年十一月十九日）

啓民同學仁棣惠鑒：

十一月十四日示奉悉。月前聞棣離港，未及一晤，殊爲悵歉。昨得示，知仍念念不忘學問爲慰。唯謝幼偉先生面告　棣仍將來港並有函與彼，不知果能來否耳！

此間研究所，原名文史研究所，對哲學思想本較忽略。此乃數十年時風所致，故即在國家最高學府之中央研究院亦無哲學一科。新亞在此亦難拔乎流俗。毅所微憾於棣者，唯是對哲學本身之訓練不足。然棣之勤力好學，亦所少有，方盼隱忍一時，留港共學，不意遽爾離去。唯棣在臺如書籍方便，亦可稍留。毅於此亦難作主張。吾人居此亂世，能遇艱困而不棄所學，即可不愧爲炎黃子孫矣！

棣來函所論列子與郭注論生化之原之異同甚是。道家是原有「道生物」之一義，漢儒以天爲主宰，能生物。緯書中多言太極元氣生物。王、韓易傳之注乃以「無之稱也」釋太極，以「無陰無陽」釋「一陰一陽」。王又以「無」釋老子之道，便與漢儒異趣，而「無」中是否有不生不化者能生生化化，卽成一問題。張湛注列，卽主有此不生不化者，然對此不生不化者更不說之爲元氣或天，亦不明說之爲道，乃只能就其無「生化出之形與聲色」而消極的說爲不生不化，或說之爲無。故有「無動生有」之說，而郭象注莊則進而言無旣無矣，則不能生有，乃歸於言「自生自化」或「獨化」，更言所謂「道生物」實卽物之自生，此其所成就者，乃一「就一一物之獨化而觀之，並一一與物冥而玄同彼我」之精神境界。而郭之言理，亦就物之獨化歷程之本身上說，固無生物之理也。後之宋儒則再言萬物生化之原，而周子重提出太極，乃以無極而太極爲言，然太極爲誠爲眞實，則又再異於魏晉之玄談。橫渠乃以太虛與氣之不二言太和，而攝太極義於其中。程子以理爲形而上，朱子乃近而以太極爲理，此皆一問題之相承。其中線索，可次第求之者也。我近爲同學講宋明理學，亦大體上由此線索講下來，唯此中就書上之明文加以纂集，以明其異同，是一工夫；而說其在哲學上理上之涵義，以及其對人類之哲學問題之本身，孰能提供一較善之解決，又須下一工夫。此二工夫亦可相輔爲用。棣對前一工夫自用力不少，然對後一工夫，則宜更加補足，則觸類旁通者廣，興趣亦可免於枯淡，而棣在學問上之進步亦詎可量哉！

匆此不一，卽候

學安

君毅　上　十一月十九日

致夏仁山

（一九五八年）

仁山仁棣：十二月廿四日示已奉近旬日，備悉棣去馬來亞後生活情況，甚以爲慰。馬來亞方面之華僑聞彼此相遇甚能互助。棣任教其處當亦無旅居異地之感。學問之事教學相長，古人所言不虛。望能安於所事。棣去後我之身體已全復原。人學講會亦恢復，已舉行二次。惟棣不得參與，亦殊以爲憾。

棣之性情溫純敦厚皆有餘，勤勞孝友尤不易得，但奮發植立、確乎不拔之氣尚不足。在教課之餘仍宜多讀孟子與史記及韓文，此皆可養自己剛大之氣。讀書亦不必勉強在理智上求解，要在多體會古人氣象，即可得益無窮也。

校中事近況如常，唯寒假中又有若干同學畢業，以香港之爲殖民地，校中同學畢業後就業遠較其餘在政府學校畢業者就業爲難。此一大不平之事，而無可奈何者。馬來亞方面之同學彼此間仍宜常有聯繫，亦變亂之世，人與人相維之義也。匆此不一，並候

文祺

君毅　啓

致張龍鐸

（一九六七年九月三十日）

龍鐸仁棣：得示甚感關切賤恙之情。我於去冬去日本，在京都大學醫院住三四月後，又在日本考查，略作研究，於上月乃回港。本來我亦可以來美住數月，但因日本京大病院專以治視網膜剝離出名，故後決定去日。日本醫院是較我原在美所住醫院更有人情味。住醫院如住家庭，使人戀戀不忍去。日本京都等地之藝術情調與人情風俗，皆處處見中國文化，亦使人如住在昔日之北平、蘇杭，精神上可得一怡養與安息，與美國社會之只耗費人之生命力者不同。現在中國已無中國文化了，但能在日本見之，亦慰情聊勝於無也。

我現在之目疾，仍不算痊癒，但將可穩定住。右一眼還可用，如果不去日本，則左眼可能全失明。望棣亦引以爲慰。在醫院中見許多病人，雖三四月不看書，亦增加不少人生體驗與悟會，故心境與身體之其他部份均好，希勿念。

今年新亞已將哲學與社會分爲二系，我現在不能多教書，已請了牟宗三與唐端正二先生。去年我在日本時，請了吳康、徐復觀二先生各來此半年，今皆已回去了。棣之學位今年度不知是否能讀完，香港稍定，我仍望棣能回來任教。

君毅　九月卅日

致陳永明

（一九六七年七月廿六日）

永明仁棣：寒假中得棣函，乃由香港轉來，因我正在醫院，未復。由函中知棣已結婚，玆特補致賀之意。又知棣任教哲學史等課，頗得教學相長之益，並以爲慰，想下年仍繼續任教耶？我以目疾來京都醫治，住醫院三月餘，雖較前爲愈，仍未能復原，故出院後卽住此間，多少從事研究。現計劃八月中卽返港。唯香港局面甚不安定，敎育事業亦勢不免連帶受影響。蓋只能盡人事聽天命而已！

我在病中亦時關念國家天下事。中國共黨既有內爭，又與世界爲敵，決非能建設中華者。就世界看，則中東越南之問題與美國最近之黑人暴動，皆不易解決。吾人從事專門學術工作，面對此諸大問題，固一籌莫展，然哲學亦可間接貢獻於社會文化問題與國際和平問題之解決，而吾人今日治哲學雖當自知識論形上學入門，然歸宗仍當在價值倫理之思想。若只如一般分析哲學家之所爲，則亦只是理智遊戲，於人類之樂和無所補益，則又何必需此哲學之廢物乎！新亞下年正式將哲社系分爲二系，亦表示一發展。哲學系方面，已延牟宗三先生重返，但我與牟先生皆年近六十，亦維持不了多久，而香港將來如何變化亦難說，幸在美之諸同學，如棣及張龍鐔、陳特、黃耀炯、吳森等，成績均大體不差，總望繼續努力，則花果雖飄零散落於異地，仍可使慧命相繼於無疆。將來之中國總會逐漸開出一局面，使有志者得遂其抱負也。我今仍只能以一眼看書寫字。醫生謂不能多看多寫。匆此不一，即請

學安

君毅　七月廿六日

致曾昭旭

（一九七七年十二月廿一日）

昭旭兄惠鑒：

承寄手示及大著王船山及其學術二册，已拜收。唯私淑之稱殊未敢當，但學術思路先後相繼可有自然之遙契耳。

前在臺北承惠贈大著中之二篇，回港後皆大體閱過。嘗與黃振華先生函，謂觀兄此船山學之文已超過前人，在臺之青年學者就我所見，兄最篤實而謙抑自處，將來必當大成云云。今大著旣已全部完成，後當讀之。其中有船山經學諸章甚佳，實則宋明儒之爲學皆以其對經學之所見爲根本，吾人今惟以種種義理上之論題爲本以觀之亦實不足，宜當會此二本爲一本，方得其全。故近二年在此間研究所開課，亦將就經傳釋義、與分問題論義理者，開列爲二課，而以會二年爲一本之事待諸學者也。

學生書局方面已直與其總經理馮君推薦大著出版，謂爲船山學中之空前之著，想彼局當能接受也。匆復不一，並請

文祺

君毅 啓　十二月廿一日

致王家琦

一　（一九六九年三月十四日）

家琦仁棣：

承惠賜　令岳祖高步瀛先生大著，已奉到爲感。此書二十年前見過，係用中國紙印，今得重印，以廣流傳，亦文壇之美事也。

棣來函所談美國之學術與教育上之問題，頗値人深思。已將棣函交新亞生活，想不日當可刊載出，卽囑編者郵寄若干份與棣，以便分送友人也。

匆此卽復，並候

儷祺

君勱　上　三月十四日

二　（一九七〇年七月三日）

家琦仁棣：

日昨奉示，承又惠捐美金百元與研究所，並擬每三月捐百元。棣之一番熱誠，甚令人感動。我想棣以教書爲業，亦不必硬性每三月百元，但在棣有餘款時能隨時寄一些款作獎學金，或作紀念棣之先代之獎學金，則更有意義。我大約在八月中要到美國來轉道歐洲開會，並檢查目疾，屆時當謀一晤，詳談一切。匆候

儷安

君毅　手啓　七月三日

雜誌如方便能寄來甚好，但麻煩則不要寄。

三　（一九七一年二月廿三日）

家琪仁棣：

得二月十七日示，知在各處講演研究結果，甚為成功，至以為慰。又知梁君恩佐將過港，願在新亞講演，亦至為欣快。頃已與新亞物理系主任蘇林官先生（蘇先生謂曾收到棣所寄之雜誌書籍云云。）一電話談及，彼至為歡迎，並謂除新亞物理系外，此間有各學院各大學共組之物理學會亦歡迎，但望於來港之時，先期函告願講之題目等，以便早作準備。因暑期中學生及教員分散或離港，宜早有一安排。我已告蘇先生謂梁先生可直接與之函商。蘇先生之通信處卽在新亞書院。彼去年一年亦在美加大任訪問教授一年，方歸來不久也。

我們均好，勿念。不一，並請

儷安

君毅 啓 二月廿三日

承寄洋參，早已收到，為謝。

老太太能在美取得居留權自較方便，均此問安。

四（一九七一年十月三日）

家琦仁棣惠鑒。

前日得到你的信，知剛從歐洲回來，並知數月中大著被人誤會以至誣蔑的事。幸今已水落石出，至以爲慰。

人與人間互相誤會與誣蔑的事，常爲人之想像所不及，什麼奇奇怪怪的誤會與誣蔑都會發生。我以前亦遭遇到一些，當時非常氣憤，但過了亦就忘了。

中國人在美國，求生存爭地位原都不容易，只怪我們自己國家百年來不爭氣，目下亦無學術自由。但中國人之智慧與歷史文化畢竟不在他人之下，總有一天可爲人所共認。

前梁先生來此，曾說到你之老太太亦在香港，但忘了地名與電話。你可否告訴我，我將來可約他到一些廟宇中玩玩。有一曉雲法師是女的，曾在印度泰戈爾大學教書，現任臺灣中國文化學院佛教藝術研究所教授，爲人修養甚好。寒假中可能要回港，我可介紹他與你母親見面。

人生之體驗前已再版，曾由郵寄上若干册，你可以用以送人。

匆候

秋安
尊夫人及瑜瑜並問好

君毅 啓 十月三日

我已遷居亞皆老街翠華二村十二樓B座

五 （一九七四年六月廿一日）

家琪仁棣惠鑒：

最近兩示均奉悉。前示因事忙未復爲歉。棣對新亞書院及新亞研究所之一番關心之意，爲一般新亞之同學所不及。但棣以個人薪資所得捐作獎學金，則在受之者於心亦不安。現在研究所亦尚可另謀財源作獎學金，故一時尚不須如此。俟棣如前函所說，有科學技術上之發明，取得專利權賺錢後，再謀捐助教育文化事業亦不爲遲也。

我今年已六十五，將自中文大學退休。臺灣大學及臺灣之中國文化學院皆來聘書要我去講學，但新亞研究所事無人接任，故董事會仍要我繼續維持，並盡量在經費上設法。因此道義上之關係，故我今秋不會去臺灣。或在明春去一段時期，再回港。我現在之身體，只是有血壓高的情形，其餘還好。當然事情不能多作，只能量力而行。

由棣函知轉業後一切佳適，甚慰。承告令堂電話，稍後當約其共赴廟中。此間研究所今年有佛教會捐二名奬學金，得奬者皆是女生，亦可介與令堂相識。匆此不一，並請

儷祺

君毅　啓　六月廿一日

六　（一九七四年十月十九日）

家琦仁棣惠鑒：棣函及像片與美金支票六百六十元均於三日前收到爲感。棣之令外祖父及先世本治人文之學，棣因念已改學物理，未能治人文之學，遂欲年捐獻奬學金與治人文之學者，此意至爲可貴。二日前研究所會議中，我將棣之盛意向同仁報告，均加以嘆美。但今年研究所之八個學生皆多少有奬學金，棣以薪資所得作奬學金，不同尋常，應作特別優秀而清寒之學生之用，故擬暫存校中會計處。又我意令外祖父王堯欽先生辦理申報，功在士林，棣之美意亦宜垂爲世範，不如以棣捐款（共五千二百元）存入銀行，以利息（約四百元港幣）作爲學生論文之奬金。此奬金數目雖少，但意義較大。以

後，棣如續有捐款，獎金自可增加，如不能再續有捐款，亦無礙。不知棣以爲如何？因研究所另外有二筆捐款，各亦只一千美金，指定以利息作論文獎金，亦各只五百元左右也。

令堂不知以後是否將來港，希屆時函知，以便暇日約同游寺院也。匆此不一，並請

文祺

闔府均候好

君毅 啓　十月十九日

七　（一九七六年六月二十日）

家琦仁棣惠鑒：

六月九號信已奉到數日。此半年中，在去年十二月至今年一月，我曾又至臺大作短期講學。臺灣的學生讀書風氣比香港好得多，出版與翻印的書亦不少，而且都有銷路。我之人生之體驗等四本書，皆有人盜印。盜印雖非好事，但總證明有讀者。仍是一好現象。

回來後，仍任新亞研究所事。研究所算已與中文大學分開了。書有七、八萬册。經費是靠董事會

募捐，臺灣教育部在去年曾有補助，今年是由臺灣一基金會補助。一時不會有什麼問題，只是不能大發展而已。難得是您之經常關心，想由一科學技術上之發明作些經濟事業來幫助研究所。

現在研究所與大學分開，是好事。但新亞書院在中文大學中之命運，則又遭一危機。因大學最近有一富爾敦之報告書，要改變中文大學之制度——名雖仍爲聯合制，但內容則實是集中統一制。現在我尚是新亞書院董事會中之一董事，仍在與大家力謀保存眞正之聯合制。但在富爾敦之報告書中，尚有解散董事會之建議。看來董事會之奮鬪，亦只能聊盡心力而已。——近二、三年更有許多我所寄望之新亞的師生，亦獻媚香港政府，贊成集中統一大學權力於香港總督及副校長，尤使人寒心。此事一言難盡，亦不必說。

不過我對一切事只求盡心，並非力求成功。國家可亡、地球可毀，何況區區一學校？所以我之心情及身體亦還是很好，你可以放心。

匆此不一，並請

儷安

老太太及令郎令愛均吉

君毅　上　六月廿日

八　（一九七六年六月廿八日）

家琪仁棣：

日前覆一函想已達覽。昨日又得一函，知棣之發明已與核子發電公司接洽合同爲慰。希望能有一結果。

棣要自組公司，勢須自籌若干資本。新亞研究所之董事會中亦有一些商人，若有相當把握的投資，以幫助新亞研究所，他們亦可能願意。當然此間我們所識之商人爲董事會之董事者，財力亦很有限。但不知棣之公司需要在港募集資本否。

吳士選（俊昇）先生是一老教育家，四十多年前在北大任教育系主任，後曾任新亞校長六年，退休後亦在新亞研究所任研究教授兼導師，等於幫我的忙。他與我皆新亞研究所之董事。現在他是因開會來紐約，一週後要返港。如果你有暇，可否一電話與他一約晤，並將你之發明情形告他。他爲人很文雅，同我很好。能彼此見面，談談亦不錯。但不知有此機緣否。我已另一函與他介棣。棣如有時間願與他約晤。可先打電話至 9145917025 Mss T. C. Chen 家。（T. C. ou 4 Shaw Lane Irvington N.Y.）匆此不一，並候

文安

閤府均此問好

君毅　上　六月廿八日

九（一九七六年八月一日）

家琦仁棣惠鑒：

棣兩次去西部前後之三函均陸續收到。知已請律師代理保護，並有得諾貝爾獎金之物理學界前輩支持，兼已與各投資公司接洽，並已擬定可能之計劃，着手考慮進行方式，甚以爲慰。

棣之發明，因由棣之天資與工力，但亦由存心初非爲己，而是爲教育學術文化；則以心靈之大公無私，靈感卽由天而降——依佛家說，卽爲如來藏中之智慧種子，以心之無闇惑之無明，卽自然呈現。我想，若棣之發明見諸事業無大障礙，將來能捐出一部份用作新亞基金，亦自不當只限於用在現有之新亞，抑且不當只限於發揚研究中華之人文學術，更當用在研究「如何使今日之科學技術之應用，免除其附帶之災害，以與正常之人文理想、人生價値之實現，能相配合，以創造二十一世紀之人類和平」。此須聚世界有愛心與智慧之人之共同思考以爲之，自非少數人一時之力所能爲功。但亦可懸為一基金會之理想。佛家言因緣之聚合，其效恒不可思議。造因由己，緣聚由天。造因以發願心為本，亦即形成一理想也。對棣之事，我愧不能有所幫助，以後進行情形，無論順逆，皆希便中告知。餘不一一，並候

文祺

閤府均此問候

君毅 上 八月一日

十 （一九七六年〔秋〕）

家琦仁棣：

日前得棣函後，即來臺灣臺北榮民醫院檢查身體，故未回棣信。近來我之身體不算健康，醫生要細檢查病在何處，可能要在此醫院住一、二星期，即回港。臨行時，唐師母將其初學畫時之畫一幅航郵寄上，以當紀念。他說此畫不好，但作為紀念亦可，故寄出了。

專此不一，以後再談，並候

闔家安吉

君毅　上

方回附筆問好

十一（一九七六年十二月三日）

家琦仁棣

十六日來信由香港轉來，知棣之新發明之用在實際事業上之進行，只能緩步以達目的。在實際事業上，外在條件太多，誠如棣函所說，亦急不來，只有一步一步去作了。

來函所說郭大暐同學，我還記得。他能對棣之事扶助合作，亦很難得。聽說他作的事業相當成功。

我來臺在榮民醫院檢查身體後，發現肺部有初期瘤腫，竟是毒性的。乃於醫院住半月，將一稿子校改完結，小女由美國回臺後二日卽動手術。是由新自歐洲開會回來之名醫盧光舜大夫動的。進行甚爲順利，已算根本割治。爲防再發，醫生亦有其他放射治療爲輔助。現在精神已全恢復，只是體重減了十餘磅，尚未恢復。明日即將回港，再加調養。醫生說我之病幸而發現得早，可謂不幸中之大幸。希釋念。

因此病把四十多年的煙癖戒掉了。吸煙不特害健康，且是一束縛心靈生命的習慣。好多年前就想戒，都未能下決心。現在以病而戒掉，正如易傳所說「小懲而大戒」。雖病中受些罪而能戒去此惡習，以回復我生命心靈之清潔，還是值得的。

匆此，並候

冬安

闔府均此問候

君毅 上 十二月三日

十二 （一九七七年七月廿九日）

家琦仁棣惠鑒：

七月十七日示奉到已數日，知棣之發明付之實踐事，尚未有一確定之辦法為念。不知是否可詢問律師：大約在何時，有一洽定之辦法？只要在一定時期可有一辦法，則仍以遵照律師意見進行為是。

但如躭延時間太久，是否會有他人同類之發明，與棣爭專利權？若然，則亦要爭取時間，先作小規模之計劃，亦未嘗不可。

我對棣之發明，固全是外行，對在美興辦事業之手續，亦無所知。今隨便寫下一點意見，不知有參考價值否？

我之身體經西醫動手術後，又兼服中藥調養。目下體氣已漸恢復。但因動手術，元氣受損尚未全恢復耳。匆候

儷祺

君毅　上　七月廿九日

十三　（一九七七年九月三十日）

家琦仁棣：

棣八月二十五日及九月十五日函均先後收到，知棣事近來發展情形，甚慰。並承告鉾對治療癌症之價值爲感。

棣事今既有 Bechtel 之高級經理研究與棣合作事，自可等待進一步之商談。棣已取得專利權之

煉鈾辦法發表後，當更能廣泛的引起投資者之注意，來與棣接談。屆時棣再告以尚有新方法，似亦無不可也。

賤恙看來亦有些進步，因體重已恢復六、七磅，唯進步甚慢，又時有體氣不暢、氣悶之感，但亦無顯然之症狀。目下多在食物療養上注意。棣所提之含鋅之食物如牛奶、海鮮皆常服，但蠔之膽固醇量太高，故醫生謂暫不宜食耳。

匆此不一，並候

儷祺

君毅　上　九月卅日

十四　（一九七七年十二月十四日）

家琦仁棣：

十二月三日示奉悉，知棣見到明報月刊之文，並為新亞不平。實則此間董事會同仁為此事奮鬪亦已盡其全力，故雖失敗，亦心安理得。在奮鬪過程中，亦曾請此間律師及英國律師商討對政府起訴辦法，但依英國法律，必須「在新亞參加時，與政府先訂有契約：決不容改聯合制之內容為名存實亡之聯合制」，否則新亞之訴訟，無勝利之可能。故起訴事只得作罷。又此事若崇基與聯合二學院之董事會亦如新亞董事會之堅持理想，亦有可爲。然此二院之董事會中人多香港政府之洋奴，絕不肯爲開罪港府之事，亦如中大之洋奴校長。則新亞孤軍奮鬪，其失敗也宜哉！

吳士選先生（於民國二十年任北京大學教育系主任，後兩任教部次長，對中國教育之貢獻甚多）十年前繼錢先生任新亞校長，退休後任新亞董事，爲抗議政府改制時，出力尤多，今仍任新亞研究所導師。彼將於日內來美探望其子女，我與彼談及棣對新亞之關心，並以棣函相示，彼深爲讚賞，並願與棣晤談。我意棣如住在紐約附近，可擇暇一往訪候。棣亦可藉茲以知此間之情形，並告以有關棣之發明之種種。其電話爲：C/O Prof. P.Y. Wu 212-222 3144。住址爲：600 W. 111 St. N.Y. C.o P.Y. Wu 爲吳伯益，乃吳先生之長公子也。

匆此不一，即候

儷安

唐君毅　啓　十二月十四日

十五　（一九七八年一月五日）

家琦仁棣：十二月十七日示奉到，知棣近已想通一用非放射性同位素治癌新法，若能與醫學專家合作發展，則對人類造福無量矣！

我前在報知美國有用核子撞擊力量治癌之法，即曾加以注意，後因我病在臺手術成功，故又忘了。但近來我之病似已有由右肺轉移至左肺現象。上週入醫院檢查，在X光片中於左肺見出若干輕微之灰白影子。近我並有咳嗽氣喘現象。此間醫院能診斷，但治療不及臺灣。故我意欲重去臺灣。但亦有醫生主來美國，因小女及小婿在美，可照護。但我不相信手術可再用，鈷六十前已用過，一般藥物副作用太大。故今想問你太太目下在美國以核子撞擊治此病之效果如何？是否有專門醫院用此法治病？並順便問問「近有無副作用較少之藥物發明可防治此病之轉移散發者」？或我可考慮於明春來美治療。如時間來得及，我可以作爲棣之新發明之試驗，則亦是我之榮幸。

我已動手術一年又四月，看來復發之現象亦進行甚慢，可從容考慮治療之法也。匆此，並候

文祺

閤府均此

君毅 上　一月五日

致王家琦

十六　（一九七八年一月二十日）

家琦仁棣：

惠示奉悉，所談熱療辦法治癌，甚足資考慮。但我近請數醫生檢查，對近我病哮喘之事是否與原病復發有關，意見不一致；對X光片之檢查亦意見不一。如哮喘不與原病有關，則以先治此哮喘爲是。故一時尚不能即決定來美與否。俟決定時，當再函棣，並勞神安排一切也。匆此不一，並請

儷安

君毅　上　一月廿日

十七　（一九七八年二月一日）

家琦仁棣：近示奉悉，又得吳士選先生函，知棣對賤恙極爲關念。最近三周情形；是四月來已有之咳嗽氣喘加劇。行一、二丈路，都要休息，否則氣喘。已就二醫院各住一星期，經四個醫生檢查，說法不一。或說是鈷六十照射之反應，或說是肺炎氣管炎，或說是舊病由右肺轉移左肺，或說是左肺新瘤

腫。最後一說乃經切片檢查結果，似最可靠。今即照此曾醫生辦法注射抗癌素，已打一針，反應是略嘔，並胃口幾全無。看打二、三針後，咳嗽及氣喘是否好一些，如不好，則其診斷可能錯。今將我離臺北榮民醫院時醫院之一報告，及此曾醫生之一簡單證明書附本寄上。此資料自然不夠，但一時亦無詳細資料。棣看看、與你太太研究研究如何。吳先生來函謂對化學治療，美國較港臺進步五年。我現仍考慮來美檢查，但亦要身體稍好一些，才能任旅行之辛苦。又我雖曾來美十次，但每次都是經大學或學會邀請，故簽證極易辦。現在如爲治病來美，不知須依何手續?是否可憑藉我寄來之二件向你太太之機關申請來美檢查。如接受此申請即出一證明文件，以便我及內子 Tes Ting Kwong 將來在美領館辦簽證。如此法不行，是否可請吳士選先生向聖約翰大學之薛光前先生說明，請該校出一證明?棣可斟酌。若實不便，則我亦可直向此間美領館交涉。但恐有意外困難，故能先在美有一證明爲佳耳。

我來美與否，雖尚未定，但先準備好一切爲佳。專此不一，並候

儷祺

君毅 上 二月一日

致王家琦

致傅佩榮

（一九七五年一月十一日）

佩榮同學：

惠示奉悉。你們能以青年的生命努力工作，提倡哲學思想之研究，甚見朝氣。你要轉載我近在港發表之一文，今改正數字寄你們。如嫌太長，第一大段可以不刊。又如要轉載，最好即在下期轉載，因臺灣有人爲我編之論文集中，亦將此文補入，一二月後該集可能卽出版。我到臺灣的事今尚不能道，因近血壓高，又此間還有事須我辦。你們所舉辦之哲學講座仍以暫不將我之名字列入爲宜。卽候

時安

唐君毅　啓　一月十一日

致黎華標

（一九六四年）

華標仁棣：

惠示奉悉。懇摯之意見於行間，感慰無似。棣前來淨苑，未及面談。此間有洗塵法師自動欲爲先母誦經，盛情難卻，棣如於下星期二（十三號）下午有暇。可通知趙潛同去青山妙法寺便餐。如有課或有事，則不必去矣。匆候

近安

君毅 上 星期日

致李天命

（一九七一年十月廿四日）

天命同學仁棣惠鑒：

棣三函均讀，知抵美後種種心情，無異面談，甚以爲慰。我尚憶及棣初來新亞時，曾與社會組數十學生到我施他佛道寓中共餐。當時同學皆是社會組者，只棣一人爲哲學組，我當時對棣即有一特殊印象，今尚模糊在前，大約是一凝歛而帶憂鬱耿介之印象。此即表示棣有一內在之世界待開發，如花之含苞未放。迄今已約有七、八年。後來對棣之印象與了解自不全同。棣之敏悟爲所罕見自不必說，棣對學校之課程不能照一般規矩隨班聽講亦是小事，所難得者在棣亦不以課程與棣之目前興趣不合而多所責望批評，此是棣之性情純厚處。大率一般之性情純厚者多缺敏悟，而敏悟聰明者多尖刻。聰明仁厚極難兼備，能備之者即爲大器。此乃天性，非關後天修養，但不以修養濟之，則孔子嘗說：「好仁不好學，其蔽也愚；好智不好學，其蔽也蕩。」聰明與仁厚二者亦可相尅而相礙。仁厚出於生命之本質，如燭；聰明爲生命之光華，人如只持守此燭不用，則無光華，但只用以顯光華，則燭盡而光華亦滅，此卽成相尅而相礙。人任此中自然之勢以趨，則天賦之聰明必至壯而衰老而竭，否則必如世之天才之早夭。於此卽需一種學問使生命之光華不只放射於外以趨於衰竭，而使此光華之放出者旋放旋收，以返於此生命之燭之本身。則此聰明之發不蕩而恒聚，亦得長保存而不衰，此卽爲仁智交相養之學。大率孔子所謂爲學之義是如此。故只好智好仁皆未必是好學。一般學問知識皆此智照之成果，此智照不斷放射，成果總會不斷增加，範圍無定限，亦處處可點石成金，金亦皆有金光，但光源在生命之燭。如何保此不熄，乃一切學問知識成果之本。將此中之義展示或發揮，自可有種種說法。東方與中國哲學，其原始在此說法亦多，但只視爲種種說法，亦只是客觀化了的成果，亦可離了本原。在本原處此學只能各人自覺自悟，亦原正簡單平常，只在化之爲一說法而又說不盡處見複雜與不平常耳。此簡單平常者最宜於在孤獨寂寞時認取。在香港，地小人稠，最易使人心思散蕩。女朋友天天晤面亦非好事。棣去美，初至人地生疏，在寂寞心境中正可多有此凝歛工夫。我今遙想棣此時之容態，或如我在七、八年前於施他佛道之所見之凝歛而稍帶憂鬱，則對棣之爲學爲人，皆可大有進境也。我之近況如常，但近因國際局勢多變，人心頗浮動惶惑，學生亦多有關現實之問題。但要「成物」亦當先「成己」。中國與世界之問題亦非只以散蕩之心能加以解決。無人文理想而對政治社會作直接反應，亦可斲喪生命智慧。今天下午約了一些同事談教育問題，亦可能談及此。但整個學校之事，我亦不能多所爲力，亦總是勞而少功，亦盡心而已。

君毅　一九七一年十月廿四日

致馮永明

一（一九七五年六月廿六日）

永明棣：

我於廿九日卽回港。推薦信已簽字，但打得太不淸楚，最好另打一張。時間想來得及。則以俟我回港後另簽一字寄出爲宜。卽候

暑安

君毅　六月廿六日

二（一九七五年九月十日）

永明仁棣：

八月三十日函已讀，知棣赴英後已正式入學，生活亦漸上軌道爲慰。

棣能先學好英文，則學問之事自少困難，最初可少選專門之課，則學英文可有較多之時間。棣之論文，可就能修改處先加修改寄港。棣之此文對中國佛學史之研究有若干之貢獻。將來可就其中之要點另寫一、二萬字之一文，以便在雜誌中刊載。

本學期研究所在農圃道開設十二門課，約三十小時，故同學選課較前為方便不少，圖書館亦添新書約十萬，惜棣不能在此加以利用也。

劉楚華去法國之事，以法國人辦事言而無信，故今尚不能去法，仍在中學任教。匆此不一，並問

學安

佩儀學弟均此

君毅　啓　九月十日

三　（一九七五年十月二十日）

永明仁棣：

十月四日函已奉到。知棣目下未被愛丁堡大學正式取錄，甚以為念。據王佩儀來函，棣之未被正式取錄，主要在英文。我去年似亦與棣談及此語文問題，並嘗勸棣暫

不去外國。但今亦不必追悔。棣既已去，因所接觸者多外國人，學英語文自較易進步。我想能在一年之內補足英文程度，再謀正式入大學研究院亦未爲不可。若倫敦大學可申請，則向倫敦大學申請亦可。但語文條件之要求，各學校皆是一樣。

關於棣在研究所之卒業文憑，因港府之規定，研究所不能自發，故須經臺灣，但此不會有問題。如棣入學申請所需者只是此文憑，研究所亦可再作一證明。但照我看此關鍵乃在棣之語文。望棣仍先在語文上下工夫爲是。

棣之論文是否已有所刪改，若實無多暇時可只少少刪改；若能節其精要爲一、二萬字，則我擬介在學術刊物或佛教刊物登載。

棣今之不能入學，自爲一打擊，但既已去國，只能徐圖補救，亦可藉茲以磨鍊身心，則塞翁失馬，安知非福。匆復，卽候

旅祺

君毅　啓

四（一九七七年三月卅一日）

致馮永明

永明仁棣：

致華棣來臺，轉來棣自英寄來問疾之函。承棣慇懃關念，並爲念大悲咒，美意甚感。我之病亦由平日太不注重身體之報應。此次病雖嚴重，但經醫診治，情形尚稱順利，心情亦尚能安定自持。望棣釋念。我現在臺北住劍潭青年中心養病，門前即一花園，並時聞青年來此者唱和之歌聲，皆可慰情。匆此數行，即候

學安

君毅　手啓　三月卅一日

致袁保新、楊祖漢

（一九七七年八月二日）

保新
祖漢同學惠鑒：

七月廿二日函奉悉。鵝湖第一期亦由廖鍾慶同學交來兩册。整個看來，亦能表現一理想，嚮往一承先啓後的學術生命精神，甚慰。

關於稿件，我的意思，仍要你們自己擔當爲主。前一輩先生的文章，只能作爲鼓勵的象徵。有許多大體上相類似的道理，要用先後時代不同的人口中說出來，與不同之生命結合，才見慧命之相續。對你們的刊物，我亦希望能寫點文章，表示鼓勵贊助之意。等我想想看，能否抽暇寫。但寫文不只要時間，亦要有新的意思，如以前自己未說的。因我以前，已說得寫得太多，故除非有人當面問，便覺無什麼新話好說。如孔子，我更寫得不少，但近二十年寫的有關孔子者，皆不及二十多年前之「孔子與人格世界」一篇代表我對孔子精神之眞實體悟。以後所寫，皆不能脫盡學者氣，即不夠眞實體悟。在臺灣師大所講孔子在中國歷史文化中之地位，亦只是代表一觀點。錄音機壞了，亦不必整理。

講的內容，與原教篇所附之文，亦差不多。在臺時，中華文藝復興社，曾再以此題訪問過我，亦不知記得怎樣。總之，我在一時對孔子亦莫有什麼新話要講。照我的意思，新文不必能超過舊文。如果你們不怕重複，能將孔子與人格世界一文節錄轉載，亦對世人有啓發之益。其他的題目，待我想想。此間新亞研究所年輕一代人所辦之中國學人，最近要革新內容，使之活潑一點。我要他們亦同你們聯繫，將來一些文章，亦可以互相轉載，如此可使文章流佈的地區擴大。匆候

暑安

唐君毅　啓　八月二日

你們之刊物上爲何莫有社址或通信處？人何如通信？

致翟志成

一（一九七五年七月十二日）

志成仁棣：在臺時收到棣一函，回港後昨又得次函爲慰。

棣初至美，自不免人地生疏。加州大學之新亞同學當不少。加州三藩市大學哲學系之吳森教授（曾在研究所就讀一年）現在港講學，便中當向之介紹吾棣，俟其返加後，棣可與之晤談，並介紹學術界人士也。

關於研究所之發給學位事，教部已在原則上核准，但對學生之學歷尚須個別審查，再分別學行筆試與口試。一俟棣之學歷審定後，口試一層當可由所建議豁免。

棣在美仍以先對語文求加以熟練爲要。

研究所近在臺購買影印古書，約四、五萬元，計劃中擬印購者亦約四、五萬元，其他機關所捐贈書籍亦約三、四萬元，近更選定趙之璣、岑詠芳二同學至臺灣大學及中央圖書館合辦之圖書館講習班學習，則新亞研究所之圖書館之書籍可一一整理出以供閱覽矣！

勿候
暑安

君毅　启　七月十二日

二　（一九七五年九月十日）

志成仁棣：

八月卅一日函已讀。棣據鹽鐵論謂漢代儒墨合流而並稱，此意甚好。徐先生正寫兩漢思想史，當以棣函示之。

在中國文化史之秦，無疑是極權專制主義。漢代之思想之反秦，即爲秦所壓制之儒、道、墨以及縱橫……之思想之一齊求復興，而漢代之儒家亦或帶道墨諸家之色彩，董仲舒等重視人格神之天之志，亦是墨家思想也。

徐先生前日已與我談及棣與之長信所談在三藩市加州大學講演事，足見棣之敢於直言之勇氣云云。蓋一般人之見，多是由傳言而知之虛見。千虛不如一實，實見出則虛見自消也。

棣之論文已經李幼椿先生細看審查通過。此外，有三同學之論文，亦經審查通過。但新亞研究所

不能直接發學位，將來只有經臺教育部承認之學位，而此事須由教（中缺）

你入學如須證件，目下只能發給「在所修業二年，成績及格，論文通過」之證件。

中國學人仍將由研究所之老同學辦，他們規定之文章字數似為五千至一萬。你胡風之文太長，將來可試介至臺灣之雜誌發表。

三藩市州立大學之哲學教授是吳森，不是吳康。吳森暑中曾來港。我曾向他介棣，我想少棠認識他，可與他同往見。匆候

暑安

君毅 上　九月十日

三　（一九七五年十二月十八日）

志成仁棣：

棣函由香港轉來，未早復。棣向哈佛、耶魯及加大之申請入學之介紹表格，日內當塡寫寄去。但在哈佛之表格上謂每年申請入哈佛研究院者有一萬八千人，申請耶魯與加大者想亦甚多。我意棣無妨亦向其他學校申請，則獲准入學之機會當較大也。

此間臺大及他校之學生皆較香港學生爲好學。但我下月仍將回港。新亞研究所之學生在本期因上課較多，學問興趣已較前進步。學生之學術活動如棣所建議者，亦多少有一些。希望以後更能增多，漸如棣所期盼也。

匆此不一，即候

學安

君毅　啓　十二月十八日

四　（一九七六年一月廿八日）

志成仁棣：

前在臺灣已爲棣寫了致哈佛、耶魯及加州大學之介紹信。日昨回港，得棣一月廿日函，知於今年是否能入學事，不以得失爲念，甚慰。我意棣此時仍以學語言爲要，入學稍遲亦未爲大害，且不必一定要入名大學，在一般之大學得獎學金之機會實較多也。

我此次在臺灣講學二月，更發現臺灣之學生遠較香港學生爲好學。臺灣之出版事業亦甚蓬勃。有臺大及輔大之哲學系助教所辦之哲學與文化月刊，及師大畢業生所辦之鵝湖月刊，皆在半年內即能銷近千份，印費亦能自給自足，此皆在香港絕不可能之事也。

研究所方面，我與牟、吳、徐三先生皆各開二課，此外則有兼任先生所開之課共六門。就課程言實已遠較前爲充實，但研究風氣仍較臺灣之大學遠爲不及耳。匆候

學祺

君毅啓　一月廿八日

五　（一九七六年二月廿七日）

志成仁棣

請即航寄最近之三寸半身像片四張來所，以便向教育部辦理棣之畢業文憑事。即候

文祺

君毅　二月廿七日

六　（一九七六年十一月十二日）

志成仁棣：

棣來信已轉到旬日，對我病之關切，情辭眞切爲感。算來我每一年總要大病一次。上次是病目，幾失明。此次病在內臟，若非早發現，亦甚危險。但今幸已大體上加以根治，已於數日前出醫院調養。棣可釋念。

棣在美總是異邦，自不免有種種難言之感受，但亦可啓發高遠之情操及對自己對世間之反省。中國大陸自毛逝世，前途如何尚不可知。但大陸亦終會有人作徹底反省以求改途易轍，則海外之聲音亦終將聞於大陸之境內也。

匆此不一，卽候

學安

君毅　十一月十二日

七　（一九七七年四月十一日）

志成仁棣：

三月廿六日示由學生書局轉來，知

棣申請入學事，已經兩校取錄，另一校亦希望甚高，至以爲慰。可俟皆已決定有無獎學金後，再斟酌選定其一入學。大約加州大學之歷史系學術地位較高；印第安那大學則似不以東亞語文系著名；密西根之華盛頓大學之東亞語文系則不知其情形如何。但獎學金之考慮亦爲一重要決定因素。若干在美同學恒先依獎學金之多少有無，以作選擇標準，於第二、三年再謀轉入更合理想之學校。此亦未嘗非一策也。

我之病狀，前些時不大好，近又有轉機，體力漸復。我乃兼服諸中醫之藥，一俟有一確定之預防復發，可長期服用之藥方，即仍將回港調養。匆此不一，即候

學祺

君毅 啓　四月十一日

八　（一九七七年五月四日）

志成仁棣：

棣已決定入加州大學，甚好。在加州想較易得課外工作機會，一年後亦有得獎學金之望。至於英文，則只有下一番苦功，此外亦無善法也。

棣能抽暇讀孟子，並提出問題，甚慰。

孟子論舜，乃以舜爲歷史相傳之最富於孝弟之情之人物。象對舜雖不友，而有陷害之之事，但當其忽來見舜時，舜亦可未暇思及其陷害之之事，而直本其原始之出自天性之兄弟之情，而隨之憂喜。此卽見其篤於兄弟之情，而其喜亦非卽僞喜。依儒家義，人對其父母兄弟之情，原出自先天，而爲一不須先經思慮而能自然表現者。至於兄弟相殘害而相恨惡，則原出自後天，人必經一思慮，乃能再念及其事，再生其情。故人之篤於父母兄弟之情者，當其忽然相見之時，亦可未及有思慮，而已有其自然之情之昭露表現，而非僞者也。朱子註此節曰：「象素憎舜，不至其宮，故舜見其來而喜之。……兄弟之情自有所不能已耳。」其言足資玩索。

我之病不能說全癒，但已有轉機。棣等可釋念。臺灣之藥已購數十包帶回港備用。

匆此不一，卽候

學祺

君毅　啓　五月四日

致林清臣

（一九五六年九月十六日）

清臣同學：月前在臺匆匆一晤，惜未獲長談爲歉。九月十日示已奉悉，具見好學慕道之誠。本來致用之農工化學物理之學，與心性之修養之學亦可兩不相妨，但在工夫上一時總難達於純一之境，此時只有暫時分生活爲兩段，先求能提得起，兼能放得下，到後來能洒脫不黏滯時，則兩段者可相併成一段，便可漸至純一之境。此事本來不易，年輕人重在有一理想嚮往，不必期其速效。從效驗方面說，則工夫無止境，效驗亦無止境，不能空懸一靜之境，期其必達，翻成心病也。我自己在實際工夫及效驗方面說，實亦甚爲欠缺，只是多讀書、多明理，精神時時提起，使不爲卑近之物所蔽。日後莊敬自強，便可漸耐得繁賾。足下以父命難違，勉強學習不願學習之科目，此在他人不便多所主張。唯有順從自家孝親之一念，再去力求發現所學者之價值與意義。凡世間之學，皆人之所成，既有此學，便可爲自家運智達才之地，以爲將來報親報國之用。此要在善自求多福耳。

牟宗三先生將來東海任教，以後可就近常往請益。若干生活上及修養上之問題，必須當機而回，方能

當機而達。書疏往返，未必能盡意，亦不足以盡釋心頭之疑也。匆候

暑安

君毅　啓　九月十六日

致梁燕城

一 （一九七一年三月二十日）

燕城同學惠鑒：

來信已收到數日，知對哲學極有興趣，並有志融通東西哲學，兼已讀不少哲學書籍，甚爲難得。

你所提出之問題，亦皆甚重要，但我不能一一加以解答。若干意見已見我過去所寫之書中，對來信所說之第一問題，說到人之有限性一點，此自是一事實，但人之自知其有限，卽超此有限而向於無限。又人如信有無限之上帝，此上帝在此信中，亦在有限之人中，再人文主義亦不必否定有上帝。人文主義可承認人有其宗教性，有信上帝之信，此信中有上帝。但人不只有宗教性，亦有其他種種之人性，亦不必以宗教性爲人之最根本之性。此人之最根本之性，可在其道德性、或理性、或其他。

你所提之中西印哲學之分別，大體不差，但三者亦有通處，當更細看。人生哲學只分爲絕欲派、滿足派太簡單，此可有其他分法。知識論自重要。此當非簡言可盡。

中文大學新亞之哲學系及崇基之哲學宗教系，當然不能合理想，但歐美大學之哲學系忽略東方哲學，亦不合理想。又中國人仍以先在中國式之大學受教育，再至世界各地游學爲相宜，故你仍以先考中文大學後謀到外國爲是。

我的事比較忙，對你之問題，不能一一答。以後有機會可以到新亞研究所面談。即候

安好

唐君毅　三月廿日

二　（一九七一年四月二十日）

燕城同學：

日前承來新亞談話，甚以爲慰。第二次來信已收到多日，你所寫之文亦看過，能思想種種問題，已甚爲不易得。自然許多見解嫌幼稚，但以後可望逐漸成熟。

關於你所提之問題，我不能一一答覆，因現到學期之末，種種事比較忙，以後有暇，可以再來面談。

大腦可以是感官，亦可只是感官之一綜合之地。對於大腦，從生理學去想，我們之知識不夠，而不必以大腦爲根據去想宇宙人生之眞理。對心靈而言，大腦亦可只視爲心靈所知之一物。心靈之所

知，可以超出大腦所及之範圍，這些問題要慢慢的想，亦可暫時不想。

匆候

學安

唐君毅 啓 四月廿日

三 （一九七一年六月八日）

燕城同學惠鑒：

六月四日函頃奉到備悉

爲學之誠與志願之篤，甚爲難得，望能考入中大可共學。學問自是終身之事，既賴天生智力，尤重在向學志願之誠篤。我現稍暇，可於本星期六上午十時至研究所晤談。餘不一一，即請

暑祺

唐君毅 啓 六月八日

致楊士毅

一　（一九七四年一月七日）

士毅同學惠鑒：

得信知任中大青年編輯，擬出「緬古懷今」一欄，甚好。但關於你所問之問題，一時不能詳答。因此間學校已開學，我亦甚忙。今只略答如下：

一、我是民國十六年由北京大學至南京中大。中間休學了一年。於民國廿一年在中大畢業。我初去中大時之哲學系，原屬哲學院。當時之教育部名大學院。蔡元培先生是大學院長。故規定大學中有哲學院。但其中只有一哲學系。此制只行一年，後來哲學院取消，哲學系即屬文學院。系主任最初是湯錫予（用彤）先生。他教我們西洋哲學史、知識論、英國經驗主義，與中國佛教史。後來是宗白華先生。他教尼采、倭伊鏗，及人生之形式與美學及藝術哲學。教授有何兆清先生，教哲學概論、柏格孫哲學與法國現代哲學；及胡淵如先生教中國哲學史及老莊哲學。在我三年級時，方東美先生到中大，教科學哲學與人生、新實在論，與價值哲學。另有馮文潛先生只在中大教一年，他教倫理學與柏拉圖哲學。

二、中大的校風之傳統精神很難說。大約在民國十五年以前南京東南大學時期，劉伯明先生、柳詒徵先生等曾樹立一西方科學與中國人文歷史並重之教育理想，此不同於當時之北大之學風是本科學精神以懷疑中國之歷史文化之價值者。我雖曾在北大讀書，而未在南京東大讀書，但我自始認爲南京東大之教育理想比較健康。不過東大變爲中大以後——即我在中大讀書的時期——似乎此教育宗旨已漸模糊。因中大在政治中心的南京，若干教師與同學，亦染些政治氣習。至於中大遷往重慶以後，則此時之師生初頗有一艱苦教學的精神。我亦是在民國廿九年才回母校正式教書。照我個人的意思，今要說中大之傳統精神，還是要追溯到南京東大的時代。臺灣的中大，亦應復興此一精神才是。這不是說南京東大時期的教育已能充量體現此精神；更不是說後來之中大莫有特出的師生。不過，就整個學校風氣說，後來的中大似乎有點大而無當。現在臺灣的中大能由對規模作起，或當更易重建一科學與人文並重的學風。這是我個人對你們所提的問題的簡單答復。

至於你問中大是否須辦哲學系，我莫有一定的意見。哲學系亦不易辦。從教育立場說，我認爲要形成一整個的人格，最需要的是通識的培養。中國從前的理想學者，是對文史哲及社會與自然都有相當的認識者。我認爲只有這種學者，才能成眞正的教育家及社會政治之領導人物。只是一單純的哲學系，縱然辦得好，如不與他系之敎育配合，亦只能培植出哲學專家，尚不能培養出我心中所嚮往的人物。此間新亞書院及中文大學之哲學系，亦可以說由我開始，今已歷二十年，現同事有十餘人，出來的同學亦不算少。但在整個大學與在此間社會中，仍然不能發揮什麼作用。我想缺乏他系教育的配合亦是一原因。

至於你個人要想由物理系轉學哲學的事，照我的意思，亦似乎不必需轉系。你關心國家民族之文化問題，可以多看一些哲學性文化性的書。學問的事，重要在自己，與在大學時之出身於那一系，莫有一定的必然關係。在大學中能學點治學的方法態度，立定作人的志向，就已很好。至於知識，則無窮盡；而且由任何一門學問出發，都可聯繫到其他學問也。

拉雜奉復，即候

學安

唐君毅　啓　一月七日

二　（一九七四年一月八日）

士毅同學：頃發一函，忘了一重要之一句，即當我在中大讀書時之教授，尚有熊十力先生。應加一句即：「當我在二年級時，有熊十力先生來教唯識學。但熊先生因病，只教三月，即離開中大。」

匆此，卽候

學安

君毅 啓 一月八日

三 （一九七四年六月二十日）

士毅同學：

中大青年一刊已奉到。內容及編輯技術與校對均佳，此間之學生刊物所不如也。你所著之兩文均讀，態度甚誠樸眞實，並有理想，爲慰。暑假中我恐尚不必能來臺，中國文化學院及臺灣大學約講學之事，恐須移後至明春也。

匆復，卽候

暑安

唐君毅 啓 六月廿日

致楊士毅

致陳啓恩

（一九七八年一月十一日）

啓恩同學：

一月四日信已收到，知你因讀我其他的書，有所感奮興起，立志作人，承繼中國文化。此甚爲難得。

你由此而要以我爲師，此意亦甚善。但須知無論是今人或古人，相見過或不曾相見，只要其人有可爲我佩敬效法之處，皆可以之爲師。故孟子說「聖人，百世之師也」。所以我們之師，應當包括很多人，不必限於一、二人或少數人。

又師有兩種，一種是能在精神上提攜自己的志氣，啓發自己的智慧者。這種師只是把我們自己所本有的志氣與智慧，提攜啓發出來。一種師則重在與我們一些外在的知識，或訓練我們某種特殊的技能，前一種師古稱爲人師，後一種師卽古所謂經師。我們今之學校中之教師，多是經師。或者你是以人師待我。假若是如此，則我要坦白告訴你，我並不能給與你什麼，只能由我之言語或多多少少對你原有志氣與智慧，有一些提攜啓發之作用而已——而這些都是由你之內心的反省，亦可以逐漸發見的。我的言語，有許多都用文字寫出。我想你能多看我寫的書，亦就算以我爲師了。

匆候

學安

唐君毅 啓 一月十一日

致陳啓思

致某　甲（註）

（一九六〇年九月廿一日）

□□：二惠示奉悉。承約撰稿，盛意至感。但弟之忙是實，暑中校務會議答應弟在錢先生歸來後辭去教務事，屆時方可望稍閒。此時連校中之校刊之一、二千字之文皆不能作，何論關於國家大事之文。

雷案不僅一部份人之不幸，亦國家之不幸。然履霜堅冰至，其所由來，亦非一日。憶四、五年前，在美與胡適之先生談，弟即謂言論之相激相盪，必招至來日之橫決，並舉王船山之論漢末明末之黨爭爲例。故弟亦始終不以自由中國之過激言論爲然。言論之爲非理性的，與行動之爲非理性的互爲因緣，卽有今日。在西方，言論不關行動，行動無自由，言論有自由。在中國，傳統習於言行一例齊看，故屢興文字獄。舊習非一朝可改，亦非在文化思想上有一大疏導之工夫不可，故弟所想者，仍在此類之根本問題。竊有志於曲突徙薪，而無意於抱薪救火，此皆非短言可盡，言之亦不能盡契於當世之人之意也。匆此不一，卽請

撰安

君毅　一九六〇年九月廿一日

註・本信受信人未能確定——編者

致某甲

致某　乙(註)

（一九六七年九月九日）

□□：九月五日及另一信均收到。棣所遭遇，我初不知道。棣流亡在外近二十年，自不免經嘗種種辛苦，並處處求應付環境，而不免用許多心機，此非不可原諒，但我亦是本愛人以德之意而爲言。我意人生在世，一切事皆當在原則上能與人共見，卽　棣所遭遇，亦無須保密，又對人亦不必推測太多，亦不須多所解釋，我行我素，日久他人自能明白。又遇困難只能更多作反省，此是儒者工夫，徒呼救於上帝反不切摯。我信人之初性本善，人之有過亦如己之有過，未有不可諒者。但不宜掩飾，反增其過耳！匆此不一，並請

秋安

君毅　九月九日

棣孝於家，亦能勤苦力學，我亦非不知之，唯對人宜更以直道，則雖一時吃虧，終可問心無愧也。

註：受信人未能確定——編者

致某　乙

唐君毅書簡刊行記

謝廷光

書簡文字範圍廣博，具各種風格，由文字的往返，可以表達個人的情意，溝通人間的感情，進而得到精神上的相契。世間有終生通信而從未見面者，此之謂神交，是最高的友誼。

先夫書簡，雖文字草率，但可見其篤厚之親情，懇切之友誼，愛護後輩學生之熱忱，和夫妻相待之道。凡言情說理，皆委婉陳辭，推心置腹，確有其獨到之處。今出全集，爲收集先夫歷年所寫書簡，曾於報端刊登公開徵求啓事，希能收回多量書簡，及其他佚文稿件。惟滄海桑田，世事變化甚大，收回之書簡實在不多，尤其早年書簡，幾全付闕如。幸而來港後，凡先夫所作書簡，常與廷光閱看，廷光喜愛之，每抄錄留存，但此限於在家中所作書簡，若在學校中或旅途中，與人書簡，廷光不得而見，自然未能抄錄留存了。今僅就家藏及所收回書簡編爲一書，分上下册。其編排原則：

㈠除著者當時誤筆所寫之個別錯字改正外，不作任何改動。

㈡因各信之格式不很統一，有些並經抄錄，故排版之格式與原信或有出入。

㈢書簡排列之前後次序，除致廷光書爲已成之書列於卷前外，其餘則以輩份爲序。但亦有不能確定受信人之輩份和姓名者，以廷光抄錄時只注意書簡之內容，未注意受信人爲何人，亦未記下年、月、日，亦有只抄信中一部份者，可能誤筆亦多。

㊃書簡之年份日期不能確實者，受信人之輩份和姓名不能確定者，則加編者按語。

㊄原信多無標點，或標點不統一，皆由編者將之統一或改正。

民國七十四年十一月廿日

廷光 紀於香港

國家圖書館出版品預行編目資料

書　簡

唐君毅著. – 校訂版. – 臺北市：臺灣學生，民 79

面；公分 –(唐君毅全集；卷 26)

ISBN 978-957-15-0092-8 (平裝)

1. 唐君毅 – 通信，回憶錄等

856.286　　　　79000781

唐君毅全集　卷二十六

書簡

著作者：唐君毅

出版者：臺灣學生書局有限公司

發行人：楊雲龍

發行所：臺灣學生書局有限公司

臺北市和平東路一段七五巷一一號

郵政劃撥戶：〇〇〇二四六六八號

電話：（〇二）二三九二八一八五

傳真：（〇二）二三九二八一〇五

E-mail: student.book@msa.hinet.net

http://www.studentbook.com.tw

本書局登記證字號：行政院新聞局局版北市業字第玖捌壹號

定價：新臺幣四五〇元

一九九〇年全集校訂版

二〇一八年六月全集校訂版二刷

78237

ISBN 978-957-15-0092-8 (平裝)